コクと深みの名推理⑮

大統領令嬢のコーヒーブレイク

クレオ・コイル　小川敏子 訳

Dead to the Last Drop

by Cleo Coyle

コージーブックス

DEAD TO THE LAST DROP
by
Cleo Coyle

This edition published by arrangement with
The Berkley Publishing Group,
an imprint of Penguin Publishing Group,
a division of Penguin Random House LLC
through Tuttle-Mori Agency,Inc.,Tokyo

挿画／藤本将

大統領令嬢のコーヒーブレイク

長年わたしたちを担当してくださっている編集者ウェンディ・マッカーディに。才気あふれ、忍耐強く、心優しく……わたしたちを信頼してくれる彼女に。

コーヒー、それは文明社会になくてはならない飲み物である。

トーマス・ジェファーソン

より重要なのは法律よりも倫理である。

ジャズ・アット・リンカーン・センター芸術監督
ウィントン・マルサリス

謝　辞

まずは夫であり共著者であるマーク・セラシーニに感謝を贈ります。コーヒーハウス・ミステリは本書『大統領令嬢のコーヒーブレイク』で15巻目と長期にわたるシリーズとなりました。共同執筆者として、人生のパートナーとして、彼以上の相手はいません。

つぎにわが国の麗しき首都ワシントンDCに感謝します。DCでの経験——新聞記者のインターンシップ、アメリカン大学での学生生活、ジョージタウンのナイトライフ——の思い出は何年経っても色あせることなく、本書の物語の重要なヒントもその経験から多く得ることができました。

コーヒーに関してインスピレーションを与えていただいたワングッドウーマン(onegoodwoman.com)のホリー・オコナー、マスター・ロースターでありボルチモアを拠点とするソースコーヒーのシャナン・ストローブルに感謝申し上げます。世界各地からのコーヒーと茶葉を扱う両氏には、人生について、仕事について、貴重なお話をうかがいました。

ジョージワシントン大学構内のアメリカ国家安全保障アーカイブのトーマス・ブラントン

館長には格別の感謝を贈ります。ワシントン・ナショナルプレスクラブでのお話には多くの発見があり、たとえば政府で保存されている電子メールには「三十年の空白」があることなど、本ミステリのサブプロットを充実させるにあたって多大な刺激と情報を与えていただきました。

大統領の子女を守ることについては作家ロナルド・ケスラーから多くを学びました。同氏の著書 *The First Family Detail* にはアメリカのシークレットサービスの警護官たちについての情報が満載です。

スミソニアン博物館、とりわけ美しい国立アメリカ歴史博物館には大いに感謝しています。スミソニアン博物館をまだ訪れたことがない方は、死ぬまでにやっておきたいリストにいますぐ加えることをお勧めします。かならず満足できることでしょう。

以前、ＷＲＣＴ ＦＭで「アリスのジャズィー・レストラン」というラジオ番組の司会を務めた経験があります。その折に出会ったすばらしいジャズ・アーティストたちの存在なくして、この物語は生まれなかったでしょう。アーティストの皆様、とりわけ長いつきあいとなるジョージ・ジー、またジョージタウンのブルース・アレイ、ブルーノートなどジャズを盛り上げている多くのクラブ、スモールズと呼ばれる小規模のクラブに感謝申し上げます。smallsjazzclub.com では夜ごとグリニッチビレッジのステージからウェブサイトでジャズのライブをストリーミング配信しているので、わたしといっしょにぜひ楽しみましょう。

また、美しい本をつくってくださる版元バークレー・プライム・クライム社の皆さまに感謝申し上げます。とりわけ、長年お世話になっている編集者ウェンディ・マッカーディ、そしてわれらが新しい編集者ケイト・シーヴァーに感謝を！　編集アシスタントのキャサリン・ペルツはその明るさでわたしたちをフォローし続けてくれました。プロダクション・エディターのステイシー・エドワーズ、コピーエディターのランディー・リプキンにも大変お世話になりました。才能あふれるデザイナーのリタ・フランジー、クリスティン・デル・ロサリオ、コーヒーハウス・ミステリの装丁を担当してくださるすぐれた画家キャシー・ジャンドロンに心よりお礼申し上げます。

最後に、友人、家族、すばらしい読者の皆様、いつも元気をくれるナンシー・プライアー・フィリップス、つねに真摯に支えてくださる心強い著作権代理人ジョン・タルボットに、マークとわたしからカフェインを三倍増量して濃い感謝を伝えたいと思います。

しめくくりにマークとわたしから、レシピやコーヒーの情報盛りだくさんのすてきなコーヒーハウス・コミュニティに皆様をご招待します（coffeehousemystery.com）。ニュースレターにもぜひ登録していただければと思います。

おいしく食べて、飲んで、物語を楽しんでくださいますように！

クレオ・コイル

主要登場人物

クレア・コージー……ビレッジブレンドDCのマネジャー
マテオ・アレグロ……ビレッジブレンドのバイヤー。クレアの元夫
マダム……同店の経営者。マテオの母
ジョイ……クレアとマテオの娘。シェフ
マイク・クィン……連邦捜査官。クレアの恋人
ガードナー……ビレッジブレンドDCの共同マネジャー。ミュージシャン
タッド・ホプキンス……ビレッジブレンドDCのシェフ
ルーサー・ベル……ビレッジブレンドDCのアシスタント・シェフ
スタンリー・マクガイア……退役軍人。ジャズ・ドラマー
アビゲイル・プルーデンス・パーカー……通称アビー・レーン。大統領の娘
ジーヴァン・ヴァルマ……国務省の職員
バーニー・ムーア……音楽評論家
プレストン・エモリー……アビーの婚約者
シャープ護衛官……シークレットサービス
シャロン・ケイジ護衛官……シークレットサービス
ヘレン・トレイナー……ホワイトハウスのキュレーター
カテリーナ・レーシー……司法省タスクフォースの部長代行。マイクの上司
リディア・ヘレーラ……カテリーナのアシスタント
レジナルド・プライス……首都警察の巡査部長
トム・ランドリー……首都警察の巡査

プロローグ

とっさに彼は強くブレーキを踏み込み、車線変更して割り込んできたBMWをにらみつけた。こいつのバンパーにぶつけてやってもいいが、そんなことをしても彼女のもとに早く着けるわけではない……。

いま運転しているSUVを凶器にしたいという衝動をこらえ、クラクションを長々と鳴らした。効果てきめんで、BMWはすみやかに道を譲り、彼はアクセルをぐっと踏んで黄信号を続けざまにふたつ突破した。

折しも桜祭りのまっさいちゅうとあって、ワシントンDCの通りはどこもレンタカーだらけだ。ドライバーたちはこの街の悪名高き環状交差点であたふたしている。

馬と馬車の時代につくられた環状交差点は新参者たちを悩ませる通過儀礼である。それ以外にもこの街でスムーズにやっていくためには、山ほどのルールをわきまえておかなくてはならない。司法省で彼が最初に仕えた上司は、こうした細かなコツを伝授しようとしてくれたが、その矢先、ガンに命を奪われてしまった。

そんなことより、いま頭のなかは彼女のことでいっぱいだ。

ハンドルを握る指にぎゅっと力がこもる。最悪の事態を想像してしまう。手遅れかもしれない。前方の渋滞を見てさっとハンドルを切り、三十一番ストリートに出た。ジョージタウンを走るこの通りは、思うさま飛ばせる。矢継ぎ早に二回左折すると、めざす地点、ウィスコンシン・アベニュー千二百番地だった。二重駐車し、ジャケットの内側に手を差し込んで拳銃がおさまったホルスターのサムスナップを外した。

〝彼女の身を守るためなら、どんな手段でも……〟。

ビレッジブレンドDCはたいへんなにぎわいだ。客の列は店からあふれてさんさんと日のあたる歩道にまで延びている——地元の住人、大学生らしき若者、自撮りに余念のない観光客の行列だ。

「おい！」バックパックを背負った若者がげんこつで殴りかかるジェスチャーをする。「割り込みなんてみっともないぞ。そんな真似は——」

冷ややかな一瞥《いちべつ》をくれるだけで、若者はぴたりと口をつぐんだ。この街でスーツに身をつつんだ筋骨たくましい強面《こわもて》の男からじろりとにらまれたら……それはまちがいなくＦＢＩだ。しかも若者の前にいるのは〝銃で武装し殺気立っているＦＢＩ〟だ。

店に入るなり彼女をさがし、エスプレッソカウンターのなかできびきびと立ち働いている姿を見つけた瞬間、ふっと緊張がゆるむ。近づいていく彼に気づいて彼女の緑色の瞳が輝いた。かすかに口があき、やがて驚きの表情から笑顔になる。彼だけに見せる、とっておきの笑顔だ。

「マイク、顔を見せてくれてうれしいわ。でも、あいにく今はてんてこ舞いで――」

「いっしょに来てくれ」

「え？」

「すぐに出よう、クレア」

笑顔が消えて困惑した表情が浮かぶ。乗り気ではないのだ。〝ぐずぐずしている余裕はない。手錠をかけてでも連れ出す〟。

「わけを教えて」

「時間がない」彼が片手をのばす。「わたしを信頼しているなら……行こう」

一瞬のためらいの後、彼女はその手を握った。

手を引いて彼女を外に連れ出し、車のなかに文字通り押し込んで、いきおいよくドアを閉め、彼は運転席に乗り込んで急発進した。

「誰の車？」

「わたしのではない。きみの車でもない。重要なのはその点だ。手元に携帯電話があれば、外に放り投げろ」

「店に置いてきたわ。ハンドバッグのなか！」

「ならいい。追跡されずにすむ。この車の盗難防止装置はすでに解除してある」

「マイク、いったいどういうこと？」

混み合う大通りを外れ、右折と左折を繰り返しながらポトマック川方面へと車を飛ばす。

「グローブボックスをあけてくれ」

彼女がいわれた通りにすると、旅行用ガイドブック、サングラス、四十五口径の銃一丁がのぞいた。「こわいわ」

「そうか？　撃ち方は教えたはずだ。なにもこわがることはない」

「それはこわくない。こわいのは、あなたよ！」

「それは悪かった。だが、命が懸かっている」

「誰の命？」

「わたしたちふたりの命だ。だから一刻を争う」

ちらっと彼女のほうを見ると、言葉の意味をつかみかねている様子だ。クレア・コージーは絶句していた。

午後の日差しは容赦なく彼女の目尻のカラスの足跡と、固く結んだ口の周囲の小じわを照らす。濃い栗色の髪のところどころに交じる赤い毛が金色に輝いている。ポニーテールはほどけてきているが、表情は硬いままだ。

誰よりも強く、そしてしなやかな心の持ち主であるこの女性を、彼は愛している。こうと決めたら曲げないところもある。しかしいまは彼女の誠実さがなにより心強い——そして、生来の知りたがり屋であるところも。

「クレア、アビーについて話してくれないか」

「アビー？　それは――」

「なにもかも知っておく必要があるんだ」

「たいていのことは知っているはずよ」

「すべてではない。一からすべて話してほしい。わたしが知っていてもいなくても、すべてを。取るに足らない事実と思っても、省かずに。きみも知っているように、細部をおろそかにしてはならない……」

「それは？」

彼女はシートにもたれて大きく息を吸った。「じゃあ、ノクス・ホレンダから始めるわね」

「〝あの恐ろしい夜〟。わたしにはそうとしか表現できない」

「最初の殺人があった晩か？」

「ええ。殺されたとは知らなかったけれど、あの時はね。被害者を見たのは、じつは初めてではないの。それよりも一週間前に見かけていた。店に銃を携帯した男がふたりいるのをみつけた日よ。同じ晩だった」

「わからないから説明してくれ。銃を携帯した男たち？　どういうことだ？」

そこから彼女の話が始まった……。

1

「ガードナー、電話を切って」

「どうしたんですか？」

「いいから、切ってちょうだい！」

わたしは肩で息をしながら、若い共同マネジャーが通話を終えるのをいまかいまかと待った。大急ぎで階段を駆け上がってきたので息が切れていた。

いまわたしたちが借りているこの建物は、以前はベーカリーとして使われていた。どのフロアも――この最上階も――倉庫のような広々とした空間で、高い位置にある窓からまぶしいほど日の光がふりそそぐ。太陽が空にのぼっている限りは問題ない。しかし夜になると一変する。

暖炉はまだひとつも使えない。つまり、天井の高いこのすてきな空間をじゅうぶんに暖める方法がないのだ。月も出ていない二月の夜に、ストッキングとハイヒール、そしてリトルブルードレスという出で立ちのわたしは、両手を自分の身体に巻きつけて必死で震えをこらえていた。

ワシントンDCのこの建物は最初からベーカリーだったわけではない。一八六五年頃にはアイスクリームパーラーを備えた菓子店だった。たいへんな人気店で、内装の一部は国立アメリカ歴史博物館にある〈日々の暮らしの展示〉コーナーに保存されているほどだ。

それにひきかえ、わたしの日々の暮らしは保存できるほど安定していない状態だ。

移ってきた当初は、なにもかもがうまくいくように思えた。留守番役を兼ねてとはいえ、住まいは歴史あるジョージタウンの大邸宅だ。この優雅な状況は、わたしの雇用主がお膳立てしてくれた。

マダム・ブランシュ・ドレフュス・アレグロ・デュボワはニューヨークで長くコーヒーのビジネスをいとなんできた。八十歳を超えた現在、各方面に影響力のあるお友だちは数えきれないほどいる。そのなかに、たまたまジョージタウンに邸宅を所有し、現在留守にしている人物がいたとしても、なんの不思議もない。

マダムはビレッジブレンドDCのオープンのために何週間もわたしといっしょに泊まり込み、手際よく役所の手続きをすませて仮の酒類販売許可証を取得した。マダムがニューヨークに戻り、この二カ月間はわたしと共同マネジャーとの二人三脚でやってきた。共同マネジャーを務めるのはアフリカ系アメリカ人で才能豊かなジャズ・ミュージシャン、ガードナー・エバンスだ。彼は長年、ニューヨークのビレッジブレンドでパートタイムのバリスタとして働いてきた。

ガードナーはボルチモア出身で、ワシントンでジャズクラブをひらくのが小さい頃からの夢だった。伝説の老舗ブルース・アレイ（ワシントンDCでわたしが暮らしている邸宅から目と鼻の先にある）という成功例も参考になった。マダムはガードナーの夢の実現を後押しし、資金も提供してくれたのだ。

ジョージタウンは趣のある歴史的な地域として保護されてきた。大学との縁が深く、ボヘミアンが集いやすい。つまりビレッジブレンド本店のあるグリニッチビレッジととてもよく似ている。一世紀にわたって一家でいとなんできたビジネスを拡大させたいと、マダムはこ数年考えていた。マダムにとって、その夢をかなえるまたとないチャンスだったのだろう。

わたしがかなえる夢は、ビジネスよりもマイケル・ライアン・フランシス・クィンに関係している。彼の本職はニューヨーク市警の刑事。叩き上げのベテランで、刑事という仕事は彼にとって天職だ。現在は一時的にアメリカ合衆国司法省の職員として勤務している。

〝一時的〟だったはずの任務の期間は延びるばかりで、ついにわたしは引っ越しを決意した。ひらたく言えば、彼の不在に耐えられなかった。そんなわけで、ガードナーがワシントンDCでビレッジブレンドの支店を軌道に乗せるまで助っ人としておさまったのだ。しかし誕生から八週間、後生大事に育んできたはずの、前途が輝いているはずのこの店は、いっこうに軌道に乗る気配がない。

日中、わたしは一階のコーヒーハウスで仕事をこなす。そこそこ順調な売上ではあるけれど、ジャズクラブを支えるほどの余裕はない。ジャズクラブは大赤字だったのだ。

クラブの運営はガードナーの担当だ。音楽面は問題ないとわたしも彼も意見が一致していた。問題は食べ物だった（最近、印刷媒体に辛辣《しんらつ》なレビューが掲載され、ネット上でも十数件のレビューで叩かれている）。だから今夜はジャズクラブに来て料理のチェックをしてくれないかとガードナーに頼まれ、わたしはお客さまのテーブルをひとつずつまわっていた。そのさなか、銃を携帯した男をみつけた。

さりげなく、ゆっくりとした足取りで階段へと向かい、一気に駆け上がった。

それでこうして三階の狭いオフィスで、ガードナーの前に立っているのだ。彼とわたしはここを共有している。最上階のフロアにはこのほか、ガードナーが暮らす狭いスペース、ジャズクラブのために彼がブッキングするパフォーマーのための「控え室」がある。なぜ武器庫もここに置かなかったのかと、いまさらながら悔やまれる。

「ではききましょう。話してください——」ガードナーは電話を置いた。「どうしたんです？」

「これから強盗が入るわ、きっと」

「え!?」エスプレッソと同じ色の目を彼がぐっと見開く。「警察に通報したんですか？」

「いいえ！」

「なぜ？」

「だって、まだなにも起きていないから」

「それなら、なぜ強盗なんて——」

「先週、強盗のニュースが流れていたでしょう。憶えている？　コネティカット・アベニューのビストロで、二人組が銃を突きつけて財布、スマートフォン、宝石類を奪った事件があったでしょう。犯人は別々のテーブルに陣取って、タイミングをみはからって犯行に及んだのよ。わたしが下のフロアで見た男は二人組だと思う」

「コーヒーハウスですか？」

「いいえ、ジャズクラブで。お客さまのテーブルをまわって話をしている時に気づいたのよ。その男は一人で座っていたわ。スタジアムジャンパーを着ていた。なにも食べず、お酒も飲まず、コーラだけすすっているの。室内の様子をうかがって、ステージのほうなどろくに見ていない」

「それだけですか？」ガードナーがヤギひげを撫《な》でつける。「そんなことでいちいち――」

「さらに禿《は》げた大男が室内の反対側の位置に陣取って同じことをしていたら？　しかもふたりは折々に目配せしていた。近づいてみたら、大男がジャケットの内側に銃を隠し持っているのが見えてしまったの」

「銃を身体に固定しているってことですか？」

「そうよ！」

「やつらに気づいたと、相手のどちらかに悟られてませんか？」

「フロアを横切る時に彼らの視線を感じたけれど、こっちが気づいていると悟られたかどうかはわからないわ」

ガードナーが立ち上がった。「そのふたりは中東系ですか？」

「どうしてそんなことをきくの？」

「偏見に基づいたプロファイリングという言葉を知りませんか？　警官を呼んで、われわれの勘ちがいだった場合、人種差別、名誉毀損《きそん》、ハラスメント行為を受けたとして相手から訴えられる可能性があります」

「スタジアムジャンパーの男はサウジアラビア人といっても通用すると思う」ガードナーがうめくような声をもらす。

「とにかく、落ち着きましょう」彼に声をかけた。「どのみち警察には通報しなくてはならないけれど、慎重に事を運ばなくてはね。ただでさえ売上が思わしくないところに、悪い噂が広まったら万事休す――」

「訴訟沙汰の場合も！」

「いい考えがあるわ」

「ききましょう」

プランを説明するとガードナーはうなずいた。「実行しましょう。でも、そもそもなにかのまちがいだと思いたいな」

「それはわたしも同じよ」

2

階段をおりて二階のジャズスペースに向かった。低いステージからは甘い音楽が流れている。ガードナーが率いるバンド、フォー・オン・ザ・フロアがファーストステージのセットリストを終えようとしている。

磨き上げられたカウンターの向こう側のダイニングエリアにわたしとガードナーは入った。フロアには接客をひとりでこなしているスタッフとともに、イタリア人の若いバーテンダーも助っ人で出ている。

強盗二人組を油断させるため、ガードナーにはお客さまに背を向けてもらい、長いバーカウンターの奥の装飾用の鏡を見るように指示した。高さのある鏡にはトワイライトブルーの天井にLED電球の星がきらめく星空、反対側の壁、人がまばらなテーブル席などが映し出されている。

ガードナーがドリンクを用意し、わたしはそれを手伝うふりをした。

「どこを見ればいいんです？」ガードナーがささやく。

「化粧室に行く通路のそば。スーツ姿の禿頭の大男がいるでしょう？　銃を持っているのは彼よ……」

ガードナーがその男を観察する。バンドがセットリストの演奏を終えた。

バンドに新しく加わったドラマー、スタン・スティックス・マガイアは杖を手に取った。ほっそりした体型のスタンは足に障害がある。茶色の髪は癖が強くて爆発したみたいな髪型だ。彼は猛烈という表現がぴったりのエネルギッシュな人物。足にケガを負い、視覚障害があっても――見えないほうの目をキャプテンアメリカのアイパッチで覆っている――誰の手も借りずスムーズな動作でステージから降りた。

ベース担当のジャクソンは楽器をスタンドに立てかけ、マイクを握った。

「ありがとう、皆さん。これでわたしたちの演奏を終わります。ここからはミス・アビー・レーンの華麗な指の運びによるピアノ演奏をしばしお楽しみください」

ガードナーは危うくグラスを落としそうになった。

「落ち着いて」わたしはすかさず注意した。「強盗たちに気づかれてしまうわ」

ガードナーは返事をしない。なんと声を押し殺すようにして笑い出すではないか。

「どうしたの、いったい？」

ガードナーが首を横に振る。「すみません。さっきから手当たり次第に電話して来週の土曜日のピンチヒッターをさがしていたんです。アビーが今夜弾くことをすっかり忘れていた」

「アビー？　ピアノを弾いている若い女性？」

真剣な表情でスタインウェイの鍵盤に向かっているのは、喪服のような黒いロングドレス姿の女性だ。一九五〇年代風のレトロでごついべっ甲縁のサングラスと黒いつややかな漆黒の髪で血の気のない顔はおおわれて、ほとんど目鼻立ちがわからない。彼女は黙ったまま深々とお辞儀をして熱狂的な拍手にこたえた。

決しておおぜいではないけれど、熱心なファンがいる。演奏が始まると、彼らが魅了されるわけがわかった。自由闊達《かったつ》で情熱的で、聴く者を虜《とりこ》にしてしまうのだ。演奏する姿を見ているだけでも、うっとりする。一つひとつの音符に彼女が心をときめかせているのが伝わってくる。固いべっ甲縁のサングラスを突き破るほどの熱気だ。

わたしはガードナーと向き合った。彼は必死で笑いをこらえている。

「わけがわからないわ」ささやき声にしては大きな声で彼にいった。「なぜそんなに笑うの？」

「なぜなら、店に強盗なんて入っていないからです」ガードナーがわたしの目を見つめる。「ピアノに向かっている女性をもう一度見て――よく見てください」

まだわけがわからないまま、ステージに視線を移した。

若い演奏家は陶然とした表情で音楽を奏でている。袖の下からタトゥーらしきものがかすかにのぞいているが、タトゥーを入れている若い女性はたくさんいる。だからそれがなにかの手がかりになるとも思えない。

「有名人なの？　著名なミュージシャン？」わたしは指を鳴らした。「わかった！　彼女は音楽家で、銃を携帯した二人組はボディガードね」

「半分は正解です。だから心配無用です。シークレットサービスは強盗などしません」

「シークレットサービス？」

「そうです」

「じゃあ、ステージにいるあの若い女性は……」

わたしに代わってガードナーがいい切った。

「大統領の令嬢です」

3

十五分ほどアビーの演奏を聴いて、わたしはガードナーの袖を引っ張った。質問したいことは山のようにある。けれど、人には聞かれたくないので階段をのぼって三階のオフィスにもどった。

「どうして話してくれなかったの？」

「すみません。そうしたいのは山々だったんですが……」デスクチェアに座ったガードナーは後ろにもたれ、長い首を手でごしごしとこする。「アビーの正体を知るってことは大きな責任を負うってことですから――いろんな決まり事や配慮すべきこと、手続きに対処しなくてはならない。夜が明ける頃から日が暮れるまで一階でコーヒーハウスの仕事で手一杯なのに、よけいな負担をかけたくなかった。それにアビーがジャズスペースに来るのは夜だけだし」

「バーテンダーたちは知っているの？」

「最初は知らなかったんですが、いまは……」

ガードナーは身を乗り出して店内のスピーカーのスイッチをオンにした。すると大統領の令嬢つまりファーストドーターであるアビゲイル・プルーデンス・パーカーの生演奏が鮮明にきこえてきた。アビー・レーンという芸名でビレッジブレンドDCのステージにいるのを楽しんでいるのが伝わってくる。

「いつからなの？」

「オープンマイクの初日に来店しています。でも演奏者として参加したのは二週目からです。それ以降は毎週演奏しています」

「熱狂的なファンがいるみたいね。メニューについてきこうと思って中年のカップルに話しかけたら、この店に来る目的はアビー・レーンの演奏だけだときっぱり言われたわ」

「そんな人たちがいたんですか。気づかなかったな」

「星の照明がある壁ぎわの席よ。ステージのすぐそば。男性は東インド諸島出身かもしれない。仕立てのいいスーツとモノグラムのついたネクタイをしていた。女性はブルネットの髪をアップにしてピンで留め、頭のてっぺんから爪先まで一流ブランドのハウス・オブ・フェンよ。バッグもね。ファッショニスタの垂涎《すいぜん》の的になっている五百ドルの新作のポーチ。絵に描いたようなパワーカップルよ」

「お、それはいいな。裕福な仲間にこの店のことを話してくれるかもしれない」これは共同マネジャーとしての発言だ。

「ほかにも、オリーブ色の肌のヒップスター系のおじさまがいたわね。髪も顎ひげも灰色で、髪をポニーテールにしていた人物。彼女に視線が釘付けになっていたわ。いままで見かけたことのない人物よ。少なくともコーヒーハウスでは見たことがないわ」

「その人物ならわかります。アビーが演奏する夜だけ来るんです。いつもひとりで。先週は最前列のテーブルにいたな」ガードナーが鼻を鳴らす。「ファンだとしても、彼女に少しでも近づこうとしたら、とんでもない目に遭う」

「どういう意味？」

その問いかけに対し、ガードナーはアビーの正体を知ったときのことを話してくれた。

「毎週水曜日のオープンマイク・ナイトに彼女が初めて勇気を振り絞って登場した時、その才能に感動しましたよ。彼女はオープン・ジャムセッションに参加したんです。スタンが気を配って、うまいぐあいにほかのミュージシャンたちと即興演奏できた。それからの二週間、彼女はわたしたちのバンドの演奏を聴きにきていました。彼女が三度目にオープンマイクに参加したとき、彼女に声をかけてみようと決めたんです。コーヒーを飲みながら話してみようとね。ところがオープン・ジャムセッションが終わると彼女は猛スピードで階段をおりて外に飛び出して行きました。急いで外まで追いかけていったんです。走っていったら、彼女が大型SUVの後部シートに乗り込むのが見えました。彼女の名前を呼んで駆け寄ったら……」

思い出しながらガードナーは首を左右に振った。「これが大失敗で！　どこからともなく筋骨たくましい男がふたりあらわれて、ボカッとやられた！　吹っ飛ばされてさらに舗道に組み敷かれた。そりゃもう痛くて。一週間は痛みがひかなかった」

「それで？」

「地面に押さえつけられて、ルイ・アームストロングみたいなしゃがれた声でヒーヒーいっていたんですよ。気づいたらアビーがそばに立ってこっちを見おろしていた。そして『彼を傷つけないで、ケガをさせないで！』って叫んだんです」

それで誤解がとけて、忠実に職務に励んだシークレットサービスはガードナーを解放した。

「それをきいて、少しましな気分になったわ」

「ましな気分？」

「あなたも気づかなかったのね。アビーのボディガードが連邦政府のシークレットサービスとは」

「しかたないですよ、それは。彼らは一般人に紛れ込む訓練を受けていますからね」

「てっきりネイビーブルーのブレザーを着てイヤホンをつけているものだと思い込んでいたわ。イヤホンからクルクルしたワイヤーが延びて隠し持った無線機につながっている――」

「いまはワイヤレスのイヤホンですよ。耳の穴のうんと奥に突っ込んでいるから、出す時にはマグネットが必要なんです。ジャケットのなかには確かに通信機器を隠しています――スマートフォンを。彼らはそれを使って連絡を取り合うんです」ガードナーがまた鼻を鳴らす。「アビーのおかげで、シークレットサービスの規則やタブーにくわしくなりましたよ。知らなくてもいいことまで」

「ということは、コーヒーを飲みながら彼女と話ができた、ということかしら」

「ええ、その晩にね。アビーは自分の身元を明かし、秘密を厳守するようにわたしに誓わせたんです。バンドのメンバーも真相に気づいてしまったんで、彼らも宣誓しましたよ」

「彼らが知ったのはいつ？」

「わたしの一週間後に。最初に見抜いたのはスタンでした」

「見抜いた？」

「そうです。彼は目は悪いけれど、どんな小さなことも見逃さない」

「アビーはなぜ身元を伏せるのかしら。理由をきいている？」

ガードナーは曖昧な表情で肩をすくめる。くわしく知っているけれど話したくない、そんな印象を受けた。わたしの頭はめまぐるしくはたらき始めた。

こんな情報がソーシャルメディアに出たら、一夜にして広まるだろう――ことによっては世界中に。この街のパパラッチとジャーナリストが店に大挙してやってきて行列をつくる光景、興味津々の野次馬があつまっている光景も浮かんできて、わたしの目は爛々《らんらん》と輝いた。このさき当分、店は満員になるはず。

「アビーがオープンマイクに登場することを、店として公表したいといったら彼女は承知するかしら？」

「それはどうかな」

「せめて、わたしがじかに話して確かめられないかしら。なんとかならない？」

「それはなんとも……」

「お願い」

ガードナーは、ふうっと強く息を吐き出した。それっきり押し黙り、アビーの演奏に耳を傾けている。やがて、スピーカーに耳を近づけた。「セットリストの最後の曲がそろそろ終わる」

「わかるの？」

「いつもこの『クール・レセプション』で締めくくるんです。彼女のオリジナル曲です」

それは耳について離れない旋律だった。音が消えて拍手喝采が起きるまで、思わず聴き入った。けっして多くはない聴衆からの、心からの喝采だった。

ガードナーが立ち上がった。「おりましょう……」

「下のフロアに？」

「ええ。ファーストドーターに引き合わせます」

4

たがいの紹介がすむと、わたしたちはアビーを上の階の控え室に案内した。控え室の淡いパウダーブルーの壁には、わたしが自分で青々と繁る木々を描いた。天窓から日光が射し込むとパウダーブルーがキラキラと光る。夜には上空で星が瞬き、室内のフロアランプがこの空間を暖かく柔らかな光で満たす。

四方の壁のそばにカウチとアームチェアを配置しているが、わたしたち三人は円形のダイニングテーブルを囲む椅子に腰掛けた。ガードナーはバーと厨房に電話で軽食を注文した。バンドのメンバーが入ってきて、思い思いに腰を落ち着けた。アビーはまだ演奏後の興奮が冷めていないようだ。

まずは、音楽的な背景についてたずねてみた。

「六歳でクラシックのピアノを習い始めました。小さい頃の夢はコンサートピアニストになることだったんです。けれども母は二言目には、『たいていの夢は悪夢に変わるものよ、アビゲイル。左右の目をしっかりあけておきなさいね……』といっていたわ」

スタンが不服そうな声をもらした。

左右の目をしっかりあけて、という言葉に反応したのか——彼は軍隊にいたときに片目の視力を失っている——それとも考え方そのものに異議を唱えたかったのか。

わたし自身はアビーの母親の考え方に絶対に同意できない。が、いまのところは黙っていよう。それがワシントンDCで生きるための知恵だ。わたしよりもこの街での経験を積んでいるガードナーから助言されていた。「この街で商売を続けるのであれば、るつぼをかき混ぜないこと。そっとすくい取るだけに留めることです……」

もっともな理屈だと思う。ここワシントンDCには国内のあらゆる州、この地球のあらゆる地域からさまざまな価値観があつまる。わたしたちのビレッジブレンドDCは文字通りブレンドであってほしい。この国を形づくる基本原則に忠実でありたいのだ——。

来る者は拒まず。

となると、友好的とはいいがたいボディガードも〝来る者〟のなかに含めなくてはならない。控え室の開いた戸口の脇に立つ、若い女性のシークレットサービスもそのひとりだ。

鍛え上げた運動選手のような体格の彼女は、下のフロアで演奏が始まった時から聴衆にまぎれ込んでいた。ジーンズとウィンドブレーカーという服装で周囲に完全に溶け込んでいたので、わたしはまったく気づかなかった。彼女がシークレットサービスのシャロン・ケイジと名乗り、アビーが控え室にあがってくる前に室内をチェックさせろといい出すまで。

金髪を後頭部の高い位置できゅっと固くポニーテールにまとめているのは、仕事用のスタイルなのだろう。ケイジ護衛官は眉をひそめて険しい表情で、テーブルについている一人ひとりをじっくりと吟味するように順繰りに見据える。いちばんの要注意人物は、どうやらわたしらしい。アビーに質問を浴びせているのが、お気に召さないようだ。

米国憲法修正第一条で、まだこの国では言論の自由は保障されているはず……。

アビーに学業についてたずねると、アメリカン大学で政治学を専攻しているという。これには驚いた。

「音楽の学位をめざしているのではないの?」

アビーが肩をすくめる。「意味ないもの」

「なんだって?」ガードナーだ。「なんてことというんだ、アビー。これほどの才能があるのに、どうして素直に認めようとしないんだ」

アビーが笑う。「それはあなたの見解よ。その気持ちはうれしい。でもね、わたしは世界でもトップレベルの指導者のレッスンを受けてきたの。彼らの意見はみな同じ。そこそこうまく弾けるけど、高い評価を受けるレベルには達していない」

耳を疑った。「今夜あなたの音楽を聴いた人は皆、高く評価したはずよ。それにあなた自身、ピアノを弾くことを深く愛していることも伝わってきたわ」

「その通りです、ミズ・コージー。音楽には不思議な力があって、それなしでは生きられない」彼女は両手でぎゅっと自分を抱きしめ、腕のタトゥーをさすっている。何年も使っていたタトゥーだ。「寮には電子ピアノを置いているんです。音符で旋律を描いた機種なので生ピアノと同じ感覚で弾ける……」彼女が肩をすくめる。「弾く時には人の迷惑にならないように、いつもヘッドフォンをつけて……」

彼女の言葉が途切れ、わたしは彼女に身を寄せた。「ねえ、アビー、ニューヨークの店では若いアーティストがスタッフとして働いていたのよ。バリスタとして働いて生計を立てながら、画家、役者、作家、ダンサーの道を追求していた。彼らから教わったことがあるわ。なにかわかる？」

「教わった？」

「どんなアートでも、日々自分を磨いてひたむきに努力を重ねる行為そのものに価値がある。世界最高のレベルであってもなくても、そんなことは問題ではない」

「よくわからないわ」アビーが怪訝そうな表情を浮かべる。「だって、そこがいちばん大切でしょう？　なにごとも〝最高〟をめざして必死にがんばるべきではないの？」

スタンがうめくような声をもらした。「最高のレンタカー会社、みたいにな」

「最高のフットボール・チームとか？　おれたちはナンバーワン！　一等賞」ジャクソンが笑いながらいう。

スタンはスティックを取り出してリズミカルに打ち始めた。バンドのメンバーたちはホーホーと声をあげ、手を打ち鳴らし、「最高、最高、人類の最高峰！」と声をかける。

アビーが笑い出すと、一同はようやく静かになった。そこでスタンがミス・アメリカを発表する際のドラムロールを始めた。「いよいよ受賞の瞬間です。ワシントンDCのコーヒーハウスのテーブルで演奏するアイパッチの最高のジャズ・ミュージシャンという賞に決定です。ヒャッホー！」室内はしんと静まり返り、スタンがアビーに向かってにやりとした。

「これこそ完璧な人生だ」

「わかった、降参よ」アビーがスタンに微笑み返した。「決してそんなふうに考えているわけではないわ」

「いや、そう考えるべきだ」スタンがいう。「必死で〝世界最高〟をめざすのと、〝自分の最高地点〟をめざして必死になるのは、形而上的にはまったく別物だ」

「そうだそうだ」ジャクソンが拳を突き出し、スタンがそれに自分の拳をぶつける。そこにテオも加わる。

ガードナーだけは加わらず、腕組みをした。

「あなたはそうは思わないの？」わたしはたずねてみた。

「彼らに賛成です。しかし現実を考えるとね。世の中を見れば、大半の人はそうは考えていない」

「どういう意味だ？」スタンは詰め寄るようないきおいだ。

「アビーは鋭いところを突いているってことだ。うれしいことではないが。芸術活動全般をスポーツみたいにとらえる風潮だ。政界の選挙戦みたいに勝ち負けを競いたがる」ガードナーは一瞬、わたしと目を合わせた。

アビーがうなずく。「この国にいると、あらゆる人が、あらゆることで競い合うように焚きつけられているみたいに感じる」

「全員がそうなっているわけではない」スタンは強い口調だ。「それにあらゆること、でもない。真の芸術は競争とは無縁だ。芸術とは、表現だ」

わたしは身を乗り出してアビーに話しかけた。「ニューヨークのビレッジブレンドにつどう人も、まった同じ考えよ。自分のなかでアートが芽吹いている。だから表現する。それでいいの。そのことだけに忠実であればいいのよ」

「みなさんの気持ちはほんとうにうれしい。でも……」アビーが首を横に振る。「ここにこうして来ることだけで、わたしには冒険なの。ガードナーとスタン、それからオープンマイクのミュージシャンにも支えてもらっている。演奏するたびに、ほんとうに幸せなの。でも勘ちがいしてはいけない。現実の人生と混同してはいけないのよ」

「なぜいけないの？」わたしは黙っていられなかった。「ガードナーはあなたに演奏してもらうために時間枠を設定して、きちんと報酬を支払うことを本気で検討しているはずよ」

ガードナーがうなずく。「その通りです」

「ねえみんな、わたしには絶対にそんなの無理だって、わかるわよね」アビーがテーブルを囲む全員をさっと見回し、それからわたしを見つめた。「わたしが何者かご存じですよね、ミズ・コージー」

「ええ、ついさっき知ったわ」

「それなら、もはや私人ではないこともおわかりですね。外界とは切り離された生活を送り、責任も追わなくてはならない。家族、祖国、それ以外の人に対しても。だからわがままをいってはいけない。わたしのことを思って最良の選択をしてくれるのだから」

「心の底から幸福になれることがあるのに、ほかにどんな選択肢があるというの?」

思わず口走ったわたしの言葉に、なぜかアビーが表情をくもらせた。

「心の底から幸福」というひとことで、若い女性がなぜこんなに暗い反応をするの?

そのときアビーが腕のタトゥーを撫でるようにすうっと触れた。なにげなく視線をむけたわたしは、愕然とした——そうか、そうだったのか。

アビーの左手首に、筋状に盛り上がった白い傷跡が見えた。柔らかな皮膚に痛々しい傷跡がいくつもある。彼女は右利きだから、まちがいない。自殺を図ったのだ。

しかも、その傷は縦方向に走っている。

アビーは命を絶とうとした。本気で死のうとしたのだ。

5

衝撃だった。なんとか言葉を呑み込んだが、表情を取り繕うことができない。

そんなわたしの様子を察したのか、ガードナーが話を続けてくれた。「ミズ・コージーはきみがすばらしい天分に恵まれているといいたいんじゃないかな。せっかくの才能を生かさないなんてもったいないと皆思っている」

「いいのよ、そんなにいってくれなくても。たいしたことはないのだから」

「いや、ちがうね」ガードナーは引き下がらない。「過去にきみの音楽の能力を認めなかった連中は、聴くジャンルをまちがえていた。ジャズは独学で弾いていると話してくれたね。そこだよ。バッハからビバップへの転換。きみはそれを必要としていたんだ」

「ジャズはとても心地いいわ。即興が好きでたまらない。自由を手に入れた感じ」

よくわかるよという表情でガードナーがうなずく。「ミュージシャンとどんどん競演して場数を踏むといい。もう寮の部屋でひとりぼっちで弾かなくていいんだ。やがてきみはスターになって輝く。それは決して〝わがまま〟ではない。家族が心配しているとしても、それは杞憂《きゆう》だ。むしろきみを誇らしく思うべきだ」

「自分の娘なら、まちがいなく誇りに思うわ」わたしも加勢する。「わたしたち、音楽上の家族になれないかしら――一晩中ジャズを演奏したいとあなたが望むなら、よろこんでその場を提供するわ」

「ほんとうに？」

「もちろん！」ガードナーとわたしの威勢のいい声がそろった。

「約束はできないけれど、でも……」アビーが下唇を噛む。「よく考えてみます」

「だめだ」スタンだ。

だめ？　水を差すような言葉にあぜんとして、反射的にいい返そうとした。が、スタンはテーブルの上のアビーの手に触れ、やさしく指を握った。

「考えるのは、だめだ」スタンがいう。「ジャズは考えるものではなく――」

「――感じるもの」アビーはスタンと声をそろえて最後までいい切った。「知識を手放すこと」

ふたりが笑い出すと、ケイジ護衛官はそれまでわたしに向けていた険しい表情をスタンに向けた。

アビーは気づいている様子もなくスタンに顔を向け、目下ふたりで取り組んでいる二重奏について話し始めた。彼女の生き生きとした表情を見て、わたしまで笑顔になった。けれどもアビーが黒い髪を後ろにさっと払った拍子に白い傷跡がのぞき、真顔にもどってしまった。ファーストファミリーについて、くわしくは知らない。パーカー大統領は中道派の上院議員を長く務め、党内で出世し、これといってドラマチックな要素もないままホワイトハウス入りした。大統領選挙期間中、メディアの寵児《ちょうじ》となったのはアビーの兄、キップだった。ハンサムで率直に発言するキップとは対照的にアビーは目立たない存在だった――寡黙で慎重で人前に出るのを好まない。彼女が写った写真を思い出してみると、いま目の前にいる人物とはまるで別人だ。彼女にまつわるエピソードは、いい意味でも悪い意味でもこれといって記憶にない。

ふと我に返ったのは、年配のアシスタント・シェフ、ルーサーがあらわれたからだ。にこにこしながら、厨房からおいしいものを見繕ってトレーに豪勢にのせて運んできた。手羽肉の照り焼きにピリ辛のカロライナマスタードソース添え。揚げたてのサクサクのステーキフライ、カリッとした食感のふっくらしたオニオンリング、ミニサイズのミートローフにはマッシュしたベビーレッドポテトとガーリックグレイビーを添え、甘辛いハニーチリ・チキンもある。デザートにはコーヒーカップにアップルクリスプとオートミールクッキークランブルが用意されている。食べる際にはシナモンとバニラビーンズのお手製のアイスクリームをのせる。

どれもルーサーが水曜日に黒板に書いて出すスペシャルメニューだ。思った通り、アビーとバンドのメンバーは嬉々として手を伸ばした。店のお客さまも、きっと同じはず。無理もない。なにしろ若き総料理長の高価なスタンダードメニューはやたらと凝ったものばかり――。

黒米に豚の三枚肉とタコをのせた一皿、ハチノス（牛の第二胃）入りチョリソーとピメントのナージュ風、オスロ風クリームソース添え酢漬けニシン、ワサビマヨネーズ入りツナバーガー、オリーブオイルジェラートにローズマリーショートブレッドを添えた一皿……。ベーコンとシーフード、牛の胃、珍しいノルウェー料理、緑色のマヨネーズを使ったツナバーガーがいけない、などというつもりはない。それに、彼がつくるオリーブオイルジェラートが絶品であるのは事実だ。

しかし勘定書は嘘をつかない。タッド・ホプキンス・シェフは五年前ならマンハッタンの料理評論家たちから「天才料理人」と絶賛されたかもしれないが、いまジョージタウンでわたしたちが経営しているジャズスペースで、彼のグルメ向け料理は総スカンを食らっている。

店の厨房が利益を出しているのは火曜日と水曜日の夜だけ。それはシェフが休日でルーサーが厨房に入る日なのだ。ルーサーは気取らない料理を日替わり定食として手早くつくって出す。

これまで総料理長とは料理についてたびたび話してはみた。しかしそのたびに彼はつっぱねた。今夜わたしがジャズスペースに来たのは、お客さまの声をじかに聞くためだった。スタンがガードナーの耳元でなにか話している。その数分後、共同マネジャーのガードナーは口元についた手羽肉の照り焼きの甘辛いタレをぬぐい、咳払いをした。すでに彼は何本も手羽肉をたいらげている。

「アビー、来週の土曜日の晩にまた来ないか？　もちろん、演奏するために」

「土曜日はオープンマイクの日ではないわ」

「その日のゲストの演奏者が来られなくなった。だから仕事として報酬を支払わせてもらう。スタン・スティックスからも強い要望があった」ガードナーはドラマーのスタンを軽く突いた。キャプテンアメリカのアイパッチをしたスタンはにこりと笑顔を浮かべた。

「きみたちふたりで例の二重奏をやったらどうかな。スタンはやりたがっているようだ」

「すてき！」アビーが歓声を上げ、スタンのほうを向いた。「でも、まだ練習が足りないんじゃないかしら？　難しい箇所がいくつか残っているわ」

スタンが肩をすくめる。「それなら毎日練習すればいい。まだ一週間以上ある」

アビーの目がキラキラと輝くのをわたしは見逃さなかった。

「やってみたいわ……」

「やればいい」ガードナーだ。「才能を生かそう――」

「椅子も生かそう」スタンがつけ加えた。

アビーが目をパチパチさせる。「椅子？」

「いっぱい並べるんだ！」彼が前に身を乗り出す。「きみのファンのためにね。来週の土曜の晩にアビー・レーンがフルセットのライブをするとガードナーが告知を貼り出せば、ファンはきみの演奏を聴きにくる。ファンじゃなくても来るだろう」

「やると言ってくれ」ガードナーがうながす。「伴奏はこのバンドが引き受ける。いいだろう、みんな？」

「もちろんだ！」

アビーが笑顔を浮かべ、無言のままこくりとうなずいた。〝やります！〟

「決まりです、クレア。これで出演者のブッキングの件は解決した……」ガードナーは続けて、本番さながらにアーティストの紹介を始めた。「さて皆様、いよいよアビー・レーン・ウィズ・〈スリー・オン・ザ・フロア〉のワールドプレミアです！」

若者たちが盛大に拍手し、わたしも加わった。部屋のなかでただひとり、にこりともしていないのはシャロン・ケイジ護衛官だった。

アビーの笑顔が輝くほどに、シークレットサービスの眉間のしわは深くなっていった。

6

「つまり、きみはその晩初めてアビーのことを知ったんだな？」マイク・クィンは前方の道路に視線を向けたまま、念を押した。「きみが経営するジャズスペースに何週間も前から彼女が来ていたとは、まったく知らなかったということか」

助手席のわたしはうなずいた。「わたしはおもにコーヒーハウスを受け持っているから──早朝から夜遅くまで。あの晩、ジャズスペースに行ったのは、ディナーのメニューの問題をガードナーと相談するためよ」

「彼女の正体にだれも気づいていなかったと言われても、信じられないな」

「ほんとうよ。彼女はレトロなデザインの大きなメガネをかけていたし、髪型も全然ちがっていたわ。大統領選のときの写真はあまり憶えていないけれど、たしか金髪の巻き毛だったはず。アビー・レーンを名乗る彼女はまっすぐな黒髪……」

咳払いをするつもりで言葉を切ると、咳が出て止まらなくなってしまった。

マイクは片手を後部シートに伸ばして透明なペットボトルをつかんだ。「これを飲むといい。ワシントンＤＣを出てからずっとしゃべり通しだ……」

傾いた太陽の光が容赦なく照りつけ、彼の顔に刻まれた深いしわを浮き彫りにしている。がっしりした顎には無精ひげがまばらに見える。砂色の髪よりも濃い茶色だ。疲れているにちがいない。彼の青い瞳はフロントガラスをまっすぐ見据えたままだ。

渡されたボトルの液体をわたしは見つめた。「これよりプリモ・スラウェシのダブルエスプレッソが飲みたいわ」

「カフェインに飢えているなら、いったんストップしてあの手の店に寄るか？」

マイクが頭で示した先には、全米で大々的にフランチャイズ展開するコーヒーとペストリーの店の広告が出ている。

わたしは眉をひそめた。「とちゅうで停まるのは危険。あなたのいう通りよ。危険すぎる」

彼が愉快そうな表情を浮かべ、ウィンドウを少しあけた。ヒューヒューと音を立てて風が吹き込み、車内は新鮮な田舎の空気でいっぱいになった。

ボトルの蓋をまわしてあけ、ひとくちゴクリと飲んでみた。しゃべり通しですっかり嗄《か》れていた喉を生暖かい水がやさしく撫でるように落ちていく。いちいち見なくてもマイクにはわかるらしい。

「しばらく声帯を休ませてやればいい」

「今度は、あなたの話をききたい」

「わたしの話？」

「わたしはあなたの信頼にこたえたわ。少しはお返しがあってもいいんじゃない？」

マイクは長々と息を吐き出し、うなずいた。そしてようやく、いまわたしたちがどんな状況に置かれているのか、かいつまんで説明してくれた。じつに短い言葉で。

ようするに、わたしは追っかけられている。

この歳にもなって追っかけられているなんて聞かされたら、褒め言葉と受け止めたくもなるのが女心。しかし、全米各地の警察署に「指名手配」と掲示される可能性があるとしたら、そんな悠長なことはいっていられない。なんと、マイクはわたしが残忍な殺人事件の主要容疑者になっていると知ったのだという。

それだけなら、まだよかったのだが。

「それだけ？」わたしは念を押した。「まだなにか隠しているわね」

「すまん。じつはＦＢＩもきみの〝取り調べ〟をしたがっている」

「理由は？　ワシントンＤＣの殺人の件？」

「いや。共謀して大統領の娘を誘拐した件だ」

「なんですって!?」

この状況をどうとらえたらいいのか、ふたりで話し合っても結果は変わらない。地元警察で容疑者扱いされているとなると、ＦＢＩの受けは〝相当悪い〟だろう。

「殺人の容疑だけなら、最高の弁護士をつければすむ。しかしＦＢＩがからむとなると、事はそうかんたんではなくなる。彼らに連行されたら、きみに接触するのは不可能だ。きみがひとりでどれだけ持ちこたえられるか。彼らの……」

「なに？　ちゃんと話して」

マイクが大きく息を吸い込み、一気に吐き出す。「彼らがどんな戦術で口を割らせようとするのか、わかるんだ」

「圧迫的な取り調べ？」

「そんな目に遭わせるわけにはいかない。まして、複数の状況証拠だけで犯人に仕立て上げられてたまるものか」

「いずれ見つかるわ。追跡されて捕まる。それはあなたが一番わかっている。そうでしょ？」

「ああ。しかしこんなささやかな逃避行でも時間が稼げる」

「その時間でこたえは見つかるの？　当局にわたしの身柄ではなく、真実を渡すことはできる？」

「わたしの身柄もだ。もはやきみだけの問題ではない。こうして警察の追っ手から逃れるのに手を貸している。きみがどんな罪に問われたとしても、わたしも従犯者だ……」

わたしはぎゅっと目を閉じた。叫びたかった。でも、叫ぶ代わりに新鮮な空気を思い切り吸い込んだ。

マイクはあえて危険に飛び込もうとしている。そうはさせたくない。けれどもわたしはこの人を信頼している。いまわたしたちが逃亡しているというなら、その必要があるということだ。この厄介な状況からかんたんに抜け出す方法はない。

ふたたび目をあけると、少し気分がおさまっていた。目をあけたところで、たいしたものが見えるわけではない。木々やガードレールだけが延々と続いている。小さな町が近づき、遠ざかる。雑草、ガードレール、さらに雑草――そのうらぶれた光景はいまのわたしたちに似つかわしい。標識があらわれ、マイクが角を曲がった。

「どこをめざしているの？」

「ボルチモアだ」

「ボルチモア⁉」

ワシントンDCを出てからずっと裏道を走ってきた。ボルチモア・ワシントン・パークウエイを使えばあっという間に着くはずなのに。マイクにそう言ってみた。

「そしてあっという間に見つかっただろう。いいか、これはわたしの車ではない。だからレーダーに引っかからずにすんでいる。だがFBIは顔認証システムを使って大掛かりに追跡できる。交通量の多いハイウエイを走行しているところを彼らに見つかれば、ヘリコプター、スティングレイ（携帯電話・スマートフォンの通話を傍受、位置追跡などができる装置）、ドローンを駆使して追跡してくるかもしれない」

赤信号でマイクがわたしのほうを向いた。「彼らは主要幹線道路で目を光らせているだろう。そこを走るのは自殺行為だ」

マイクはなおも、さびれた道路を選んで車を走らせる。

「ところで、ボルチモアにはなにがあるの？」さっきから聞きたくてたまらなかった。

マイクが首のストレッチをした拍子に関節が鳴る。

「休息を取って車を乗り換える――」

「そもそもこのSUVの持ち主は誰？　お願いだから盗んだなどといわないで」

「借りた。同僚が急に個人的な理由で休暇を取った――親が病気で、飛行機でよその州に飛んだ。彼に頼まれて、修理に出していた車を引き取ることになっていた。だからキーを預かっていた。誰もこのことは知らない」

「わたしたち、車の窃盗犯でもあるということ？」

「きちんと返すつもりでいる」

「銃痕がついていない状態で返せることを願うわ」

「そうする」

「ボルチモアではそれだけ？　休息と新しい車だけ？」

「きっと手がかりがある。そう考えている……」

マイクはボトルをわたしから受け取って中身を飲み干した。

わたしは彼の腕に触れた。「気が張っているのね。疲労が溜まっている。運転を交代するわ」

「それより後部シートからもう一本水のボトルを取ってくれないか。それからもっと話してくれ」

「アビーについて？」

「二度目に彼女を見た時のことだ。正確にはいつだ？」

「最初に会った時から一週間と一日経ってから。〝ノクス・ホレンダ〟とわたしが呼んだ日よ。ほんとうにおそろしい夜だった」

「何曜日だ?」

「木曜日。滑り出しは順調で、まさかあんなことになるとは思わなかった。いよいよ土曜日にアビーがメインの演奏者として大々的にデビューを飾ることになっていたから、その日はずっとガードナーと打ち合わせをしていた。準備は整っていた。でも、ただひとつだけ大きな問題が残っていた。メニューよ。だからわたしは自分の店に押し入ったの」

「『押し入った』といったのか?」

「人様の店ではないのだからおかしな話だけど、それでもコーヒーハウスに押し入ったのよ」

「なにがあったんだ? 鍵を忘れたのか?」

「いいえ、それどころかすべての親鍵を持っていったわ」

マイクがちらっとこちらを見た。「本腰を入れてききたくなった。最初から頼むよ」

ゆっくりと水を飲んでから、わたしは話を始めた。

7

わたしは黒いブーツ、黒いジーンズ、黒いトレンチコートという出で立ちだった。セキュリティシステムを解除し、正面のドアをわずかに開けてなかに忍び込んだ。

がらんとした一階のフロアのテーブルと椅子は黒い蜘蛛《くも》の巣のように見える。灯りをつけるつもりはない。そのとき、ウィスコンシン・アベニューを首都警察のパトカーが通過した。

わたしは暗がりに身を隠し、パトカーが見えなくなるまで待った。

自分が経営している店に入るのだから、なにもやましいことはない。でも今夜は誰にも見られたくない。足音を立てないようにそっと移動した。すると二階から音がして、その場で凍りついた。

最初にきこえたのは笑い声。それからジャズの曲が数小節……。

ガードナーとバンドのメンバーが閉店後にジャムセッションをしているのね。

ガードナーに気づかれて説明するのは、かなり気まずい。それでも短気な総料理長とこれ以上口論するのにくらべたら、はるかにましだ。シェフが店を引きあげていますようにと祈った。

ワシントンＤＣに移って心機一転がんばると決めたときには、わくわくしていた。なにもかもがスイスイとうまくいくと信じていた。いま思えば、とんでもなく愚かだった。水槽のなかでスイスイ泳ぐつもりが、巨大鮫《ざめ》があらわれた。キラリと輝くビーズのような小さな目、スポーツ刈りにした金髪、生意気な薄笑いが鼻につく、白いシェフコートの鮫だ。

長年マネジャーをしてきたけれど、まさか自分の店にこっそり侵入して嗅ぎ回ることになるとは思わなかった。それもこれもタッド・ホプキンス・シェフのせいだ。

両開きのスウィングドアを抜けて厨房に入り照明をつけた。蛍光灯の光が眩《まぶ》しくてなんどもまばたきしてしまう。

ここは禁断の地。

話し合いが決裂し、ホプキンスは自分が仕切る厨房にわたしが入ることを禁じたのだ。〝永遠に〟入ってはならぬと。そんな横暴にも、それ以外の彼の失態にも、わたしは耐えるしかない状態だ。ホプキンス・シェフは鉄壁の雇用契約書で二年間身分が守られている。契約書には厨房の〝完全な指揮監督権〟が含まれており、わたしたちがそれに違反した場合、巨額の違約金が課せられる。だから彼は強気なのだ。

さらに、わたしは彼の雇用主ではない。だから解雇できない。その権限を有しているのはわたしたちの雇用主、マダム・ブランシュ・ドレフュス・アレグロ・デュボワだ。マダムはいま、この騒動からはるか遠く離れたニューヨークのペントハウスの自宅にいる。

二十一歳の若き〝天才〟に夢中になって〝釣り上げた〟のはマダムだ。そうやすやすと考え直してはくれないだろう。もしも、ホプキンスが契約に違反している証拠をつかむことができれば、彼をここから追い出すことができる。そしてもっと有能な人物に厨房をまかせることができる——ルーサー・ベルこそ、その人物だ。

アシスタント・シェフといっても、ルーサーはタッドよりずっと年上だ。しかし年齢は関係ない。タッド・ホプキンスがあまりにもおとなげないのが問題なのだ。

そこへいくとルーサーはおとなだ。つねに冷静でものごとに集中していられる。タッドになにをいわれても平気だ。それにルーサーはとても温かい人柄で、皆を包み込んでしまう。彼がつくる料理も、温かい人柄そのもの。

店のステージで毎晩演奏されるジャズの情熱的な調べのように、ルーサーの料理をひとくち味わうと彼の愛が伝わってくる。

ホプキンス・シェフは才能にめぐまれている。しかし野心とエゴですっかり目が曇ってしまい、判断能力を失ってしまった。それが害をまきちらしている。最初は、そんなところはみじんも見せなかった。心優しい老雇用主はそれでころっと騙《だま》された。愉快で魅力的な人物を演じられるのもホプキンス・シェフの才能だ。いっぽうわたしは、いつか彼とわかりあえる日がくると信じていた。ずっと信じていたのだ。

でも、朝一番の口論でそれが幻想だと気づいた。

お客さまは彼の料理に満足していないという証拠をつきつけたら、きっと工夫してくれるはず！

わたしはそんなふうに考えていたのだ。けれども天狗になっているシェフは料理が不評であるという事実を受け入れなかった。それどころかガードナーとわたしにクレームをつけた。料理の価値がわかる客をなぜ集めないのかと。

「ビレッジブレンドにはもっと知的なマネジメントが必要だ。あと広報チームもだ。高い報酬を出して雇えばいい」それにぴったりの人材として彼は友人ふたりの名を挙げた。

いっそ首を絞めてやろうかと思いながら、いうべきことをいってやった。ここはジャズを聴かせるクラブであって食通向けの料理をつくるシェフの神殿ではないのだと。

そのひとことで風向きが変わることもなく、シェフは即刻わたしに厨房への立ち入りを禁じた。

アビーの大々的なデビューの日はまぢかに迫っている。だからわたしは決心した。土曜日にはルーサーの料理でいく。彼が黒板に書く昔ながらの家庭的なメニューを出す。まちがいなく、大忙しの夜になるだろう。

その日の午後遅く、わたしは厨房の両開きのドアの前に立った。タッド・ホプキンスが仕切る厨房に入るつもりだ。今朝のやりとりは散々なものとなったけれど、あれで終わらせるつもりはない。身の程知らずのシェフに今度こそ身の程を思い知らせてやらなくては。

「おや、クレアじゃないですか！　こんな時間までどこに雲隠れしていたんです！」

温かく迎えてくれたのはタッド・ホプキンス・シェフではなく、ルーサーだった。満面の笑みを浮かべ、ステンレスがぶつかって騒々しい厨房で低音をとどろかせた。

「あなたも知っている通り、ここに顔を出すとシェフは嫌がるから」

「嫌がるのはあの人だけだ。彼はいま厨房にはいませんよ。だから入っちゃえばいい！」

少し迷った。シェフが不在だからアシスタントに話すというわけにもいかない。でもフライパンからジュージュー音がして、魅惑的なにおいが漂ってくる。そういえば、もう何時間も食べていない。

気がついたら前に足を踏み出していた。喉の渇きをいやしたい遊牧民がオアシスへと歩いていくように、心躍らせ舌なめずりしながら……。

8

ルーサーの白いシェフコートはシミが飛び散りカラフルな柄を描いている。あずき色の眉は熱でギラギラ光り、短く刈った銀髪は巨大なフライパン用の蓋と同じ色合いだ。

「これはワインの匂いかしら？」

「リンゴ酒」

彼はウィンクをひとつしてフライパンの蓋を持ち上げ、料理の魔法の成果を見せてくれた。刻んだベーコン、ヴィダリアオニオン、色鮮やかな赤ピーマンと大量のサヤインゲンがジューシーなスイートタルト・グレーズのなかで食べごろになっている。

「味見したい？」

「ひとくち、いい？」

ルーサーはコーナーテーブルに移動して、料理を少しボウルに入れて誇らしげに出してくれた。

ひとくち味わったとたん、あまりのおいしさに口のなかが唾液でいっぱいになった。甘辛さの秘訣はリンゴ酒と甘いリンゴジュース、ベーコンのいぶくささ、カラメル化したタマネギの豊かな味わいとアルデンテの豆のかすかに残るサクサクとした食感だ。

次にルーサーはバターミルク・フライドチキンウィングを盛った皿を置いた。

「これがまた最高の取り合わせだ」自慢げな口調だ。「連邦政府のビルのカフェテリアで働いていたあいだ、コールスローを十四トンはつくっていただろうな。断わっておくが、ルーサー・クリスチャン・ベルはコールスローに飽きたわけじゃない。しかしものごとには変化が必要だ。だから祖母のバターミルク・フライドチキンに添えるのはインゲン豆がいい。手羽先を使ったのは価格を抑えるため。一皿に少しでも多く盛りつけられるしね」

わたしはうなずいた。「ナイトクラブではポーションが小さいほうがよろこばれるわ」

ルーサーの直感は冴えている。なにより三十年前から料理の道ひとすじだ。海兵隊での仕事を皮切りに、ニューオリンズ、ワシントンDCで政府機関のさまざまなカフェテリアで働いた。バージニア州ラングレーのCIA本部、有名な米上院の食堂でも働いていた。

厨房にいる時の彼は水を得た魚のようだ。こんなに料理を楽しむ人物はいままでにいなかった。ルーサー本人が語ったところでは、料理への愛が生まれたのはサウスカロライナの元奴隷だった高祖母の膝の上だったそうだ。

「おいしくてほっぺが落ちそう」食べながら感想を伝えた。「チキンの外側はカリッとしていて、中はジューシー。それにこのインゲン豆！　新鮮でしゃきっとしていて、潑剌《はつらつ》とした風味をまとって、あなたのフライドチキンにはぴったり」

ルーサーの笑顔が輝いている。ピカピカに磨き上げられた厨房の輝きがくすんでしまいそうだ。

「リンゴ酒と豆を使ったこの料理はいつメニューに加わる予定？」

「来週だな。今夜、スタッフの夕飯のまかないに出して反応を見てみる」

「今夜の特別メニューとして黒板に加えてみたら？」

「それはわたしの権限では……」

むろん、それはわかっている。ホプキンス・シェフが厨房に入っているときには彼が特別メニューをつくる。しかし注文数はルーサーの時とくらべるとがたっと落ちる。

「ホプキンス・シェフの今夜の特別メニューはなに？」

ルーサーはくすっと笑ってしまうのを噛み殺そうとしている（料理のことでわたしとホプキンスがしじゅうぶつかっているのがおかしくてたまらないのだろう。今夜の特別メニューはわたしとホプキンスとのあいだの次の火種になるとわかっているようだ）。

「たしか、一品目はザクロがけポークチョップだった」

「カリカリしたうっとうしい種は取り除くのかしら？」

またもやルーサーは笑いをこらえている。

「ほかには？」

「ひな鳥と黒コショウのきいたイチゴのコンポート」

気色悪いというジェスチャーでわたしは顔をそむけた。

ルーサーが鼻を鳴らして笑っている。

「気持ちを立て直したから、次の料理を教えて」

なぜかルーサーはわたしの目をじっと見据える。なんとも真剣な表情だ。

「彼はシートラウトにクランベリーチャツネを詰めたものを準備して、いまフリーザーに入っています」

「冗談、よね?」

「冗談をいっている顔に見えます?」

「新鮮なシートラウトが昨日届いたのは知っているわ、業者にわたしが支払いをしたから――」ひどすぎる。わたしは心のなかでつぶやいた。「それがなぜ、どうして冷凍されているの? 冷凍はホプキンス・シェフの〝天才的〟下ごしらえのなかの手順の一つなの?」

ルーサーが筋張った腕を組む。「わたしが知っていることといえば、シェフが昨夜トラウトを彼のミニバンに積んだということだけです。そして今日の午後、彼は下ごしらえして一人前ずつ小分けしたものを持ち込んでフリーザーに詰め込んだんです」

「意味がわからない。それをどう調理しろとあなたに指示したの?」

「電子レンジでチンしろと。袋のままシートラウトを蒸すんだそうです」

「というと、あの新鮮でピチピチしていたトラウトはすべて、いまビニール袋に入っているということ? 蒸すために――しかも電子レンジで? そもそもいったん魚を厨房から持ち出して、それでもどしたの?」

「ここは彼の厨房ですから」ルーサーは両手のひらをこちらに向け、自分はタッチできないのだと示す。

「いまのところは、ね。その魚を見せてもらえる?」

ルーサーのあとに続いてウォークインフリーザーに入った。わたしは震えながら、下準備のすんだ魚に目を走らせ、だいたいの量を目算した。注文して支払いをした分の半分くらいか。

「なにをしているんですか?」ルーサーがたずねる。

「ちょっと確かめようと思って……」シェフが下ごしらえしたという魚を袋から取り出し、わたしは思わず眉をひそめた。冷凍焼け? 二十四時間も経っていないのに? おかしい……。

ウォークインフリーザーは零度の寒さだというのに、身体のなかの血は沸騰しそうだ。

「うちの総料理長はいまどこ?」

「個人的な約束があるそうで」ルーサーがこたえる。「それをすませて戻るといってました」

まあ、高給で雇っている総料理長がディナーの支度の最中に私用で外出? それになぜ彼はこの魚を店の外に持ち出したの? 注文した魚の残りの半分はどこ? それに中部大西洋で獲れた新鮮な魚が、北極の雪の吹きだまりのなかに一カ月も放置されたみたいに見えるのはなぜ?

これは放っておけない。そこで昼間のシフトを終えても店から引きあげずに、ホプキンス・シェフを待った。ようやく帰ってきた彼に詰め寄った。

予想はしていたけれど、ホプキンス・シェフはまたしても激怒した。土曜日にルーサーの料理をメニューに載せることは断固として拒否。新鮮なシートラウトをめぐる不審な行動についての説明も拒否した。

しかたなく、こうして深夜に店に入ることにしたのだ。ホプキンス・シェフから回答を得られないのであれば、自力で探り出すしかない！

9

そんなわけで午前一時、ふたたびわたしはホプキンスの厨房に入った。

複数の冷蔵庫が立てる静かなブーンという音をのぞけば、室内は静かそのもの——そしてシミ一つない。シェフの目がしっかり行き届いているのは認めよう。

輝きを放つ銀色のカウンター、頑丈なコンロ、二階に料理を上げるための専用の小型昇降機の脇を通り抜けた。角を曲がり、短い廊下に入った。そこにはホプキンス・シェフの個人用のオフィスがある。狭い物置を転用したスペースだ。彼はつねに鍵をかけている。

それを知っているから、マネジャー用の親鍵の束を準備してきた。巨大な輪っかには二十二本もの鍵がぶらさがっている。そのうちの一本をドアノブの穴に挿し込んでみた。まわらない。

あら、変ね。どうやらシェフはドアノブごと錠を替えたらしい。

ホプキンス・シェフへの不信感が一挙にレベルアップし、いま頭のなかでは警報ベルが鳴り響いている。そこへ——。

ドン！

ドン、ドン、ドン！

ぎょっとした。何者かが裏口のドアを叩いている。反射的に共同マネジャーのガードナーから聞いた話がよみがえった。

この建物の三階で暮らしているガードナーが未明におりてきたところ、厨房にホプキンス・シェフがいて、見るからに怪しげな中年の男と押し殺した声で話していたという。黒いレザーのロングコートを着たその男はいかつい風貌で、肌は青白く、髪の生え際は後退し、東欧系のなまりがあったという。

ガードナーがシェフになにごとかと尋ねると、即座に、「おまえには関係ない。いま見たことはとっとと忘れろ」と返されたそうだ（さすがチャーミングなホプキンス・シェフだ）。

ガードナーはその一件をくわしく報告してくれた。

わたしはニューヨークでの長年の経験から、レストラン業界は常軌を逸した激しい競争社会であると知っていた。そして準違法行為に手を染めるシェフたちがいることも。

ミシュランの星を獲得したマンハッタンのレストランでは、厨房のトップのシェフがロシアからキャビアを密輸入していた。別のシェフは店の給仕スタッフが得たチップの上前をはねた。チェルシーのガストロパブの経営者は、大手レストランチェーンのトラックから〝落ちた商品〟を割引価格で買っていた。

ビレッジブレンドDCでは、キャビアを使った料理は出していない。バリスタから上前をはねることもない。冷凍ロブスターを積んだトラックの運転手に賄賂《わいろ》を渡してケースごと置き忘れてもらう、なんてこともしていない。それはわたしが断言できる。

では、その見知らぬ東欧系の男性は何者？　なんの用事があってこの店のなかにいたの？　そしていま裏口の向こう側にいるのは誰？　その男だろうか。怪しげな目的でホプキンス・シェフに会いにきたのだろうか。たとえば、大量に仕入れた新鮮なシートラウトをディスカウント価格で購入し、安物の冷凍魚の半量を置いていく——悪事を隠蔽《いんぺい》するために。

真実を突き止められるかもしれない。そのためには裏口をあけてみるしかない（そう思ったら、一刻も早く確かめてみたくなった）。謎の中年男とあたりさわりのない話をして、なにか手がかりをつかめるかもしれない。この店を内側から食いつぶそうとしている鮫を退治するための有効な手がかりが。

まずは大きな肉切り包丁をつかんだ（相手がよからぬ考えを抱いた場合に備えて）。それから裏口の安全錠を解除した。カチャリと大きな音が響き、ドンドンと戸を叩く音がぴたっと止んだ。スチールのドアをわたしが手前に引くより先に、いきおいよく開いた。

冷たい夜風が一陣の突風となって吹き込むと同時に、品のいいスーツ姿の男性が飛び込んできた。わたしは体当たりされ、吹っ飛ばされてしまった。背中から床にばたっと倒れたはずみに手から肉切り包丁が離れた。そのまま汚れひとつない床の上を飛んでいく。

男はかっと目を見開き、両手は震え、わたしを見おろしている。

きれいにひげを剃り、洗練された顔立ちで、肌はミルクチョコレート色。東インド諸島、あるいはパキスタンあたりの出身だろうか——ガードナーが見たというレザーのコートの青白い肌の人物とはあきらかに別人だ。

そしてこの人物はアルコールの匂いをぷんぷんさせている！

「す、す、すみません」ろれつが回らない。「でも、どうしても見つけなくては！　まちがいなくここにある……」（じっさいには、こんなに明瞭な発音ではなかったけれど、言いたいことは理解できた）

わたしは両肘を床について身を起こし、彼の目をしかと見据えた。ダークネイビーのインクのように濃い色の瞳だ。ピンストライプの最高級のスーツを着ているが、シャツの首もとはだらしなくあき、ボタンが数個取れてしまっている。コートは着ていない。黒くて豊かな髪は乱れ、こめかみにはワイシャツと同じ白いものが混じり、ミルクチョコレート色の肌との対比でいっそう目立つ。

ほどけたネクタイが滑り落ちて、わたしのすぐ傍らの床に落ちた。そのとき、気づいた――。

〝この人には見おぼえがある！〟

「どなた？」つとめて冷静な口調でたずねた。「なんのご用？」

「どうしても見つけなくては」彼は同じせりふをくり返し、必死の形相で厨房のなかを見まわす。店のフロアとの境の両開きのスウィングドアに目を留めると、そちらに向かって駆け出した。

10

「待って！」わたしの声を無視して男は走る。いきおいあまってカートに激突し、ひっくり返ったカートからステンレスのフォーク、ナイフ、スプーンが飛び、わたしの頭上に降り注いだ。

それにもかまわず男は物が多い厨房をジグザグと走り、そのままスウィングドアの向こうへと駆け抜けた。

わたしは立ち上がり、彼の後を追った。走りながら大声を出した。

「助けて！　ガードナー！　誰か！」

厨房から飛び出すと、男が階段へと向かうのが見えた。

「助けて！」もう一度叫んだ。「酔っ払った不審者が一階にいるわ！」

二階にはアルコール類がある。男はバーをめざしているのかもしれない。

彼を追って階段を駆けあがっていると、ジャズスペースでテーブルが壊れるような音がした。それっきり不気味な静けさがおとずれた。アーチウェイを抜けてその場に急ぐと、ダイニングルームの中央には思いがけない光景が——。

スタン・スティックス・マクガイアが白い杖で侵入者の動きを封じていた。ステージ上には大統領令嬢アビゲイル・プルーデンス・パーカーが立っている。よほど怯えているのか、口が半開きのままだ。

こんな時間に、なぜアビーがここにいるの？

わけがわからず室内を見まわした。そこでおそろしいことに気づいた。

「アビー、警護の人たちはどこ？」

アビーは目を大きく見開いて首を横に振った。

やっぱり。ファーストドーターはここで、目と足を負傷した退役軍人のジャズ・ドラマーとふたりきりでいたということだ。シークレットサービスの護衛官がひとりも付き添わない状態で。つまり、強面のシャロン・ケイジ護衛官を始めとする警備チーム――銃器でしっかりと武装した一団――にまったく気づかれずに、真夜中に大学の寮を抜け出したのか。どんな奥の手を使ってそんなことをやってのけたのか、アビー本人に問いたださなくては。しかしいまはそれどころではない。

「うごくな」スタンは酔っ払いに命じた。

「スタン、気をつけて！」アビーが大きな声を出した。

その声をきいて、乱入してきた男はアビーのほうを見た。さきほどとは違い、すっかりおとなしくなっている。

「きみの父親……きみの父親」ろれつが回らない。なにをいおうとしているのか、ききとれない。わたしは男のそばに移動した。「真実……つかんでいる。それは……」

それだけいうと男の身体から力が抜け、両膝から床に落ちて身体全体が前にどさっと倒れた。硬いフローリングの木に額がぶつかって嫌な音を立てた。

「どういうこと、どういうことなの？」アビーの声が震えている。「この人は誰？　父のことをなにかいっていたわ」

スタンとわたしは倒れている男の横でかがみ込んで様子を見た。

息は苦しそうだが、ともかく呼吸はできている。スタンに手伝ってもらい、男を仰向けにしてケガをしていないか、気道になにか引っかかっていないかを確かめた。異常はなさそうだ。それでも、見るからに苦しそうだ。

「九一一に緊急通報しなくては」わたしはスマートフォンをつかんだ。

「心肺蘇生法《CPR》ならできる。軍で身につけた」

「わたしはガールスカウトで教わったわ。だから万が一、呼吸が止まっても大丈夫。だからあなたとアビーはここを離れなさい」

「しかし――」

「いう通りにして、スタン・マクガイア。大統領のお嬢さんがここにいるのを知られたらどうなると思う？　クラブの閉店後のこんな時間に、正体不明の不審者といっしょに、しかも彼女を警護しているはずのシークレットサービスがいない状態で見つかったら、もう二度と彼女に会えないわよ。それだけはまちがいない」

「なんだってこんなことに。しかたない、いう通りにします」

「さあ、彼女をここから連れ出して！」

「はい！」スタンがアビーの手をつかんだ。「行こう！」

「正面のドアの鍵をはずしてね」ふたりの背中に向かって叫んだ。「救急隊が入ってこられるように。でも裏通りを通るのよ！　きこえた？」

「了解《ラジャー》！」スタンの返事がきこえた。

ふたりが急いで階段をおりていく。アビーの大きな声もきこえた。

「ありがとう、ミズ・コージー！」

仰向けになった男が喉を鳴らすようなうめき声を洩らし、かすかに動く。わたしは九一一番に緊急通報した。

たっぷり三分間、見知らぬ男の傍らに座り込み、はらはらして命に別状がないかどうかを見守った。不規則な呼吸をきくうちに、ようやく頭がはたらいて、彼を見かけたときのことを思い出した。ここで見かけたのだ。一週間ほど前に。

あかぬけた中年女性とテーブル席にいた。アビーの演奏をききにきたというふたりは、最新のファッションに身を包んだ〝パワーカップル〟という印象だった。

あのときの男性が、なぜアビーがこんな時刻にここにいると知っていたのだろう。それに大統領についてわけのわからないことを口にした。『真実……つかんでいる。それは……』

男の呼吸の様子などをもう一度確認してみた。わたしにできることは、それくらいだ。でもアビーのためにできることなら、ある。彼女はこの男が何者かを知りたがっていた。いまなら確かめられる。彼の衣服をさぐってみた。

ポケットには半分空になったタバコの箱、食後のチョコレートミント（地元の名店J・シヨコラティエのもの）、上質なレザーの財布――紙幣、クレジットカード、アメリカ国務省の身分証が入っていた。たったそれだけ。

この人物についての「真実」は、まだあらわれてこない。

ちょうどその時、遠くでサイレンが響いた。

取り出したものをすべて元通りにして救急隊を待った。

11

救急車が到着し、走り去った。意識のない男は大学病院のメッドスター・ジョージタウンへとすみやかに搬送された。店には首都警察の警察官ふたりが残った。

がっしりした体格のアフリカ系のレジナルド・プライス巡査部長はすでにわたしから事情をきいて記録し、それを持って建物内を一階の厨房から二階のクラブまで歩き回っている。

もうひとりは、皆より少し遅れてやってきた新人警察官だ。彼がいまわたしに付き添っている。まだ少年のような初々しい顔立ちで、微笑むとえくぼが浮かぶ。ジュニアプロムから抜け出した高校生が青い制服と警察バッジをつけて警察官になりきっているみたいに見える。彼がトム・ランドリー巡査と名乗ったので、思わずきき返した。

「いえ、これが本名です」

「ご両親はきっとコーチにちなんで名づけたのね」

「なんのコーチですか？」

「ダラス・カウボーイズのヘッドコーチよ。一九七一年と七七年にチームを率いてスーパーボウルで優勝を果たしたわ」

彼は肩をすくめる。「祖父の名前をもらったときいています。祖父はゴルフばかりしていました」

「ごめんなさいね。神経が高ぶっていると、関係ないことを結びつけたがる癖があって……」

わたしはペンシルベニア州西部で育ち、祖母がいとなむ小さなイタリア食料品店の裏では父がスポーツの賭けの胴元をしていた。そんな生い立ちを彼に話そうとは思わなかった。父が違法な賭け事を生業にしていたからといって、娘のわたしが同罪であるはずはない。しかし、わずかでも胡散《うさん》臭い人物と思われる情報は伏せておきたい。

ほんとうは心が痛んでいた。警察に嘘をつくのは嫌でたまらなかった。相手がランドリー巡査のような初々しくて礼儀正しい警察官ならなおさら。しかしアビーのためであれば、やむを得ない。

店内にはわたし以外誰もいなかったと、嘘をついた。しかしそれ以外は、ほぼ真実をランドリー巡査とプライス巡査部長に語った。泥酔した男が大統領について口にした言葉、彼のポケットをあさったことも正直に話した。ただし、なぜあさったのかについては、嘘の理由をでっちあげた（ぜんそくの吸入器や持病の薬があるかもしれないから、と）。

「ケガをしなくてよかった。幸運でしたね」ランドリー巡査がいう。「ここにたったひとりで居合わせたわけですからね」

返事をする代わりに、若い警察官のためにカップにコーヒーを注いだ――神経が高ぶっていると気づくと、コーヒーをいれる癖がある。

ランドリー巡査は大きな音を立ててコーヒーを飲み、満足げにふうっと息を吐いた。

「いつもの店で飲んでいるのとはおおちがいだ」

「あら、ほんとうに……？」（ここできかずにはいられない）「いつもはどこで？」

アメリカでもっとも名高いバーガーチェーン店の名を挙げてから、彼はほんとうにうれしそうにカップの中身を飲み干した。

「すばらしい」きっぱりとした口調だ。

「うちの店のウェイクアップワシントン・ブレンドよ。気に入ってくれてうれしいわ」

「気に入った？　虜になっちゃいましたよ」ランドリー巡査が微笑む。「明日、また来ます」

「ぜひ。お待ちしていますね。無料でサービスしますよ」

彼が満面の笑みを浮かべた。「同僚に広めておきますよ」

「ありがとう」

彼がうなずく。「ところで……ヴァルマ氏と面識はないんですね？」

「ええ。彼のポケットのなかを確かめるまでは名前も知らなかったわ。なんという名前だったかしら？」

「ヴァルマ……ジーヴァン・ヴァルマです。四十七歳。政府機関の職員です、財布に入っていた身分証によれば」

〝ただの政府機関ではない。国務省の職員よ〟。けれどもそんなことはひとことも口にはしない。

「まあ、そうなの？」そういってから、困惑する一市民の表情をして見せた。「政府機関の職員があんなことをするなんて、不思議だわ」

ランドリーは笑いを嚙み殺している。「この街に来て日が浅いんですね。ちがいますか？」

「数カ月前から」

「では教えておきますよ。ここコロンビア特別区は政府直轄地ですから政府機関で働いている人が多い——まともなのもいれば、変なのもいる」

「なるほど」

「ところで……なぜヴァルマ氏はこちらの店のドアを叩き、階段を駆け上がったんでしょうね。わかりますか？」

「さがしものがあるといっていたわ……」さがしていたのは大統領令嬢でしょうね。しかし、それは言えない。「アルコールをさがしていたのではないかしら」

「アルコールを……？」

「お酒の匂いをプンプンさせていたわ。ろれつがまわっていなかった。それに、ドアから突入して階段を駆け上がって、ビールとワインを置いてあるバーへと向かった——」

「しかし彼はバーでは立ち止まらなかった。そうですね、ミズ・コージー？」

しわがれた声の主はプライス巡査部長だ。いきなり影が人間に化けたみたいに、唐突にあらわれた。

「どういうことですか？」

「救急隊員はヴァルマ氏がクラブのフロアの中央付近に倒れているのを発見した。まちがいないですね？」

わたしはうなずいた。「倒れているところを見つけたんです。喉になにか詰まっていないかどうか確かめて、救急隊が到着するまで呼吸をチェックしていました」

「適切な処置だ……」

プライス巡査部長の言葉はそこで途切れ、眠そうな様子で目を閉じ、こうつけ加えた――。

「しかし、腑《ふ》に落ちないですよね、ミズ・コージー。クラブの中央に行くにはバーの前を通る必要がある。ところがカウンターの奥に並んでいるボトルのどれひとつにも彼は指一本触れていない」

ここで巡査部長が目をぐっと大きく見開き、こちらを見据えた。

「侵入者はバーではなく、ステージをめざして走ったように思われる。しかしここにはあなた以外誰もいなかった。不可解だ。ちがいますか？」

12

プライス巡査部長の黒い目にじろりと見られて、平静でいるのはかんたんではなかった。けれどもなんとか持ちこたえた。

「ですがヴァルマ氏の目的はさっぱりわからなくて」（嘘ではない。真実だ）

「ところで厨房の床でこれをみつけました」巡査部長がジップロックのＬサイズのビニール袋を掲げた。店の備品をくすねたらしい。なかには青と白の柄のネクタイがくるくると丸めて収められていて、熱帯のヘビみたいだ。

「侵入者のネクタイが外れていたことについて、あなたは話していませんね。だからこれがジーヴァン・ヴァルマ氏のものであるのかどうか、はっきりしなかった。決め手はこのモノグラムです――ＪＶとある」

「ああ、そうでした。ネクタイのことはすっかり忘れていたわ。失礼しました」

きれいに磨いてあるカウンターにプライス巡査部長がビニール袋を放った。

「さてミズ・コージー、なぜこの男性のためにドアを開けたのか、もう一度話してもらいましょう。まったく知らない人物でしょう。しかも真夜中なのに」

「全部お話しして記録されています。そこに……」プライス巡査部長の濃い青色の制服にたくしこまれた紙の束を指さした。

「ともかく、もう一度話してもらいましょう」

わたしは大きく息を吸って吐き出した。「この店の総料理長は非常識な時刻に厨房に出入りしているらしいんです。どうやら閉店後に知人をここに入れているようで。だからドアをドンドン叩いた人物はホプキンス・シェフに会いにきたのだと思いました。まさかこんなトラブルに巻き込まれるとは思いもよらなかったわ」

プライス巡査部長が片方の眉をあげた。「ならば、なぜ肉切り包丁を持っていたんですか？」

わたしは咳払いした。「肉切り包丁？」

「ドアのそばの床にこれが落ちていた。わたしが見つけました――」巡査部長がふたつめのジップロックの袋を取り出した。なかには、わたしがつかんでいた肉切り包丁がある。「さて、この柄からは誰の指紋がみつかるだろう。どうです？」

わたしは奥歯をぐっと嚙み締め、ゆっくりと力を入れて瞬きをした。「わたしの指紋が検出されるでしょう。ドアを叩く音がして、警戒心を抱きました。万が一のケースに備えて自衛のために肉切り包丁を手にしたんです」

「それなら、そもそもドアを開けなければいいのでは？」

「こうなったら、本当のことをいいます。シェフのことを信用していないんです。非常識な時刻に彼がなにをしているのか、ほんとうのところはよくわからないんです。だから、ドアの向こう側になにかこたえがあるのではと期待して……」

それをきいて、プライス巡査部長の硬い表情が少しやわらいだように見えた。

「なんとなく事情が呑み込めましたよ。おっしゃっていることが真実なら、ずいぶん無謀だ。この建物にたったひとりでいたとは」

「ええ」わたしひとりでなかったと認めるわけにはいかない。アビーとスタン、そしてわたしまでもが窮地に立たされることになる。

プライス巡査部長がこちらを見つめている。突き刺さるように鋭い視線だ。

「どうしました。なにか気に触りましたか？」

「いえ……確かめておきたいことがあって」

「ききましょう」

「そうではなくて、うちの店の夜間担当のマネジャーとバーテンダーに確かめたいんです。今夜ここに押し掛けてきた人物は、もしかしたら店の常連のお客さまかもしれません。今夜、営業時間内に来店して、かなりアルコールを飲んでいたのか、どれだけアルコールを出したのか、確かめてみなくては」今度は、わたしがプライス巡査部長を見据える番だった。「この店のスタッフがヴァルマ氏に過剰にお酒を提供していたとすれば、店の責任を問われかねない。そうですよね」

「夜間担当のマネジャーはどこですか？　さきほどの話ではこの建物の上階に住んでいると

いうことですが、いまは不在ですね」

「ガードナーとバンドのメンバーは、まだ営業しているよその店で演奏しているはずです。フォー・オン・ザ・フロアのメンバーはとにかく熱心な音楽家たちですから、いつもこんな具合で、床に着くのは朝の七時ちかく。ガードナーが夜のマネジャーを担当しているのはそういう事情もあるんです」

階段のそばの三脚の上に彼らのポスターがある。プライス巡査部長はそのポスターをじっと見つめている。「ガードナー・エバンスをチェックしておこう……彼のバンドメンバーも」

「彼らを取り調べるんですか?」

プライス巡査部長は不意に表情を一変させ、笑顔らしきものを見せて首を横に振った。

「彼らの演奏を聴いてみたい、それだけですよ」

プライス巡査部長が次々に質問を繰り出していく間、沈黙を守っていたランドリー巡査が大きくため息をつくのがきこえた。

「ま、そういうことです。ミズ・コージー」プライス巡査部長が話を締めくくった。それから肉切り包丁とネクタイをつかんで鞄に押し込み、肩にかけた。「署に帰って報告書を出します。保険の関係などで整理番号が必要なら、いつでもお知らせしますよ」

彼が挨拶とともにカウンターに名刺を置いた。

うまくいったわ。ベテラン警察官はまんまと信じた……。

信じたかしら?

13

わたしの住まいは店からほんの数ブロックのところだが、ランドリー巡査は車で自宅まで送り届けるといってきかなかった。

「こんなに遅い時刻ですから。ひとり歩きなんてさせられませんよ」

「なんだか申し訳ないわね……」

いやね、おばあさんみたいなセリフ。といっても若い巡査から見たらじゅうぶんにそう見えるだろう。今夜の方針は警察の意向に逆らわないこと。フレンチプレスでいれたコーヒーを紙コップに注ぎ、とっておきの笑顔とともにランドリー巡査に渡した。

戸締まりをしてから彼のパトカー、シボレー・インパラの助手席に乗り込むと、ちょうど無線で勤務終了の連絡をしているところだった。

わたしはシートにゆったりともたれた。あっという間に着いてしまうから気楽なものだ。もう話す気力は残っていない。だいいち、頭のなかでは次から次へと疑問が湧いてくる。たとえば……。

ヴァルマ氏はなぜアビーのことがわかったのだろう。いくら考えても謎だ。あの酩酊状態でどうやって見抜いたのか。それ自体が謎だわ。泥酔していても友人や家族ならわかるかもしれない。けれども、めったに遭遇する機会のないファーストドーター、それも手の込んだ変装をしている彼女の正体をひとめで見抜くことなどできる？

それに、アビーの父親についてなにを言おうとしたの？　それとも脅迫？　それとも彼は〝真実〟と言ったけれど、スキャンダル？　危険なこと？　それともヴァルマ氏は単なる酒好きの公務員で、ただ飲みすぎただけ？

ランドリー巡査がいった通り、ここは政府直轄地で街がまるごと会社みたいなもの。ではヴァルマは上司の愚痴をぶちまけただけ？　その上司が、たまたま大統領だった。〝真実〟の中身は職場の不満だった。そうなのか？

「着きましたよ、ミズ・コージー。いとしきわが家に……」N通りの一角にパトカーが停止した。ランドリー巡査が外を見ようと首を伸ばす。「すばらしいお宅ですね」

「ありがとう。残念ながらわたしの家ではないのよ。留守を預かっているだけ」

「ほんとうですか？　それじゃ寂しいでしょうね」

「でも、いつも忙しいし、それに――」

「まだショックがおさまっていないようですね」彼がエンジンを切る。「声をきくとわかる」

「そう？」

「玄関まで付き添いますよ。いや、家のなかまでいっしょに行きますよ。無事に床に着くまでいましょうか？」

床に着くまで？「それはご親切に。でも大丈夫よ」左手をパタパタと振って彼の提案を退けた。

「結婚していないんですね？」

「え？」

「可愛らしい指に結婚指輪がない」

そこで彼がぐっとこちらに接近してきた。薄暗い車内で微笑んでいるのが見える。けれどさきほどの〝気さくな若者〟の表情ではない。

「あのね、ランドリー巡査――」

「トムと呼んで」

なんだこれは。「からかっているの？」

「堅いことといわないで、クレア。あなたはずっとぼくに微笑んでくれた。ぼくの名前のことを話題にして、すばらしくおいしいコーヒーをいれてくれた。どんな鈍感な男でも気づくさ。あなたの気持ちに」彼が腕時計に目をやる。「いま〝勤務終了〟の報告を入れたから、一時間くらいある。どう？」

「あのね、わたしはあなたのお母さんとほぼ同年齢よ」

「だから？」

「だから、あなたにはもっと若くて、すてきな女性がお似合いよ。同じような年代の人が」

「同年代の女の子は苦手で――わかりますよね。そこへいくとあなたみたいに年上の女性は……すごく落ち着いているし、自信に満ちている。自分の欲望に忠実だ。それはすばらしいことだと思う」

「ねえ、信じて、わたしがいま欲しているのは、さよならのひとことだけよ」

「わかります。疲れているんですね」

「いいえ。昼寝をしているから目はぱっちり覚めているわ。眠くはないの」

「じゃあ、別の機会にどうです？」

わたしは車のドアをあけて舗道に飛び出した。背後からランドリーの声がした――。

「クレア、ぼくは忘れませんよ。彼らに絶対に話します！」

思わずびくっとした。「誰に話すの？　なにを話すの？」

「仲間にですよ。あなたのビレッジブレンドのコーヒーがいかにすばらしいか、彼らに話します」

「ぜひそうして。さあ、もう巡査としての仕事に戻りなさい！」

いきおいよく車のドアを閉め、わたしは数時間ぶりに安堵の吐息を大きくもらした――ただし、パトカーが角を曲がって見えなくなるのを待ってから。

なんて恐ろしい夜なのかしら！

14

「マイク、あなた笑っているの？」

「すまん、クレア……」ハンドルを握ったままマイク・クィンは頭を左右に振る。「ただ……」

「なに？」

「トム・ランドリーにくどかれたんだな。本物のフットボールの名将ならよかったのにな」

「よして、もうたくさん」

「いいじゃないか。きみみたいな年上の女性はユーモアのセンスも抜群のはずだろう？」

マイクはニューヨーク市警の刑事として長年勤務するなかで、徹底してポーカーフェイスを貫く術《すべ》を身につけている。いっぽうわたしは、ほんのかすかな手がかりから彼の表情を読み取れるようになった。でもいまの彼ときたら。かすかな手がかりどころか、両肩を小刻みに震わせている。

げんこつで彼の腕を叩いた。

「痛っ！」叫んだのはわたしだ。マイクの上腕二頭筋は花崗岩か。わたしは指の関節をさすった。

「攻撃しても無駄だ。こっちは武器を携行している。だが笑うのはやめる。約束するよ——じきにやめる」

「ねえ、マイク。あなたがそんなふうに馬鹿笑いするのは、精神的に参っているから。そうよね」

「そんなことはない」

「いいえ、頭がもうろうとしている。何時間もこういう裏道をぐるぐる走っているわ」

「夜になってからボルチモアに入ろうとしている」

「ねえ、どこかで停めて。あなたは疲れていてお腹もすいている。カフェインを欲している——わたしも同じ」

「レストラン、ガソリンスタンド、コンビニには防犯カメラが設置されている。それは説明したね」

「そう、そうだった……」

わたしはグローブボックスをひらいた。マイクの四十五口径の拳銃、その隣にはサングラス、その下には米国東部地域のガイドブックがある。ガイドブックを手に取って索引を調べて、地図を見た。

「ここから数マイル先に個人経営の小さなドーナッツ店があるわ」

「その店にも防犯カメラはあるだろうな。かならずある」

「引っ込んだ場所にある店よ。熱々のドーナッツといれたてのコーヒー。行きましょう」

数分後、マイクは下見板張りの白い小さな店のすぐそばに車を停めた。野球のキャップをかぶり、鞄からウィンドブレーカーを出して身につけ、グローブボックスのなかにあったサングラスもかけた。

「どうだった？　うまくいった？」

「防犯カメラはあったが、ずっとうつむいていた。レジを担当していたティーンエイジャーはろくにこっちを見なかった。行列がドアの外まで延びていたからな」

「ほんとうに？　それならきっと、おいしいはず……」

さっそく箱に手を突っ込んでドーナッツを頬張ってみた。あまりにもおいしくて、うめき声が出てしまう。イースト生地を揚げたふわふわとした軟らかい食感、それにおいしいハニーグレーズがたっぷりかかっている。コーヒーは特大サイズのカップが四つ。熱々でカフェインたっぷりだ。マイクはそのうちの一つを一気に飲み干した。

「うらぶれた通り沿いにある店のコーヒーにしてはうまい、そう思わないか？」

試しに少しすすってみる。「コロンビア産。大量焙煎。シティロースト、もしくはシティプラス……」

「プラス、なんだ？」

「職業病みたいなものだから、ゆるして」

「謝る必要はない。きみは熟練のロースターだ。このコーヒーについて意見をききたいね」

「そうね、わたしとしては……」助手席側のサイドミラーに一瞬、映り込んだものを、わたしは見逃さなかった。息を呑み、背筋が凍った。

「クレア？　どうした？」

すぐに彼に知らせた。

地元警察のパトカーだった。わたしたちの車の後ろに停まり、運転席の警察官はじっと前方を見つめて無線で連絡をとっている。

15

「マイク、エンジンをかけて。なにをぐずぐずしているの？　車を出して！」

「落ち着け、クレア。シートにもたれて、リラックスするんだ」

「後ろに警察官がいるのよ、見えない？　あなたの側のミラーを見て！」

「その必要はない。想定の範囲内だ」

「なんですって？」

「彼は優秀な警察官だな。ドーナッツ店にサングラスに野球帽という格好で入って防犯カメラを避けるわたしに気づいた。相棒とともにこの車のナンバープレートをチェックするだろう。それがこっちの狙いだ。だから続けて。もっと教えてくれ」

「教える？　なにを？」

「コーヒーについて。きみの注意を――視線を――ミラーからそらすために。シティローストとはなにか、教えてくれ」

　わたしは咳払いをして目を閉じ、ミラーを見るまいとした。けれど、なかなかうまくいかない。制服姿の警察官がこのＳＵＶに近づいてくる光景が浮かぶ。手にしているのは拳銃だ。

「クレア、さっそく始めてくれ」

「わかった……シティローストね。以前にも話した通り、ひとくちに焙煎といっても、コーヒー豆の種類がちがえば、まったくちがう食材を扱うのと同じなの」

「そうだったな」

「プロのロースターは品種ごとの特徴にもっとも合う焙煎の度合いを選択する。ウィーンロースト、フレンチロースト、スパニッシュローストなど……」わたしは拳をぎゅっと握り、パトカーの後部座席に自分とマイクが手錠をかけられて座っている光景を必死でふりはらった。

「話を続けて、クレア。その先は？」

「ええ。いま挙げたのは焙煎がもっとも進んだ状態。セカンドクラック後ね。浅煎りの段階はシティ、シティ、シティプラス、フルシティ、フルシティプラス。これはセカンドクラックの前」

「クラック？」

「焙煎する過程でパチンと弾ける音がするの。それを目安に焙煎の度合いを判断するのよ。〝クラック〟というのは、その音のこと」

「われわれの業界のクラック・コカインとはちがうんだな。一服するならカフェインを選ぶよ」

「それなら、このドーナッツ店のコーヒーはお勧めよ。こういう浅煎りは深煎りよりもカフェインの量が多いから」わたしはカップの半分ほど飲んでから小さな声でたずねた。「あの人たち、まだいる？」

「ああ。だが運転席の警察官は首を横に振って相棒といっしょに笑っている。お、エンジンをかけた……」

ブーン！　助手席側の窓の脇を通過し、そのままカーブを曲がってパトカーは見えなくなった。

わたしはぐったりとしてシートにもたれた。「行ったわ」

「そうだな。ま、当然だ」

「なぜ？」

「なぜなら、このナンバープレートは別人のものだからだ。ワシントンDCに居住する連邦政府職員だ。彼らは無線連絡でそれを確認したにちがいない。有能な捜査官が実態調査のためにわざわざここまで足を延ばしたと解釈したのだろう。だから立ち去った」

「運転席の窓まできて運転免許証を確認しなかったのは、なぜ？」

「それは、彼のコーヒーが熱々でドーナッツがホカホカで、横柄なＦＢＩともめたくなかったから。あるいは……」

「あるいは？」

マイクが肩をすくめる。「わたしがこのＳＵＶに魅力的な女性を同乗させているのを彼は見たはずだ。自宅から何マイルも離れた場所まで乗せてきている。サングラスをかけている理由はほかにあると判断した」

〝ほかにある?〟くわしくきこうとして、あっと気づいた。「既婚の男性が愛人といっしょにいるところを知られたくない」

「気を悪くしたか」

「まさか。わたしたちから離れてくれれば、理由はなんだっていいわ。それに――そうよ、きっと首都警察もFBIもわたしとあなたのことをまだベルトウェイ(ワシントンDC中心部を囲む環状道路)のなかでさがしているのよ。広域手配《APB》が全米で敷かれているなら、あの警察官が黙っていってしまうはずがないわ」

「そうか。これは朗報だな。いまのところは」彼がわたしを見つめた。「それで、このコーヒーの率直な評価は?」

「いいと思うわ」

マイクが怪しむような目でこちらを見る。

「わかった。深みに欠ける。やや単調。でも、いれたてで風味豊か。このおいしいドーナッツのお伴としてなら合格よ。主役はドーナッツですもの」

「まったくだ……」マイクは口いっぱいにドーナッツを頬張ったまま、ふがふがいっている。すでに三個目だ。「ワシントンDCからこんなに遠いのが、つくづく残念だ」

「いい案があるわ、この窮地をふたりで脱出できた暁には、ルーサーに頼んで彼のレシピであなたのためにドーナッツを一ダースつくってもらいましょう。彼がまかない用につくるグレーズドドーナッツは絶品よ」

「ポジティブ思考だな。よろしい。この窮地を生きて脱出する理由ができた」

「ドーナッツだけが理由ではないわ……」

マイクの頬に触れると、張りつめた表情がふわりと溶けた。わたしの指はハニーグレーズでベトベトしているのに、彼はまったく気にしない。彼は顔をこちらに向けて指の甘いグレーズを味わう。わたしは彼の首に腕をまわし、自分のほうに引き寄せてキスし、しっかりと抱き合った。そうすることを欲していた。ふたりとも。

「ボルチモア」キスしたまま彼がつぶやく。

「行きましょう……」

彼がエンジンをかけ、縁石沿いに停めていた車を出した。

あっというまに宵闇が迫ってきた。じきに木々は黒々となり、前方の道はおそろしく暗い。マイクがヘッドライトを点灯させ、話の続きをうながした。

「どの部分をききたいの？　国務省の職員が関係していることは知っているわね？」

「ああ。それからホワイトハウスのスタッフ。例のＵＳＢメモリーも、きみが隠し持っていたんだったな……肌身離さず。なに、あわてることはない。前半のくわしいいきさつは知らないことばかりだ。順を追ってきかせてくれ」

「わかったわ。どこまで話したかしら？」

「トム・ランドリーのところだ」マイクがからかうような表情を浮かべる。「彼がきみに振られたところだったな、たしか。もうそんなことは忘れたか？」

「いいえ。わたしみたいな熟女はカフェインで記憶力がアップするから大丈夫……」

熱いシティローストをごくりと飲み、あの夜のことを思い出した。二度目にくどかれたときのことを。

16

両腕で自分の身体をぎゅっと抱きしめながら二月の寒さに耐え、ランドリー巡査のパトカーを見送った。角を曲がって見えなくなると、くるりと向きを変えて、仮のわが家のほうを向いた。N通りの緑の多い一角に並んで建つ煉瓦《れんが》造りのりっぱな建物五棟のひとつだ。

わたしは大学で美術を専攻していた。とちゅうでドロップアウト（予定外の妊娠によって）してしまったけれど、いまもすばらしい建築物には心を奪われる。コックスロウと呼ばれるこの五棟のタウンハウスは、フェデラル様式の建築としては国内で最高レベルといわれている。煉瓦造りのどっしりとした建物、優美な屋根窓《ドーマー》、黒い鎧戸《よろい》つきの縦長の窓、その窓を飾る優雅な白いスワッグカーテンにはうっとりしてしまう。

この建物を造ったジョン・コックスという人物は商人として輸入も手がけ、ジョージタウンの市長も務めた。一八一二年からの米英戦争に従軍もしている。コックスの隣人でM通りに住んでいたフランシス・スコット・キーは従軍中にこの国の国歌の歌詞を書いた。やがて、いまわたしが住んでいる建物は〝地下鉄道〟に使われるようになったのだ。〝地下鉄道〟とは、勇気ある奴隷制度廃止論者たちが運営したネットワークで、奴隷が自由をもとめて北へと逃げることを助け、秘密のルートと安全な隠れ家を提供した。もちろん法律を無視して。

わたしがワシントンDCのこの界隈に惹かれるのは、そういう物語があるからだ。グリニッチビレッジと同じく、ブロックごとに物語がある。ニューヨークの場合は、アーティストと作家にまつわる物語。いっぽうジョージタウンの物語には、アメリカという国の国民である誇りを感じて胸がいっぱいになる。

この地区ではめずらしく、コックスロウの家は通りから後退して建てられている。通りとのあいだには小さな庭がもうけられて、堅苦しい町並みに癒しを与えてくれる。けれどもこんな真夜中に、常緑のツゲの低木が植わった猫の額のような庭を歩いても、少しも癒されない。ただただ心細い——誰かにじっと見られているような不安な心地だ。

ポーチの灯りはつけていなかった。夜間の出入りがひとめにつかないようにと思って。そのことをいま、悔やんでいる。悔やみながら、ほぼ真っ暗闇のなかで鍵を手探りでさがしている。

少し高くつくってあるポーチはカナダツガの影にすっぽり覆われている。ぞくぞくと寒気におそわれた。ささやき声みたいにきこえるのは、木の枝が揺れる音？　それとも誰かの荒い息づかい？　どこかに潜んでいるの？

確かめるために、音のしたほうを向いた。背筋が凍った。

赤煉瓦の壁にもたれている男の黒いシルエットが見える。肩幅の広い人物だ。ちょうど木の茂みに隠れる位置にあたる。街灯の柔らかな光はここまで届かないので、いまのいままで気づかなかった。

「誰!?」ハンドバッグのなかを必死であさりながら叫んだ。「近づいたら催涙ガスをかけるわよ！」

「あの催涙ガスか。たしか前回のバレンタインデーに贈った」

暗がりのなかからあらわれたのは、マイク・クィンだった。

「あなただったの。心臓が止まるかと思った！　こんなところでなにをしているの!?」

「なにをしようか、まず――」

両頬が彼の温かい手のひらに包まれ、くちびるに彼のくちびるが触れる。最初は柔らかく、そして何日間も断食していたみたいにむさぼるような激しさとなる。うっすらと伸び始めたひげがチクチクと当たる。それはいい。でも彼の両手が下に移動して動きだすと、その手首をつかんだ。

「マイク、ご近所が……」

彼から身を離した。暗がりのなかで見ると、砂色の無精ひげはいっそう濃く感じられる。澄んだ青い瞳は生き生きと輝いてこちらを見つめている。

まる一週間不在だった彼がここにいる。それが奇跡のように感じられる。思えばわたしたちの関係も奇跡に近いかもしれない。今夜の一連の出来事と、悶々《もんもん》とした思いを味わったあとでこうして会えたのはうれしい。うれしいけれど、まだどうしようもなく神経がピリピリしている。それに、なぜ彼は予定を変更すると知らせてくれなかったんだろう。それが少しひっかかる。

「会えるのは明日だと思っていた。なにかあったの？」

「きみに会いたかった」見るからに疲れ切った様子のマイクがかすかに微笑む。「それでロサンゼルスからの最終便に飛び乗ってレーガン空港からここに直行した」

彼が首を傾げて自分の後ろを示す。そこには煉瓦の壁にキャリーケースが立てかけてある。

「あいにく、この屋敷の鍵を家に置いてきてしまった。それに気づいて、いったん帰ろうとしたんだが、首都警察のパトカーできみが帰ってきたのを見て気が変わった。隠れて、驚かせようと思った」

「大成功だったわね」

「ところで、なぜパトカーなんだ？　誓約保証金を払って釈放されたのか？」

「そんなところよ……」それだけいうと、わたしは玄関の鍵を開けるのに集中した。

「クレア？　なにがあった？」

「べつに。コーヒーハウスでちょっとしたトラブルが」

「どんなトラブルだ？」

「酔っ払いが乱入して、そのまま倒れてしまった。救急隊が搬送したわ」

「どうしてこんな夜更けに店にいた？」

ドアを開けた。玄関から長い廊下が続いている。てきぱきとマイクのコートを預かり、自分の分と合わせてクローゼットに掛けにいった。

「疲れている？」クローゼットから呼びかけた。「わたしは目が冴えてしまっているの」

「機内で眠った。どうして質問にこたえようとしない」

「深夜のスナックをつくろうかしら。あなたも、どう？　お腹空いている？」

マイクに腕をつかまれた。「なにをしていたんだ、店で」

「それは、コーヒーハウスでちょっと困ったことがあって、今夜はそれを解決しようとしていたの」

「なんとも曖昧だな」

「わかっている。でもいまはこれ以上話したくない。わかって」

観察するような目で彼がじっとこちらを見る。「わかった。それから質問のこたえは〝腹ぺこ〟だ」

「よかった。それなら〝解決できる〟から。行きましょう……」

17

わたしは先に立って廊下を進んでいった。一対の白い柱の間を抜けるとエレガントな内装のダブルパーラーだ。天井が高く暖炉は二カ所にあり、オーナーが世界各地を訪れた折に求めた選りすぐりの品が飾ってある。なんともみごとな空間だ。

ここだけではない。六寝室、七バスルーム、快適なしつらえの地下室、市松模様の個性的なパティオがある五階建てのこの建物全体から、元大使の人物が歩んできた桁《けた》外れの人生を感じ取ることができる。ダブルパーラーの先にはこぢんまりした書斎があり、そこを抜けると正餐《せいさん》用食堂、その先にようやく――。

「キッチンよ!」わたしは高らかに宣言し、照明のスイッチを入れた。

「いまのはこだまか?」マイクが片手を耳にあてる。

「そうよ。これだけの空間ですから……」

ビットモア゠ブラック夫人のキッチンはサブゼロ社の冷蔵庫をビルトインし、プロ仕様のガスレンジはダブル・オーブンつき、延々と続くカウンタートップもあり、料理人にとっては夢のような空間だ。

マイクは特に心動かされてはいないようだ。「ニューヨークのきみのキッチンのほうが好きだ。あのほうが居心地がいい」

「わたしも。でもね、ここは家庭用のキッチンとはわけがちがうのよ。ビットモア＝ブラック夫人がここワシントンで開催するパーティーは、ケータリングを使った大々的なものだったそうよ。伝説に残るほどだったとマダムからきいたわ……」

冷蔵庫に近づくわたしの後ろからマイクがついてくる。

「なにを食べさせてくれるのかな？」彼の両腕に抱きしめられた。

「明日あなたが帰ってきたら出そうと思って、肉汁たっぷりのプライムリブローストをつくっておいた……」

耳元でマイクが舌なめずりする音を立てた。くすぐったくて笑いそうになりながら、会心の出来の牛肉のトレーを引き出した。ところが――。

「ヒューストン、問題が発生した（アポロ十三号の操縦士の有名な言葉）。パンがない。予定より早いあなたの帰還で、買い物に行くチャンスを逃したわ」

「なにも支障はない。フォークさえ渡してくれれば」彼がささやく。

ニューヨークではサンドイッチにトルタを使っていた。歯ごたえのある小ぶりの平たい丸パン《フラットブレッド》だ。これを半分に割ってつくるフレンチディップは絶品だ。ニューヨークはラテン系の人が多い街だったからトルタも身近だった。ここジョージタウンではバゲットのほうが手に入りやすいから焼き立てを買いにいくつもりだった。ところがマイクはひとことも連絡をしないで予定を前倒しした。

やはり納得がいかない。

「マイク、ほんとうはなにか理由があって早く戻ってきたんでしょう？」

「理由？」

さっきとは一変して、鋭い声だ。

「なにを隠しているの？」

「きみに会いたかった。それだけだ」さきほどと同じせりふをくり返し、甘えるように頬をふくらます。「こうして会えて、うれしくないの？」

「うれしいに決まってる……」

けれどもそれで納得したわけではない。どうしても確かめたい。

「とにかく、ゆっくりくつろいで」彼の青いブレザーを脱がせて椅子の背にかけた。「これからあなたのためにサーティーミニッツ・ディナーロールを焼くから」

「おお」ネクタイをゆるめながらマイクがうめくような声をもらした。「きみの焼き立てのパンは最高だ……」

「焼いている時のいいにおいはたまらないでしょう？」粉を取りにいきながらたずねる。

「ああ、大好きだ」

「熱々のパンに塗ったバターが溶ける香りもね」言葉で相手の心をくすぐりながらボウルを取り出す。

「うう、たまらないな。まるで拷問だ――」彼がわたしの手をつかんだ。「上に行こう」

「ダメよ、まだ」彼の手から腕をすっと引き抜く。「この腕は生地をつくるのに使うから」

「クレア、朝の三時にほんとうにパンを焼く気か？」

「少しも変じゃないわ。たいていのパン職人がいまごろ焼いている。それにあなたと同じく、わたしも目が冴えているの。今夜の出来事の緊張感がまだ抜けないの。パンを焼いたら気持ちが落ち着くと思う」

彼がわたしの腰に腕をまわした。「別の選択肢もあるんじゃないかな」

「そうね。わたしも同じ気持ち――食べてからね」

「後回しにするのか？」

「そうよ、マイク」彼の腕をほどいてオーブンの前に行って予熱を開始した。「いつものように大急ぎで上にあがったらどうなるのか、想像がつくわ。あなたは空きっ腹のまま、ふたりでエネルギーを使い果たす。その後、あなたはここに直行して冷蔵庫をあさる。今夜は高等生物らしく事を進めてみましょう。どう？」

「きみがそこまで言うならしかたない。ちょっと着替えてくる……」

ようやく彼は離れる気になった。長い足でつかつかとキッチンを横切り、ショルダーホルスターの革のストラップを外した。ワイシャツの下で筋肉が動く様子に、ついつい目を奪われてしまう。

声を出さないようにそっとため息をついた。

ほんとうはロールパンなんて焼かなくてもいいのに。本音では彼といっしょに上に行ってシャツを脱ぐ手伝いをしたかった。けれども今夜のわたしはリビドーより好奇心、なのだ。

そしてたくらんだ通りに事は進行していた。

マイクの上着はキッチンの椅子に置きっぱなしだ。

湯、油、砂糖を混ぜてインスタントドライ・イーストを加えるのに一分。混ぜたものを発酵させているあいだに、両手をぬぐって上着のサイドポケットをあさり、見つかったのは——手錠。ちがう。これじゃない。別のポケットもさぐってみた。収穫なし。でも胸ポケットなら——ビンゴ!

マイクの携帯電話。

それを起動させてみた。ロックはかかっていなかった(ホプキンス・シェフの個人オフィスとはおおちがい)。

マイク、あなたとは偽りのない間柄でいたい。だから隠し事をそのままにしてはおけない……。

18

十五分後、マイクはニューヨーク市警《NYPD》のスウェットパンツとTシャツというくつろいだ格好でもどってきた（たくましい身体のラインに惚れ惚れしてしまう）。青い目は爛々と輝いて、こちらを落ち着かない心地にさせる。

彼のためにフレンチプレスでいれたスマトラ（力強いが滑らかで、くつろぐのにぴったりな濃厚なコクがある）のカップを渡すと、彼はキッチン中央のアイランドカウンターに向かって腰掛け、わたしの作業を見守った。ボウルで発酵させたイーストに塩、卵、粉を加えてディナーロールに成型していく。

マイクにじっと見られていると、うまく集中できない。あえて意識しないようにして、白っぽい生地を丸め、油を塗った天板の上で二次発酵させる。発酵を待つあいだに特製のアメリカンスタイルの肉汁ソースとともにプライムリブをコンロで暖める。次にディナーロールを置いた天板をオーブンに入れた。家中にパンが焼ける幸せな香りがひろがっていく。

やがてディナーロールはキツネ色になった。表面はパリッと硬くて内側はふわふわだ（マイクとよく似ている）。焼き立ての熱々のロールパンをマイクは手で割ってこれでもかというほどバターをたっぷり塗り、正餐用食堂に入る前にぺろりとたいらげた。

「十二人用のテーブルか。ここはウォルトン一家（ドラマ『わが家は十一人』に登場する大家族）の留守宅なのか」磨き抜かれたマホガニーの長い大きなテーブルを前にして、マイクがジョークを飛ばす。

「ウォルトン家の山の家の食堂にボーンチャイナの食器四セット、おそろしく高価な絵画で埋め尽くされた壁、エイブラハム・リンカーンが使っていたサイドボードなんてあったかしら」

「いつもの瓶ビールでは釣り合いがとれないか？」

「大丈夫。コースターを敷いたから」

「栓抜きがない」

「あら、ごめんなさい。取ってくるわ」

「自分で取ってくる」マイクはわたしをそっと椅子に押し戻した。

「いちばん上の引き出しよ、冷蔵庫の隣の！」大きな声で教えた。

見つからないらしく、なにかぼやいている。立ち上がろうとしたとき、彼がもどってきた。手になにか持っている。どう見ても栓抜きではない。

「どうしてそんなものを？」

「いいから……」

彼はしなやかな動作でボトルの首に手錠をかけ、キャップに引っかけ、それをきゅっと持ち上げてキャップを弾き飛ばした。そしてよく冷えているボトルをわたしに渡した。

わたしはあっけにとられたまま、キャップのないボトルを見つめる。

「現場の警察官の知恵だ」

「どこでマスターしたのか、聞くのがこわいわ」

「張り込みの時だ。もちろんアッパー・マンハッタンで」

「張り込み中にビールを飲んだの？」

「いや、メキシコ食料品店にある昔ながらの瓶入りのコカコーラだ。だが仕事が終われば……」彼はもう一本のボトルのキャップをあけてにっこりした。満足そうにビールを喉に流し込み、料理に手をつけた。黙々と最後のひとくちまで食べ終え、最後に指をなめるところまでひとことも口をきかなかった。

ようやくマイクがこちらを向いた。レーザー並みの強烈な視線に耐えられず、ビットモア＝ブラック夫人の食堂を見回した。スミソニアン博物館級の空間だ。

「この壁が話をきかせてくれたらいいのに……」

「殺人事件の捜査をしていると、よくそんなふうに思うよ」

「でしょうね」

マイクがアンティークの調度類を順繰りに見ていく。「ひとつだけ選んで話をきくとしたら、どれを選ぶ？　あのハト時計か？」

「あれはドイツの首相から贈られたものよ。しょっちゅうなにか言っているわ。正式な晩餐会のさなかに、あの時計がいきなり時を告げるところを想像してみて。ここの女主人はかなり変わっているのね」

「ひじょうに聡明な人物かもしれない」

「どうして?」

「役人や官僚がさぞや弁舌を振るっただろうな。一時間ごとにカッコーが鳴けば、滔々《とうとう》と演説している連中もわれに返るだろう」彼はビールの瓶を持ち上げた。「ではリンカーン大統領の時代のサイドボードはどうかな? この邸宅は地下鉄道と関係があったんだな、たしか」

「ええ。でもサイドボードは選ばないわ」

「そうか。じゃあ、どれだ?」

わたしが身振りで示したのは、サイドボードの上に置かれた凝った装飾のトレーだ。

「コーヒー用のシルバートレーか」

わたしはうなずいた。「ジャクリーン・ケネディからビットモア゠ブラック夫人への贈り物よ」

「ほんとうか?」

「ふたりは生涯の友人だったはず。ケネディ夫人は生涯で二度、この一角で暮らしているのよ。一度目はジョン・F・ケネディと共にタウンハウスで。ふたりがホワイトハウスに行く前に。そして……」

「そして?」

「大統領が暗殺された後、ジャッキーはジョージタウンにもどった。この通りは彼女が最高の高みに到達するための発射台であり、驚くほど短期間のうちに――」

「凄まじい急降下を経験した彼女の衝撃を受け止める緩衝剤となった」

わたしは首を横にふった。「気の毒に。とても現実とは思えなかったでしょうね」

「いまわしい犯罪だった。そのひとことに尽きる。陰謀によって冷酷にも人の命が奪われた」

「陰謀？　オズワルドの単独犯ではないというの？」

「単独犯と考えている刑事は、いまはほとんどいない。陰謀か、さもなければ、のろまたちの共謀が招いた結果だ」

「シークレットサービスが大統領を適切に警護していなかった、ということ？」

「積極的に加担していたか、あるいは無能だった」

「どちらも、信じがたいわ」

「そうか？　彼らはロボットではない。人間だ。だからミスを犯す。政府機関で働く一職員であり、堕落する可能性はゼロではない。権力は腐敗するんだ」

「どんなにいい人でも？」

「チェック機能、バランス、透明性――犯罪捜査における証人だ――が確保されていなければ権力は腐敗する……」

「絶対に？」

「いや。じわじわと進む」

彼をじっと見つめた。「これは抽象的な話ではない、そうなのね？」

「仕事上で……問題に直面している……」

「そのようね。前から気づいていたわ。ただ、具体的なことがさっぱりわからなかった。話してくれるのをずっと待っていた」

彼はビールを飲み干し、ボトルを置いた。「なにに気づいていたのか、まずそれをききたい」

少し考え、それからふんぎりをつけてまっすぐマイクを見た。

「あなたの任務が機密扱いであることはわかっている。司法省の特別なタスクフォース。それは企業の不正行為に関するもので、長年、麻薬取締に携わったあなたの経験と知識を必要としている。あなたの新しい上司は法律家である。カテリーナというその人物はあなたに難題をつきつけている。あなたを顎で使ったり、時をわきまえず呼びつけたり、唐突に時間外労働を命じたりする。でも、それだけではない」

マイクの青い瞳はこちらを向いている。表情の変化はない。「それから？　まだあるだろう？」

「なに？」

ケネディ家ゆかりの銀食器をマイクが身振りで示した。「ジャッキーは夫ジャックの電話を盗み聞きしたことが、きっとあるだろうな。そう思わないか？」

「なんですって?」

「クレア、わたしのポケットをガサ入れしてどんな収穫があったのか、話してくれないのか?」

最悪の展開。「マイク、ごめんなさい――」

「謝ることはない」彼は椅子の背にもたれ、腕を組んだ。「こういうこともあろうかと、上着に携帯電話を入れっぱなしにしておいた――メールボックスのカギもかけずにおいた」

「さあこれを……」マイクが携帯電話を放ってよこした。「いっしょに見直してみよう」
彼の携帯電話を起動し、メッセージにもう一度目を通した……。

19

木曜日　午後六時三十分――カテリーナ・レーシー

すばらしい成果だったわ、マイク。やはりただものではないわね！　ＤＣに戻ったら打ち合わせをしましょう。あなたの部屋で。仕事の振り返り、それからシャンパンで祝杯。

マイクの返事はそれから二時間後だ。

木曜日　午後八時三十分――マイケル・R・F・クィン

ロサンゼルス国際空港でキャンセル待ち中。

緊急の私用あり。オフィスで、また。


携帯電話をマイクに返した。「誰かに相談できないの？　苦情を申し立てるとか」

「理由は？」

「セクシャルハラスメント。あきらかに該当するでしょ？」

マイクがうめくような声でこたえる。「あきらか、とはいえない。彼女のメールは業務に関係している。出張中のやりとりでもあるし」

「『シャンパン』と『あなたの部屋』という部分は？」

彼が肩をすくめる。「ニューヨーク市警の上司が張り込み後にビールをおごってくれるのと、どうちがう？」

「水掛け論になる、ということね」

マイクがうなずく。

「わたしのいうことも受け流されて終わりかしら」

彼が微笑んだ。「そんなことはない。きみはだいじな人だ」

「真面目な話よ。あなたにはいってなかったけれど、カテリーナと……話したことがあるの。あなたの住まいで」

彼がぐっと身を乗り出した。「いつのことだ？」

「わたしがワシントンDCに移ってきた週に……」

当初はマダムが泊まり込んでいたので、マイクと過ごすのは街の反対側にある彼の高層アパートと決めていた。あの日は金曜日だった。ふたりでディナーに出かける予定で、わたしは支度をすませてマイクがひげを剃って着替えるのを待っていた。

「玄関のドアを誰かがノックしたの。あなたはバスルームにいたから、代わりに出てみた。そこに立っていたのは、カテリーナ・レーシー……」

「あら、わたし部屋をまちがえたのかしら」それが彼女の最初の言葉だった。

すらっとして背が高く、ストロベリーブロンドの髪は不自然なほどまっすぐで細い肩すれすれの長さ。前髪はまっすぐに切りそろえている。知的なしゃべりかたで言葉も丁寧だ。しかし言葉の端々から、そして態度から、こちらを軽く見ているのが伝わってくる。

「マイクの上司の方、ですね？」

彼女が薄緑色の目をいぶかしげに細める。「あなたは？」

「クレア・コージーです。ようやくお目にかかれて光栄です」握手しようと片手を差し出した。

彼女の足元はハイヒール、コートのベルトはきっちりと締め、片方の手にはブリーフケース、もう一方の手には中華料理のテイクアウトの袋を持っている。どちらかを離して握手に応じようとはしなかった。

「ええ、そうです。あなたが、例のウェイトレスさんね」

差し出していた手から力が抜ける。「正確には、熟練の焙煎技術者、ゼネラル・マネジャーです。そして今週からは」——わたしは奥歯をぐっと嚙み締めて笑顔をつくった——「ワシントンDCの住人です」

「あら、そうなの?」彼女はグロスを塗ったくちびるをきゅっと閉じて、わたしの背後へと視線を向ける。「マイクにとってはさほど重要な情報ではなかったようね。だからわたしと共有しなかった。彼はどこ?」

「着替えています。ディナーの予約をしてあるので」

「なるほど」彼女がわたしの爪先から頭のてっぺんまで舐めるように視線を動かし、せせら笑うような表情を浮かべた——わたしが身につけているシンプルなリトルブラックドレスと娘から贈られたオーソドックスなパールを鼻で笑うような表情だ。「仕事の話は延期しても支障はなさそうだわ。月曜のランチの時にでも。マイクとはその時に——」そこで意味ありげににやりとした。「するわ」

「ゆるせない!」

マイクは椅子から立ち上がり、室内を猛然と歩き出した。目をぎらぎらさせて殺気立っている。

「きみがDCに引っ越してくることを彼女は知っている。伝えていないなんて大嘘だ！　金曜日のディナーの予定もだ。彼女からなにかに招待されたが、きみとの予定があるといって断わった。そんなことがあったなら、どうしていわなかった！」

「せっかくふたりで過ごす夜だから、ぶちこわしにしたくなかった。ぶちこわしにするのがカテリーナの狙いだとわかっていたから。わたしがあなたたちの仲を邪推して一晩中口論するように仕向けたのよ。でもあなたのことはこれっぽっちも疑ったりしていない。あなたのいる街で暮らすと打ち明けた時のあなたの顔、信じられないくらい幸せそうだった」

　マイクははあっと息を吐き出し、大きく吸った。「きみが話す気になってくれて、よかった。しかしじっさいのところ、さっきの水掛け論とどうちがうのかということになる。彼女の発言も、あらためて検証すれば意味の取り違えだったなどということになりかねない」

「いいたいことはわかるわ。彼女はたくみにいい逃れをするでしょうね。それが彼女の常套《じょうとう》手段だとしたら、耐えがたいわ。ねえ、辞めちゃったら？　子どもたちの大学の費用としてまとまった額を蓄えておきたいのはわかる。でももうかなり貯まっているでしょ。それにニューヨークの薬物過剰摂取《OD》捜査班は皆、首を長くしてあなたの帰りを待っているわ」

「カネじゃないんだ、クレア。そんなことはもうどうでもいい」

20

「お金がどうでもいいって、ほかにどんな理由があるの? 自分の力でなんとかできるかもしれない」

「ここでおこなわれていることが気に食わない。あなたにいい寄るのが気に食わない」

「わたしは彼女があんなふうにあなたにいい寄るのが気に食わない」

マイクが低くうめくような声でこたえる。「彼女にいい寄られても、そんなのは無視すればいい。適当にはぐらかせばすむことだ。しかし彼女の手法はどうしても容認できない」

「さっぱりわからないわ」

彼が腰をおろした。「警察官としてのおとり捜査は、悪い連中が悪事をはたらく現場を押さえるためだった。悪事をはたらいているとわかっているから、おとり捜査で捕まえて大陪審に証拠を示す。それだけのことだった」

マイクが額をごしごしとこする。「司法省での最初の上司も同じことをしていた。ただ悪事と悪人のスケールが大きくなった。それだけだ。しかし上司の死後にカテリーナが職を引き継ぐと、見るに堪えない状況になった。彼女はオペレーションを急激に拡大した。より大きな獲物をとらえるための、より大きな網を張るということだ。積極的におとり捜査を仕掛けている。無茶な戦術だ。当然ながら法律にひっかかるおそれがある。これ以上続けさせるわけにはいかない」

「タスクフォースのほかのメンバーの考えは？　やはり彼女に歯止めをかけろと？」

「そうでもない。とくにカテリーナと同じように野心を抱いている場合はな。大物を捕まえて出世コースに乗ろうって魂胆だ」

「全員がそうではないでしょう？」

「あとの人間は彼女をおそれている。彼女に歯向かえないようにされてしまっている」

「カテリーナはあなたの経験を利用して、派手なおとり捜査で成果をあげて出世につなげようとしているのね。チームのメンバーには昇進の約束や脅しで押さえつけている。そういうことなの？」

　マイクがうなずく。「事態は悪いほうに進んでいる。彼女は極秘情報を得るために法を犯している。わたしはそうにらんでいる」

「なにか根拠があるの？」

「善良な市民におとり捜査を仕掛けるのは――つまりわれわれがいまやっていることだが、それは悪人どもを捕まえるほどかんたんではない。だから相手の弱みにつけ込む。相手の欲求や欲望、おそれや性癖を逆手にとって陥れる」

「相手に接近しなくてはわからないことばかりね」

「そうだ。ところがカテリーナはそういう情報を手に入れている――すべてのケースで。毎度、出所不明の情報が彼女から流れてくる。どれも〝謎の情報源〟と〝匿名の情報提供者〟から得た機密情報だ。情報源の正体は決して明かされず、彼らは証言台に立つことはない」

「カテリーナが捏造《ねつぞう》しているのかしら?」

「それならまだいい。捏造だという証拠をつきつけるのは、さほど難しくはない。しかし彼女が出してくる機密情報は信憑性が高い。九十九パーセントの精度だ。その情報を利用したおとり捜査の方法を彼女は考え出し、起訴に持ち込む。法執行機関において〝パラレルコンストラクション〟と呼ばれる手法だ。要するに、違法に収集した情報は法廷では通用しないが、それを利用して証拠能力のある事実をつかむ。起訴する際にはそっちを使う。だからおとり捜査で実績のあるわたしはカテリーナにとって貴重な戦力となるわけだ。〝毒樹の果実〟にあたるとして彼女が告発される可能性を遮断できるからな」

マイクがまたも押し黙る……ひとことも発しない。

「それから?」彼をうながした。「違法に入手した情報を使って、本来、善良な人を陥れる。それよりひどいことがおこなわれているんでしょう?」

「すこし調べてみた」誰かにきかれるのをおそれるように彼が声を落とす。「われわれが起訴した案件を俯瞰《ふかん》すると、気のせいか、あるパターンが浮かび上がってくる。カテリーナのターゲットの多くは現職の大統領への不支持を表明している、あるいは対立候補に相当額の資金を提供している人物だ」

「ということは……」全身を寒気が走った。「カテリーナは政治家の思惑に沿った報復をおこなうために司法省を利用しているということ？」

「外部の人間が立件するのは容易ではない。彼女のターゲットになる人物はそれぞれ政界でさまざまな立場をとっているからな。しかし内部から見ると、彼女は現職の大統領のおかげでいまの地位につき、大統領のライバルたちを恐怖で支配し、政府のカネを使って彼らの息の根を止めて自分は出世していこうとしている。おそらくカテリーナはパーカー大統領の初回の選挙戦でも、〝謎の情報源〟を使って対立候補たちのスキャンダルを掘り起こしていたにちがいない。それを証明することは、まだできないが」

「でも、対立候補のネガティブな情報を収集するのは法律で認められているでしょう？」

マイクの青い目が凍るような冷たさを帯びた。「政府職員が職権乱用してそれをおこなった場合は合法ではない。重罪となる」

「マイク、あなた自分がなにを言っているか、わかっている？　あなたの長年の経験が、政治の世界の裏の汚れ仕事に利用されているとしたら……」

わたしは目を閉じた。マイクが議会の公聴会の会場に入っていくところが浮かんでくる。その様子が撮影され、ニューヨーク市警での輝かしいキャリアは断たれ、信頼を失い、子どもたちの学費用の預貯金は弁護士のポケットへと入っていくだろう。それはまだましなシナリオだ。最悪の場合は？　連邦刑務所行きだ。この愛しい、誰よりも善良な人物が収監されてしまう。

「手をこまねいているわけにはいかない。いい逃れはゆるされないだろう。わたしも罪に問われる。カテリーナが起訴した直近のケースには、わたしの指紋がついている。彼女のもくろみに気づいたときには、遅かった」

「遅くないわ！　きっとなにかできることがある」

「ああ。やるつもりだ。手始めに証拠となる事実をつきとめる必要がある。それがなければなんの説得力もない」

「あなたがそんなふうに考えていることを、カテリーナは気づいているの？」

「それもあって絶えず誘いをかけてくる。きみという恋人がいることなど、いっさい頓着しない。わたしが既婚者であったとしても気にしないだろう。ベッドに連れ込めば味方につけておけると思っている。意のままに操れると思っているんだ」

たった一度、彼女と顔を合わせた時のことを思い出して吐き気がした。でもそれだけ。マイクのことは心の底から信頼しているから。これまでもたくさんの女性——妻や恋人——がカテリーナから同様の仕打ちをうけたことだろう。ひどい話だ。

「カテリーナみたいに権限があり大物とのパイプもある人でも、失脚させる方法がきっとあるはずよ。きっと……」

「ここは内部告発者にやさしい街ではない。それでもやると決めて走り出した」

彼が椅子を動かしてわたしのそばに寄った。「なにより心強いのはきみという女性がついていてくれることだ。感謝している。わたしを信頼し、愛し、支えてくれるきみに」

「あなたがいいというまで、ずっとね」

マイクがわたしの頬にふれる。「できれば永遠に。どうですか？」

「はい、よろこんで」

こんな状況でも、おたがいに笑顔になった。そしてキス——軽いキスから、しだいに真剣に。

ずっとこうしていたかった。けれど、しぶしぶながら理性をとりもどして汚れた食器を身振りで示した。「片付けなくては」わたしはささやいた。

「放っておけばいい。後でいっしょに片付けよう——朝になったら」

「すぐすませるから」

「クレア、きみは——」

カッコー、カッコー、カッコー、と時計が音を立てた。

彼が指をさした。「ほら、あの鳥もそうしろといっている」

「またそんなことを」

その時、鎖の音がした。キスしているあいだにマイクが手錠をそっとわたしの左手首にかけていたのだ。瓶をあけるのに使った手錠だ。

「すまんな、きみの身柄を拘束した」

「マイク、いったいなにを——」

カチャリという音とともに手錠のもうひとつの輪をマイクが自分の手首にかけた。そのまま手錠ごとわたしを引っ張って書斎、ダブルパーラーを抜けていく。

「どこに行くの？　拘置所？」

「階段をあがって主寝室に。わたしは忍耐強い男だが、いいかげんベッドに入ってもいい時間だ」

「マイク、わたしはちっとも眠くないわ」

彼が満面の笑みを浮かべた。「眠るなんて、ひとこともいってないだろう？」

21

翌朝早く、ドアを執拗《しつよう》に叩く音がした。まただ。施錠したドアを誰かが執拗にノックしている。その音で眠りからさめた。

目をあけた。静かだ。

隣には枕だけが残っている。主寝室のバスルームからシャワーの威勢のいい水音。カーテンの向こうからピンク色の光が射し込んでいる。アンティークのナイトテーブルの上のデジタル時計は六時五分を示している。

夢を見ていたのだろうか。それともコーヒーハウスでの奇妙な出来事のフラッシュバック？

そこに呼び鈴の音が響き、思わずがばっと身を起こした。頭のなかがしゃきっとした。誰かが正面玄関に来ている。

ベッドを降りてテリークロスの白いガウンをはおりながら、なにかが袖にひっかかるのを感じた。三度目のチャイムの音はカーペット敷きの階段をおおいそぎで降りながらきいた。

あわててドアに向かう足が、ふと止まった。昨夜と同じ失敗を繰り返してはならない。

「どなた？」閉じたドアの向こうに声をかけた。

「起こしてしまいましたか、すみません」くぐもった女性の声だ。「公用でうかがいました」

それをきいたとたん、パニックに襲われた。

プライス巡査部長がわたしの嘘を見破ったのか。取り調べのために部下を迎えによこしたのか。それともシークレットサービス？　アビーが寮の自室に戻っていないのかもしれない。だからわたしを連行して尋問するの？　どちらにしても厄介なことになりそう。

ドアの向こう側に制服姿の一団が待ち構えているだろうと予想した。ところが、開けてみたらたったひとり。しかも制服姿ではない。ただし首からさげたプラスチックのカードは警察官の身分証だ。

アフリカ系の若い女性だった。年齢は三十代前半。背が高くほっそりして、黒い髪は短くカットしている。美しい人だ――モカ色の滑らかな肌、生き生きとした茶色の大きな目。鮮やかな黄色のレインコートは朝霧で濡れ、片方の腕には膨らんだ封筒を抱えている。

彼女は驚いた表情を浮かべ、視線はわたしの頭のてっぺんから爪先まで移動し、わたしの左手首のあたりで一瞬止まり、さらにわたしの後方へと動く。ほかの誰かをさがすように。

「すみません、マイケル・ライアン・フランシス・クィンという人に会いに来たんですが」

「わたしだ！」マイクの大きな声がして階段をばたばたと駆けおりてくる足音がきこえた。

わたしは目をまるくした。まさか、マイクは裸？

そうではなかった。ぽたぽたと滴《しずく》は垂れているものの、シャワーから飛び出してかろうじてタオルを腰に巻いている。

せめてバスローブを持ってきてくれたらよかったのに！

マイクにとっては司法省の身分証のほうが重要だったらしい。タオルが落ちないように片手で押さえ、もう一方の手でしきりに振っている。

その姿をちらっと見た謎の女性は、それはそれはうれしそうに微笑んだ。

「さあ、なかに」マイクはせかすような口調だ。

彼女が敷居をまたいだとたん、彼はすばやく通りを見回し、ドアを閉めた。

「ひとりか？」

彼女はとまどった様子でわたしに視線を向け、うなずいた。

ようやくマイクがわたしのほうを向いた。当然、なにか説明があるものと期待した。せめて紹介くらいあるものと。が、あっさり肩すかしを食らった。

「ありがとう。あとはもういい」彼が口にしたのは、そのひとことだけ。

はずせ、という意味だ。

「コーヒーをいれるわ」

そういい残して豪邸の奥深くにあるキッチンに向かいながら、なんて冷静にふるまったのだろうと自分を褒めてやった。わたしは追っ払われたのだ。見たこともない女性――訪問の目的がわからないうえに、とびきりの美人――と半裸の男がふたりきりになるために。

〝ちょっと待て！〟

22

クルリとまわれ右をしてふたたび正面玄関へと向かい、装飾つきの柱のそばで足を止めた。ここならふたりに姿を見られず、声だけはきこえる。

「メールは読んだが、こんなに早いとは思わなかった」マイクの声だ。

「ごめんなさい。分署を離れるのが難しくて」女性がこたえる。「すぐにボルチモアに帰らなくては。地方検事はスケジュールが乱れることを嫌がるから、わたしたちも動きがとれなくて。だからこんな早朝になってしまいました」

「それはかまわない」マイクは腰に巻いたタオルをしっかりと固定した。両方の手が自由になったので分厚い封筒を受け取り、それを揺すってみた。「ここにすべてあるんだね?」

「指定された時間帯に盗みの報告があれば、そのはずです」

マイクが開封してなかから書類を取り出して目を通していく。目の前の訪問者のことなど、すっかり忘れてしまっているようだ。

「その報告書ですが、すべて軽犯罪です」女性が伝える。

「そうらしいな」マイクがページを繰りながらこたえる。

息を殺すようにしてもう少し耐えた。そしてようやく、声をかけるふんぎりがついた。大きな咳払いをひとつして、廊下に入った。

「失礼しますね、ミズ……」

彼女は名乗るつもりはないらしい。

「刑事です」やんわりと正された。

「コーヒーを、いっしょにいかがですか？」

「もう行かなくては。でも、ありがとうございます」

わたしがドアをあけると、彼女は感じよく会釈を返した。そして最後にもう一度、マイクをじっと見つめた。

彼はシャワーで濡れた髪を片手で無造作になで付けながら、報告書を読みふけっている。

「あなたは幸運な女性」彼女は視線をわたしの左手首に移し、茶目っ気たっぷりに微笑んだ。

彼女の姿は朝もやのなかに消えていき、わたしはドアを閉めた。それからようやく自分の手首を見た。マイクの手錠がまだついていた。カギのかかった状態で。

穴があったら入りたい、と思わなかったのは強い好奇心にかられたからだった。

「なんの書類なの？　……マイク？　……マイクったら！」

マイクがようやく顔を上げた。「ああ。仕事に必要な、ただの資料だ」

「朝いちばんで、しかもこんな時間にただの資料を届けるはずがないわ。先週はトレンチコートの男。そしてその前の週は首都警察」

「ただの業務資料だ」

「ロバート・F・ケネディ・ビルのあなたのオフィスには届けられない資料なのね」

マイクは廊下のクローゼットの脇に置きっぱなしだったアタッシェケースに封筒を押し込むと、わたしを抱きしめた。「オフィスの外で見る必要があった。それだけのことだ。一週間留守にしていたから進捗状況を把握しておきたい……」

広々とした玄関ホールでこうして彼のぬくもりを感じていると、ほっとする。まだ湿っている胸に頬を押し付けた。彼のお気に入りの石けんの香りがする。

石けんの香り以外にもわたしの鼻は嗅ぎ取っていた……。

「カテリーナに関係した書類ね？　ひそかに立件しようとしているのね。彼女の違法行為を」

「よけいなことを考えないほうがいい」彼がささやく。「やるしかないんだ。わたしがやるしかない。わかるか？」

「わかるのは、それがとても危険だということ。もしも気づかれたら、頭のいい彼女のことだから、あなたが手錠をかけられることに……」

そこで自分の左手首にぶらさがっている手錠に目をやった。

大統領令嬢の大胆すぎる行動、泥酔状態で倒れた国務省職員、首都警察に誤った真実を伝えたことを思うと、いずれこの手にほんとうに手錠がかけられる日が来るのかもしれない。

23

「よく見ていてくれ、クレア。めざす番地を……」

ボルチモアの街灯のやわらかな光に照らされて過ぎていく町並みに目を凝らした。壊れかけたような煉瓦造りの棟続きの建物が延々と続く。たいていの窓には鉄格子がついている。壁には落書き、ドアには板が打ち付けられているものもある。

舗道は薄気味悪いほど人通りがない。酒や雑貨を売る明るい照明の商店もなければ、にぎやかなテイクアウトの店もない――ニューヨークならどんな貧しい地区にでもそういう店がちらほらある。わびしげな居酒屋が目に入った。窓は金属製の格子つきだ。ドアのガラスは黒く、外には十数台の車が二重停車している。廃車寸前のような車があるかと思えば最高級のSUV、新品同様のマッスルカーなどもまじっている。

「ここはボルチモアのどういう地域なの？」

「閑静な地域ではないな……」

「あまり意味のない説明ね」

いま走行しているのはジェファーソン通りだ。わかるのはそれくらい。先のほうには照明であかるく照らされた小さな市営公園とバスケットボールのコートがある。こんなに夜遅い時間には家族連れの姿はなく、ティーンエイジャーが十数人いるだけだ。服の色から判断して、おそらくストリートギャングだ。

「ここはもうジョージタウンではない。それはわかるわ」

「税関の聴取室よりはましなところだ」

「税関？」

「国土安全保障省のボルチモアの本部だ」

「知らなかったわ」

次の交差点でわたしは通り名を読み上げた。車は角を曲がり、いままでよりも細い道に入った。ここも棟続きの家が道沿いに並んでいる。そのブロックがそろそろ終わろうとするあたりで建物がなくなり、空き地になった。ひびの入ったコンクリートと雑草が伸び放題の空き地だ。

空き地の端には古い自動車修理工場がある。工場の正面には使い古された給油機が二台。看板は出ていない。コンクリートブロック製の四角い建物には窓というものがいっさいない。

大きな建物だ。いまにも壊れそうな荒廃したたたずまいは、ジミー・カーター大統領の時代から放置されているのかと思うほど。落書きだらけのガレージの扉の前にマイクは車をつけ、エンジンを切った。

「ここで誰に会うつもりなの？」

彼はストップをかけるように左手をあげてみせ、右手を自分の上着のなかに差し入れた。銃を出すのかと思ったら、携帯電話だった。その電話でマイクはどこかにかけようとしている。

「待って！　わたしたちの電話は逆探知されるといったでしょう？」

「これはプリペイドの電話だ。ユニオン駅で手に入れた」

「じゃあ、あなたのスマートフォンは？」

「フェデックスの箱のなかに入れた。ニューヨークの息子のもとに移動中だ」

「ジェレミーに――」

マイクがもう一度手でストップをかけた。「わたしだ」低い声で電話の相手に告げた。「着いた」

相手の返事をきいてマイクはいそいで電話を切った。そのまま助手席のほうに乗り出してグローブボックスをあけ、なかから四十五口径のピストルを取り出してわたしと彼の間のダッシュボードに置いた。

「どういうことなの？」

「ここで一時間ほど彼女を待つ――」

「彼女？」

「ああ。さっきもいった通り、ここは決して閑静な地域ではない。われわれに関心を持つ者があらわれたら――」大砲みたいなサイズのピストルをマイクが顎で指し示す。「これがメッセージとなる」

メッセージの意味はわかる――わたしもニューヨーカーの端くれだから。わからないのは〝彼女〟の部分だ。

「その人物は――」

「きみはすでに彼女に会っている」すかさず返事があった。

ボルチモアの女性？

そうか、そういうことか。

「電話の彼女は若い黒人の刑事ね、そうでしょう？　朝の六時に玄関のドアをドンドン叩いた女性。若くて、きれいな黒人女性」正確な情報を加えた。

マイクがからかうような目つきをした。「きれいだったか？　見ていなかったな」

「彼女はあなたのことをちゃんと見ていたわ。しっかりとね」

「そうか？」

わたしは彼を見据えた。「あなたは刑事にしては見落としが多いわ」

彼がわたしの頬にふれる。「だいじなことはちゃんと見ている……」

思いがけないマイクの愛情表現だった。ところが、いきなりガチャガチャと耳障りな音がした。さらにキーッという音とともにガレージの扉が上がり、ふたりだけのひとときはあっという間に消えた。

身を硬くして見ていると、コンクリート打ちの土間があらわれた。いたるところに油のシミがついている。薄暗い照明はあるが、空間全体はほとんど暗がりだ。
マイクがエンジンをかけ、なかに入っていく。

24

金属製の重たいドアが轟音《ごうおん》とともに思いがけなく速くおりてきたので、車の後部のバンパーが危うくつぶされるところだった。マイクがエンジンをふたたび切り、車内が暗くなった。暗がりのなかでわたしたちは息を殺すようにして座っている。いきなりガレージ内の照明がともった。蛍光灯の眩しい光が網膜に突き刺さるようだ。

何度もまばたきをして光の残像を視界から追い払うと、いま乗っているSUVを若者六人が取り囲んでいるのが見えた。全員が黒いジャケット、作業着の黒いデニム、安全靴。ふたりはボルチモア・オリオールズのキャップを逆さにかぶっている。六人は黒いむさくるしいひげを生やし、そろって無愛想な表情だ。

漂わせている雰囲気から、ギャングの一味だとピンときた。

がっちりした体つきの若者が助手席のウィンドウ越しにこちらをじろじろ見ている。太い首にはタトゥーがくっきりと見える。わざとらしくにやにやした口元からは金歯がのぞいている。

獣じみた好奇心をむきだしにしてにやついていた彼の目が、四十五口径の拳銃をとらえた。

もはやダッシュボードに置かれてはいない。舌なめずりするような笑いが消え、かすかに敬意を滲《にじ》ませた表情でマイクと視線を合わせた。

「用は？」男がたずねた。

マイクがわたしの側のウィンドウをわずかにあける。かろうじて彼の低い声が相手に伝わる程度に。「チャンに会いにきた。彼はいまこちらに向かっている」

がっしりした体格の若者はうなずき、仲間のほうを向いて自分の頭上で指をクルクル回した。彼らはさっと後方に下がってスペイン語で短く言葉をかわしたかと思うと、上からぶらさがったままのスチール製の扉の下をくぐって出ていった——ひとりをのぞいて。

痩せて、タトゥーのある二十代の人物がぶらぶらとした足取りで、ガレージの反対側に歩いていく。そちらにはテーブルと椅子のセットがある。彼は椅子のひとつをこちらに向けてマイクの車と向き合う位置に据えた。わたしたちを監視するつもりだ。

ブーツを履いたままの足を木箱にのせて若者がスマートフォンのゲームを始めると、マイクは拳銃をダッシュボードに置いた。わたしはふうと息を吐き出した。いまのいままで息を止めていたことすら気づかなかった。

「もう大丈夫だ。心配いらない」

「誰なの、チャンという人物は？」

「刑事をしているわれわれの友といっしょに働いている。会えばわかる」

「あなたを信頼している。それはわかっているでしょ？」

「わかっている」

「でも、あえてきくわ……わたしたち、ここでなにをしているの？　あなたは司法省の上司を告発するために立件しようとしている。あの若い刑事はその協力者ね」

「それで合っている」

「じゃあ、どうしてわたしはこんなことに巻き込まれているの？　あなたの上司はわたしに罪を着せようとしているの？」

「まだ確証はない」

「いま確かなことは？」

運転席に座ったままマイクが身体の位置をずらす。

「マイク、なにを隠しているの？」

マイクがわたしと目を合わせた。「きみが厄介な立場にあると教えたのはカテリーナ・レーシーだ」

わたしは目をまるくした。すべてはわたしの誤解だったの？　あまりにも意外だった。

「彼女は協力を申し出たということ？」

「そうともいえる。しかし救おうとしたわけではない」

「意味がわからないわ」

マイクが首の後ろをさすっている。どこまで伝えようかと迷っているのだ。

「お願いよ、マイク。なにもかも話して」

しぶしぶと彼がうなずく。

「今朝、カテリーナの執務室に呼ばれた。なかに入ると彼女がドアを閉めた。またくどくつもりなのかと思ったが、思いがけないことをいい出した……」

25

「掛けて、マイク」カテリーナは硬い声で椅子をすすめると、立ち上がってデスクの向こうからこちらに歩いてきた。ストロベリーブロンドの前髪を、きれいにマニキュアを塗った指でかきあげながら。

「なにかありましたか？」

「あなたに話があるのよ」

すらりとした彼女がソファに腰をおろし、隣のクッションをポンポンと叩いた。

少なくとも彼女は足を組んでいない。したがってアイスピックみたいに先がとがったエナメル革のハイヒールがこちらを向いて上下にブラブラ揺れることはない。あれには耐えられない。昼飯がわりに食ってやろうといいたげな目つきも勘弁してもらいたい……。

マイクは椅子に腰掛けた。「話とは？」

カテリーナは上着のポケットから折り畳んだ紙を一枚取り出し、それを差し出した。

「これは極秘よ。あなたにこれを見せるのは、自分のキャリアと引き換えにするようなものよ。でもあなたには一目置いているし、あなたのことが好きよ。だからせっかくここまで築いてきたあなたのキャリアが台無しになるのを黙って見ていられない」

紙を渡す彼女から香水のほのかなにおいがした。

うんざりするにおいだ。マイクは折り畳まれた紙をひろげ、文字に目を走らせた。公式文書のコピーだ。複数の名前が並んだリスト。知っている名前がまじっている。『ガードナー・エバンス、スタンリー・マクガイア軍曹（退役）、クレア・コージー』――。

「なんですか、これは？」

この発言はまずかった。しかし突き上げる怒りを押し殺して冷静な声など出せるはずがない。まんまとカテリーナの作戦にはまってしまった。彼女がほんの一瞬、にんまりとした表情を浮かべたのをマイクは見逃さなかった。

「FBIはここに挙がっている人物を聴取する予定よ……」

さらにカテリーナは、当局が公表していない情報を明かした。その日の朝、大統領の娘アビゲイル・パーカーが失踪していることが判明した。夜間に誘拐されたものと思われる。その際、暴力がともなった形跡がある。

彼女が移動した跡を追うとグローバー・アーチボルド・パークからジョージタウン・ウォーターフロント・パークまで血痕が発見された。アビゲイルの血液型と一致していた。当局は現在大至急でDNA鑑定をおこない、ほんとうに彼女の血液であるかどうかの確定を急いでいる。

「理解できませんね」マイクは職場にふさわしい、つとめて冷静な口調でいった。「それとこのリストにある人物との関わりが」

「彼らには犯罪に加担した嫌疑がかけられているわ。情報を提供し、アビゲイルを罠《わな》にはめた容疑よ」

マイクは激昂しそうになったが、なんとかこらえ、椅子の背にもたれて思案するようなそぶりで顎をなでた。「信憑性は？」

彼が気持ちを切り替えたことで、会話の流れが好転した。カテリーナはリラックスし、さらにくわしい情報を明かしたのだ。

「これもあなたにいってはいけないことだけれど、東側の協力者として知られている人物の指揮で下っ端のテロリストたちが何度もミズ・コージーのジャズクラブの裏口から出入りしていることがわかっている。営業時間終了後にね。そしてもうひとつ、首都警察が彼女を告発する準備をしているわ」

「罪状は？」

「プライス巡査部長はミズ・コージーを国務省職員の不審死についての有力な容疑者であると見なしている」カテリーナが肩をすくめてみせる。「ジーヴァン・ヴァルマという人物はミズ・コージーと口論した。誘拐を幇助《ほうじょ》して得た多額の見返りのうち、彼が相当額をもとめたのだろう。いまのところはそういう仮説ね」

「なるほど」マイクは怒鳴りたくなるのを懸命にこらえた。

「こんなことをいうのは心苦しいけれど、あなたはあの女に手玉に取られていたのよ」憐れむような、楽しんでいるような表情でカテリーナがマイクの肩を軽く叩く。「落ち込むことはないわ。もっと高い地位の男性だって、ミズ・コージーみたいに抜け目なく立ち回る女にはさんざん騙されてきた」

マイクは深く息を吸い、一気に吐き出した。「なにもかも思いがけないことばかりだ。しかしわからないな。なぜわたしにこのことを？　協力しろということですか？」

「協力？」

「検挙にあたって補佐をしろということですか？」

「いいえ。あなたに警告したかっただけ。このリストに載っている人物と関わるのはよしなさい。とりわけクレア・コージーとはね」

「当然だ」マイクはそこで眉をひそめ、思案するような表情を浮かべる。「ほんとうに、その通りだ。告発に向けて準備中の事案について、リスクを冒してまで警告してもらえたことに感謝します」

カテリーナの顔が輝く。勝ち誇った表情だ。「二十四時間以内にすべて終わるわ。あのとんでもない女は拘束され、あなたは彼女から解放され、前を向いて生きていけるわ」

「まもなく終わるんですね。それをきいて心底ほっとしています」マイクは腰掛けたまま体勢を変え、自分の足と彼女の足が触れるところまで接近した。

カテリーナが手を差し伸べ、マイクの手をしっかりと握る。その感触にマイクは吐き気をおぼえた。

「これを」つかまれた手を引き抜いて、スマートフォンをつかんで彼女に差し出した。「彼女が逮捕されるまでは、預かっていてもらいたい。彼女はわたしにコンタクトしてくるかもしれませんから」

「そんな必要はないわ。あなたを信頼している。彼女からかかってきたら留守電につながるようにしておいて。それでいいわ」

「そうしましょう」マイクは携帯電話をポケットにしまった。

「思いがけないことで、動揺したでしょう」カテリーナが甘い口調で誘いをかけてきた。「今夜、あなたのところに行こうかしら、八時はどう？　夕飯を注文して、ふたりで――」

「ぜひそうしたいところですが、ひょっとしたらクレア・コージーも同じことを思い立って立ち寄る可能性があります。そうなると……厄介です」

「あの女を泊めたりしたら、あなたもいっしょに拘束されるかもしれないわ。それはわかっているでしょうね」

「はい。そうなればＦＢＩの取り調べを受けることになる――守ってくれますね？」

「ええ、絶対に」

「それなら、わたしが子どもたちに会いに数日間ニューヨークを訪れるというのはどうだろう？　延び延びになっていた私用の休暇という名目にしましょう」

「さあ、それは――」

「ミズ・コージーが拘束された後で、ふたりきりのディナーを実行しましょう。わたしが留守中に起きたことを教えてもらいながら、ゆっくりと夜を過ごしましょう。どうですか？」

カテリーナはマイクを見つめ、舌でくちびるをぬらし、彼の耳元に顔を寄せた。

「やはりあなたはこんなことでつぶれる人ではないわね、マイク。いいわ、数日間休暇を取りなさい。用事があれば——どんな用件でも——あなたの携帯電話からわたしに連絡して」

「そうします」朝食にとったものが逆流しそうになるのをこらえながら、こたえた。太ももに置かれた彼女の手をはずして自分の執務室にもどると、グロックをストラップで固定した。

さらに四十五口径の拳銃と予備の弾倉をつかんでスポーツバッグに放り込み、執務室のドアを施錠した。

通りに出るとタクシーを止め、大きな声でユニオン駅までといい、駅に到着するとニューヨークまでのアムトラックの切符を自分のクレジットカードで購入した。

通用口を使ってそのまま駅の裏に出た。裏通りに移動してふたたびタクシーをひろい、いちばん近いフェデックスの営業所に向かった。その車中で自分の留守番電話のメッセージを録音し直した。

「数日間留守にします。メッセージを残すか、もしくは部長代行カテリーナ・レーシーに連絡をお願いします。電話番号は……」

携帯電話と充電器をフェデックスの箱に入れて、翌日到着の至急指定で息子宛てに発送した。あわただしく走り書きしたメモとともに。

ジェレミーへ

頼みがある。この電話を保管しておいてほしい。発信も受信もいっさいしてはいけない。すべてボイスメールに受信させるんだ。ただし『ドラゴン・ウィスパラー』は好きなだけプレーしてかまわない。ゲームアプリはダウンロードしてある。妹を頼むぞ。

ふたりとも、愛している。

父より

これでよし。カテリーナでも彼女の仲間でも、好きなだけこの携帯電話の接続状況をチェックすればいい。

マイクはネッド・バスティアン捜査官のSUVに乗り込み、ウィスコンシン・アベニューへと出発した。愛する女性を救い出すために。

26

「ひとつだけカテリーナに感謝しよう」マイクが最後にそうつけ加えた。「彼女がわたしにこの状況を知らせたのは、あくまでも自分勝手な思いからだ。しかし、そのおかげできみとわたしは助かっている。ベルトウェイから脱出し、知恵をしぼって最悪の事態を防ごうとしている。そうでもなければ、ふたりとも被告となって弁護士の世話になる以外、どうしようもなかった」

「ガードナーとスタンはどうなるの？」それまでシートにもたれてきいていたわたしは身体を起こした。「彼らもリストに載っているとわかっていたら、絶対に、DCを離れたりしなかったのに！」

マイクがわたしの両肩をつかむ。「だからあえていわなかった。きみにはいっしょに来てもらう必要があった。きみの友だちを救うには、アビーになにが起きているのかをつきとめることが最善の方法なんだ。それはわかるね」

「それならなぜいまこうしてボルチモアにいるの？　これはあなたの上司を告発するためでしょう？　大統領令嬢がなにに巻き込まれたのかをつきとめることと、どう関係しているの？」

「ひとつずつ事実を積み重ねていこう。カテリーナは複数の情報を伝えてきみから離れろと警告した。その情報のどれひとつとして彼女のデスクを通過すべきものではない。彼女が司法省の部長代行として担当しているのは主要外のタスクフォースだ。企業および商取引の不正行為に目を光らせる立場にある彼女にＦＢＩの令状、倫理、手続きに関する情報がくるはずがない」

「司法省内でそういう立場にいるお友だちがいるのでは？」

マイクが深く座り直し、両手をぎゅっと拳に握った。「あの女はいつでも香水のにおいをプンプンさせている。自分が汚れているという自覚があるからだ。彼女が一連の犯罪行為に手を染めているのか、裏で手をまわしてきみを嵌《は》めようとしているのか、わたしを意のままに操ろうとして情報を利用しているのか、その三つがすべて事実なのかはまだわからない。しかし確実になんらかの形で関与しているはずだ。それはにおいでわかる」

「今夜会おうとしている刑事から解決の手がかりが得られる。あなたはそう考えているのね？」

「ああ、その通りだ。時間はもう少しかかるが、わたしを信頼してほしい」

「ええ。わたしも自分なりにひとつずつ事実を積み上げてみたわ」

「なにかわかったか？」

「血痕については説明できないけれど、大統領令嬢が公園にいた理由はわかるわ。彼女から直接ヒントをきいているから」

「いつ？」

「あなたがロサンゼルスから戻った翌日。忘れもしない——だってその日彼女は、わ、た、しを誘拐したんですもの」

「彼女がどうしたって？」

「きこえているでしょ」

マイクは目をまるくしている。「わかった、コージー。きこう……」

27

金曜日の朝、わたしは朦朧《もうろう》とした状態でビレッジブレンドDCの正面のドアの鍵をあけた。目はまだ半開きだ。しかし仕事に手抜きはゆるされない。ベーカリーの配達を受け取り、コーヒー豆を挽き、朝のラッシュにそなえてコーヒーをいれ、それぞれのポットに満たした。最後にエスプレッソマシンを調整してその日最初のショットを抽出した。文句なしのできばえだ。

カフェインの刺激で胸の鼓動がしっかりと打ち始めた。そこに鍋がぶつかる音がしたのでスウィングドアからのぞいてみた。タッド・ホプキンス・シェフがいた。裏の通りに通じるドアから入ってきていたのだ——昨夜の招かれざる客と同じく。

やることリストの次の項目は、あのドアを煉瓦で永久に封じてしまうこと！

こんな朝っぱらからホプキンス・シェフが出勤するのはめずらしい。理由をききそこねたのは、正面のドアをそっとノックする音がしたから。パートタイムのバリスタ——キンバリーとフレディ——がそろって出勤してきた。ふたりはジョージタウン大学に在学中のさわやかな大学生だ。ドアの鍵をあけると、彼らに続いて朝いちばんのお客さまが次々に入ってきた。こうして朝の大混雑が始まった。

いつもの金曜日よりも格段にお客さまの数が多く、とりわけ警察官がひっきりなしにやってくるのが目立つ。

「なぜこんなに警察官が？」青い制服の波が二時間にわたって押し寄せた後、フレディが不思議そうにつぶやいた。

「さっぱりわからないわ。ミズ・コージー、なにか心当たりがありますか？」キンバリーがわたしにたずねた。

思い当たることがあった。

トム・ランドリー巡査にコーヒーをふるまったときの記憶がよみがえった（気に入った？虜になっちゃいましたよ）。同僚に広めておくという言葉。それから、深夜にくどかれたこと――わたしに断わられたのは想定外だったようだが。

「さあ、ないわね」嘘をついた。

「なんだか、ものすごく気に入られたみたいですね」

キンバリーはあまりうれしそうな様子ではない。フレディとキンバリーにはわたしが個別にバリスタのトレーニングをしている。しかしまだ駆け出しのふたりにとって朝の混雑をさばくのは荷が重いのだろう。

警察官が押し寄せる光景はよほど目を引いたらしく、気がついたら物珍しさで立ち寄る通勤とちゅうの人や観光客でいっぱいだ。

この調子でいけば、朝のシフトにスタッフを補充しなくてはならない——経験豊富なスタッフを。それはほぼ不可能だ。

とはいえ商売繁盛はよろこばしいこと。午前中に押し寄せた人々が政府機関の執務室と大学の教室に落ち着く頃には、わたしもかなり楽観的な気分になっていた。

それもつかのまだった。

昼の混雑前の静かなひととき、背後でカタカタカタと小さな金属音がした。シェフ・ホプキンスの親指の指輪がスマートフォンに当たって音を立てていたのだ。

彼は『世界最高のシェフ』という文字と自分の名前の入ったマグカップにコーヒーをそそぎながらメールを打っている。なんと器用なのだろう。しかも、そそいでいるコーヒーはこの店でもっとも高価な商品——なめらかでコクのあるスラウェシ。マテオ（ビレッジブレンドのコーヒーハンター）がインドネシアのトラジャ地方で調達してきた、樹齢を重ねたコーヒーの木から収穫された豆だ。

金属音もメールを打つ音も無視すればいい。でも同じ職場で働く者同士、気持ちのいい挨拶は人として最低限の礼儀であるはず。

〝友好的。気さく。相手を尊重〟。それがわたしのモットーなのだから。

「おはよう、タッド」

彼が鼻を鳴らした。「〝シェフ〟と呼びかけるくらいなら死んだほうがましってことらしいな」

うるさい人ね。

「そうムキにならないで」きっちりいい返した。「わたしはキンバリーにも〝バリスタ〟とは呼びかけないし、夜のバーテンダーのティトはソムリエでもあるけれど、彼にも〝ソムリエ〟とは呼びかけないわ。あなたもそれは知っているわね。それにこのわたしだって、〝ロースター・クレア〟と名乗ることはないわ。皆、平等ですもの」

シェフは親指でスマートフォンを操作しながら、金髪の頭を振る。

「だからそんなふうに疲れているんだな」

「どういうこと？」

「そんな平等主義でやっていたらくたびれる。相当くたびれてますよ……クレア」

「あなたがわたしを侮辱したがっているのはよくわかりました。少しもこたえていませんけどね。それから明日の夜のメニューにルーサーの料理をいくつか加えます。それは決定事項ですから」

シェフはため息をついて首を横に振る。「これまでは一世紀の歴史を誇るブランドの名声に守られて、のうのうとやってきたんだろうな。しかも給料をもらう気楽な立場で。一からビジネスをスタートさせるノウハウなんてありゃしないんだから、ビレッジブレンドの創業に口など挟む余地はなかった。そんな人物から、低レベルの客に合わせてレベルの低い料理を出せといわれるとはな」

彼はようやく携帯電話を下ろし、口の端でにやりとした。目は笑っていない。

「わたしはあなたのボスから雇われ、わたしの料理をするためにここにいる。舌の肥えた人々のための洗練された料理だ。大学生のガキや老いぼれジャズファンと同席するなんて考えられない人々がわたしの客層だ」

暴言にいちいち反応していたら切りがない。ひとことだけ彼に質問を投げた。

「そのハイソで金離れのいい人たちでここを満員にする具体的なプランがあなたにあるの?」

ホプキンス・シェフの視線はスマートフォンにもどっている。

「客は来る」きっぱりとした口調だ。「あなたには無理だろうが、わたしはここを満員にする方法を知っている。十一カ月後にはわたしは成功報酬としてマダム・デュボワから特別手当を受け取り、あなたは尻尾を巻いてマンハッタンに逃げ帰る。古巣のビレッジブレンドにね——彼らが迎えてくれれば、の話だが」

かっとなって頭が沸騰しそう——その熱でスチームミルクをつくって、うぬぼれと勘違いで凝り固まったこの男にぶちまけてやろうか。そこにティトがやってきた。出勤してバリスタのシフトに入ると報告にきたのだ。

ティトはまだ若いけれど、ミラノの近くで家族でいとなむレストランを小さい頃から手伝っているから経験は豊富だ。ブロンドに青い目の彼はいかにも北イタリア出身らしく美しい若者だ。女子学生のファンも多い。わたしは彼の勤勉さをなにより買っている。ワシントンDCで採用したスタッフのなかで経験豊富なティトは貴重な人材だ。今朝のように忙しいときには彼がいてくれると心強い。

「ボス！　ボスにお客さんです」いつも通り、強いイタリア語のアクセントでティトが知らせた。「ピアノを弾く女の子です。外でクラクションを延々と鳴らしてボスのことを大声で呼んでいます」

「アビーはひとりなの？」

「〝ゾロ〟なのかってことですか？　もちろん。ひとりです」

それをきいてすぐに外に飛び出した。凍るような突風が吹きつけて身体がぶるぶる震えた。彼女がいた。大統領令嬢は赤いフォード・フュージョンの運転席で執拗にクラクションを鳴らしている。今朝は黒と紫色のストライプのTシャツに黒いレギンスという姿で、いつにも増して気合いの入ったゴシックファッションだ。運転席側のウィンドウはあいている。わたしに気づいた彼女はカーテンのように下がったきれいな黒髪をひと振りして叫んだ――。

「乗って、ミズ・コージー！　いそいで！」

わたしはエプロンをつけたままだ。それを気にしながら、ほどけてきたポニーテールに片手を伸ばす。「バッグとコートだけ取ってくるわ――」

「だめ！」アビーは切羽詰まった声だ。「時間がないの！」

ちょうどその時、ウィスコンシン・アベニューに黒いSUVが二台入ってきた。そっくりの二台の運転席にいる人物は、だいたい予想がつく。

「お願い」アビーは必死だ。「いそがないとケイジ護衛官に追いつかれてしまう！」

わたしはドアに駆け寄って乗り込んだ。お尻がシートにつくかつかないかのうちに、アビーはブレーキから足を離してアクセルを踏んだ。ウィスコンシン・アベニューを猛スピードで走る車内でわたしは必死でシートベルトを締めた。交通量は少ない。それでもアビーはじれったそうにジグザグとしきりに車線を変更して追い抜いていく。

「なぜそんなにあわてているの？」

ハンドルに覆い被さるようにして運転するアビーはわたしと目を合わせようとしない。

「彼らが着く前にわたしの車に乗ってもらいたかったから」

「彼ら？　彼らの正体は？」

「シークレットサービス」

「アビー、この車はどこに向かっているの？」

「母が会いたがっています。だからブランチのためにホワイトハウスへ」

28

「こんな格好でホワイトハウスになんて行けないわ！　バッグも置きっぱなし。化粧品もない。口紅すらないのよ！」

「そのままですてきです」フォローの言葉をかけながらアビーは角を曲がって――ブレーキはいっさい踏まずに――Mストリートに入った。カーブでタイヤがキーッと音を立てる。彼女がアクセルを踏み込み、急な加速で身体がシートにぐっと押しつけられる。

車のスピードは心配ではあるけれど、目下の心配事リストにはそれ以外の項目がたくさんある。

リストの先頭にあるのは、やむをえず放り出してきてしまったコーヒーハウスのこと。さいわい店にはティトがいるからエスプレッソマシンを受け持ってくれるだろう。わたしが戻るまで、きっとスタッフといっしょにお客さまをうまくさばいてくれるはず。アシスタント・マネジャーをまかせられるほどの実力がティトにはある。そうだ、これはテストだと思うことにしよう。こんな状況でも彼が落ち着いて店をまわしていけるなら、かならず昇格させよう。

心配事リストの次の項目は——自分の身なり。いま着ている黒いスカート、黒いタイツ、Vネックの黒くて薄いセーター、その上にブルーベリー色のビレッジブレンドDCのエプロン。あらためて点検してみた。バックミラーの角度を変えて自分の顔もチェックしてみた。昨夜の一件がこたえているのか、なんとも冴えない——。

「貸して！」

アビーがバックミラーからわたしの手を払った。セダンが対向車線にはみ出し、今回は別の車のタイヤがキーッと鋭い音を立てた。

「どうしてこんなにスピードを出すの？」

アビーがバックミラーをちらりと見てつぶやく。「追いつかれてしまいそう」

「これで二度目ね。昨夜も——」

アビーが遮った。「昨夜は友だちの家に泊まったの。すてきなお家よ、グローバー・アーチボルド・パークの隣で専用の庭もあって」アビーは話しながらひとさし指をくちびるにあて、それから耳を軽く叩いた。

「盗聴されているの？」信じられない思いで、声に出さず口の形だけでたずねると、彼女がうなずいた。

その公園はワシントンDC北西部からポトマック川まで延びる美しい一帯だ。ジョージタウン大学に通うバリスタたちの話では、ジョージタウンとアメリカン大学のあいだの自然に踏み固められた土の道を学生たちはジョギングしたり自転車で走ったりするそうだ。

たったひとつの手がかりで、彼女がどんな逃亡ルートを使ったのか予測がついた。アビーがシークレットサービスに、友人の家ではプライバシーを尊重してほしいと強くい張ったとしたら、公道に数人の護衛官が配置されただろう。彼女は緊急ボタンつきGPSトラッカーを友人の家の客用寝室に残し、窓か裏口からこっそり抜け出して庭を移動、あるいは低い壁を乗り越えて公園に入った。

そこから先は一直線だ。張り出した木の枝の下を通り、護衛官がいる通りには近づかずにジョージタウン大学のキャンパスをめざす。キャンパスに入ったら学生にまぎれ込める。ビレッジブレンドDCは徒歩で行ける距離だ。

カーラジオの大きな音ではっと我に返った。車はまだワシントンDCのスピードウェイを走行している。アビーがラジオのボリュームをあげたのは、仕掛けられている盗聴器で会話をきかれるのを防ぐためだ。そばに寄れとわたしを手招きし、わたしの耳元で低い声でささやいた。

「しばらくひとりになりたかったから」

わたしは彼女を見つめた。「スタンといっしょに、という意味ね」

彼女はうなずいて肯定する。

「あなた、ほんとうに彼のことを？」

ふたたび彼女がうなずく。今度は力強く。「お願い、誰にもいわないで、ミズ・コージー」

「そんなことといわれても。あなたがしたことは危険を——」

「約束して。お願い。わたしを助けると思って、いわないで」

思いつめた表情だ。「わかったわ」思わずそうこたえていた。「もう二度とやらないと約束してくれたら」

「約束します」ほっとしたらしく、アビーは笑みを浮かべた。

車は右に折れてペンシルベニア・アベニューに入った。肩越しにちらりと見ると、一台のSUVがぐんぐん接近してきている。助手席にはむっつりした表情のケイジ護衛官がいる。目が合った。あきらかにわたしを非難している。

「すぐ後ろに彼らがいるわ」アビーに知らせた。

アビーの黒い革のブーツがアクセルを踏み込む。

「インディ500仕込みの腕前ね」両手でシートベルトをしっかり握ったまま、わたしはたずねた。「でも護衛官を撒《ま》く方法はどこで身につけたのかしら？」

「それはかんたん」アビーがこたえた。「あらかじめ予習しておいたの」

29

「予習？」

「ええ！」アビーは視線を道路から離さず、自慢げに語った。「選挙が終わってホワイトハウスに引っ越すまでのあいだに、自分がどういう環境に入るのか調べてみたの」

話しながらアビーがすいすいと車を追い越す――迫る対向車にかまわず反対車線にはみだして元の車線に戻るという大胆さ！

「過去の大統領令嬢の暮らしを調べて、ガラス瓶のなかで彼女たちがどんなふうに生き延びたのかを確かめたの。とても参考になったわ」アビーがにっこりした。「ジェンナ・ブッシュとバーバラ・ブッシュは自由を謳歌《おうか》していた。ブッシュ家の双子の姉妹はやりたいことを伸び伸びとやったのよ。シークレットサービスはいつも後から追いかけていた」

信号が青から黄色に変わったが、アビーはそのまま突っ切った。左右からの交通量が多いのでシークレットサービスは赤信号で足止めをくらい、後から〝追いかけて〟きた。

「チェルシー・クリントンは幸運だった。シークレットサービスは大学在学中の彼女に配慮してじゅうぶんなスペースを与えたわ。もちろん寮の彼女の隣室には護衛官がひとり住み込んで、彼女の部屋の窓は防弾ガラスになっていたけれど。でも少なくとも彼女はその窓をあけて、好きな時に新鮮な空気を吸うことができた」

「あなたの寮の窓は開かないの？」

アビーが首を横にふる。「わたしの部屋は六階で、窓は開かないように……」

それだけでなんとなく察しがついた。アビーの手首の複数の傷跡。もしや彼女が飛び降りるのではと怖れたのかもしれない。

「プリンセス・オブ・ウェールズのことも調べたわ。ダイアナ妃を憶えていますか、ミズ・コージー？」

ええ憶えていますとも。わたしくらいの世代にはとても懐かしいわ。

「ダイアナ妃はありとあらゆる方法で護衛官たちの裏をかいたのよ。とてもかっこよかった！」アビーはうれしそうにニコニコしている。

またもや信号が黄色に変わるタイミングで交差点に突っ込んでいき、フュージョンのタイヤは吠えるような音をあげた。

「アビー、ダイアナ妃が高速走行で事故に遭って悲劇的な死を遂げたことは、知っている？」

大統領令嬢は無言のまま、さらに一台追い抜いた。

「知らないはずないわね。だって予習したんですものね」

どうやら衝突事故で命を落とす心配だけはなくなったようだ。アビーはワシントン・パークの環状交差点に入った——そこから出られないらしい。

円形の交差点を二周し、三周目に入ると黒いSUVの群れがあらわれた。車の流れをたくみにかきわけるようにして二台の車両が飢えた猛禽《もうきん》類のようにわたしたちの車の両サイドにぴたりとついた。真後ろからは三台目が迫ってくる。そして四台目がわたしたちの前を塞ぐようにあらわれた。

わたしたちの車をはるかにしのぐ大型車両に封じ込められて、アビーはやむなく適度なスピードに落とした。すでに彼女は闘いをあきらめていた――逃亡することも。

「ほらね、ミズ・コージー、もう逃れようがないわ」車は環状交差点から出てペンシルベニア・アベニューにふたたび入る。「自由は楽しい。でもあっというまに終わる。それはどうにもならない」

彼女の視線がわたしを向く。「どうにもならないことはどうしようもない。それに早く気づくことがいちばんね。そう思いません？　人生のささやかなサプライズに振り回されるのはクレイジーな人だけ。わたしはクレイジーにはなりたくない。二度とそうはならない」

「クレイジーだといわれたことがあるの？」

「もういいの。そんな言葉は二度と使うべきではないとヘレンにいわれたわ」

「ヘレン？　大学のお友だち？」

「いいえ。ホワイトハウスで働いている人」

もっときこうとしたとき、アビーがきっぱりといい放った。

「到着！」

彼女は大音響で流していたラジオを切り、わたしは大統領夫人と会うまでには聴力がもとどおりになりますようにと祈った。

見れば護衛してきた複数の車両が停車した。車の侵入を阻むために置かれた巨大なコンクリート製の鉢植えに挟まれた狭い通路をアビーが余裕をもって運転できるようにという配慮だ。

その先の鉄製の高いゲートの前に着くと、門衛たちがあらわれてゲートを開けた。制服姿で任務にあたる彼らもシークレットサービスだ。アビーの到着を待ち受けていたらしく、すみやかに通してくれた。車はさらにホワイトハウスの敷地を奥へと進んでいく。いま走っている細い道と並行して青々とした芝生が続いている。やがてイーストアポイントメント・ゲートに到着した。

ゲートは自動的にあいて、わたしたちはなんなく通過した。

これまでホワイトハウスといえば本に登場したり、興味津々な歩行者として歩いて通り過ぎたり、柵から覗いて憧れをかき立てられる存在だった。それが、こうして柵の内側にいるなんて。思わず鳥肌が立った。

しぶきのあがる噴水の周囲を走るドライブウェイを進み、列柱のある二階建ての建物の前でアビーが車を停めた。ファーストレディとスタッフの執務室がある東棟《イーストウイング》だ。

真っ白な建物の外で待っている人たちがいる。ケイジ護衛官のSUVとさらに二台の車がわたしたちの後ろで停車すると、人の数が多くなった。

バタンとドアが閉まる音がした。アビーが車を降りていた。そのままエントランスへと大急ぎで向かっている。わたしはウィンドウを下げて彼女に叫んだ。

「わたしを置いていくの？」

「あとはシークレットサービスがお世話します」アビーが叫び返した。「なかで会いましょう」

ふと見ると、運転席に楽譜の一部を破いたものが残っていた。わたしの名前が走り書きされている。

裏返すと同じ筆跡でメモ書きされていた。


わたしの母には用心して。わたしたちのことをお見通しだから。


これをどうしたものか。映画のスパイなら食べてしまうところだろう。口には入れずシートのクッションのあいだに挟んだか挟まないかの瞬間、助手席側の窓いっぱいにシャロン・ケイジ護衛官の険しい顔があらわれた。

「車から降りていただけますか、ミズ・コージー。ファーストレディとの面会に先立ってセキュリティチェックを受けていただきます」

30

案内されたのはイーストウイングのロビーだった。木調の内装のこのスペースはセキュリティチェックに使われているらしく、空港で運輸保安局が使うスクリーニング検査の機械が並んでいる。

わたしも検査を受けた——空港にくらべて格段に念入りな検査を。

空港とのちがいといえば、ここホワイトハウスでは壁に飾られた歴代の大統領と大統領夫人の肖像画に見張られている。そして丁寧な応対である……。

過剰なまでに丁寧である。

「ホワイトハウスにようこそ、ミズ・コージー。キャロルと申します。今日はよく訪ねてきてくださいました」

迎えてくれた女性はわずかにバージニア州の訛《なま》りがあり、おっとりした口調だ。丸顔で血色がよく、いかにも陽気な感じでビンテージのコカコーラのポスターのミセス・サンタによく似ている。真っ白な髪を上品にふわっとふくらませ、にこにこと心からの笑顔を浮かべている。

たちまちキャロルのことが好きになった。好きにならずにいられなかった。彼女のサファイア色の温かく聡明な瞳も、わたしを好きだと語っていた。そこであっと思った。バラ色の頬、白い髪、青い目。

キャロルには〝最良のアメリカ〟という表現がぴったりだ。

「それはわたしが預かりましょうね」その口調にはあきれたりバカにしたりする気配はみじんもなかった。つけっ放しだったビレッジブレンドのエプロンをキャロルが外し、チンチラの毛皮のロングコートを預かるように丁重に自分の腕にかけた。

「さあこちらにどうぞ、ミズ・コージー。面倒くさいことはさっさと片付けてしまいましょう。そうすればあとは万事すいすいと運びますからね」

キャロルは先に立ってイーストコロナードを歩いていく。ヒールの音が小気味よい。長い廊下の片側には大きな窓が並んでいる。中央に敷かれた金色のラグの上を歩いていると、『オズの魔法使い』に出てくる黄色い煉瓦の道を歩いているみたいな気分だ。窓からは二月の日差しが入り込んでいる。ラグの両側の床は滑らかで艶やかで、ピッツバーグ・ペンギンズのホッケーの試合前に製氷機で整えられた氷のようだ。

（またもやスポーツの喩《たと》えが出てしまった。そう、わたしは緊張しきっている）

後ろからはケイジ護衛官が無言でついてくる。キャロルは声を弾ませて、廊下に沿って並ぶ窓の外はジャクリーン・ケネディ・ガーデンなのだと教えてくれる。

「南向きのホワイトハウスに守られて木や灌木や花がとても元気なんですよ。春の日の光が白い壁に跳ね返って強くなるのね。その光が庭のあらゆるものの生長を助けてくれる。それが本来の姿なのだと思うわ」

二月下旬なので、色とりどりの光景が繰り広げられるのはもう少し先だが、ピンク色のチューリップ、モクレン、秋には金色やブロンズ色の小さなスプーンくらいのサイズの菊のスターレットが咲き誇る様子をキャロルが語ってくれた。そして銘板を、それから鋳鉄製の白いロココリバイバルのデザインのガーデンベンチを示した。一八五〇年からホワイトハウスの敷地に置かれているベンチだという。

「わが国がもっとも厳しい試練にさらされた時代にエイブラハム・リンカーン大統領があそこで休息をとったのだろうなと、わたしはよく考えるんですよ」キャロルの目にうっすらと涙が浮かぶ。

イーストルームに着いた。日当たりのいい空間で、両開きのドアからはいま見たジャクリーン・ケネディ・ガーデンに出られる。西側の壁のニッチには、ガットソン・ボーグラムが作成したブロンズ製のリンカーンの巨大な胸像がある。東側の壁には大統領の巨大な肖像が四枚飾られている。

「この部屋は、たしかにあまり華やかとはいえないけれど、数カ月前にここをご覧にいれたかったわ」キャロルが目を輝かせる。「部屋のどこもかしこもクリスマスの飾りつけがされて、ファーストファミリーに届いた公式のカードはリンカーン像の脇の壁に飾ってあったんですよ」

キャロルが語るクリスマスの話は心温まるものだったけれど、そういう雰囲気はみじんも持ち合わせていない男たちが部屋にはいた。制服姿のシークレットサービスだ。ここでさらにセキュリティチェックをおこなわれるのだ。

靴をぬぐようにいわれた。マイクから贈られたクラダリングと、祖母から堅信礼のお祝いに贈られた長いチェーンに通した繊細な金の十字架も外すようにいわれた。外したものは汚いプラスチックのトレーにのせるのではなく、キャロルが手で受け取り預かってくれた。

シャロン・ケイジ護衛官は慎重な手つきで自ら金属探知棒をわたしにあてた。

「コートを取りにいく時間すらなくて」事実を述べた。「だから武器など携帯することは不可能です」

「あなたが銃を携帯していないことはわかっています。ゲートを通過する際に複数の磁器探知器でスキャン済みです。ロビーに入る際にもスキャンしています。いまチェックしているのは化学もしくは生物兵器です、同様に爆発物も」

わたしは天使の羽のように両手をひろげて伸ばした。「どうぞチェックして」

31

シャロン・ケイジをがっかりさせたかもしれない。炭疽菌《たんそ》も放射性廃棄物も簡易爆発物も出てこなかったから。

しかし、さらに続きがあった。

ケイジは後ろに退き、制服姿の女性がボディチェックを開始した。身体を上から下へと、丁寧ではあるけれども不快なほど徹底している。

ケイジも合間合間に加勢した——手で突いたり押したりするのではなく、質問と挑発的な言葉で。

「司法省の休暇シーズンのパーティーに出席した際、セキュリティチェックを受けたことがありますね」

「はい。リンカーンコテージで。すばらしい一夜を——」

「すばらしい一夜を？　フロイト的失言のたぐいかしら？」

「いえ、べつに」

「同伴者はじっさいのパートナーでしたか、それともダミー？」

「ダミーとは？」

「格式あるイベントに著名人の妻と愛人の両方が出席したがる場合があります。当日は妻をエスコートし、もういっぽうはダミーと――」

「わたしはマイケル・クィンと交際しています」彼女に最後までいわせなかった。この生意気な若い女性の発言にうんざりしていたし、制服姿の女性がデリケートな部分をさぐり始めてびっくりしたから。

「司法省にクィンという人物がいたかしら」ケイジ護衛官は怪しむような口調だ。

「彼はニューヨーク市警の刑事です。特別な任務のために、いまは司法省で勤務しています。もっと知りたいのであれば電話で確認したらいかが――ぎゃっ！」

手袋をはめた片手がセーターに侵入して両胸のあいだに入ったのであわてた。

「申し訳ない」形ばかりの謝罪を口にしてケイジ護衛官が続ける。「猛スピードで追跡した後だけに、セキュリティチェックの担当者には、徹底して調べるように依頼されたもので」

セーターから手が出ていき、わたしは衣服の乱れを直した。

「そのニューヨークの警察官とは親しい間柄ですか？」ふたたびケイジだ。「肉体関係があるのか、それとも単に外出に同行するだけなのか」

ポニーテールをさぐろうとする手を払いのけて、自分で髪をほどいてチェックさせることにした。栗色の髪が肩に落ちるのを感じながら、ケイジ護衛官のほうを向いた。

「任務としておこなっているのでしょうけれど、精神的に追いつめる方法はわたしにはあまり通用しないわ」

「わたしはあくまで任務に忠実なだけです、ミズ・コージー」

「あなたの任務とは、わたしを敵対視すること？」

「故意に大統領令嬢を危険にさらす人物は、誰であろうと敵対視します」

「まったくのいいがかりだわ。それからもうひとつ、申し上げておきます。ひとりの母親としてね。万全の態勢で子どもを守ろうとしても、子ども自身の意志とずれていれば、空回りするだけ。外に出ようと決めたら、子どもはなんとしてでも出ていくでしょう」

それっきりケイジの挑発的な発言はやんだ。いっさいわたしと口をきこうとはしない。どうやら痛いところをつかれたらしい。そんな表情をしている。

アビーはもう子どもではないことを、ケイジ護衛官もよくわかっているのだ。れっきとした二十歳の女性だ。シークレットサービスの目を盗んで自由に行動するだけの知恵を持ち合わせている。

いっそのことケイジ護衛官に打ち明けてしまいたかった。アビーの信頼を裏切ることになっても。前の晩、彼女が脱走してわたしのコーヒーハウスに来ていたことを。

だが、話しておしまいというわけにはいかないだろう。

まず、アビーは金輪際わたしを信用しないだろう。彼女ほど信頼できる相手を必要としている人はいないのに。

それに首都警察にはわたしが話した内容が記録され保管されている。アビーを守るためについた嘘も記録されている。話のずれを彼らはどう解釈するだろう。ファーストファミリーは娘が厄介な状況に巻き込まれるのを望んだりしないはずだ。

考えれば考えるほどわからなくなる。そこに、男性の声がした——。

「ケイジ護衛官、ちょっとこちらに」

32

シャロン・ケイジ護衛官がリンカーンの胸像の脇に呼ばれた。なぜか身体に震えが走った。かつてこの敷地にはこのエイブラハム・リンカーン大統領が暮らしていたのだ。いまさらながらそれを実感して、強烈な感情が湧いてきた。

この国土が戦場だった時代――いま仮の住まいとしているN通りの邸宅が地下鉄道として稼働していた時代のことを思った。

いまとは似ても似つかない状況だとわかっていても、なぜかアビーの境遇と重なってくる。ささやかとはいえ彼女は自分の意志で叛乱《はんらん》を起こしている。自由への秘密のルートも確保している。

少し離れた場所でケイジ護衛官たちがぼそぼそ話をしている内容をきこうと耳をそばだてた。男性ふたりは三つ揃いのスーツを着て、いかにもいかつい風貌だ。彼らはタブレット型端末でなにかをケイジ護衛官に見せている。

「あの人たちは？」キャロルから装身具を返してもらいながら、きいてみた。

「防衛情報チームのうるさい連中ですよ」キャロルは面倒くさそうに手で払うしぐさをする。

「あなたの身元調査をして特記事項を見つけたようですね」

「どんな身元調査をするのかしら？」

キャロルは血色のいい頬をとんとんと叩き、青い目を天井に向けた。

「まず、全米犯罪情報センター、米法執行電子コミュニケーションシステム《NLETS》のデータベースで前科の有無を確認。それからレクシスネクシスのデータベースであなたの名前を検索。さらにFBI、麻薬取締局《DEA》、内国歳入庁《IRS》、ニューヨーク市警《NYPD》……あら、インターポールはもう挙げたかしら？」

「そんなに徹底的に調べたらマザーテレサですら〝特記事項〟が見つかるでしょうね」

それをきいてキャロルがクスクス笑い、わたしは十字架を首からかけてセーターのなかに入れた。思いがけなくキャロルがコンパクトミラーとヘアブラシをどうぞと差し出してくれたので、ぼさぼさの髪を手早く整えた。ほとんどノーメイクだけれど、これで押し通すしかない。

ミラーとブラシをキャロルに返しているところに、ケイジ護衛官がやってきた。

「運転免許証は携帯していますか？」

どういうこと？　駐車違反の記録が国家の安全保障上の問題だとでもいいたいの？　あきれてしまったが、それは口に出さなかった。

「いいえ。いまは持っていません」

「ありました！」

市松模様の艶やかなフロアを大急ぎでこちらにやってきたのは、わたしがコーヒーハウスで強盗と勘違いしたシークレットサービスだった。彼は手に持った紙切れを振っている。

「ごくろうさま、シャープ」

わたしはそれを指さしてたずねた。「それはもしかしたら?」

「ニューヨーク州発行のあなたの運転免許証のコピーです」シャープは上司のケイジに紙を手渡す。

「どちらでそれを入手したのか、きかせてもらえます?」

「ジャズクラブをオープンするにあたって、DCでアルコールを提供するためのCライセンスが申請されています。そのときに規定にしたがって身分証明書のコピーが提出されています」シャープ護衛官はどうだとばかりに一瞬にやりとした。「アルコール飲料規制管理局に問い合わせてコピーをメールで送ってもらいました」

びっくりするようなことではない。ニューヨークにいたときにマイクが部門をまたいで仕事をしていたので、行政機関というのは仲良し大家族みたいなものだと理解していた。その頂点に、〝ビッグブラザー〟が君臨しているのだ。

「わたしの免許証のためになぜこんな大騒ぎを?」

「パスポートと免許証にはどちらも写真がありますから」ケイジ護衛官だ。「あなたが本人にまちがいないと確認するために、写真付き身分証明書が必要なのです」

「すでにわたしのパスポートの写真は入手ずみ、ということですね?」

シャープ護衛官がうなずく。「ついでながら、国務省によればあなたのパスポートは期限切れだそうです。旅行の際には再度手続きが必要です」彼はそこでいったん言葉を切ってから続けた。「国外に出るご予定はありますか、ミズ・コージー？」

「いいえ、国を離れる予定はありません……」よその国のスパイでもありませんからね。

「でも、ご親切なアドバイスに感謝します――」

そのとき、指を鳴らす鋭い音がした。静かな室内に容赦ない音が響く。深夜の墓場で長い眠りから覚めた骨と骨が立てるとしたら、たぶんこんな音。

この音をきくのは初めてではない。だからなおさらぞっとした。

「行くわよ、リディア。次の打ち合わせの時間が迫っているわ……」

そこにいたのは司法省でのマイクの上司、カテリーナ・レーシー部長代行だった。

33

カテリーナはアシスタントをしたがえていた。ラテン系の若く魅力的な女性だ。ブリーフケースと法律文書らしき大量のファイルの山を抱え、ハイヒールでよろけるように歩いている。

部長代行のカテリーナは、もちろん手ぶらだ。好きなだけ指を鳴らして神経を逆撫でする音を出せる。

一度見たら忘れられない女性だ。この部屋の誰もが、彼女の前ではかすんでしまう。灰色のピンストライプの服と先のとがった革のパンプスという堅苦しい装いをしていても、滑らかな肌は真っ白で透き通るほど。生身の人間というより幽霊みたいだ。背は高く、この部屋の男性の半数と肩を並べるほど。アシスタントが無理して背伸びをしようとするわけだ。カテリーナはスタイル抜群というわけではないけれど、ほっそりした体型で格好がいい。まっすぐに切りそろえたつややかなストロベリーブロンドの髪は彼女の顔立ちを引き立てる効果がある。自然と、吸い寄せられるように視線があつまる。

男性にまじってわたしの視線も感じたらしく、カテリーナがまっすぐこちらを見た。わたしのエメラルドグリーンの目と彼女の薄緑色の目が合う。カテリーナは頭をさっと振って髪を払った。への字に結んだくちびるの両端がもちあがり、にやりとするではないか。おそろしいことに彼女のパンプスのとがった先がこちらに向く。

「クレア、でしょう？　まさかここで会うとは！」

「奇遇ですね」

「どうしてまたホワイトハウスに？　こんな朝っぱらから見学ツアー？」

「公用で来ています。あなたも？」

「ええ。でも今日はケータリングが入るイベントの予定なんてあったかしら？　あなたの小さなお店がそういう催しに起用されるほどの実力だったとはね」彼女の整った眉がいぶかしそうな表情をつくる。

まあ、勝手にぺらぺらと。

「コーヒーハウスが起用されたわけではありません。わたしはここに――」

そこに割って入ったのはキャロルだった。「お話し中ごめんなさい。ファーストレディはミズ・コージーの到着を心待ちにしていらっしゃいます。参りましょうか？」

カテリーナはさぞや驚くだろうと期待したのに、細く整えた眉はぴくりとも動かない。

「幸運を祈るわ」しらじらしくそういい残すと、先のとがったローヒールでくるりと向きを変え、カテリーナはすましてて歩き出した。よろよろと先を行くアシスタントに追いつくために。

もともとカテリーナには好感を抱いていなかった。そこへマイクからの思いがけない打ち明け話。それをきいた後だけに、彼女の平然とした態度はなんだかショックだった。

しかしショックを受けている場合ではなかった。カテリーナとアシスタントがさきほど出てきた戸口を、わたしはキャロルの案内で進んでいく。ホワイトハウスの案内人キャロルが静かな声で告げた。

「わたしたちは大統領公邸に入りました。ホワイトハウスの本館です。ここに招かれるのはたいへんに名誉なことです」

たしかに名誉なこと。ただ、わたしと入れ違いにカテリーナはここから出てきた。それはつまりファーストレディ、もしくはファーストレディのスタッフと会っていたということか。なんのために？

昨夜の出来事、今日ここに至るまでの厳重なセキュリティチェック、シークレットサービスの執拗さから判断して、嫌な予感がした。

34

ドアを抜けるとカーペット敷きの長い廊下が続き、アーチ形の天井が美しい空間をつくっている。廊下に面してライブラリー、マップルーム、チャイナルームがある。それぞれ開いたドアをキャロルが一つひとつ指さしていく。

少し離れてシャロン・ケイジ護衛官がついてくる。しつけのいいジャーマンシェパードのように、この護衛官は存在感を消すべきタイミングを心得ている。

締め切られたドアの前でキャロルが足を止め、取っ手に手を置いた。

「このドアの向こう側はディプロマティックレセプションルームです。ホワイトハウスには楕円形の部屋が三つありますが、そのうちのひとつです。各国の大使から自由主義諸国のリーダーに信任状を捧呈する儀式がここでおこなわれます……」

こんなふうに連れてこられたわたしにも、きっと儀式が待っているんでしょうね。

「儀礼上の決まりごとはありますか？　膝を曲げてお辞儀するべき？」キャロルにきいてみた。

「いえいえ、その必要はありません。ファーストレディには〝ミセス・パーカー〟と呼びかけてください。大統領夫人は職務として多くの儀式に携わりますが、民間人です。あなたやわたしと同じです」

そこで思いがけなくキャロルがぐっと身を寄せた。

「そしてもうひとつ、ファーストレディはね」彼女が耳元でささやく。「あなたやわたしと同じく、ごくふつうの分別のある方、といいたいところですが、ミセス・エリザベス・ノーランド・パーカーはそういう方ではないの」

彼女なりの見解（あるいは警告？）をききながら部屋のなかに通され、驚いた。理由はふたつ。そこはすばらしく威厳に満ちた部屋だった。そして人がおおぜいいた。

右手には給仕担当者の四人が直立不動の姿勢で待機し、そのかたわらのワゴンには白いクロスがかけられ、アメリカ合衆国大統領の紋章が入った陶器の皿とカップが置かれている。コーヒー用の銀器もある――当然、気になる（少し妬《ねた》ましい気持ちも）。

誰のコーヒーを飲むのかしら？

左手にはネイビーブルーの堅苦しい感じのスーツを身に着けた真面目そうな中年女性がひとり、直立不動の姿勢で立っている。その先には灰色のスーツにシルバーブルーのネクタイを締めたスリムな男性。ふたりのあいだには若く可憐なインターンが立っている。わたしたちが入っていくとシャロン・ケイジは青いスーツの女性と並んで立った。

サウスローンに面したホールから入る日差しがまぶしいほどだ。堂々たる楕円形の室内にはフェデラルスタイルのマホガニーの本棚、りっぱなグランドファーザー・タイプの時計が配置され、風格のある、しかも華やかな雰囲気だ。華やかさを演出しているのは、天井から下がるリージェンシースタイルのカットガラスのシャンデリア、そして黄色いダマスク織を張った揃いのソファと複数の袖椅子の存在だ。

キャロルは先に立って部屋を横切る。厚いカーペットを踏んで歩きながら、そこに無数の星が織り込まれているのに気づいた。見ようによっては蜘蛛の巣に見える。自分がそれにからめとられて、暖炉のほうに引っ張られていくみたいな錯覚をおぼえた。赤々と燃える暖炉の前には、毅然とした立ち姿の女性がいる。

「ようこそ、クレア・コージー」コーヒーハウスの仕事で荒れているわたしの手を、マニキュアをした滑らかな指が包み込む。

「ミセス・パーカー、たいへん光栄に存じます」目と目が合う。相手は突き刺すような鋭い視線だ。わたしはうんと顔をあげて相手を見上げている。このファーストレディはファッションモデル並みの長身で百七十五センチはありそうだ。シミひとつない肌は完璧な美しさ。アスリートのような引き締まった身体は、かちっとした仕立てのフォーマルのコートドレスに包まれている。

「どうぞ、ベスと呼んでね」ファーストレディは身体を折り曲げるようにしてわたしとハグし、一瞬のうちにエアキスをした。あまりにも素早くて、スプレーでカチカチに固めた髪が当たって金色のブラシでこすられるような感触だけが残った。

「クレアです」名乗りながら、嫌でも自分のカジュアルな服装を意識した。

ファーストレディのお気に召さなかったかもしれないけれど、彼女はそのそぶりをみじんも見せなかった。まばゆいほどの笑顔でわたしの手を取り、黄色いシルクのダマスク織りを張った肘掛け椅子に座らせた。パチパチと音を立てる炎が近すぎて落ち着かない。

「赤々と燃える火は部屋を心地よくしてくれるわね。ところで、この煙突を開けたのはフランクリン・ルーズベルトなんですよ。これこそ彼の有名な炉辺談話の暖炉なの」

ファーストレディは芝居がかったしぐさで眉毛をぬぐう。「おたがいに、あの時代に生まれていなくてよかったわね！」

思わずふたりで笑ってしまった。

「この壁紙はどなたが？　とてもすてき……」

「そうなの、この部屋でわたしがいちばん気に入っているのが、この壁紙なのよ。たしかジャッキー・ケネディが修復をおこなった際にここも貼り替えられたはず……」

同じ柄が連続する壁紙ではなかった。まさに壁画だ。楕円形の部屋全体に昔のアメリカの風景が描かれている。ボストン湾、バージニアの天然橋、ウエストポイント、ニューヨーク、ナイアガラの滝などが。

「これはフランスでプリントされたもののようね、一八三〇年代に。ミセス・ケネディはどこからこんな着想を得たのかしら」

「窓のない部屋は閉鎖的な空間に感じてしまいがちです」わたしは壁に描かれた山、木、船に見とれながらこたえた。「わたしどものジャズクラブの控え室もそういう空間なんです。

そこでわたしはまったく同じ発想で、田園風景のパノラマを描いてみました。もちろん、こんな壮大な壁画とはちがってアクリル絵の具で森を描いただけですが」

「担当されたインテリアデザイナーは？」

「誰にもお願いしていません。わたしが自分で描きました」

ミセス・パーカーが戸惑いの表情を浮かべた。自分で壁に絵を描いた？　いったいなぜ？　しかし次の瞬間、彼女は困惑した表情をひっこめて、立場にふさわしい礼儀正しい反応に切り替えた。

「まあなんてすばらしいこと、クレア。あなたがアートを学んでいらしたことはきいています――」

「ご存じなんですか？」

「ご自身も芸術的才能の持ち主でいらしたとはね」

袖椅子に掛けたまま彼女が身を乗り出してささやいた。

「まもなくアビゲイルが合流します。その前に、あなたとふたりきりでお話ししたかったの……」

35

ふたりきり？　この部屋には十人もいるのに。なるほど、〝公人の生活〟とはこういうことなのね。

ファーストレディは身を乗り出したまま、両手を自分の膝に置いた。

「母親同士、お話ができたらと思うの」

「はい、よろこんで」

「お嬢さんはアビゲイルよりも年上でしょう。それでも母親として頭の痛い思いをすることもあるのではないかしら。ほんとうにね、子どもというのはそういうものだから――」

〝ではないかしら〟なんてつけなくても、全部お見通しなのね。ピンときましたよ、ミセス・パーカー。

「それでもあなたはとても運がいいわ。お嬢さんは試練を乗り越えて独り立ちして世界で自分の居場所を見つけたのですもの。パリでシェフとして修業なさっているのでしょう？」

「いまはニューヨークに戻っています。グリニッチビレッジのコーヒーハウスを父親が経営するのを手伝っています」

ミセス・パーカーがうなずく。「家族でビジネスをなさるのはすばらしいことね。社交的で活発で人付き合いの上手なお嬢さんだそうですね。あなたとよく似ていらっしゃる。お父さまにも」

なんだか頭が痛くなってきた。暖炉からの熱のせい？　それとも……。

ファーストレディはさらにこちらに身を乗り出す。完全にわたしのパーソナルスペースを侵している。

「アビゲイルはあなたのお嬢さんのようにはいかないんです。あの子はとても傷つきやすいの。それに繊細で。ご存じかもしれないけれど、六年前にアビゲイルは自殺を図りました。わたしたち皆が試練の時を過ごしました。でもなんとか道を模索してきたのよ。いまようやくアビゲイルは歩き出しました。よりよい人生にわたしたちが導いているんです」

わたしたちが導いている？　さらにコントロールを強めているということでしょう。けれども、ワシントンDCに移ってきたばかりの頃にガードナーからアドバイスされた通り、わたしは率直な意見を差し控えて当たり障りのないせりふを口にした。

「アビーは……若くて、個性豊かなお嬢さんです。聡明で、繊細で、すばらしい音楽の才能の持ち主――」

「大統領もわたしも、あの子が、利用されてしまうことをなによりおそれています」

「どういうことでしょう？」

「いえね、あなたがしていることを責めているわけではないの。アビゲイルがコーヒーハウスの上の小さなクラブで楽しんでいるのは知っています。第二のわが家のようにあの子が思っていることも。わたしたち夫婦はそれも受け入れています」

ファーストレディの突き刺すようなまなざしは、いまやほんとうにわたしを刺している。

「ただね、公表されてしまうのは困ります。どんな形であってもね。アビゲイルが音楽をかじっていることが知れ渡ってしまったら……」彼女は言葉を切って身震いした。初期のスティーブン・キング原作の映画で見て以来、こんなしぐさは見たことがなかった。「ファーストドーターがジョージタウンのロフトでホンキートンクピアノを弾いているなんて。サーカスや見世物じゃ――」

反論してはいけないと、こらえた。懸命にこらえたけれど――。

「ミセス・パーカー」言葉を選びながら、続けた。「ホンキートンクピアノではありません。ジャズです。近代アメリカの芸術形式です。アメリカが生んだたったひとつの真の芸術形式ともいわれます。なぜなら、ここで始まり世界中で愛されるようになったからです。ジャズに対するアビーの情熱は、見る者を――聴く者を――感動させます。ぜひ時間をつくって実際にごらんに――」

「クレア、娘の音楽の才能を高く買ってくださる、あなたの評価は割り引いて受け止めるわね」

「そんな必要はありません。一流のプロのミュージシャンたちもたいへんに感動して――」

「権威ある音楽の先生たちの判断では、あの子はどう見ても並の能力であると――」

「それは何年前のことですか？」

「さあ……」ファーストレディは柱時計をじっと見つめる。「六年か、七年前かしら」

「若いアーティストが成長するにはじゅうぶんすぎるほど長い時間です。それにアビーからききましたが、当時はクラシック音楽を弾いていたそうですね。ジャズはそれとは別の――」

「もういいわ。あなたはまったくわかっていない。アビゲイルにとって音楽は身を隠す場なの。でも永遠に隠れているわけにはいかない。成長して世間に向き合わなくては……」

いらだちをこらえるために深呼吸した。エリザベス・ノーランド・パーカーは自分の娘を理解しようという気がない。理解する力がないのかもしれない。確実にそのどちらかだ。ほんの一端をかいまみただけで一方的に決めつけているのかもしれない。けれども憤慨せずにはいられない。この手の理解不足をニューヨークで嫌というほど目にしてきた。ニューヨークでは絶えず価値観のぶつかりあいが起きている。外向的な人はアーティストや内向的な人を「変だ」、「反社会的だ」、社交性に「欠ける」などとレッテルを貼り、内向的な人々から自分たちがどう見られているのか――想像力に欠ける、恩着せがましい、どうしようもなく深みに欠ける――は考えようともしない。

アビーのアーティストとしての遺伝子はどこから来ているのだろうかと思わずにはいられない。母親譲りでないとしたら、父親似にちがいない。そう思うと、一度も会ったことのない大統領に敬意をおぼえずにはいられない。ぜひともじかにお目にかかってみたいものだ。

「クレア、ここにいらしていただいたのはディベートするためではないわ。娘をおもちゃにしないと約束してほしくて。そのためにお会いしたかったの」

「わたしはただアビーに幸せになってほしいだけです」

「それではすまないのよ。わたしたちはファーストファミリーです。リアリティ番組でチャレンジする素人とはちがうんですよ。おわかりでしょう？」

「ええ、わかります。わたしたちとしては、お嬢さんがステージネームで演奏することを選択するのであれば、それを尊重します。わたしはそのことを自分の友人、家族、それ以外の誰にも口外しません――それは必ず守ります」

「約束できますか？」

「できます！」誓いのしるしにわたしは片手まで挙げている。

ファーストレディの表情がふっとなごんだ。

「わかってくださるわね。大統領とわたしはアビゲイルが学生生活を謳歌しているのがとてもうれしいの。やるだけやって音楽への執着を手放してしまえたら、それがあの子にとっていちばんいいのだとわたしたちは結論を出したのよ。大学時代だけですもの、浮ついた夢にきゃあきゃあいっていられるのは」

彼女がわたしの手にふれる。「アビゲイルが子どもっぽいことから卒業するのは時間の問題だと思うの。それがあの子にとって、心の底から幸福になれることであってもね」

炎はめらめらといきおいが衰えず、下着の下で汗が胸の谷間を流れていくほどだというのに、寒気が背中を這い上がっていくのを感じた。

それは、ファーストドーターであるアビゲイルと初めて会った晩にわたしが彼女にかけた言葉だった。思わず視線をシャロン・ケイジ護衛官に向けた。彼女は部屋の向こう側で直立不動の姿勢だ。あの時、控え室でも彼女は同じ姿勢で立っていた。

知っているのよ、とファーストレディの目は伝えていた。やはりこれは偶然ではない。わたしとアビーの会話は逐一ファーストレディに報告されていたか、あるいは録音されて、再生されていたのか、どちらかだ。

なるほど、地位と権力を手に入れれば、情報収集のためのスタッフを抱えられる。接点のあった人物について調べることくらい朝飯前なのだろう。そんなものだろうとは思うけれど、いざ自分が顕微鏡の下に置かれる立場になると平静ではいられない。

それに、密告者はケイジ護衛官ひとりではないはず。

わたしとほぼ入れ違いでカテリーナ・レーシーはここに来ていた。

彼女は連邦政府の職員なのだから、組織図でいえば間接的に大統領の指示を受ける立場にある。わたしのことを調査するようにと、ファーストレディが彼女に依頼したとしても、不自然ではない。

リディアというカテリーナのアシスタントが大量のファイルを抱えてよろけていた姿が頭に浮かんだ。あれがすべてわたしに関するものではないだろう。だとしたら、誰についての資料なのだろう。

カテリーナは司法省での任務に加えて、ホワイトハウスから政治の裏の仕事をまかされているのかしら?

「音楽業界は……あまりにもけばけばしくて」ファーストレディの話は続いている。「このさき、アビゲイルには楽しいことがたくさんあるんですもの。卒業式も楽しみだわ。もちろん成績優秀で表彰されるでしょう。それから繰り延べにしていた結婚式もね。わたしたちはその日が待ちきれないのよ」

思いがけない言葉だった。いま、〝繰り延べにしていた結婚式〟といわなかった?

「すてきでしょう、クレア?　ローズガーデンで六月に結婚式を挙げるなんて、夢みたい。アビーの花嫁姿はきっと最高にきれいよ!」

36

顎がはずれて、星だらけのカーペットに当たって跳ね返ったくらいの衝撃だった。

「アビーは婚約しているんですか？　結婚が決まっているということですか？」

「まだ公表はしていないけれどね。ですから、ささやかな秘密を他言しないと約束してくださいね」

「もちろんですとも」

「わたしにとってパーカー大統領は世界を舞台に活躍する役者のような存在なのよ。偉大な役者として、つねに自分がどういう大統領であるのか、この国はどんな国であるのかを体現する瞬間をさがしている……」

ファーストレディの目は遠くの一点を見つめているようだ。「ローズガーデンでおこなう結婚式はそういう瞬間のひとつとなるでしょう。花嫁の父として通路を歩む最高司令官の姿は、国民の父を象徴することになるのよ」

またもやぞくっと寒気が首筋を這い上がってきた。あなたたちこそ、アビーをおもちゃにする気満々じゃないの？

「ここに来ていただいた第二の理由はそれなのよ。アビゲイルからリクエストがあったものだから。結婚式当日、ビレッジブレンドDCに、コーヒーのサービスをしていただきたいというのが、あの子からの強い希望なのよ」

またもや顎がはずれそうになった。「それはとても光栄なことです。ほんとうに――」

「わたしは昔からコーヒーが好きだったわ。でもほんとうの意味で恋に落ちたのはモロッコで暮らしていたとき」

「モロッコですか？」

「ええ。朝の一杯はハイスクールの頃からの習慣だった。妊娠してそれを中断したら、信じられないほどつらくて寂しくてね。アビゲイルを産んだらもう歯止めがきかなくなってしまった。夏じゅう、毎朝スークというモロッコの市場のお気に入りの露店に出かけては五杯か六杯続けざまに飲んだ。あのスークで世界屈指のコーヒーを味わったのよ」ひと息ついて、ファーストレディが続けた。「だからよけいにジレンマを感じてしまうの」

「ジレンマを？」

「ビレッジブレンドは歴史もあるし、その名声は知れ渡っている。ところがジョージタウンの店のデビューは……成功を飾ったとはいえない。こんなことをいうのは申し訳ないのだけれど、あなたの店についてのレビューは辛口なものばかり」

ガス管は破損するわ、来るはずのバリスタは来ないわで、散々だったのは確かだわ。

悲惨な初日だった。ともかくガス管を交換し、あらたにバリスタを募集して延々とふるいにかけ、ようやくティトを見つけた。言い訳はするまい。事実は事実なのだから。

「それを糧《かて》として成長しました。いまのビレッジブレンドDCは、もうそういうトラブルとは無縁です」

「それはよかったわ。だってニューヨークのお店のコーヒーは絶賛されているんですもの。そこでね、ホワイトハウスのシェフに頼んで、今日のブランチに少し用意してもらいました。絶賛されている味をぜひ試してみたいわ」

すぐには言葉が出てこない。そうか、そうだったのか。〝誰のコーヒーを飲むのかしら？〟という疑問が、いま目の前で解決した——提供されるのは、わたしのコーヒー！

「絶対にがっかりさせません」力強くこたえた。

「期待しているわ。アビゲイルの気持ちを汲んで、あの子のリクエストにこたえるとなると、ビレッジブレンドの知名度を上げる必要があるわね——それからあなたの知名度も」

「わたしの知名度を？　どうやって？」

「方法はちゃんとあるのよ。でもまずは……あなたがコーヒーの歴史についてどれほど造詣が深いのか、教えていただきたいの」

「どういうことか、わたしにはさっぱり」

「コーヒーよ、クレア。コーヒーの歴史についてなにかご存じでしょう？　それともあなたの知識は豆をローストして店でコーヒーをいれて出す部分だけにしぼられているの？」

「なぜいきなり？　なにかのテストですか？」

「テストだなんて」ファーストレディは打ち消すように手をパタパタと振る。「コーヒーといえば飲むもの、という程度の認識の人はおおぜいいるわ。じつはわたしもそのひとりでした」彼女がじっとわたしを見つめる。「そんなわたしを教育してくださらない？」

わたしはにっこりして見せた。ファーストレディの一風変わった要求には、なにか理由があるにちがいない。彼女は否定したけれど、やはりこれはテストであるはず。わからないのは――。

不合格だったら、どうなるの？

37

「コーヒーの歴史ですね？　では……」わたしは咳払いをした。

ファーストレディは膝の上で手を組み、わくわくした表情を浮かべる。

「時を遡《さかのぼ》ってエチオピアでヤギの群れがとても元気になったというお話から聞きたい、というのであればべつですが、どうせならアメリカのコーヒーについてお話ししてみましょうか」

「まあ、どんなお話かしら」

「アメリカ独立戦争を企てたのは、ボストンとフィラデルフィアのコーヒーハウスでコーヒーを愛飲していた人々でした」

ファーストレディがふむふむとうなずく。

「ボストンティーパーティーの後、アメリカの人々はこぞってコーヒーに鞍替《くらが》えしたのです。こうしてコーヒーは愛国者の飲み物となりました。紅茶を愛していたジョン・アダムズは妻に愚痴をこぼしたそうです。いままで通り〝茶の成分を吸収〟すれば愛国心に欠けているとみなされ、実のほうをもてはやさなければならなくなったのですから、おもしろくなかったでしょうね」

「まあ、おもしろいわね。もっとききたいわ……」

話に弾みがついてきた。「バージニア州のモンティチェロを訪れたことはありますか？」

「行かなくてはと思っていますけど。残念ながら……」

「いらっしゃる機会があれば、ぜひともトーマス・ジェファーソン大統領の銀のコーヒー沸かし器をごらんになってくださいね。フランスで購入されたものです。そのジェファーソン大統領が友人や仕事相手への贈り物にしたのはコーヒー沸かし器だったそうです」

「初めて知ったわ。もっと教えてちょうだい」

わたしはミセス・パーカーにアメリカのコーヒーについて〝教育〟を続けた。カウボーイコーヒー、南北戦争時代のコーヒー——兵士たちは持参した生のコーヒー豆を直火でローストし、自分の銃でそれを砕いた。ここから自宅でローストする習慣へとつながった。少量をローストして売る店があらわれ、大量消費市場向けに大量の豆をいっぺんにローストするようになり、全般的な質の低下を招いた。そして新世代のコーヒーのプロフェッショナルたちの台頭。彼らは豆の調達先にこだわり、少量ずつローストし、この国にもう一度コーヒーハウスのカルチャーをよみがえらせようと情熱を注ぐ。

コーヒーをこよなく愛したセオドア・ルーズベルト大統領のエピソードにもふれた。

「愛用していたカップがあまりにも大きかったので、『むしろバスタブのようなもの』と息子は表現したそうです」ルーズベルト大統領の子どもたちはニューヨークでコーヒーハウスのチェーン店をひらいて、コーヒーハウスのカルチャーに貢献したことも披露した。

最後に、室内のすばらしい壁紙にわたしはふたたび目をやり、この壁紙にまつわる話を——。

「ジャクリーン・ケネディがホワイトハウスの修復をおこなったことは有名ですが、じつは建物内の装飾をリフォームしただけではなかったのです。彼女はコーヒーの出し方を変えて、男性と女性の社交に革命を起こしたのです」

「まあ。どういうことかしら？」

「公式晩餐会の後で男女いっしょに歓談するように変えたのはジャッキーでした。それ以前は、男性だけで一室に入ってコーヒーを楽しみ、女性は別の部屋に通されていました。おかげで女性はその日のもっとも重要なディスカッションの一部から締め出されていました。ジャッキーはコーヒーサービスの方法を変えて差別に終止符を打ったのです」

「すばらしいことね！」

「そしてまた、コーヒーはジョン・F・ケネディが大統領にのぼり詰めるために欠かせないものでした。上院議員一年目のケネディ夫妻はジョージタウンの私邸に、影響力のある人々を招いてコーヒーをふるまいました。そういうカジュアルなあつまりは、ワシントンの主流派に若き上院議員の存在感をアピールするのに役立ったのです」

影響力にまつわるストーリーにファーストレディは強く心を揺さぶられたようだ。心底、感心してすっかり興奮している。

ふと思いついて、ケネディ夫人がその時期に使ったコーヒー用の食器を、わたしが毎日ほれぼれして見ているのだと話した。

「毎日ほれぼれ？」ミセス・パーカーが身を乗り出した。「どういうこと？」

「いま暮らしているのはジョージタウンのコックスロウです。一時的にミセス・ビットモア＝ブラックの邸宅に住んでいます。ミセス・ビットモア＝ブラックとミセス・ケネディの交流は生涯続きました。元大使にケネディ夫人は銀器を贈り、その美しい銀器がいまわたしがいる邸宅のダイニングルームにあります。かつてエイブラハム・リンカーンが使用したサイドボードの最上段に」

「完璧だわ、クレア！」ミセス・パーカーが拍手した。「ええ、ミセス・ビットモア＝ブラックを知らない人など、いませんとも。元大使はたぐいまれな美意識の持ち主です！　ああ、万事うまくいきそうね。完璧よ！」

「どういうことですか？　万事うまくいく？」

「スミソニアンでアメリカにおけるコーヒーについての展覧会が開催されます。あなたなら、専門家の立場からアドバイザーを務めていただけるわ。まさに完璧な人材よ」

耳を疑った。「ミセス・パーカー、それは身に余る光栄です」というよりも、衝撃だわ。

「ですが、わたしは歴史家ではありません」

「豊富な専門知識をいまわたしに披露してくださったわ。〈コーヒーと大統領〉というプロジェクトにはホワイトハウスのキュレーターとともに活動していただくことになります。わからないことはミセス・ヘレン・トレイナーが補助してくれるでしょう。あなたたちがどんな成果をあげてくれるのか、楽しみ！」彼女のまなざしが、ふたたびわたしを鋭く射る。

「来週早々に、彼女と電話会議をするのはどうかしら？」

　こちらに有無をいわせないミセス・エリザベス・ノーランド・パーカーの迫力に、わたしは屈服した。「はい。キュレーターの方さえよければ」

　ファーストレディは指を一本立てて振り、ネイビーブルーのスーツ姿の女性アシスタントに合図した。アシスタントはすぐさまタブレット型端末をタップする。

　わたしは茫然としたまま座っている。たったいま自分の上をローラー車が通過したみたいな気分だ。

「ほかに言葉が見つかりません」

「はいといってくださったのだから、それでじゅうぶんですよ。それより、ようやくアビゲイルが出てくる気になったようだわ……」

38

アビーが出てくるときいてほっとした。いつものアビーの笑顔が見られる。

しかし、そうはならなかった。

部屋に入ってきたのはむずかしい顔をした若い女性だった。糊《のり》の利いた白いブラウスを着て、髪は頭頂部に近い高い位置できつくポニーテールにまとめ、髪の黒さを覆い尽くすようなピンク色の大きなリボンを結んでいる。そのピンク色とおそろいの、膝丈のスカートをはいている。

〝アビーのお友だち？〟

もう一度よく見たら、アビー本人ではないか。いや、これはアメリカ合衆国大統領の令嬢、アビゲイル・プルーデンス・パーカーだ。

黒いレギンスとブーツは影も形もなく、足元は肌色のストッキングとローヒールのバックベルトの靴。顔もまるで別人だ。紫色のアイライナーは拭い取られている。黒に近い口紅ではなく、透明なグロスのみ。

〝グロスの艶《つや》でなにもかも封じられた……〟

ぎくしゃくとした動作でアビーが部屋を横切ってこちらにやってくる。圧倒的な存在感のある母親に一歩近づくごとに、アビーの目から光が抜けていくように感じられる。彼女は両手を身体の前で行儀よく重ね、身体をかがめてファーストレディの頰にキスした。それから向きを変えてわたしと握手。頼りない握り方で、ひとこと「ミズ・コージー」とかしこまった口調で呼びかけた。

それから聖歌隊員のような楚々《そそ》とした態度でファーストレディとわたしの間の椅子に腰をおろした。黄色いダマスク織を張ったウイングチェアに座って膝の上に両手を置いた姿は、母親の完璧なコピーだ。ただしアビゲイルは愛想笑いを浮かべていても、魂を抜かれたように生気がない。

会話に加わった別人のアビー——ビレッジブレンドDCのステージに立ったアビーともホワイトハウスまで車をぶっ飛ばしたアビーでもない。その左手には、婚約指輪が光っている。その指輪がわたしにとどめを刺した。ピアノでいえばスタインウェイのグランドピアノ並みのサイズのダイヤが、これ見よがしに輝いている。

他愛のないやりとりを少ししてから、堅苦しいムードのままチャイナルームに案内されて見学し、ふたたびディプロマティックレセプションルームに戻ってきたら、部屋の中央に魔法のように三人のためのテーブルセッティングがされていた。

メニューは本格的なフランス料理で、どれも食欲をそそるものばかり——グラスフェッドバターを使ったエスカルゴ・イン・ガーリックバターとチキンのクリーム煮エストラゴン風味。シンプルでエレガントなデザートはチョコレートムースにサクッとした食感の薄いチョコレートアーモンドクッキーが添えられていた。このクッキーはかつてケネディ家のためにホワイトハウスのシェフが焼いたフランスの薄いクッキー〝チュイル〟にちなんだもの。

わたしはホワイトハウスのシェフをほめたたえた。ファーストレディは手放しでほめたたえた。ビレッジブレンドのコーヒーが給仕されると、ファーストレディは手放しでほめたたえた。シェフが選んだのは官能的で濃厚なクラカトア・ブレンドだった。マテオが調達したスマトラとエチオピアの豆を合わせた、わたしなりのモカジャバだ。ココア、ドライスイートチェリー、削りたてのシナモンの香りを楽しめるこのブレンドはチョコレートを使った軽いデザートと絶妙の取り合わせだ。

食事中、アビゲイルは母親からの質問にそつなくこたえはしたものの、自分からはひとこともしゃべろうとしなかった。わたしが知っているあのアビーが、有名デザイナーのウェディングドレスの試着やローズガーデンの招待客リストについておとなしくうなずくのを見るのは、妙な気分だった。

ファーストレディが退席すると、母親の後を追うようにアビゲイルという名の見知らぬ人物は、楕円形の部屋に合わせてカーブのついたドアから出ていった。

〝彼女はがんじがらめになっている。ワシントンDCの環状交差点から出られなくなった時みたいに……〟。

「車の支度ができています。お送りいたします」肩のすぐ上でキャロルの声がした。わたしのエプロンを腕に掛けて、傍らに立っている。「ホワイトハウスへの訪問をお楽しみいただけたでしょうか」

ビレッジブレンドまでの移動はこれでもかというほどのろく感じた。車内には冷え冷えとした空気が漂っている。ハンドルを握るケイジ護衛官はむっつりとした表情だ。このさきも当分はわたしと関わるのかと、憂鬱でたまらないのだろう。

「エプロンをお忘れなく、ミズ・コージー」縁石ぎりぎりのところに停車してわたしを降ろすときも、冷ややかな口調だった。

店に向かいながら、こういう時にはなじんだ笑顔を見るのがいちばんだと思った。誰かいますように。

〝そんな願いごとをしたのがいけなかったのか〟。

正面のドアから入ると、いきなりトム・ランドリー巡査と目が合った。

「お帰りなさい。なにかあったんですか？」

制服姿の彼はあきらかに勤務中だ。しかもひとりではない。ドア付近に若い警察官六人ほどがたむろしている――その全員の視線がこちらを向いている。

「皆で心配していたんですよ。どこに雲隠れしてしまったのかと」

「皆で？」

「あなたのコーヒーは最高だと仲間に自慢したんです」

ランドリー巡査の肩越しに見える彼らはなにやらひそひそと言葉をかわし、肘と肘で小突き合っている。彼らがきいたのはほんとうにコーヒーのことだけ？

「ここのマネジャーがすばらしく魅力的だと、それもいったかもしれません」彼が恥ずかしそうに微笑んだ。

「それはどうも。そろそろ現場にもどったほうがいいのではないかしら？　野放しでうろうろしている犯罪者を一刻もはやく捕まえていただきたいわ」

ランドリーは首を横に振った。「あなたがいれたコーヒーを飲むまでは、もどれません」

たたんだまま肩にかけていたエプロンをつけると、青い制服姿の若者たちをコーヒーカウンターまで案内した。彼らは列をつくってわたしがコーヒーをいれるのを待った。

ティトは警察官たちを見て警戒するような顔だ。「大丈夫ですか《ベーネ》？」

「ええ、大丈夫よ。ひと休みしてちょうだい。ピンチヒッターを務めてくれて、グラッツィエ」

「どういたしまして」

「それから、たったいまからあなたはアシスタント・マネジャーですからね」

「わたしが？」

「シ」イタリア語でこたえ、昇格とともに昇給することも伝えた。「くわしくは後でね」

「わかりました！」彼はパチパチと手を叩き、その手をごしごしと擦り合わせた。「グラッツィイエ！　グラッツィイエ！」

そこにランドリー巡査が近づいてきたので、わたしは手招きした。

「例の国務省職員について、なにかわかりました？」そこで一段と声を落とした。「昨夜、ここの上階で倒れた人について」

「朝のブリーフィングでは、アルコールが抜けたらきっと大丈夫だろうって」ランドリー巡査が肩をすくめる。「そんなに心配しないで、クレア。きっとあなたのコーヒーをたっぷり飲みたかったんでしょうよ、彼も」

「ありがとう」それでも、やはり気になってしかたなかった。

病院に問い合わせてもヴァルマという人物について教えてはくれないだろう。それならこちらから積極的に情報を収集しよう。なぜ店の裏口から侵入したのか、真実と大統領についてなにをいおうとしていたのかを知りたい。ここでどれくらい飲酒したのか、ティトと店のスタッフに確認してみよう。そう心づもりした。

それから十五分間、コーヒードリンクづくりに没頭して、警察官たちににっこりされたりウィンクされたりしても無視した。ランドリー巡査たちが出ていくと、店内はようやく静けさを取り戻した。

正面の通りに面した窓辺のテーブルでラテを飲んでいるお客さまの姿がちらほらあるけれど、カウンターのあたりはガラガラになったので備品の補充や片付けに取りかかった。

そのとき、背後からコツコツという音が近づいてきた。

反射的に、親指に指輪をしたこの店のシェフがひそかに接近してきたのかと思い、両手を拳に握ってぱっと振り向いた。そこにいたのはフォー・オン・ザ・フロアのドラマー、スタン・マクガイアだった。

杖を握り、若き退役軍人は気をつけの姿勢でこちらを注目している。

「スタンだったのね。どうしたの?」

「すこし時間をもらえますか、ミズ・コージー。無理でなければ」

「なにかあったの?」

「ふたりだけで話したいことがあるんです。アビーのことで……」

39

「昨夜のこと、ミズ・コージーのいう通りだった思います」スタンは思い詰めた様子で話し出した。「アビーが抜け出したことをシークレットサービスが気づいたら、彼らは警備を強化してわたしは二度と彼女には会えないでしょう。彼らはそういう……」

彼女とわたしは店内の静かな一角のテーブル席に着いている。

キンバリーが午後の講義を終えて出勤したので、彼女にカウンターをまかせてスタンとゆっくり話すことにしたのだ。いれたての熱いコーヒーと、店で出しているビッグ・チューイー・オートミールクッキー（店で人気のこのクッキーは食感の異なるオートミールを二種類使い、サクッとしていながら軽すぎないのでカフェで味わうにはぴったり。ナツメグ、シナモン、バニラもたっぷり入っている）を盛った皿を彼の前に置いた。

スタンはなにかに怯えているような様子だった。椅子に座っても落ち着かない様子で、アイパッチの位置を直したり服の乱れを直したりしていた。ようやく杖をテーブルに立てかけ、話し出したのだ。

「わたしとのことをアビーの母親に知られたら、たぶんアビーは精神科の病院に入院させられる。あの母親は以前からそうやって脅していた……」

〝わたしとのこと〟という言葉が頭のなかでこだまする。アビーとスタンはこれまでもシークレットサービスを撒いていたということか。

いったい何回そういうことがあったのだろう。しかしここで彼を問いつめるより、今後のことを話し合うほうが、わたしたち皆のためになるはず。そう判断した。

「これからは節度ある行動をしてくれるわね。アビーと会えなくなるのは嫌でしょう？」

「はい、絶対に」彼は獅子鼻をこすった。「とにかくお礼を言っておきたくて。あなたはわたしたちにとって恩人です」

話しているあいだ、スタンの片足はずっと前後に動いている。彼が無理してそれを止めたら、きっと彼の手がテーブルをドラムのように叩き出すだろう。エネルギッシュという言葉がぴったりのタイプなのだ。わたしの元夫マテオとよく似ている。それとは対照的なのが、寡黙なマイク・クィンだ。

マイクの冷静さを最初は理解できなかった。どんなに悲惨な状況でも理性を失わない。その落ち着きがわたしを混乱させた。この人はいったいなにを考えているのだろうかと、悶々とした。やがてわかってきた。表面は静かなまま、マイクの内部では時に、ゆっくりと嵐が形づくられているのだと。

スタン（そしてマテオ）は嵐を隠そうなどとはしない。つねにオープンで、つねにエネルギーを発散させている。たいていの場合、思いをそのまま表現する。

アイパッチで片方の目が隠れているけれど、スタンほど表情豊かな人をわたしは知らない。

「あなたとアビーはどういう間柄なの？」きいてみることにした。

「親しい間柄……ようするに友人です」間髪をいれずにこたえが返ってきた。「彼女はすばらしいミュージシャンです。いままさに才能が開花しようとしている」

「音楽だけがふたりを結びつけているようには思えないけど」

「では、だいじな人という言い方はどうですか」

思わずため息が出た。ホワイトハウスで見聞きしたことを、わたしの口からスタンに告げるわけにはいかない。結婚についてはアビーから直接きくべきだ。それでも、なにかいわずにはいられなかった――。

「くれぐれも慎重にね。アビーがどういう立場の人なのか、忘れないで。あなたが親しくしている相手はアビゲイル・プルーデンス・パーカーであり、大統領とファーストレディを両親に持つ人物よ。どうかそれを忘れないで。さもないと、あなたが傷つくことになるかもしれない」

彼は負傷した足をぴしゃりと叩いた。「傷ならとっくに負っていますよ！」

40

スタンが笑い、わたしもつられて笑った。

若い退役軍人である彼が自分の大ケガをこんなふうに明るく語れることに、じんとした。アビーが彼に惹かれるはずだ。

「あなたはどういうきっかけで音楽の道に？」スタンがガードナーのアンサンブルに参加した時からききたいと思っていた。「軍人からジャズ・ドラマーへの転身はあまり聞いたことがなかったから」

「入隊前はミュージシャンだったんですよ。ピアノ、ギター、ドラムも、それからサックスも少々」

「音楽の勉強をしたのね？」

「レッスンをたくさん受けました。あちこちで。父のおかげでね。父は軍人でした。三年ごとに各地を転々としましたよ。どんな土地に行ってもスクールバンドに参加したり、誰かとバンドをやったり、基地の学生バンドに加わったり。そうやって友だちをつくったんです、どんな国に行ってもね」

「音楽は世界共通の言葉。ガードナーはいつもそういっているわ」

「その通りです。音楽とおいしいコーヒー……」そこで彼がコーヒーを飲み、次にオートミールクッキーにかぶりついて声をあげた。「うまい！　おいしい食べ物も追加だな！」

そうね、という代わりにわたしは微笑み、皿からクッキーを一枚つまんだ。

「ピアノとギターよりもドラムを選んだのはなぜ？」

「除隊後、医者にいわれたんです、理学療法になると。ドラムを叩くことは怒りを〝社会的に受け入れられる形で吐き出す〟方法になるんだそうです。精神科医によればね」

スタンは笑い飛ばしたが、彼の怒りの激しさが想像できた。前腕の筋肉が発達し、二頭筋と胸筋は岩のように硬そうだ。

「入隊しようと思ったのはなぜ？」

「軍隊の暮らしに慣れていたから、だろうな」クッキーを満足そうに頬張り、コーヒーを飲む合間にスタンがこたえる。「軍人以外のおとなを知らなかった。両親は軍医だったから、戦闘による心的外傷についてはかなりくわしくはなったけれど、科学系が苦手なので医学部はめざさなかった。衛生兵になったんです。軍務期間が過ぎたら都市で医療関係の仕事に就こうと考えて。ところが……」彼が片方の目と足を指さし、肩をすくめた。

「衛生兵として、多くの戦場を目の当たりにしたんでしょうね」

「ええ……」彼はそれだけしかいわない。退役軍人の多くがそうであるように、スタンは過去の軍歴を語ろうとしない——そのわけは、想像がつく。

スタンはまだ二十五歳という若さで、一生分の恐怖を味わい、死を目撃しているのだろう。そんな彼が、戦場を知らない人々や同年代の若者と相容れられるはずがない。けれどもバンドの仲間はちがう。スタンにとって彼らは特別の存在だった。愛し、信頼できる存在なのだ。ある晩、三階の控え室でスタンとガードナーがビールを飲みながら話していた。同じ部屋の隅でわたしは黙々と壁画を描いていた。そのときスタンがガードナーに心の内を明かすのをきいてしまった。スタンが二度目にアフガニスタンに派遣されたときのことを。

衛生班に所属していたマクガイア軍曹が山岳地帯での救助活動に向かった折、乗っていたヘリコプターをロケット弾が直撃した。

さいわい不発弾だったので、爆発はしなかった。もし爆発していたら班は全滅だっただろう。ロケット弾は不発ではあったが、ヘリコプターのなかで跳ねたため、スタンも含め隊員たちは重いケガを負った。スタンは右足のふくらはぎの筋肉を損傷し、右目の視力を失った。いつもアイパッチをつけているのは、そのためなのだ。

しかし、どうやらスタンはその体験からある事実をつかみとったようだ。ふいに彼が口をひらいた。

「あそこで学んだことを、アビーに教えてやりたいと思っています」

「それは？」

「おそれるな、ということです」

「アビーはなにをおそれているのかしら」

スタンの身体全体が揺れた。

「両親をがっかりさせること。失敗すること。精神的な破綻。それだけじゃない。彼女は音楽に関しては精力的で毅然として妥協をゆるさない。しかしそれ以外となると……」スタンがゆっくりと首を横に振る。「なにもかも母親の言いなりだ。逃げ出すことができない。おそれを克服して逃げ出さなければ、この先も母親の意のままになるしかない」

結婚も。

ただし、アビーの婚約者がどんな人物なのかはわからない。もしかしたら彼女にぴったりの人物で、母親だけでなく彼女も心から結婚を望んでいるかもしれない。それでもスタンはアビーとそれなりに長い時間をともにしているはず。その彼が、従順な娘と強引な母親という関係を案じているのだ。

「いじめは大嫌いだ」スタンがぽつりと言った。「だから見逃せない。どんなに遠くで起きているとしても。子どもの頃は、転校して一週間以内にかならずいじめるやつが出てきた。でもこっちは対処する方法を身につけていたから、負けたりしなかった。アビーはどうしていいのかわからないんだ」

「だれもがあなたみたいに勇気があればいいのだけど。日々、その状況に置かれると、耐えるしかなくなってしまう」

「あなたみたいに？」

「わたし？」

彼がうなずく。「この店のシェフはあなたを不愉快な目に遭わせている」

思いがけないことを言われて、わたしはあぜんとした。

スタンはテーブルの向こうから身を乗り出した。「正面から立ち向かう必要はないんです。相手の行為が度を越している場合には戦略的な思考をすればいい。それはこの国の歴史でもある。正面突破が無理だと判断したら側面を攻撃するんですよ。相手の隙をつく。足元を狙って攻撃して倒す」彼が両手を広げた。「それでここまでやってきました。だから絶対にうまくいきますよ」

スタンはカップのコーヒーを飲み干した。指はテーブルを軽やかにトントンと叩き始めた。彼の頭のなかで流れる旋律に合わせてリズムを刻む。わたしは椅子の背にもたれ、彼の言葉を噛み締めていた。

タッド・ホプキンス・シェフは万全の契約を盾にして、質《たち》の悪いいじめをしているようなものだ。わたしは正面からぶつかることしか考えていなかったけれど、それでは勝てない。相手の裏をかく戦略を考えなくては。

「ガードナーのいう通りね。スタンは目が不自由でも、誰よりもよく見えているといっていたわ」

「ありがとう、ミズ・コージー」彼は最後の一枚となったクッキーを口のなかに放り込んだ。

41

一時間後、ティトとキンバリーへの引き継ぎをすませると、わたしは危険を顧《かえり》みず厨房の戸口から頭だけを入れてなかをのぞいてみた。ホプキンス・シェフがそこにいたら、確実に首を切られてしまう。

「ねえ……」厨房内の人物にちいさな声で呼びかけた。「ホプキンス・シェフはどこ?」

ルーサー・ベルは野菜を刻む手を休めず、頭だけ横を向いてシェフのオフィスのほうを示した。

ちょうどよかった。

わたしは厨房のなかに入り、カウンターの前にいるルーサーのそばに行った。

「シェフがあわててあの部屋から出てくるようにしむけたいの。ドアに鍵をかけるのも忘れるくらいあわてさせる方法はないかしら」

ルーサーが天井へと視線を向ける。そしてパチンと指を鳴らした。

「思いつきました。電子レンジが不調だといえばタッド・シェフはパニックになりますよ」

わたしは顔をしかめた。「なるほどね。だから彼の料理はどれもおいしくなかったのね」

「はい。じっさい、今夜の料理はすべてラップをかけた作り置きですからね、それを逆手に取ってやりましょう」彼がこちらに身を乗り出した。「先週、電子レンジの調子が悪くなったので彼に黙って直したんです。シェフが気づいたら、かんしゃくを起こすだろうと思ってね」

「電子レンジを直せる？」

「ブレーカーの交換ならできますから。問題は地下のヒューズボックスでした」

「もう一度壊してもらえる？　お願い」

ルーサーがにっこりした。「あなたのためなら、よろこんで、クレア・コージー」


三十分後、わたしはスウィングドアの外側から厨房をうかがい、飛び込むタイミングをいまかいまかと待ちかまえていた。ルーサーはこちらに向かってウィンクをひとつして、厨房の奥のホプキンス・シェフのオフィスの締め切ったドアへと突進した。

「シェフ！　シェフ！」すさまじい勢いでドアを叩く。

「どうした？」ドアの向こうからくぐもった声がする。

「たいへんだ。電子レンジが故障しています。うんともすんともいわない――」

最後までいい終わらないうちにホプキンス・シェフが飛び出してきた。「うんともすんともいわない？　一時間前はちゃんと使えた。見せてみろ！」

ルーサーがタッドを電子レンジの前に連れていき、そこでふたりでしばらく思案していたが、ついにルーサーが、問題は地下のヒューズボックスかもしれないと意見を出した。

「行って直してこい」タッドがわめく。

「わたしが？」ルーサーは肩をすくめ、両手を広げる。「なにから手をつけたらいいのか、さっぱりですよ」

「わかった！」

その直後にホプキンス・シェフはビレッジブレンドの工具箱を手にしてスウィングドアの向こうから飛び出してきた。すっかりパニック状態で、わたしがぱっと飛び退いたことすら気づかない。彼がそのまま地下室に通じる階段をおりていくのを確かめて、わたしはすばやく厨房に入った。

「猶予は三分です。最長でも五分」ルーサーが忠告する。「しかもわたしはここを離れなくてはならない。ウェイターの手伝いをするように彼にいわれたので」

「それはあなたの仕事ではないわ！」

「それよりも、早く！」

わたしはうなずいて感謝を伝え、厨房の奥へといそいだ。ホプキンス・シェフのオフィスに入るとドアを閉めて鍵をかけた。そこでくらっと目眩《めまい》がした。いったいなにをさがせばいいのだろう。なにも当てがない。そのことにはっと気づいて、みるみるうちに昂揚感が消えていく。

とにかくさがすのよ！

窓のないオフィスは物があふれている。天井についている照明は濃い影をつくり出す。リフォームしたての厨房と同じく、このスペースも塗り立てのペンキのにおいがする。

まがいもののチェリーウッドのデスクにはプリンターがどんと置かれているほか、ジャズスペースの過去のメニュー、走り書きのメモ、数字がメモされたポストイットなどが山と積まれている。《ワシントンポスト》紙と地元紙の《ジョージタウンカレント》の切り抜きをめくってみる。よそのレストランの広告、グルメたちのレビュー、レシピも収集しているらしい。

つぎにノートパソコンをチェックしてみたが、ロックされていた。過剰なほど用心深いのが、なおのこと怪しい。やはりなにかを隠しているにちがいない。

メモに手がかりがあるかもしれないと思って見てみたけれど、意味をなさない走り書き、誰のものかわからない電話番号だらけだ。デスクの引き出しには鍵がかかっていない。なかに入っているのはオフィスの備品だけ。ゴミ箱はからっぽだ。

なんてこと、なにも見つからないなんて。

なにを期待しているの、クレア？　『横流ししたシートラウトの儲け』と記載された小切手？　謎の東欧系の男の写真？　そこに走り書きされた名前と住所？

時間切れまであとわずか。わたしの視線はプリンターをとらえた。コントロールパネルを見てひらめいた。

プリントのメモリーよ！

プリンターの電源を入れてみた。マイクロチップに二つのジョブが入っている。両方を選んで〝印刷する〟を押した。

一ページ目は顧客リスト。四十数名の名前が並んでいる。そのほとんどに料理の制限または食物アレルギーが赤いインクで書き込まれている。

二枚目にはエドガー・アラン・ポーの『盗まれた手紙』、ダシール・ハメットの『マルタの鷹』、ロバート・ルイス・スティーヴンソンの『宝島』の地図がぎゅっと詰め込まれていた。わたしにとっては安息の地への通行証、タッド・ホプキンスにとってはこの店の〝元シエフ〟になるための片道切符だ。

天にも昇る思いでいたわたしを現実に引き戻したのは、鍵が鍵穴にさしこまれてカチリという音だった。次の瞬間、オフィスのドアが開いた。

42

ぱっとそちらを向いた。タッド・ホプキンスがいた。あきらかにいきり立った様子で、がっしりした身体で戸口をふさぐように立っている。片手には工具箱を抱え、もういっぽうの手にはプラスドライバーを握っている。それをわたしの顔の前で振りまわした。

「わたしのオフィスでなにをしている？」

狭い部屋の隅に追いつめられてしまった。不思議なことに恐怖は感じない。溜まりに溜まった怒りでそれどころではないのだ。厨房に巣くう害虫みたいなこの男の言動にはこれまで散々苦しめられてきた。もはや一歩も引くものか。

「ここでわたしがなにをしているか？　あなたを破滅させてやろうとしているのよ……シェフ」プリントアウトを突き出してみせた。

「なにを振っている？」

「これはあなたがケータリングしたイベントのメニューよ。そこにはわたしのシートラウトが使われている！」

工具箱が床に落ちて派手な音を立てた。

「ワシントンDCの刑法はよく知らないけれど、ニューヨークでは千五百ドル相当のシーフードを盗んだ者は第四級の重窃盗罪に問われるわ」

ホプキンスはまだプラスドライバーをしっかり握っている。それでこちらがいいなりになると思っているのだ。「なにを勘ちがいしているんだ！」彼が吠える。「盗んだと証明できるのか！　できないじゃないか」

「おあいにくさま。そこまでする必要すらないのよ」

彼が興奮してわあわあ叫び出した。わたしは彼の腕をぐっと押して脇をすり抜けた。戸口を抜けたところで、彼がこちらを向いた。

「どうせ口だけだ！」

「これがある！」メニューの一番下の美しい活字を指さした。

「『シェフ／バージニア州レストン／タッド・ホプキンス』」声に出して読み上げた。「それに、この日付を見て」

「わたしの厨房から出て行け――」

「契約は諸刃《もろは》の剣となるわ。それにあなたは二年間の専従契約に署名している。〝専従〟ですよ。あなたが結んだ契約の兼職禁止条項に違反していることを、この紙が証明しているわ。当然、解雇されるということ」

「しかし――」

「しかしもへったくれもない」はっきりいってやる。「出て行きなさい、わ、わたしの、厨房から！」

「この、くそばばあ！」彼が叫ぶ。

「なにをいっても無駄よ！　横領犯！　とっとと出て行きなさい！」

「出て行くとも。あとは弁護士から連絡させる！」

「それは好都合だわ」すかさずいい返した。「このうえマダムと店に被害を及ぼすようなら、シートラウトの窃盗犯として首都警察に通報するわ。わけないことよ。今朝は警察官の半分がこの店に来ていたんですもの！　好きなだけ訴えればいいわ——刑務所のなかから！」

もはやふたりだけの戦いではなくなっている。ティトとキンバリーはスウィングドアの向こうから顔だけをのぞかせ、ルーサーは使用済みのグラスを山と積んだプラスチックのトレーを持ったまま厨房の中央で棒立ちになっている。あっけにとられた表情だ。

こんなところを皆に見られたくはなかったけれど、第三者の存在はありがたかった。誰もいなければ、きっとホプキンス・シェフに殴られていた。彼が両手の拳を握るのが見えていた。怒り狂った彼に殺されていたかもしれない。

スタッフたちがいてくれたおかげで、かろうじて命拾いできたのかもしれない。けれども彼の暴言と脅しにストップはかからなかった。

ようやくホプキンスが出て行き、わたしは壁にもたれた。両膝から力が抜け、心臓がバクバクしている。

「大丈夫ですか、ボス？」ルーサーだ。

「なんだか、すごくいい気分よ、シェフ」

「シェフ?」ルーサーがあたりを見まわす。「ホプキンスはもういません」

「わかっている。あなたのことよ」わたしはルーサーと向き合った。「いまからあなたがこの店の厨房の責任者です、ベル・シェフ」

彼はごくりと大きな音を立てて息を呑んだ。「CIAとCIAを混同しちゃいけませんよ」

「どういうこと?」

「タッド・ホプキンスはカリナリー・インスティテュート・オブ・アメリカ、つまり料理学校のCIAの出身だ。わたしもCIAにいたことはあるが、それは連邦政府のカフェテリアだった」

「知っているわ。とにかくいち早くタッドのメニューをひっこめて、あなたのメニューを出してちょうだい。これ以上お客さまをお待たせすることはできないわ。今後の勤務時間とお給料については明日の朝、話しましょう」

43

「もしもし……」目を閉じたまま電話に出た。

「クレア、もう見ましたか？」

「なにを？」かすれた声が出た。枕元の時計をちらりと確かめてみたけれど、数字がぼやけて見える。

　昨夜はマイクとふたりでシャンパンのフルボトルを空けた。ホプキンスという怪物を退治したお祝いだ。メニューはお祝いにふさわしく、腕によりをかけて豚ロース肉のチェリー・ポルトワイングレーズがけ（ベーコン包み）、それからかわいらしいチョコレート・カルーアクリーム・ウーピーパイをつくった。もちろん、祝祭にふさわしい熱い一夜を過ごした。

　すっかりたがが外れて仕事をサボったわけではない。今日の午前中はわたしが休み、ガードナーが開店を引き受けてくれることになっていた。彼はその後ジャズスペースのショータイムが始まる数時間前まで仮眠をとる予定だった。

　それなのに、なぜ朝の七時十五分に電話をかけてくるのかしら？

「まさかガス管にトラブル発生だなんていわないでね」

「ちがいます。リンク先を貼ってスマートフォンに送信しました。見てください。いますぐに」

身を起こした。

〝うっ、急に動きすぎた……〟。

目眩がして部屋がグルグルまわっているような感じだ。隣でいびきをかいているマイクの大きくて温かな身体がなんとなく見分けられる。できるだけそっとベッドから出てローブをはおり、ベルトを結んで主寝室の居間に移動した。

スマートフォンのスクリーンをタップし、ガードナーが送ってきた直リンク先を表示させた。ワシントンＤＣ地区の情報を伝えるウェブサイト《ザ・ディストリクト》の記事だった。

大統領令嬢「アビー・レーン」ジョージタウンでジャズに夢中

その場に立っていられず、崩れるようにソファに腰掛けた。ガードナーがさらに続けた――。

「ラジオで報じられていたのをたまたま聴いたんです。情報源は《ザ・ディストリクト》のウェブサイトといっていたので、見てみたら写真と動画が――」

「動画？　動画があるの？」

ヘッドラインをタップすると、アビーが先週水曜日にオープンマイクで演奏しているスナップ数枚と、短いデジタル録音が表示された。スマートフォンで撮ったものらしい。音質はよくないが、『クール・レセプション』の数小節だとわかった。

投稿にはワシントンDCのビレッジブレンドという表示と「告知」用データが添えられていた。今夜のショータイムの時刻と店の住所が載っているので、まるでわたしたちが情報をリリースしたように見える。

「誰がこんなことを!?」ガードナーがうめき声をもらす。「ファンがアビーの身元をつきとめて、あくまでも善意から投稿したんですかね」

「その可能性はあるわね……」

わたしはもう一度動画を再生し、画面にちらりと映り込む黒いものに気づいた。早戻しして一旦停止すると、犯人の親指があらわれた——そして見覚えのある〝彼の親指のリング〟が。

「あいつよ!」

「あいつ?」

「タッド・ホプキンスのしわざよ!」

「ほんとうですか?」

わたしはぎゅっと目を閉じて、昨日の午前中、エスプレッソカウンターでホプキンスと口論した時のことを思い出した——その直後、アビーの車でホワイトハウスに連れていかれ、ファーストレディと約束したのだ。アビーの身元は伏せると。

「ホプキンスはわたしに自慢したのよ、ジャズスペースにお客さまを呼ぶ方法を知っていると。『客は来る』と彼はいった。『あなたには無理だろうが、わたしはここを満員にする方法を知っている』とね」

「アビーの身元をどうやって知ったんだろう？」ガードナーはいまいましくてならない様子だ。

「バンドのメンバーの話を立ち聞きしたのかもしれないわね。わたしたちふたりの会話を聞いたのかもしれない」わたしはソファのクッションを力まかせに何度も叩いた。「だから、ルーサーの料理を今夜出すことを彼は拒絶したのよ。アビーの身元が世間に知れたら満員になると踏んで、自分の料理をアピールしようと考えた」

「じゃあ、どうします？　ショーを取りやめますか？」

「それはアビーしだいよ。この顚末《てんまつ》を彼女がどう感じているのか、それを確認しなくては。気をしっかり持ってね。十五分以内に行くわ……」

前シェフを罵りながら、ガードナーとわたしは通話を終えた。

切ったとたん、ふたたび電話が鳴った。

思いがけない知らせと、昨夜のシャンパンの影響で頭のなかが混乱していた。発信者の名前を確認すると、さらなる衝撃を受けていっぺんに目が覚めてしまった。クアッド・エスプレッソ（エスプレッソ四ショット）を飲んでバケツ一杯の氷水を顔に浴びせられるよりも効果があった。

ごくりと唾を呑み込んで、電話に出た。

「ケイジ護衛官です……」

44

「あなたにはがっかりしました。心当たりがありますね？」

「説明させて――」

「ファーストレディはあなたの言い訳には関心をお持ちではありません――あるいは、さらに嘘を重ねられることには」

「まさかこんなことになるとは――」

「しかし、事は起きてしまった」

「どうか、最後まできいてください。ビレッジブレンドまで来てもらえますか？」

「行きます」シャロン・ケイジの割れるような大声が返ってきた。「しかし、説明をきくためではありません。それから、わたしひとりで行くわけではありません……」

〝どういう意味？〟

わたしを逮捕しに来るというの？　たしかに道義的にはまずい状況だけれど、法的には問題はないはず。ジャズスペースのオープンマイクに出演するアーティストからはパブリシティリリースの了承を得て署名ももらう。

ケイジ護衛官が説明を始めた。

「コーヒー店の様子を見にシャープ護衛官を行かせました。複数のジャーナリストとブロガーがすでにアビゲイルのショーのために並んでいたそうです。その報告は十三時間前です」

「《ザ・ディストリクト》のサイトはそんなに影響力が大きいのかしら」

「いいえ、でも通信社が取り上げたのです。つぎに《ドラッジ・レポート》が掲載しました。《ドラッジ・レポート》はご存じですね。一日の閲覧者数は二百万人です。一カ月のページビュー数は七百万」

しっかりしなくては。「名前はきいたことがあります」

「こういう情報がどのように拡散しているのか、わたしたちはよく知っています。いまは地元ラジオ局の段階です。この先は全米ケーブルテレビのモーニングショーが、さらにネットワーク局が取り上げるでしょう。ホワイトハウス報道官はすでに公式にどう反応するのか、対応に追われています」

「わたしたちはどうすべきでしょう？　アビーの演奏をキャンセルしますか？」

「キャンセルすべきです。ですがアビーは演奏するといってききません。情報が拡散しリスクが高くなっている状況であるにもかかわらず、やるといい張っているのです。その理由がおわかりですか？　〝新しい友だち〟をがっかりさせたくないからです。ですから一時間以内にわたしが統括する先着の警護隊が、あなたのコーヒーハウスに到着します。のちほどお会いしましょう」

ケイジが通話を切ると、わたしは洗い立てのスラックスとブラウスをクローゼットから取り出し、着替えるためにベッドの端に腰をおろした。

その時、腰に力強い腕が巻きついた。

「どうしたの！」つい、きつい口調になった。

「きみこそ、どうした。午前中は休みのはずだろう。なにをしている」

「着替えているの」

次の瞬間、後ろに引っ張られてベッドに引き込まれた。やさしく、だが有無をいわせぬ力でマットレスの上に押さえ込まれた。マイクの砂色の髪は寝癖で乱れ、ポツポツと伸び始めたひげが首に当たると紙やすりでこすられるように痛い。ふと彼が頭を上げてこちらを見おろした。深みのあるコバルトブルーの目に見つめられると、思わず息が止まってしまいそうになる。

「いっしょに朝食をとれると思っていた――ベッドのなかで」

「ごめんなさい。今朝はそれができなくなってしまったの。明日の朝に順延するのはどう？」

彼の頰に軽くキスしようと動いたら、したたかな刑事はすかさずくちびるを合わせ、情熱的なキスをしながらうめくようにいう。

「だめだ。思った以上に飢えている……」

名残惜しさを込めて彼の頰を両手で包み、彼の身体の下からようやく抜け出した。

マイクがため息をついた。「せめて説明くらいきかせてもらいたいね」

「緊急事態が発生したのよ。あなたには話しておくわね。そのほうがショックが少ないと思うから」

「ショック？」マイクはごろりと自分の枕のほうに転がり、片肘をついて頭を乗せた。「それなら、きいておこう……」

マイクの視線を浴びて着替えながら、クレイジーとしか表現できない数々の出来事を二点に絞って伝えた。①ジャズスペースのオープンマイクの日に、大統領令嬢が匿名で開店以来ずっと参加して演奏していた。②彼女が今夜のステージに主役として登場するニュースが流れた。

（ややこしいことはすべて省いた。ホワイトハウス、ファーストレディ、アビーが退役軍人のジャズ・ドラマーと密会していること、女性シークレットサービスとの確執、法に触れると知りながら首都警察に嘘をついたことなどは、この際すべて伏せた）。

「完璧に混乱状態《FUBAR》なのよ」これはスタン・マクガイアの表現だったかしら。「アビーの身元は明かさないはずだったのに——情報の拡散はもはやわたしたちの手には負えない！」

マイクがじっとわたしを見つめた。「きみのいう通りだ。ショックを受けたよ。ここまで秘密を明かさずにいる術をどこで身につけた？」

「ある刑事《トウシエ》から教わったのよ。わたしよりも格段にその技術に長けている人物から」

「やられた」

ドレッサーに置いてあった鍵を手に取り、最後にマイクにエアキスを贈った。マイクのたくましい肉体が横たわりエジプト綿のシーツを半分まとっているのを見て、物理的に彼に接触するのは危険だと直感した。ガードナー、ケイジ護衛官、彼女が率いる先着チームを正午まで待たせることになってしまう。

「負けるなよ！」

マイクの低い声が邸宅の階段の上から響いた。それをきいて、思わず微笑んだ。こんな切羽詰まった状況でもにっこりしてしまった。それから気を取り直して表情を引き締め、短縮ダイヤルでニューヨークにかけた。

「クレアか？　いま何時だ？　またうっかり尻にスマホが当たって誤発信か？」

「いいえ、マテオ。まちがいなく、ほんとうにあなたにかけているのよ」

すぐにはこたえが返ってこない。マテオ・アレグロの唸るようなあくびの音だけが東海岸を下ってきた。

「なにかあったか？　トラブルか？」

「大正解。なにもかも説明するわ。でもまずはベッドから、あなたのお尻をおろして行動を開始して」

「なにをすればいいんだ？」

「SOS」

「クレア、いまなんと――」

「だから、SOS。スタッフをこちらに送って《Send Our Staff》！」

45

「いいですか、特殊任務部隊が活動するために便宜を図ってもらう必要があります。一階に指揮所を置くために一部屋、提供していただきたい。それが最優先事項です……」

ケイジ護衛官はまだ若く、金髪のポニーテールがぴょんぴょん跳ねているが、その口調は戦闘に備える百戦錬磨の将官を思わせる。ネイビーブルーのぱりっとしたパンツスーツに身を包み、アスリートのようにピンと背筋を伸ばして立つ姿は、自由でリラックスした雰囲気のコーヒーハウスのまんなかに戦いを記念する塔がそびえているようにも見える。

あまりにも場ちがいだ。

彼女の両脇には特殊任務部隊のメンバーふたり——長身で肌の色が濃くピリピリした様子のシャープ護衛官と濃紺のベストを着た禿げて筋骨たくましい男——が控えている。ベストの背中には『シークレットサービス』という文字。

〝周囲の環境に溶け込もうという気持ちは誰も持ち合わせていないようね〟。

わたしが店に到着したとき、たしかに記者とブロガーの人だかりができていた。それも人数は増えるばかりだ。

いまのところジャズスペースは予約制ではない。いっぽうで、これだけの人が絶対に入場するつもりであつまっている。

全員が入れるかといえば、それは無理だ。

今夜はアビーが主役としてステージに立つ。オープンマイクに聴きにきてくれるアビーの純粋なファンはぜひ入場させたい。こうして早くから店の前を占拠している人々も、入れないというわけにはいかない。ガードナーとわたしはなんとかそれを実現するための策を練った。

ガードナーはホクホクしている。ようやく真鍮《しんちゆう》のポールとベルベットのロープを使えるとよろこんでいるのだ。残念ながらこれまでは一度も出番がなかった。ベルベットの濃い青い色はジャズスペースの内装によく合い、外に置けば店に品格を与えてくれる。店の外の歩道に置かれているのを見ると、自然とわくわくしてしまう。

シークレットサービスの部隊は次々に到着した。大型の黒い車両数台が通り沿いに停まり、後続車がウィスコンシン・アベニューをこちらに接近している。窓のないバンのなかから、犬が吠える声がきこえた。爆発物探知犬が店内を探査するということか──一日中、何度も。

〝こういう場合、ドッグフードは持参しているのかしら？ もしかして、食べ物はわたしが用意すべきなの？〟

制服組のシークレットサービスがテーブルと椅子を正面のドア付近に運んでいく。

「入場者を対象とする検査場を設けます」そのうちのひとりが告げた。

わたしはため息をひとつつき、カウンターのなかに入って自分のためにその日一杯目のエスプレッソを抽出した。真昼の決闘に備えて気合いを入れるガンマンになったつもりでそれを一息に飲み干した。

ガードナーはカウンターのなかで作業にとりかかっている。彼の手で次々にポットにコーヒーが注がれていく。

「マテオがニューヨークから援軍を送ってくれるわ」彼に知らせた。「DCのパートタイマーのスタッフも全員招集しなくてはね。ルーサーには念のために電話しておいたわ……」そこまでいって、ふと思いついた。「すぐにもどるから」

大柄の男性数人と高層ビル並みに背の高い女性の脇をすり抜けて、ケイジ護衛官に呼びかけた。「以前のシェフがオフィスに使っていたスペースを使ってください。彼は今日は出勤しません。この先も永遠に」

「見せて」命令口調だ。

ケイジ護衛官はチームをその場に残し、わたしのあとについて厨房の奥のオフィスの前に立った。もとは大型のクローゼットだったスペースだ。ケイジ護衛官はドアから頭だけ入れて窓のない部屋を見まわした。

「ここにします」彼女が宣言した。「のちほど警備計画を連絡します。こちらの従業員の氏名と社会保障番号のリストを用意してください」

「リストの使用目的は？」

「標準的な身元調査のためです。問題が見つかれば知らせます」

「お客さまをなかにご案内してかまいませんか？　コーヒーとペストリーの販売の準備は整っているので」

「長くはかかりません。磁気探知器をすべて設置したらシャープ護衛官が許可を出します」

わたしが向きを変えていこうとすると、彼女が呼び止めた。「あの……」なぜかはにかんだような表情だ。「ちょっとお願いが……」

「なんですか？」反射的に緊張した。「ほかになにか必要なものでも？」

「トリプル・エスプレッソ、お願いできるかしら？　それからガラスケースのなかのマフィンもひとつ、いいかしら」

「どのマフィン？」ほっとして、たずねた。国家安全保障はわたしの手に余るけれど、コーヒーとペストリーなら手に負える。「オートミール・マフィンはいかが？　ブラウンシュガー、シナモン、レーズンの風味が豊かでオート麦をバターミルクに浸して使っているから軟らかい食感で、焼き立てのオートミールクッキーそっくりの味わいですよ。それともファームハウスピーチ・マフィンがお好みかしら。生地にサワークリームを使い、きれいなピーチグレーズをまぶしてあるわ。うちの店のメイプルベーコンパンケーキ・マフィンはコーヒーとの相性は抜群よ。チャーミングチョコレートチップもお勧め。クラムがおいしくて、エスプレッソともよく合うわ。コーヒーの香ばしい濃厚な味わいとチョコレートチップが口のなかで溶け合って官能的なダンスを……」

ケイジ護衛官は目を大きく見開いてこちらを見ている。口がきけないようだ。かすかに開いた口の端に唾液が光っている。

〝おやおや、朝食抜きだったようね〟。

「いろいろ取り混ぜてお持ちしましょう」わたしは力を込めていった。「それからチームの皆さんに熱いコーヒー入りのポットも持ってきます」

「ありがとう」ようやく彼女から言葉が返ってきた。

向きを変えて出て行こうとしたが、考え直してもう一度彼女と向き合った。

「ケイジ護衛官、いちおう報告しておきますね。アビーに関する情報を流したのはこの店の元シェフです。わたしはそのことをまったく知りませんでした。彼はクビにしました。店に来ることはないでしょう。どうかわたしのいうことを信じて。ガードナーとわたしはアビーの身を守るためなら、なんでもするつもりです」

ケイジ護衛官はわたしと目を合わせようとしない。「わたしがなにを信じるかどうかは重要ではないのです。重要なのは、これからの二十四時間、大統領令嬢が無事であることです。アビゲイルがこの状況を無事につつがなく過ごせるようにするのがわたしの望みです……」

わたしが戸口へと向かおうとすると、彼女が最後にひとことつけ加えた。

「どうか憶えておいてください、ミズ・コージー。わたしは自分の命をかけてでも、それを成し遂げるつもりです」

46

シャロン・ケイジの最後の言葉で、これは大変な事態なのだと実感した。アビゲイル・プルーデンス・パーカーはほぼ無名の寡黙な大学生だ。彼女の行動が注目されることは、まずなかった。ところがこんなふうに情報が広まってしまった結果、いまや「アビー・レーン」に世間の注目があつまっている――イカれた連中、大統領を敵視する人々（国内外を問わず）、テロリストも含めて。たった数時間のうちに、情報はさらにすさまじい勢いで広まった。

ケイジ護衛官の予測どおり、大統領令嬢がジャズを生演奏するというニュースはケーブルテレビ局でひっきりなしに流れ続けた。パラボラアンテナをのせたネットワーク局のバンが何台も停まり、有名な記者が店の前で一般人にインタビューを始めた。

店の前の行列は長くなるばかりで、すでにベルベットのロープの範囲をはるかに超えて長々と延びている。ブルース・アレイにまで届くいきおいだ。いつもはブルース・アレイの開演が迫ると、ちょうどこんなふうに行列ができる。

アビーの演奏までにはまだ八時間もある。それにコーヒーハウスには地元の住民や観光客がおおぜい出入りしている――香り高いドリンクとペストリーを楽しむために。その光景にわたしは神経をとがらせていた。

〝爆弾か銃を携帯する愚か者がひとりでもあらわれたら……〟。

考えまいとしても、いったんそう思ってしまうとお客さま一人ひとりの見方がまるで変わってしまう。シャロン・ケイジ護衛官の筋金入りの強さがどのように形づくられたのかが、少しずつわかってきた。

コーヒーハウスのフロアに彼女がふたたび出てきた。わたしはちょうど電話をかけているところだった。店に出入りのフリーランスのベーカーにコンタクトをとろうと三度かけてみたが、留守番電話にしかつながらない。彼女はどこかの現場でウェディングケーキづくりのまっさいちゅうなのだろう
「ペストリーケースは自力で補充するしかなさそうよ」わたしはガードナーに告げた。

「先週、控え室に差し入れてもらったベストブルーベリー・マフィンはどうかな。すばらしくおいしかった」

(わたしがこれを「ベスト」と呼ぶのは究極という意味ではなく、いちばんよく登場するレシピだから。手順がかんたんで使う材料の種類も少ないのに、驚きのおいしさなのだ――ジユーシーなベリーがバニラ＝レモン・クラムに包まれて、ていねいにつくったパウンドケーキみたいな軟らかな食感だ)。

「ベル・シェフにレシピを教えるわ……」

「それから彼がまかないでつくるハニーグレーズド・ドーナッツはどうです？　お客さまに出すために大量に揚げることはできないかな。できればチョコレート・グレーズをからめて」

「おいしそうなプランね――」

「ミズ・コージー！」

シャロン・ケイジ護衛官の吠えるような声をきくたびに中枢神経がやられてしまう気がする。彼女はコーヒーカウンターの脇にわたしを呼び寄せ、プランを語った。こちらのプランは生のブルーベリーともハニーグレーズとも無縁だ。

彼女の口からすらすらと出てくる、やることとリストをきいているうちに気が重くなってきた。見方を変えれば、プロとしての強い責任感（と少々サディスティックなよろこび）に裏打ちされたリストだった。

「一時ちょうどにアビゲイルはシークレットサービスに護衛されて到着します。彼女はバンドとともにリハーサルを予定しており、その後は本番まで店の控え室で休みます。彼女が控え室にあがったら、われわれは二階と三階を封鎖します。聴衆を着席させる準備が整うまでは、上の階にはあなたと一部スタッフだけしか行くことはできません」

「わかりました」

「わたしたちは正午からこの建物の周辺の安全点検と細かなチェックを開始します。すべてが終了して警護対象者が安全にこの建物から退出するまで、その安全確認作業はコンスタントに継続します。正面と裏のドアには磁気探知器を取り付けました。不審な人物がなかに入ろうとした場合、基本的にすべての人を厳重に調べます。靴に爆破装置が仕掛けられていないかどうかも調べます」

わたしは深く息を吸い、ふうっと吐き出した「ひとつ提案があります。ニューヨーク市警が大晦日にタイムズスクエアで使う方法ですが、今回はそれを取り入れてはどうかしら」

わたしたちのコーヒーハウスが国境検問所みたいな威圧的な場所になるのは、できるだけ防ぎたい。

「ききましょう」ケイジ護衛官がこたえた。

47

「この店の周囲の店舗は土曜日には軒並み早じまいします」わたしは説明を始めた。「ジャズスペースのショーが開始する数時間前に、このブロック全体を封鎖してはどうでしょう？検査を受けた者だけがブロック内に入ることをゆるされるというシステムにするんです。いったんなかに入ったら自由に動き回ることができる。そうすれば皆さんが快適に過ごせるのではないかしら」

「現在この店にいる客に関しては？」

「ガードナーはチケットのシステムを考案しました。まず、過去数カ月間に店に登録しているお得意様のために五十席を確保します。現在並んでいる人にはプレミアムバウチャーを七十五枚用意します。強制ではありませんが店のウェブサイトで会員登録して五ドル払い込めば、フリードリンクがついてジャズスペースのライブ・ストリーミングに一年間アクセスできる特典があります。とてもお得です。ショーのチケットはクレジットカードで購入が可能です。入場する際にはバウチャーを提示していただき、登録された名前、購入者の名前と照合する」

「七十五枚のチケットでは足りないでしょうね」ケイジが指摘する。「行列はあんなに長くなっている」

「その対策として、一階のコーヒーハウスのフロアに席を設けてチケットを用意します。スピーカーと大型のモニターを設置して、ジャズスペースと同じメニューを提供します。さらに、もう一種類チケットを用意します。建物内に入ることはできませんが屋外用スピーカーを通じてショーを楽しみ、イベントに参加できます。屋外でドリンクと軽食を販売します」

ケイジはしばらく沈黙していた。「チケットを保持する者全員が名前、住所、クレジットカードを登録するのはいいわね。警備範囲内に入る際に写真付き身分証明書を提示する方式にすれば、それだけでも要注意人物の大半を排除できる可能性が高い」

「要注意人物？」

「犯罪者、トラブルメーカー、社会不適応者」

「彼らにも住所とクレジットカードはあるのでは？」

「犯罪歴もあります。それについてはデータと照合すればいい」

「犯罪歴のない社会不適応者の場合は？」

「その場合に備えて、磁気探知器と爆発物探知犬を用意しています。でも、いまのプランでいちばんいいと思うのは、警備範囲を大きくとることね。交通を遮断してしまえば、通行する車や人に神経を尖らせる必要はないし、アビーの身の安全も可能な限り保障できるでしょう」

ケイジは渋々ながらわずかに微笑みらしきものを見せた。

「いいでしょう、そのプランで行きます」

「あとは呼び方ね」

「呼び方？」

「警備範囲と呼ぶのはご自由ですけど、わたしは〝ビレッジブレンド・ブロックパーティー〟と呼ぶつもりです」

「どうぞご自由に。それから上の階のチケットの一部をホワイトハウス用に忘れずに確保しておいて——十席分を」

わたしはごくりと唾を呑み込んだ。「大統領ご夫妻がここに？」

「いいえ。予定が入っているのでそちらに出席されます。でもアビーの演奏の一部をきっと鑑賞されるでしょう。ふつうの人と同じようにウェブサイトのライブ配信を通じて」

「では、チケットはどなたのために？」

「副報道官です。彼女は代表取材の記者とカメラマン、ホワイトハウスのスタッフ数名、マスコミのＶＩＰ数名を同行します」

「お話し中すみません！」

ふりむくと、シャープ護衛官が上司のシャロン護衛官のところに大股でやってきた。

「正面の入り口付近で問題発生です」低い声で彼が報告する。「ここのスタッフと称する男ですが、従業員のリストには載っていないので身柄を拘束しました」

「どういう人物？」

「黒い髪もひげも伸び放題でぼさぼさです。バックパックのなかを見せることを拒否し、強圧的なファシストについて下劣なジョークを口にしています」

シャープ護衛官が指さす先に視線を向けた。人ごみのなかの女性たちが同じ方向を見ている。そこにいたのは筋骨たくましい男性だった。肌は日焼けしたオリーブ色。肩幅は広くて正面の戸口をふさいでしまいそう。身体にぴったり張り付いているTシャツには、『カップ・オブ・エクセレンス　グァテマラ』という文字。

穿《は》き古されてくたくたのジーンズ、右の手首に光っているのはブライトリングのクロノメーター、左の手首には多色づかいのトライバルブレスレット。エクアドルの革でつくった細い紐を編んだブレスレットだ。

背が高く、両側に立つシークレットサービスふたりとほぼ並んでいる。どうやらわたしたちの視線に気づいたらしい。ボサボサ頭がいきおいよくこちらを向いて、生き生きとした茶色の目がわたしの目と合った。ひと呼吸置いて革のジャケットを片方の肩にかつぎ、彼は茶目っけたっぷりの表情で首を傾げた。

「バックパックは世界中の途上国の空港ステッカーだらけです」シャープ護衛官の報告が続く。「ルワンダ、コロンビア、インドネシアといった国ばかりです。まちがいなく要注意人物です。ある国際テロリストの風貌によく似ていることもあり――」

「なんてことを」わたしは黙っていられなかった。「ひどいわ。よくもそんな偏見に凝り固まったことばかり言えるわね。ひどすぎる」

ケイジ護衛官が怪訝そうな顔をした。「なにをおっしゃりたいのかしら？」

拘束されているひげだらけでむさくるしい人物をわたしは指さした。

「テロリストなんかじゃないわ。わたしの元夫よ！」

48

セキュリティチェックをすませたマテオを、わたしはコーヒーハウスのフロアの静かな一角にひっぱっていった。

「やっと会えたわね。でもわたしはSOSといったのに——店のスタッフを派遣してくれと」

「安心しろ。ジョイも来ている。ベル・シェフの補佐をするためにな」

「どこにいるの？」

「鞄からシェフコートを取り出しているところだ。N通りのきみの滞在先におふくろと向かった。荷物もいっしょにな」

「マダムも？」

「決まっているだろう。きみのSOSをきいたら、おふくろは飛行機に飛び乗った」

「ほかには？」

「タッカーとパンチがフロアを手伝う。ぼくのバンにエスター、ボリス、ローストしたてのコーヒー豆も五十ポンド以上積んで移動中だ」

「どの豆？」

彼が天井に視線を向けて一つひとつ挙げていく。「イルガチェフ、追加のスマトラ、最高級のトラジャ・スラウェシ――」

「スラウェシのローストにはいろいろ注意が必要よ。教えた通りにしてくれた？」

「ああ、大丈夫だ。カッピングしてみたらすばらしい出来映えだった」

「後で試してみましょう。ほかには？」

「グァテマラのマイクロロットの分と、それからきみにコナを持ってきた」

「エクストラファンシー？」

「もちろん」

「うれしい。ああマテオ、あなたにキスを贈るわ！」

「それはうれしいね」彼がにっこりした。「いますぐに？　それとも後で？」

「そういう心境である、という意味よ」

「ぼくにそんな理屈は通用しない。キスならいつでも歓迎だ」

「そんなことだから、わたしたちの結婚生活は続かなかった」

「きみへのキスが足りなかった？」

「いいえ、あなたが〝世界規模〟でその哲学を実践していたから」

そのとき、周囲のざわめきのなかからシャープ護衛官の堅苦しい声がきこえてきた。「はい、ミズ・コージーはこちらです」見ると彼がこちらを指さしている。

「ママ！」

シャープが脇に退くと、そこに娘のジョイがいた。

店内の人ごみをかきわけてジョイとわたしが駆け寄るのを、マテオがにこにこして見ている。ぎゅっと固く抱き合った後、わたしは少し後ろにさがって、いとしいわが子をじっくり眺めた。もう赤ちゃんではないけれど、卵形の顔、明るいピーチ色の肌、生き生きとした緑の目を見るたびにあっという間に時間が巻き戻される。生まれて初めて笑ったとき、初めて歩いたとき、初めてつくった料理――母の日の朝食に父親に少し手伝ってもらいながらリコッタパンケーキとコーヒーをつくってくれた。

短い近況報告の後、ジョイはウェーブのかかった栗色の髪を仕事用のポニーテールにまとめ、きっぱりと宣言した――。

「厨房に入ります！」

「お願いね。すぐにわたしも行くから」

ジョイはさっそうとした足取りでスウィングドアの向こうに入っていった。少しのためらいもなく堂々としたものだ。経験を積んでここまでになったのだ。

気づいたら、声に出していた。「こんなにりっぱになって……」

ジョイは父親に似て背が高くて、無鉄砲なところもある。でも、こうと決めたら後に引かない一途なところはわたしとよく似ている。頑固だからティーンエイジャーの頃は苦労したけれど、おとなになるとかえって強みとなった。

ジョイはマンハッタンの料理学校を退学になってもあきらめなかった。マダム――ジョイの祖母――のつてでパリの修業先が見つかると、下っ端から始めて歯を食いしばって仕事に打ち込み、軍隊のような男社会の厨房で頭角をあらわした。少しずつ昇進し、周囲から一目置かれるようになり、ジョイがメニューに貢献した〈レ・デュ・ペロケ〉は初めてミシュランの星をひとつ獲得したのだ。

パリで修業を開始してから、ジョイは星を獲得することをめざしていた。それを無事達成して、こうしてニューヨークにもどってきたのでわたしもほっとしていた。

わたしがワシントンＤＣに移るにあたって、ジョイは家族に協力しようと決めた。いまではグリニッチビレッジでマテオを支えながら、忙しいコーヒーハウスの切り盛りをしている。

といっても、ジョイは家族でいとなむ事業を手伝うためだけに帰国したわけではない。帰国を決意させたのは、ニューヨーク市警の若手刑事、エマヌエル・フランコだった。大都会でしたたかに生き抜く術をわきまえたフランコ刑事の影響力は絶大だった。しかしジョイの父親マテオはフランコ刑事を敵視している。そもそもマテオは過去のいろいろないきさつから、警察バッジをつけている人物を毛嫌いしている。だからフランコが自分の視界に入ることが我慢ならないのだ。

けれども、それはまた別のお話。いまはこちらの問題に専念しよう。

「自慢の娘だな」マテオだった。「いっしょに働けるのがうれしくてしかたないよ……」彼のうつろな視線が宙をさまよう。「長いあいだ離れていたからな……父親の役割を果たしてやれなかった」

「ええ」

「だから、いまこうしていっしょにいられるのがうれしいんだ。あの子も休暇を楽しんでいる」

「休暇？」

「パリの厨房では圧力鍋並みのプレッシャーがかかっていたそうだ。それにくらべたらグリニッチビレッジは息抜きのバケーションみたいなものらしいよ……」

思いがけないことをきいて不安がこみあげてきた。マテオの口ぶりでは、まるでジョイがパリに戻るのが前提みたいではないか。

ああ、まただ。いつも同じくり返し。娘には自由にやりたいことをやらせたいと思う半面、家から離れずわたしのそばにずっといてほしいと激しく願ってしまう。いつもこうしてまっぷたつに引き裂かれてしまう。

「そうそう、ニューヨークからだが」マテオは楽しそうだ。「タッカーとパンチがサプライズを運んで来るぞ」

「サプライズ？　どんなサプライズかしら」

「中味は知らん。サプライズだからな。きみとガードナーを感激させるんだといっていた。で、連中もふくめて全員、きみのいまの仮住まいに泊まるんだそうだ。おふくろによれば」

「N通りに？　ほんとうに？」

49

「心配いらないさ。おふくろはメイドを連れてきているから、リネン類やらタオルやら部屋割りは勝手にやるだろう。寝室は全部で——」

「六室よ。六ベッドルーム——そしてゲストは八名、わたしを入れると九名。マイクも入れると十名」

「クィンか？」マテオがぼさぼさの頭を横に振る。「あのデカにはよそに泊まる場所を見つけろといっておけ」

マイクを追い出すなんて、とんでもない。しかも明日の朝に順延すると約束したばかりなのに。「彼のアパートは街の反対側よ。それでも帰ってもらえというの？」

「今夜は満員だからな。ジョイは料理学校時代の旧友もリクルートして、いまごろバンのなかだ」

「それじゃ定員オーバーじゃないの！」

「だから一部は相部屋もやむなしだ」マテオが意味ありげに片方の眉をくいと上げてみせる。

「どうだい？　きみとぼくとで。古きよき思い出をわかち合おうじゃないか？」

「地下室は快適よ。ソファベッドが一台あるし」わたしはにべもなくいい放った。「たしか予備のエアーベッドもあったはず。あなたの熱い息できっとすぐに膨らむわ」

「もし気が変わったら――」

「いいえ、変わりません」

「そうかな……」茶色い目に笑みを浮かべながら、マテオは腕時計を見た。「タッカーは三時頃に着く予定だ。それならジャズスペースがオープンするまでかなり時間がある。ぼくはバーカウンターに入って手伝うつもりだ」

「ありがとう」

「きみのほうはどうだ。準備万端か？」

「いいえ、全然。ペストリーケースの補充が追いつかなくて。ジャズスペースの料理も。準備する時間は限られているし、タッド・ホプキンスが仕入れた食材でつくるしかなくて……」

ホプキンスが副業でケータリングに手を染めて店に損害を与えていた件については、マテオもよく承知している。わたしがよほど暗い顔をしていたのか、彼はわたしの肩に手を置いた。

「クレア、きみは正しいことをしたんだ。くよくよするな」

「わたしは遅すぎたのよ。もっと早く彼をクビにすべきだった。ううん、それより――」

「そこまでにしておけ。おふくろもいろいろといいたいことはあるらしい。その件についてはふたりで直接話せばいい」

　まあすてき。「マダムにとっては青天の霹靂《へきれき》だったでしょうね。それだけは避けたかったのに」

「おふくろはタフな高齢女子だ。きみも知っての通り」マテオがわたしの肩をつかんでぎゅっと力を込めた。「そして、きみもな」

「わたしは高齢女子？」

「いや……」彼が顎ひげを撫でる。「きみは、負けん気の強いミルクだな」

「ミルク？　政治家のハーヴェイ・ミルクのこと？」

「〝マ《M》ザー・ア《I》イド・ラ《L》イク・トゥ・キ《K》ス〟のミルク《MILK》（たまらなく魅力的な、母親ほどの年上の女性の意）だ」

「あなたにそんな趣味があったとはね」

「どうしてそういう方向に持っていくんだ。とにかく、きみはパニックになる必要はない。今回のことは皆で乗り越えよう。家族なら当然だ。力を合わせるしかない」

「もちろん、家族の力を信じているわ。でもそれだけでは、今回のことを乗り越えることはできない」

「どうしたらいいんだ？」

「ガードナーの音楽的才能をちょっと拝借しましょう」

「皆でジャズを演奏するのか？」

「ええ、そうよ。ビレッジブレンドは今日、即興演奏にチャレンジするの」

50

「おそろしく大量のクリームチーズがあるわね。ホプキンスはこれをどうするつもりだったのかしら」二十分後、ジョイが感想をもらした。

わたしたち三人（ジョイ、新シェフ、わたし）はウォークインフリーザーのなかで食材を確認していた――なにが足りないのかも。

ルーサー・ベルが首を横に振る。「わたしの口からはとてもいえないな」

ジョイとわたしは顔を見合わせた。

「そういわずに、ベル・シェフ。ちゃんと教えてもらわなくては困るわ！」ジョイがいう。

ルーサーが太い腕を組んでこたえた。「ジャパニーズ・スタイルのクレープ……」

「悪くはないと思うけど。なかに詰めるものは？」ジョイがたずねた。

「オヒョウのフレークと……」彼がため息をつく。「味噌を混ぜたクリームチーズ」

「このクラブで出すの？　ほんとうに？」ジョイは心底驚いている。

「ほんとうに」

「ファルフェル！」

ルーサーが首を傾げる。「それはフランス料理かな、ミズ・アレグロ?」

「いいえ!」ジョイが笑う。「わたしがいた厨房で使われていた言葉よ。シェフが提案するメニューがあまりにもこれ見よがしで奇妙奇天烈だと思ったら、コックたちは奇抜《ファルフェル》だと指摘する。シェフはたいてい、わたしたちに耳を貸して、目を覚ましてくれたわ」

「なるほど。しかしタッド・ホプキンスはそうはいかないな」

わたしはうなずく。「そうね、そうだった。だからわたしたちは困り果てていたわ」

「ママ、同情するわ。あなたにも、ベル・シェフ……」

ルーサーとわたしはほっとした面持ちで顔を見合わせた。独りよがりのホプキンス・シェフが去った今、ジョイの前向きなエネルギーと協力的な態度は厨房に新鮮な空気を吹き込んでくれた。わたしたちふたりはすっかりやる気になっていた。

「ではこのクリームチーズをどう活用しましょうか?」ふたりにきいてみた。

「クリームチーズとバターで、滑らかな食感のチョコレートフロスティングができるな」ルーサーは指を鳴らした。「わたしのブラックマジックケーキにかけるのはどうかな?」

「すてき! きっとあっという間に売り切れるわね」

「いくつつくれるかしら?」わたしはたずねた。

「ケーキひとつで八スライス。百スライスにするには」ルーサーが計算する。「十三個も焼けば……」

わたしはうなずいてメモ帳に十三と書き込んだ。三人で相談して、わたしが仮住まいしている邸宅のキッチンを急遽《きゆうきよ》使うことにしていた。ビットモア＝ブラック夫人がケータリング用に使っていただけあって、プロの使用に耐える設備だ。ルーサーの指示のもと（法律に基づいて）マダム、マダムのメイド、わたしがそこでデザートメニューに取りかかり、ルーサーとジョイはビレッジブレンドの厨房でメインディッシュなどを準備する。

ジョイが指をぱちんと鳴らした。「ママのお気に入りのチーズケーキもつくったらどうかしら？《ニューヨーカー》誌の古いレシピを使った、あのケーキ」

「正確には《ニューヨーカー》の誌面でニューヨーク市立大学大学院センターのカフェテリアのレシピが紹介されていたのよ……」

クリーミーで、しかもあっさりしたチーズケーキは学生に大人気となり、連日売り切れが続いて街の評判となった。伝説的な人物、エミリオを思い出してわたしは微笑んだ。あのレシピを創作したカフェテリアのシェフとルーサー・ベルには共通点がたくさんある。

「あのケーキなら焼き時間が短くて、すぐに冷やせるわ。名案よ、ジョイ」

「クリームチーズは南部のピメントチーズにも使えるわ。格段においしくてなめらかになるのよ。これはわたしだけの秘訣なの。ブラックペッパー・クラッカーとセロリを添えて小皿で出したらどうかしら——軽い食事をお望みのお客さま向けに」

「ピメントチーズは本格的に人気が復活しているようね。ライトなメインディッシュも用意しましょう」自然と笑みがこぼれてくる。

「オヒョウの切り身を使ってみては？」

「シンプルにグリルすればいい、ライムバターを添えて」ルーサーが提案した。「上院のダイニングルームで出したことがありましたよ。一時間で売り切れたな」

「決まりね！」

ジョイの顔が輝いている。「上院のダイニングルームで働いていたのはいつ頃ですか？」

「CIAのカフェテリアの後だったな」ルーサーは首筋を手でゴシゴシとさする。「CIA本部から出られてほんとうにうれしかったね。あそこのセキュリティときたら狂気の沙汰だった！」

ブーツの重たい足音がしたので、わたしたちは顔をあげた。戦闘服姿のシークレットサービスがふたり、厨房の奥に設けたケイジ護衛官の戦闘指揮所へと向かう。彼らが肩にかけている巨大なライフルを見て、ジョイとわたしはぎくりとした。

ベル・シェフはまばたきひとつしない。

「こうなると」わたしは口をひらいた。「実弾に近いところで料理をするのに慣れている人がひとりでもいてよかったわ」

51

わたしたちはさらに食材のチェックを続けた。ブルーチーズ、スイートオニオン、大量のヘビークリーム、前日のバゲット、リンゴ、冷凍パイ生地……。

「ジョイ、あなたのミニタルトタタンはどうかしら？　マダムとわたしがカラメルとリンゴでラミキンを用意するわ——パイ生地を一からつくる時間はないから冷凍生地を使うわね。注文を受けたらそれを焼けばいいわ」

「名案だな」ルーサーがうなずく。「タルトタタンということであれば、デザート皿に盛りつけてはどうだろうか？」

「まかせて」ジョイがこたえる。「これなら失敗するおそれはないし。オーブンからさっと取り出すだけ。よく焼けたリンゴとパイ生地にカラメルソース。とても凝ったデザートに見えるわ」

「ひとつだけ問題が……わたしたちのテーマはアメリカのごちそうよ。一人用サイズのタルトタタンは、テーマに合うかしら」わたしは鉛筆で顎をトントンと叩きながら発言した。

「しかし、アップルパイはアメリカを代表する一品じゃないか」ルーサーが主張した。

「バラはどんな名前で呼ぼうと甘い香りには変わりはない、ということ？」

「そのバラをお客さまが楽しんでいただける限りは。それがわたしのモットーだ」

「わたしも」

「わたしも！　三人の意見が一致したわね！」

オープンマイクに登場して即興演奏をするように、わたしたち三人は手持ちの食材でできる料理を次々に挙げていった。最後にわたしはフランクステーキを指さした。「ホプキンスはこれをどうするつもりだったのかしら？」

「カレーで煮込むんです。ピーカンナッツ、乾燥イチジク、ブルーベリーといっしょに」

「ブルーベリー⁉」ジョイとわたしの声がそろった。

「それをハーブ入りポレンタにかけてカラメリゼしたフェンネルの泡を散らす」

「リラックスムードのコーヒーハウス兼ジャズクラブで？」ジョイが自分の額をぴしゃりと叩く。「オー！　なんてファルフェル！」

「その代わりに、わたしのバーボンシュガー・ステーキはどうだろうか？」ベル・シェフが申し出た。「繊維に対し垂直にスライスして軟らかくしよう」

「すてき。あなたのシュガー・ステーキは大好物よ」

「シューストリングポテトも添えてね、ベル・シェフ。ぜひぜひお願い！　ステーキフリットが食べたくてしかたないの！」

彼が楽しげに笑った。「では、そうしよう」

「このブルーベリーはママが有効活用してくれるわね。いい香りのマフィンが焼けるにおいがもう漂ってきそう。ピーカンナッツとイチジクはどうする？　デザートに使いましょうか？」

「イチジクを使うおいしい料理の心当たりがある。あとはピーカンナッツか。わたしのピーカンナッツ・パイはどうだろう？　ピーカンナッツ・サンデーもいいかもしれないな」

「あなたのピーカンナッツ・パイを食べると、あまりのおいしさにとろけちゃいそう」わたしは告白した。「平たく焼いて棒の形にカットしたらどうかしら。サンデーもつくりましょう。今夜は屋外のスタンドに両方出しましょう」

「ねえ、ママ」ベル・シェフがその場を離れるとジョイがわたしにささやいた。「ひさしぶりに帰国したせいか、わからなくて。『ピーカンナッツ・サンデー』ってどういうものなの？」

「サブレよ」わたしはささやいて返事をした。

「そうだったの！」彼女はパチパチと手を叩いた。「それならおばあさまの担当ね。サブレなら目をつむったままでも焼いてしまうわね」

「これで決まった」わたしたちのメニューが完成した。

52

マテオとフレディに食材など最終的な買い出しを頼み、彼らが出かけると音楽ディレクターを厨房に呼んだ。

「できたわよ、ガードナー」

「できた、なにがです？」

「あなたの新ジャズスペースのメニューが……」

ビレッジブレンドDC
ジャズスペース

［スウィンギング・ヘッドライナーズ］
●バーボンシュガー・ステーキを軽く炙ってスライス／シューストリングス・フライ添え／燻製トマトケチャップ／トリュフオイルマヨネーズ

●新鮮なオヒョウをライムバターでグリル／野菜のロースト添え／ライムガーリック・ブルスケッタ

●バターミルク・フライドチキンウィング・プレート／アラバマホワイトBBQソース／チェダーコーン・スプーンブレッド／ルーサーのハードサイダー・グリーンビーンズ

●カリフォルニア・コブサラダ／放し飼いで育てたジューシーな鶏／アボカドのスライス、刻みベーコン／自家製ガーリック＝パルメザンチーズ・クルトン

［ビーバップ・バイツ］

●ステーキバーガー・スライダーズ・トリオ／とろりと溶けたチェダーチーズとカリカリに焼けた豚の三枚肉

●南部のピメントチーズ／ブラックペッパー・クラッカーとセロリ

●バーボンフィグのベーコン巻／アイオワ産メイタグブルーチーズ、テキサス産ピーカンナッツ地元産ハチミツ

●カリカリのヴィダリアオニオンリング／スモーキーなチポトレのディップ

[デザート・デュエット]

●ミニアップルパイ、カラメルソース／バニラビーンズ・アイスクリーム／ハワイ産コナコーヒー／フレンチプレス

●ジャズ発祥の地ニューオリンズのベニエ／ジャンボサイズのカフェオレ

●ルーサーのブラックマジックケーキ　濃厚でしっとりしてコーヒーを加えたチョコレートケーキ／かの有名なビレッジブレンドエスプレッソとともに

●おなじみライトでクリーミーなニューヨーカー・チーズケーキ／フレッシュストロベリーソース／クローバー社のコーヒーメーカーでいれたトラジャ・スラウェシ

●クッキープレート
ルーサーのピーカンナッツ・パイ・バーとピーカンナッツ・サンデー／ハチミツとジンジャー風味のテキサス産ピーカンナッツ／ケメックスで一杯ずついれたエチオピア産イルガチェフ／特製ジンジャーティー地元産ハチミツ入り

［今夜のドリンク］

●ブラディ（プラウド）メアリー／カリカリベーコン／コーヒー、ブラウンシュガー、カイエンヌペッパーとともに鉄のフライパンで

●エスプレッソマティーニ／ダークチョコレートでコーティングしたエスプレッソ・ビーンズ／ワシントンDC　J・ショコラティエによるビレッジブレンド特製

各テーブルのドリンクメニューをごらん下さい。エスプレッソドリンク（ホット／コールド）、当店オリジナルのコーヒーブレンド（フレンチプレスでいれたものをポットで）各種ワイン、ビール、特製カクテル

総料理長：ルーサー・ベル
ジャズスペースマネジャー&音楽ディレクター：ガードナー・エバンズ
ゼネラル・マネジャー、フード&ビバレッジ・ディレクター：クレア・コージー
オーナー：マダム・ブランシュ・ドレフュス・アレグロ・デュボワ

ガードナーは目で文字を追いながら大きな口笛を吹いた。

「これはすごい。まちがいなく全部売り切れになる！」

ベル・シェフがにっこりした。「アビーのビッグナイトだからメニューの印刷には凝った紙を用意してはどうだろう。上下に赤と白と青のストライプがあるようなものはどうかな？」

「どこで手に入るだろう？」ガードナーがたずねる。

「グルービーDCにあるわ」わたしがこたえた。「キャピトルヒルのお店よ。J・ショコラティエが入っている建物――うちの店で出しているチョコレートをコーティングしたエスプレッソ・ビーンズはJ・ショコラティエにお世話になっているのよ」

「行ってきます」ガードナーはさっそく出て行った。

「最後にもうひとつ。じつはレディのおふたりにお願いが……」ベル・シェフは急に真面目な表情になった。「わたしにとって、とても大事なことなんだ」

ジョイとわたしはとまどいながら顔を見合わせ、シェフのそばに寄った。

「今夜はてんやわんやの大忙しになる。だからとても心配で……」

「どんな心配？」ふたり同時にたずねた。

「レディのおふたりが〝ベル・シェフ〟と呼んでも、自分のこととは気づかないんじゃないかと。できれば、いままで通りわたしを〝ルーサー〟と呼んでもらえないかな」

ジョイはフランスの厨房内の厳しい序列に慣れているから、あり得ない提案だと思うにちがいない。それでもここはルーサーの厨房だ。彼のルールがすべてだ。

「わかりました」ジョイは気持ちを切り替えたようだ。「ルーサーと呼びます。だからわたしのことも、もう〝ミズ・アレグロ〟とは呼ばないで。ジョイと――」

「〝女神〟と呼びますよ！」

ふりかえると、ティト・ビアンチがそこにいた。わたしの娘の卵形の顔にうっとりと見とれている。「もっとも美しい女性《ベリッシマ》。あなたを見るのは目の保養だ」彼はつぶやきながら指先をくちびるにあてて、ジョイにそっと投げキッスをした。

「そういうあなたのお名前は？」ジョイはイタリア語で応じた。

「ティトといいます」

「初めまして、ティト。わたしには決まった相手がいるのよ」

「もう結婚を？」

「いいえ」

「婚約中？」

「いいえ」

「なんだ、そうか。それならまだチャンスがある！」彼はがぜん張り切って笑顔になった。それからわたしのほうを向いて、今度は英語で報告した。

「ボスのマフィンが売り切れです。ガラスケースはまたもや空っぽになってしまいました。お客さまのお腹も、まだ空っぽです。以上、報告でした。フロアにもどります」彼はそこでジョイにウィンクをした。「戦いの最前線に！」

「おかしな子ね」

「そんなことないわ。新しいアシスタント・マネジャーよ。とても優秀なバリスタかつバーテンダー。ワインの知識はソムリエ並みで、おまけにたいへんな働き者」

「いやに馴れ馴れしいわ！」

「ふだんはそんなことないけど、彼もイタリア人だから油断はできないわね。どこか触られたらすぐに知らせてちょうだい」

「そうする。でもマニー・フランコにはいわないでね」

「決まっているじゃないの。ティトを見つけるのにどれだけ苦労したことか。あなたの恋人に殺されては困るわ」

チン！

「あら、いいタイミング」わたしはオーブンに駆け寄った。

ベストブルーベリー・マフィンが大量に焼きあがった。あとは空っぽのペストリーケースに運ぶだけ！

53

一時間後、準備が整った。

マダムの秘蔵っ子だった〝天才シェフ〟を解雇したことについて、マダムからわたしに話があるとマテオからいわれていた。その話をきく準備がようやく整った。混み合うコーヒーハウスの店を出てウィスコンシン・アベニューの異様な雑踏（その原因となっているのは、おもにわたしたちの店なのだが）を抜けてN通りまで歩いた。

先をいそぐ気にはなれない……。

〝覚悟を決めなさい、クレア。なにをいわれても受け止めるつもりで〟。

相手は八十歳を超えてなお、歯に衣着せぬ発言をする人物だ。料理にたとえれば、マダム・ブランシュ・ドレフュス・アレグロ・デュボワの言葉には砂糖衣はいっさいかかっていない。

マダムは心のきれいな人であるのはまちがいない。ただし苦難を生き抜いてきたなかで鍛え上げられた心の持ち主でもある。そういうマダムをわたしは尊敬している。ただ、これまではいつでもマダムにかわいがられる立場だった。たくさんのことをいっしょに乗り越えてきた――ときには義理の親子、ときにはメンターと弟子として。これほど愛し尊敬している人を失望させてしまうと思うと情けなくてたまらない。

コックスロウの邸宅に入ると、設備の整った豪華なキッチンからガシャンガシャンと盛大な音がきこえてきた。さぞや冷たく迎えられるのだろうと気を引き締めて、エレガントな部屋を次々に通り抜けて両開きのドアを開けてキッチンに入った。

マダムは小柄な女性ではない。息子のマテオ、孫娘のジョイと同じく背が高い。そんなマダムが、汚れひとつないタイルとステンレスで統一されたこの広い空間ではひどく小さく見えた。でもいつもと変わらずエネルギッシュだ。戸棚をいせいよく開けてメイドとさかんにおしゃべりしている。

一瞬、マダムの服装にめんくらってしまった。日頃は一流デザイナーのパンツスーツに斬新な柄のシルクのスカーフというスタイルなのに、そのレディがなぜか、ヒッピーみたいな格好だ。考えてみれば、ドライクリーニング指定のアンサンブルは小麦粉、バター、卵、クリームを使う作業には向かない。

デニムのカプリパンツとスリッポンスニーカーはジョイのものだろうか。色あせた特大サイズのTシャツはわたしの元夫のものにちがいない。サイズはともかく、胸のあたりに『エクストリーム・カイトサーフィン～コナ　ハワイ！』などとプリントされている。

マダムが活動的ではない、というわけではない。毎年恒例のリンカーンセンターのミッドナイトサマー・ナイト・スイングではダンスを披露している。けれどもハワイのハプナ・ビーチで背中にパワーカイトをつけてサーフィンをするマダムの姿は想像もつかない。

午後の強い日差しのなかにかくしゃくとした八十代の女性がいた。鍋や計量カップを取り出してレシピ集をめくり、キッチンのなかで見つけた食材をチェックしている。足りないものは息子がいま買い出しのまっさいちゅうだ。

ようやくわたしの姿に気づいたようだ。

「あら！　待っていたわよ！」

「マテオから、わたしにお話があるとききました」

硬い表情を浮かべるわたしを、マダムがじっと見ている。なんとも気まずい。マダムが手を腰にあて、やおら切り出した。

「クレア、いったいどうなっているの？」

わたしはぐっと奥歯を嚙み締め、続きを待った。

が、叱責の言葉は飛んでこなかった。叱責ではなく、要求を突きつけられた。

「こっちに来てハグしてちょうだい！」

「ハグ、ですか？　でも、怒っていらっしゃるのでは」目を白黒させながらこたえた。

「怒るって、なにを？」

「ホプキンス・シェフを勝手に解雇したことを」

「あら、そのこと！　じつをいうと――怒っているのよ。とても腹を立てている。自分のことが腹立たしくてたまらないわ！」

やさしいシワのあるマダムの顔を、わたしはぽかんと見ていた。「わけがわかりません」

「いいえ、わかっているはず。タッド・ホプキンスは才気あふれるシェフであるけれど、ほんとうはとんでもない詐欺師」マダムが手で虫を払うようなしぐさをした。「ニューヨークで彼はとても魅力的にふるまっていたわ。すぐにでも拠点を移せるなんてうまいことをいってね。それをきいて、とても幸運だと思った。DCの店の厨房に彼ほどの力量のシェフを迎えることができる。彼ならあなたのよき右腕になるだろう、あなたの負担を軽減してくれるだろうと思ってしまったのよ。あなたと彼が組んだら最強のコンビになると想像した——あなたはコーヒーとドリンクに造詣が深いし、溌剌とした彼は魅力的な料理をつくる」

マダムが首を横にふる。内巻スタイルにした銀髪が日の光を浴びてキラキラ光る。「わたしときたら、なんて浅はかだったのかしら。だから腹が立つのよ！」

「それでも、DC店の責任はすべてわたしにあるんです。こんなことになったのは対応が遅すぎたからです」わたしは目をそらした。あまりにも情けなくて。「ガードナーもわたしも、この街で成功することを夢見ていました。ジョージタウンの街で軽やかにダンスする自分たちを想像していました。それなのにわたしときたら、マダムに金銭的な損害を与えてしまったんです」

「クレア、ひどい状況でよくやってくれたわ——あんな悪党を相手に」

「まさか盗みをはたらくとは」

「彼は、あなたが盗みをはたらいたと名指ししたのよ」

54

「彼が、なんですって!?」
「きこえなかった？」
「盗みをはたらいた犯人として、彼がわ
、た
、し
、を名指しした？」
マダムがうなずく。「数日前、ホプキンスが電話をかけてきたのよ。あなたが使い込みをしてオーナーであるわたしに損害を与えているといってね。彼はあなたのことを無能だといい、いっしょに働くことなど不可能だといった——ガードナーのこともいいたい放題だったわ」
「マダムは彼になんと？」
「なにもいいませんでしたよ。考えてみるとだけいっておいたわ。電話を切るとすぐさま顧問弁護士に連絡して、ホプキンスとの契約内容の検討と、彼を追放するための方法を見つけるように依頼したのよ」
それをきいて肩の荷がおりたような気持ちになった。「では、マダムも彼を解雇するつもりでいたということ、ですか？」

「あの人の料理に厳しい評価がついているのは知っていたわ。彼は我を張らずにあなたとガードナーと力を合わせて料理に手を加えることだってできたはず。いまこの時、この場所にふさわしい料理にするためにね。ところが彼はそういうことをやろうとしないで策を弄し、失敗した。でもね、わたしにとっては決して青天の霹靂ではなかった。彼があなたを泥棒呼ばわりしたとき、彼こそが泥棒だとわかったわ。それが悪党のやり口なのよ。スケープゴートをさがして罪をなすりつけ、非難する」

そこでマダムはにっこりした。頬のやさしいシワがぐっと深くなるほどに。

「よくやってくれました、クレア。彼の不当な仕打ちに耐え、そればかりか見事に彼を撃退したんですもの。弁護士の話では、正当な理由なしに彼を解雇するとなると、莫大な金額を支払わなくてはならないそうよ」

「うまく彼の尻尾をつかむことができたからよかったけれど、下手をしたら彼に嵌《は》められてわたしがポトマック川に身を投げていたかもしれません。ギリギリのところでした」

「約束するわ。今後ビレッジブレンド——ニューヨークでもワシントンDCでも——にはわたしの独断で人を雇い入れたりしません。あなたがゴーサインを出すまでは決めない」

「そんなふうにおっしゃらないで。彼はシェフとしては申しぶんのない経歴でした」

「彼はスターになることを望んだ。唯一のスターであることをね。わたしたちのコーヒーハウスの持ち味はアンサンブル。一人一人が力を合わせてここまでやってきたのよ。だからこそ、ビレッジブレンドなの。そうよね？」

「ええ、そうです」

マダムは両手をひろげ、わたしたちはようやくしっかりと抱き合った。

「きかせてちょうだ。今夜は大丈夫かしら？」

「新しいシェフは信頼の置ける人物です。スタッフもガードナーも安心してまかせられます。ガードナーはジャズスペースの進行を取り仕切る予定ですが、じつはその部分にちょっと心配が……」

「アビゲイルというお嬢さんのことね？」

わたしはうなずいた。彼女のやわらかな白い手首と、そこに残る縦方向のいたましい傷跡が頭に浮かんだ。

「オープンマイク・ナイトでの演奏はみごとなものでした。でも、今回はああいう落ち着いた雰囲気とはまるでちがいます。いまの店の一階の様子にくらべたらグランドセントラル駅なんて閑散としたものに感じられるくらい。今夜のジャズスペースは満員です。メディア関係者も来るでしょうし、店のウェブサイトでライブの動画を配信する予定です。けれども彼女は今夜のステージをキャンセルしないと決めたんです。プレッシャーに押しつぶされないといいんですが」

「気をしっかり持って、クレア。毅然として、前だけを見て進むのよ。すべてがうまくいくのだと信じなさい。そうすれば、きっとなにもかもうまくいくわ！」

「ええ。でも今夜不測の事態が起きたら自分を責めるどころでは……」

〝不測の事態〟とは、アビゲイル・パーカーが泣きながらステージを降りる光景だけを想定しているわけではない。いまのわたしはシャロン・ケイジ護衛官のような思考をしている。店の客がひとりのこらず、爆弾か銃を携帯している要注意人物である可能性はゼロではない。今夜、大統領令嬢の演奏はうまくいくかもしれない。いかないかもしれない。ともかく無事に終わるようにと祈った。誰も――アビー も――傷つくことのないように。

55

「みなさま、こんばんは。ビレッジブレンドのジャズスペースにようこそ……」

満員の店内にガードナーの低い声が響き、待っていましたとばかりにざわめきが大きくなった。いよいよだ。

トワイライトブルーの壁と天井には一面に光がまたたいている——ニューヨークのキャバレーのショーで活躍するタッカーとパンチが照明を微調整してくれたのだ。そのLED電球の電力をまかなえるほどの熱気が場内に満ちている。

エスターとわたしが各テーブルに飾ったボーティブキャンドルの光が揺らめき、またたく星とともに、よりいっそう幻想的なムードを盛り上げている。

下のコーヒーハウスも同じく満員だ——そして同じくざわめきに包まれている。大型のスクリーンではステージの様子がそのまま流れ、料理は滞りなく運ばれている。ウィスコンシン・アベニューのブロックパーティー用に出した軽食スタンドも繁盛している。

ガードナーは熟練のプロの技で開演前に聴衆を盛り上げているところだ。店内の音響装置から流れてくる落ち着いた低音は、溶けたチョコレートのように甘い。

彼が「ジャズスペース」という言葉を口にすると、拍手喝采が起きた。なかでも最前列の各テーブルは盛り上がっている。わたしはそこにアビーのオープンマイクのファンをあつめていた。とりわけ熱心な男性ファンを、わたしは勝手に〝ポニーテールマン〟と呼んでいる。

今夜、彼は会場に着くなり、わたしににじり寄った――。

「アビーはどう？　緊張しているんだろうか？」

ポニーテールマンは絵に描いてみたくなるような顔立ちをしている。鼻は幅が広くて少し曲がり、肌は浅黒く、短く刈り込んだ頬ひげはグレーというより白く見える。ざらついた肌のあちこちに小さな傷とシミがあり、暮らしは決して楽ではなかっただろうと想像がつく。生き生きと輝く瞳は色もつやもニューオリンズローストのコーヒー豆そっくりだ。そのまなざしは、知的な人物であることをものがたっている。

「それが……ええと……今日はまだ彼女には会っていなくて」彼にじっと見つめられると、なぜか目をそらせない。「ガードナーが午後いっぱいかけてアビーとバンドのリハーサルを……」わたしはガードナーを手招きした。

「彼女、張り切っていましたよ。ちょっと緊張していますけど、本番でも〝スウィング〟することさえ忘れなければ、大丈夫」

「いいアドバイスだ」ポニーテールマンがうなずいた。「わたしのためと思ってがんばってほしいね」

彼を特等席に案内してから、わたしはガードナーの肩を軽く叩いてたずねた。

「あの男性の名前は？　次の機会には名前を呼んでご挨拶したいわ」
「さあ、知りませんね。ボスも知らなかったんですか？」
「ショーの後でアビーにきいてみるわね。アメリカン大学の教授かもしれないわね……」

オープンマイクの時からのファンをまず席に案内し、ガードナーはステージのグランドピアノの前に座った。ドラムのスタン、ベースのジャクソン、サックスのテオもステージに登場し、フォー・オン・ザ・フロアが演奏を始めた。アメリカのジャズのスタンダードが続く。ゴージャスな演奏に迎えられるように、残りの聴衆が入場した。

全員が着席して飲み物と料理が運ばれると、ガードナーはバンドのオープニングセットを終わらせてスタンディングマイクの前に移動し、あらためて聴衆に歓迎の意を示した。
「本日のステージも、いつもと同じように〝ライブ〟でストリーミング配信しています。しかし今宵はひじょうに特別な一夜でありまして、大統領ご夫妻が視聴されるときいております。どうぞ皆様、ご夫妻に拍手を……」

さらに拍手が加わったが、今回は会場の中央の複数のテーブルからひときわ熱狂的な拍手が起きている。ホワイトハウスのスタッフが座っているあたりだ。

そのなかに見覚えのある人物がふたりいる。ホワイトハウスのシェフと、五十歳前後のブルネットの髪の女性だ――彼女のことはこのジャズスペースで少なくとも一度は見かけている。

彼女は今夜も一流デザイナー、フェンの服を着ている。わたしもフェンの服だが、あちらは食物連鎖のはるか上位に位置している。それに五百ドルのフェンのバッグはわたしが欲しくてたまらないものだ。

見るからに裕福そうなこの女性は、先週のオープンマイク・ナイトで男性と親密そうにしていた。申しぶんのない装いの東インド諸島出身らしき人物――ジーヴァン・ヴァルマと。

56

今夜、彼女のそばにジーヴァン・ヴァルマの姿はない。彼の不可解な行動のせいで、わたしは首都警察に嘘をつく羽目になったのだ。

ミスター・ヴァルマはやはりアビーと無関係ではなかった、ということか。彼のガールフレンドはアビー・レーンが何者であるのかを知っていた。それを自慢したくて彼をこのクラブに連れてきたのか。しかし、二日前の晩に彼があんな行動に出たのは、いったいなぜなのか……。

本人は国務省の職員。ガールフレンドはホワイトハウスの関係者。そんな人物が泥酔状態で深夜に、なぜこの店の裏口のドアを叩いたのだろう。大統領令嬢に突進して、大統領について叫んだのはなぜ？

今夜ジーヴァン・ヴァルマがここにあらわれることを、どこかでわたしは期待していた。そうすればこたえが得られるかもしれない。いっぽうで、彼があらわれるのをおそれてもいた。

〝もしかしたらシークレットサービスが彼の来店を阻止しているのかも……〟。

しかし国務省の職員という肩書きを考えると、その可能性は低そうだ。あの時彼が酔っ払ってここに来る前に、なんらかのトラブルに巻き込まれていた可能性はじゅうぶんにある。

こうなると、シャロン・ケイジ護衛官の徹底した仕事ぶりがありがたかった。おそらくアビーの両親も同じ気持ちだろう。

あわただしい様子のカウンターの向こうからマテオがこちらに合図している。彼と目が合い、わたしはカウンターのほうへと移動した。

「大統領が今夜観ているとガードナーは発表したんだな？」

わたしはうなずいた。

「これでハードルがあがったな」マテオはエスプレッソマティーニの材料を合わせてシェイクする。

「わたしは最高司令官よりも、ホワイトハウスのシェフが気になってしかたないわ……」わたしは首を傾けて彼女のほうを示した。「彼女が消化不良を起こさないといいのだけど」

マテオはまったく動じない様子でニコニコしている。「ぼくたちの娘が厨房にいるのだから、大丈夫さ」

ありがとう、と口だけを動かして彼に伝えた。わたしのリクエストにこたえて、ぼうぼうに伸びていたひげを刈り込んでくれたこともうれしかった。もう〝抑留者〟には見えない。頬ひげがきれいに刈り込まれてマテオの力強い顎のラインが強調されている。黒い髪もむさくるしかったけれど、いまは短いポニーテールに束ねられている。着古したTシャツとジーンズも姿を消して、ほどよくフィットした黒いTシャツとスラックスに替わっている。おかげでわたしたちは今夜はペアルックだ――つまり、色がおそろいという意味。

わたしは手早くシャワーを浴びた後、メイクをして黒いストッキングとリトルブラックドレスを身に着けた。栗色の髪を軽く巻いてみたりもした。今宵はたった一度きりのチャンスだとわかっていたから。ワシントンDCでアビーが、そしてわたしたちが光るチャンスだ。

「今夜のすばらしい主役《ヘッドライナー》を呼ぶ前に」ステージでのガードナーの話は続く。「ひとつ皆さんにきいてみたいことがあります。ジャズクラブに来るのは今夜が初めてという方、何人くらいいらっしゃいますか。手を挙げてみてください。今夜が初めてという方、手を振っていただけますか……」

聴衆の少なくとも三十パーセントが手を挙げた。手にドリンクを持ったままという人が多い。それは皆で乾杯しているような、とても愉快な光景だった。

「おやおや……皆さんお代わりが必要なようですね！」

皆が笑い、やんやの歓声があがった――そして実際に何人かはお代わりを注文した。

「わかりました。では初心者の皆さんのためにジャズについて少しご説明しましょう。ここワシントンDCで生きる人々は誰もが即興に長けています。自分なりの見解があっても、つねに別の見解を持つ人物がいる。第三の、そして第四の見解も出てくる。ステージ上のジャムセッションは、オフィスや政府機関、キャピトルヒルでの皆さんの会話とよく似ています。プレゼンテーションの際、原稿を用意して臨むこともあるでしょう――しかしそこで成果を得られるかどうかは、台本なしでどれだけうまく演じられるかで決まります。感情が高ぶった状態で、いかにうまく相手に耳を傾け、反応するのか。ジャズは発見のアートです。そして受けとめるアートです。ジャズにおいてまちがった音は存在しません。どの音もパフォーマンスの一部であり、音楽の一部であり、流れの一部だからです……」

「その通りだ！　まさしくその通り！　もっと教えてくれ、ガードナー」最前列のミュージシャンたちが叫ぶ。

「ジャズはパフォーマー自身の声です。その意味で、ほかのどんな形態の音楽もジャズにはかないません。パフォーマーの声が楽器を通じてあらわれるのです。それがジャズです。ひとつジャズのことわざを紹介しましょう。『楽器を演奏するのではない』——」

「『音楽を演奏する』んだ！」叫んだのは彼の後ろにいるスタン、ジャクソン、テオだ。

会場の人々はおおよろこびだ。拍手をして歓声をあげる。よくわかるぞ、という意思表示だ。

「今夜、これから皆さまが聴く音楽は、ミズ・アビゲイル・パーカーの心と魂から生まれるものです。皆さんにぜひともお願いしたいのは、ただひたすら聴くということです。耳だけではなく、あなたの魂と、心で聴いてみてください」彼はそこでひと呼吸置き、にっこりした。「そうすればまちがいなく、恋に落ちるでしょう……」

57

ガードナーの紹介が終わるとアビーが登場し、ステージへと歩いていく。今夜は喪服モードを封印し、店内の壁と同じトワイライトブルーのキラキラ光るノースリーブ。無骨なメガネはかけていない。ヘアスタイルも、両サイドをメタリックブルーのバレッタで押さえて黒いカーテンを後ろに引っぱり、自分を隠そうとしていない。

アビーはとても美しかった。けれども、見るからに緊張して、客席をいっさい見ようとしない。

ピアノの前に腰掛けるアビーを見て、そういえば彼女の代表作のタイトルは『クール・レセプション』だったと思い出した。自分は世の中に冷ややかに受け止められているとアビゲイル・パーカーは信じているということか。

はらはらする思いで彼女を見つめた。大丈夫だろうか。

いまの時代、世間は素早く反応しジャッジする。底意地の悪いコメントも容赦ない。インターネット上には誹謗中傷があふれ、アビーのようなアーティストはクール・レセプションどころではない攻撃を受ける可能性がある――いっそ音楽活動をやめようかと思い詰めるところまで行ってしまうかもしれない。

ガードナーもアビーの不安を察して彼女に近づき、身をかがめてなにかを耳うちした。アビーがうなずき、ドラムに視線を向けた。スタンのいる方へ。

ガードナーがステージを降りるとスタンがドラム用のブラシを手に取り、スネアドラムをゆっくりとリズミカルに擦って演奏を始めた。やさしいまなざしはアビーに向いたままだ。

アビーはしばらくスタンのリズムに合わせてうなずくように首を振っていた。イントロとしては長すぎるほどの時間が過ぎて、聴衆からは静かなざわめきがきこえてきた。ついに、アビーは幸運を祈るように腕の音符のタトゥーをさすり、両手をあげて演奏を始めた。

これまでオープンマイクでアビーが弾くのを聴いたことはないけれど、陽気でテンポのいい有名な曲だ。この曲の紹介も兼ねてガードナーは客席に呼びかけたのだ——。

「『恋をしましょう』」

この偉大なアメリカのスタンダードはこれまで無数のジャズアーティストによってカバーされてきた。アビーはデイヴ・ブルーベックの力強い演奏スタイルを選んでいる。明るい曲調で場内の雰囲気が盛り上がった。ほっとした空気も伝わってくる。

皆がアビーを応援している。ガードナーとスタンのおかげで無事にスタートを切った。曲はすぐに『ウエストサイド物語』の傑作、『トゥナイト』のジャズバージョンに移った。

二曲ともとちゅうからスタンとジャクソンが加わり即興演奏となった。それぞれが持ち味を発揮し、演奏が終わるとあたたかい拍手が沸き起こった。

たいていはこのタイミングでヘッドライナーは聴衆に話しかける。さきほどのガードナーのような感じで次の曲を紹介したり、バンドの紹介をしたり、ジョークを飛ばしたりして、聴衆と交流する。

アビーはなにか言おうとするそぶりを見せた。しかし満員の場内が目に入ったのか、凍りついたように視線を鍵盤に落として固まってしまった。

ふたたび客席がざわついてきた。

スタンはこの時にも、やるべきことを心得ていた。

「アビー」彼はドラムキットの後方から小声で呼びかけた。彼女が顔をあげるとスタンはにこっと笑いかけ、うなずくように規則正しいリズムで頭を軽く振り始めた。

〝ワン・ツー・スリー……ワン・ツー・スリー……〟。

アビーも彼の動きを真似てリズムを身体全体に刻みつけ、やがて指がリズムをとらえた。ピアノの低いキーにタッチして、演奏を始めた。

〝ドゥダーン、ドゥダーン、ドゥダーン……〟。

右手が加わって高音域を弾き、『ア・リトル・ジャズ・エクササイズ』のみごとな演奏が始まった。控えめな曲名ではあるけれど、ジャズピアニストがマスターするには相当の技量がいる。いうまでもなく、巨匠オスカー・ピーターソン――二十世紀有数のジャズアーティスト――の作品だ。

目にも留まらぬ早業でアビーの指は鍵盤上を右へ左へと華麗に走る。優雅なアルペジオ、黒鍵から白鍵に指をスライドさせて装飾音を入れ、テンポと強弱を自在に変化させる。複雑なこの曲をアビーはいささかのためらいもなく、らくらくと弾いている。

聴衆に話しかけることはできなくても、こうしてすばらしい曲を弾く彼女のよろこびはどんな言葉よりもはるかに力強く彼女と聴衆とを結んでいる。

これはささやかな奇跡だとわたしは思った。

今日、ケーブルテレビではアビゲイル・パーカーのことが取り上げられていた。ひじょうに内気で現在ロースクール進学課程で学ぶ彼女について、果たしてどれだけの才能の持ち主だろうかと揶揄《やゆ》する口調だった。ジョージタウンのショーに登場する狙いは世論調査で支持率が落ちている父親をサポートするための、窮余の一策だろうという辛口の報道だった。

「ここまでやりますかね、素人同然の腕前でしょうに」評論家たちは口々にコメントしていた。

そんな決めつけは、この一曲で吹き飛んだ。演奏が終わると、場内はしんと静まり返った。誰もが茫然としている。

いち早くわれに返ったのはガードナーのミュージシャン仲間だった。そしてオープンマイクのアビーの大ファンたちも。ポニーテールマンがまっさきに立ち上がって拍手を始めた。場内総立ちとなった。

拍手喝采はゆうに一分間は続いた。

スタンはアイパッチがいまにも外れてしまいそうなほどニコニコしている。ガードナーは客席の最前列で口笛を吹いて拍手している。

アビーがゆっくりと立ち上がった。まだ半分トランス状態が続いているような表情で目がきらきら輝いている。深々と一礼してから速足でステージから降りた。バンドがその後に続いて一行は控え室に向かった。こうして第一回目のステージが終わった（ありがたいこと！）。

「どうやら当たったみたい」数分後、カウンターのところでわたしはガードナーに言った。

「なにが当たったんですか？」

「プレッシャーに押しつぶされて最後はアビーが泣きながらステージを降りることになるのではと心配していたの」

「なるほど……さいわい、よろこびの涙だった。しかしまだまだ夜は続きますからね、クレア。このあと二ステージあります。よろこびが続くことを期待しましょう……」

58

「ジャズを極めるには」第二ステージの幕開けにふたたびガードナーがステージに立った。「音楽とは単にコードの連なりではないのだとわかっている必要があります。真のアーティストは、芸術という形で表現をします。それ以外には伝える方法がない、そういうことです」

「たいていの音楽は人の内面をあらわしています。それを、もっともふさわしい方法で伝えるのです。悲しい曲を聴けば泣いてしまう、楽しい曲を聴けば踊りたくなる。ロマンティックな曲を聴けば……ま、おわかりですね……」

聴衆から笑いが起こり、ガードナーは茶目っけたっぷりの笑顔を浮かべた。

「さて、ジャズという音楽になくてはならないもの、それはスウィングです。ここジャズスペースで、ふたたび皆さんとスウィングするのは、ミズ・アビゲイル・パーカー……」

二回目のステージに登場したアビーは少しリラックスして見えた。バンド仲間たちに笑顔を見せて腰をおろした彼女は、思いがけない行動をとった。ピアノのそばのマイクに身を寄せて、客席に向かって話しかけたのだ――。

「この曲はクレア・コージーに捧げます」

さっそくバンドがスウィングを始めた。ジョニー・コスタがジャズ調で弾いた『ぼくの隣人にならないか』だった。誰もがよく知っている子ども向けのテレビ番組『ミスター・ロジャース』のテーマソングだ。

驚きの展開だった。ジャズアーティストたちは次々に子ども番組の曲をスウィングする――『ハンカチ落としの歌』、『メリーさんの羊』、『ハンプティ・ダンプティ』、『茶色の小瓶』。アビーが音楽で表現したジョークはみごとに当たった。

カウンターの奥ではマテオが大笑いしている。スタッフはメロディに合わせて歌い出し、聴衆にも歌おうとうながしている。この模様はウェブサイトでストリーミング配信しているので、わたしは自分に贈られた演奏をこれから何週間も（もしかしたら何年も）聴き返すことになるだろう。

次の曲は『ブラックコーヒー』。なんという選曲。こんな遅い時間帯だというのに、わたしはダブルエスプレッソをガンガン飲んでいる――そのいきおいで階段を何度となく上り下りして料理とドリンクを滞りなく提供しているのだ。

サックスのテオがトリオに参加し、ハスキーな音を自在に鳴らしている。即興演奏で『いつか王子様が』が奏でられ、ジャムセッションが果てしなく続く。

二回目のステージの最後の曲で、ふたたびアビーがマイクを使った。

「この曲はわたしの警護を担当しているシークレットサービスに捧げます」落ち着いた口調

だ。「とりわけ、責任者である特別捜査官、シャロン・ケイジに……」

とつぜん名指しされたケイジ護衛官は、懸命にストイックな表情を保とうとした。アビーが『サムワン・トゥー・ウォッチ・オーヴァー・ミー』をゴージャスなアレンジで奏で始めると、ステージのそばの持ち場で待機していたケイジ護衛官は、やはり平静を保つことが難しかったようだ。

おそらくほかには誰も彼女の変化には気づかなかっただろう。けれども長年マイク・クィンの謎めいた表情に隠された感情を読み解いてきたわたしには、シャロン・ケイジが大統領令嬢のふるまいに心を動かされたのだと、痛いほどよくわかった。

それにほんの一瞬、彼女は微笑んだのだ。


いよいよ本日最後の、三回目のステージを迎えた。アビーがすぐれたジャズピアニストであることは誰の目にもあきらかだった。いっぽうでステージパフォーマーとしては未熟であることも露呈していた。ジャズスペースという安全な場では、それでもかまわない。つねにガードナーが「見守っている」から——ケイジ護衛官と同じようにしっかりと守っているから。

見守っていたのはガードナーだけではない。

スタンリー・マクガイアは一晩中、視力が損なわれていないほうの目をアビーから離さなかった。

「一目惚れの経験はありますか？」スタンディングマイクの前に立ってガードナーが聴衆にたずねた。「誰かに出会い、一瞬にして心が通い合う、一晩中でも話ができる、これまでつきあった誰よりも理解し合える。そっくり同じことがジャムセッションでも起きるのです。複数のミュージシャンのフィーリングがぴたりと合う――初めて会う相手であっても。たがいの共通語があるというわけです。相性がぴったりなら、いうことはありません……」

ガードナーはくるりと後ろをふりむいて微笑む。「ここにいる三人の紳士との出会いも、まさにそんな感じでした……」

ベース担当のジャクソン、サックス担当のテオを次々に紹介してからガードナーはスタンに近づいた。

「ジャズバンドでもっとも難しいのがリズムセクションです。どんなリフが、どんな即興演奏が飛び出すかわからないけれど、それに合わせてリズムを刻んでいく。自分では計画できない。予見し予測し反応するだけ。われわれのドラマー、スタン・マクガイアは衛生兵として従軍していました。彼が即興演奏を限りなく本能的なレベルで理解しているのは、そのためなのかもしれません――」

若い退役軍人に聴衆から盛んな拍手が起きてガードナーは話を中断した。スタン本人はとまどっているけれど、わたしはうれしくてたまらなかった。

「そしてアビゲイルですが」ガードナーが続ける。「以前彼女はこんなふうに話してくれました。演奏することは自分にとってとても重要な意味を持つのだと。『気持ちが混乱している時にはピアノに向かい、弾くことで気持ちを整理する。音楽があったから生きてこられた。

そしてこれからも……』」

ガードナーの話は続くが、わたしはアビーの言葉を頭のなかでめぐらせた。

おそらくガードナーは比喩として彼女が語ったと受け止めたのだろう。でもアビーの手首に残る古い傷跡。それを思うと、比喩と決めつけることができなかった。

59

アビーは最後のセットを迎え、待ちきれない様子でピアノの前に座った。彼女を気遣うドラマーにかすかに微笑みかけ、マイクに顔を近づけた。

「この曲はスタンに捧げます」いままでよりもひときわ大きく、はっきりした声だった。

彼女は顔をあげて、またスタンを見た。彼はあぜんとしている。

客席では皆、どんな曲が始まるのかと待ち切れない様子だ。彼女が『わが愛はここに』を弾き出すと、場内の中央付近がざわざわした――ホワイトハウスのスタッフがいるあたりだ。

曲が終わるとジャクソンとテオが静かにステージを降りた。

なぜかスタンだけが残っている。これからの数曲はピアノのソロばかりだ。彼はそのままドラムキットの前に静かに座っているつもりなのか。

アビーは彼がそこにいるのを確かめるようにじっと見つめ、それから演奏を始めた。

一曲目はこれまたジャズ界のレジェンド、オスカー・ピーターソンの作品だ。華麗な歌『ラヴ・バラード』の感動的な演奏だった。

次の曲に入る前にアビーは腕の音符にそっとふれた。「父に捧げます」おごそかな声でいってから『虹の彼方に』を弾き出した。キース・ジャレットがスカラ座でおこなった感動的な演奏を彷彿とさせるタッチだ。

次の曲もアビーは父親に捧げた。が、なぜか今回は改まった呼びかけをした。「大統領に捧げます……」

『アメリカ・ザ・ビューティフル』の演奏が始まると、聴衆が興奮してくるのがわかる。ジャズ風のコード進行ですばらしくみずみずしい演奏だ。情熱的に盛り上がって終わると、場内が熱気でむんむんしている。

次は、いままでとはがらりと雰囲気のちがう曲だった。ロックバンドのクイーンの感動的なバラード『リヴ・フォーエヴァー』をコンサートピアニストのナタリア・ポスノーワのアレンジで演奏した。

ドラマチックで耳に残るコードと軽やかに舞う指。アビーにバンドは必要なかった。ピアノ一台がすべてを表現していた。なにもかも決められていても、愛し、生きたいという意志を内省的に語った歌詞を思い浮かべ、ガードナーが音楽について語った言葉を思い出した――アーティストは芸術という形で表現する。それ以外に伝える方法がない。

歌の意味とアビーの内面が響き合い、やがて演奏が終わった。未来は運命づけられている。自分の力ではどうにもならない。終わりはつねにわたしたちを待ち構えている。でもわたしたちにはいまのこの一瞬がある。今日の一日がある。〝永遠に生きるなんて、できやしないだろう?〟

それですべてを表現しつくしたと感じられた。これが最後の曲だと思った。しかしそうではなかった。彼女はもう一曲用意していた。ピアノソロではない。

フィナーレを飾る特別な曲は、スタンリー・マクガイアとの共演だった。

60

スタンはピアノの前のアビーのところまで移動した。片足を少し引きずっている。なにごとかと見守る聴衆からささやきがもれる。なぜそうまでして移動するのかといぶかしんでいるのだ。

スタンは場内のざわめきを無視して、うれしげにアビーと同じ椅子に腰掛けた。が、身体はピアノを向いていない。

ジャクソンとテオが登場してスネアドラムをスタンの前に運び、さらにハイハットという二枚合わせの小さなシンバルもその脇に置いた。

ジャクソンたちが客席にもどると、ガードナーが席を立ってカウンターのそばにいるわたしの隣にやってきた。

「これはどういうこと？」彼に小声できいてみた。

「始まりますよ……」

スタンがスティックを持ちあげ、アビーが低い声で彼に話しかける。彼女は不安そうだ。スタンが彼女の耳元でなにかをささやくと表情がやわらぎ、クスリと笑った。

彼女がひとつうなずいて合図すると、ふたりの頭上からステージを照らす灯りが暗くなり、たったひとつのスポットライトが天国から射し込むようにふたりを照らし出した。

アビーがかんたんな調べをピアノで弾き出した。FMラジオで聴いたことのあるメロディ。

「この曲、知っているわ」ガードナーの耳元でささやいた。「なんていう曲？」

「『きみを癒やしてあげる』」それをきいてわたしは理解した。

これはジャズのスタンダードナンバーではない。アビーとスタンは比較的新しい曲を選んで二重奏にアレンジしたのだ。コールドプレイ（イギリスのロックバンド）のこの曲は喪失、失敗、苦痛、贖罪《しょくざい》について歌ったもので、あきらかに彼らの内面を映し出している。

スタンは頭を垂れ、十二小節ほどじっと聴いている。それからスネアドラムの演奏を始めた。二重奏はしだいに熱のこもったものとなり、やがてメロディを脱して音楽の会話となった。

すばらしくレベルの高い演奏だ。この会場では――ここ以外でも――いままで聴いたことがないほど。ガードナーが突然ニコっとした。余裕の笑みだ。

「なぜニコニコしているの？」

「見ていて……」

スタンがスティックを置き、くるりと身体の向きを変えてアップライトピアノのほうを向いた。そしてドラムを叩くようにピアノ本体を激しく叩きだした。

「父親がドイツに駐屯していた時にあれをマスターしたそうです」ガードナーがささやく。

「キース・ジャレットのケルン・コンサートの録音はあそこでは伝説ですからね——素晴らしい！」

いよいよスタンが鍵盤に向かい、アビーとの連弾が始まった。ベース部分の低い音域を彼が弾き、彼女は高音部分を軽やかに弾く。とちゅうから手を素早く交差させながら、完璧なタッチで演奏が続いた。

しだいにゆったりとしたペースになり、ラストに向けて静かになっていく。スタンはふたたびドラムのほうを向いてスティックで静かに打ち、やがてそれも止んだ。あとにはアビーの指が奏でる甘い調べの余韻だけが残った。

場内の人々は皆、席に着いたまま茫然としている。

なんという演奏を観てしまったのだろう、聴いてしまったのだろう。ひとり残らず心を奪われている。次の瞬間、割れるような拍手、歓声、口笛が起きた。耳がどうかなってしまいそうだ。一階でも拍手喝采が起きている。ウィスコンシン・アベニューからも大きな音がきこえてくる。二階の窓から見おろすと、人々が拍手し口々に叫んでいる。

アビーは弾けるような笑顔だ。スタンが彼女の耳元でなにかいうと、うれしそうに笑い、両腕を彼に巻き付けて彼のくちびるにキスした。彼は少し意表をつかれたようだったが、避けようとはしない。スタンからもアビーにキスを返した！

皆、大興奮だ。

ふたりそろって立ち上がり、客席にお辞儀をした——そしてガードナーのバンドのメンバーをステージに呼んだ。

すばらしいショーが終わった、とわたしは思った。

ところが聴衆から「もっと、もっと、もっと……」と声が起きた。バンドのメンバーがガードナーを見る。こういう場合にそなえてガードナーはサプライズを用意していた。まず、最前列のテーブルにいたミュージシャン仲間に手を振って合図した。彼らはすみやかにステージにあがった――トランペット、トロンボーン、さらにサックスがふたり。

ガードナーが指揮者の位置に立ち、またもや合図すると、待機していたふたりの人物があらわれた。彼らを見てわたしはひっくり返りそうになった。

つかつかと会場に入ってステージに上がったのはタッカーとパンチだった。

もうウェイターの制服は着ていない。トニー・ベネットとレディー・ガガに変身している――ジャズのデュエットを録音するために組んだ異色のペアだ。劇場で活躍するタッカーとパンチの腕のみせどころだ。

ふたり（つまりトニーとガガ）がマイクを握り、ガードナーはバンドのほうに向いてスタンを指さした。スタンの軽快なドラムのソロで、デューク・エリントンの代表作『スウィングしなけりゃ意味ないね』が始まった。なんとも華やかで才気あふれるパフォーマンスだ。

軽快な歌詞を歌うタッカーとパンチもみごとだ。たがいに、そして聴衆と楽しんでいる。ニューヨークのキャバレーの彼らのショーを見ているみたいだ。ふたりがステージをおりてジャムセッションが始まった。にこにこしているアビー、スタン、そしてバンドのメンバーが次々にソロを取る。

客席では皆それぞれ拍手をしたり立ち上がったり、手を振ったりしている。

いきなりぐっと強く引っ張られた。腰のあたりをつかまれてくるりと向きを変えられた。

「マテオ、なにするの!」

「いいから見てごらん!」そのままマテオはダンスをするように窓辺へとわたしを連れていった。「ぼくたちの新しいご近所さんだ!」

見おろしてみた。思わず涙がこみあげてきた。どうにも止まらない。とうとうやった、わたしたちはやり遂げたのだ。夢みたい。そう、夢が叶った。

ビレッジブレンドDCのまわりでは、ジョージタウンの街の人々がダンスしていたのだ。

61

「乾杯！」よく冷えたシャンパンの入ったフルートグラスをマダムが掲げた。

控え室にいる全員が、八十代のオーナーに注目した。それまでたがいに背中を叩き合い、拳をつきあわせたりして、よろこびを全身であらわしてにぎやかだった室内がしんとした。

わたしの元姑はエレクトリックブルーの優雅なパンツスーツ——一流デザイナー、フェンのスーツ——を着こなし、首には音符の柄の個性的なシルクのスカーフ、銀色の髪は内巻のページボーイを少しアレンジしたエレガントなスタイルだ。暖炉の前に立ち、誇らしげなまなざしで一人ひとりを順繰りに見ていく。生き生きと輝くスミレ色の目は、これまでたくさんのことを目撃してきた。

ビレッジブレンドというコーヒーハウスをマダムは五十年以上にわたって切り盛りしてきた。アレグロ家のビジネスを不屈の意志で守り抜いてきたのだ。不況、暴動、各種税金の支払い、混乱にもめげることなく、拝金主義や街の高級化の波をくぐり抜けてきた。

そのなかで二十世紀を代表する画家、作家、詩人、音楽家と温かいきずなを育んできた。いま乾杯の時を迎えて、わたしたちが敬愛する貴婦人《グランデ・デーム》はすばらしい一夜を記憶に刻み、古き良き思い出をいつくしんでいる——。

「いとしいアビー、今夜はあなたのおかげで、息子の父親のすばらしい思い出がよみがえりました」マダムがマテオのほうに向かってグラスを少し持ち上げてみせた。「亡きアントニオとわたしは、カーネギーでジャズピアニストのエロール・ガーナーが演奏するのを鑑賞したのよ。とても幸運だったわ。あれは音楽にとってきわめて重要な夜でした——アメリカにとってもね。今夜、あの時と同じことを実感したわ。あなたの勇敢で輝かしいパフォーマンスを、決して誰も忘れることはないでしょう」

「異議なし！」ガードナーが声を上げた。

「彼女は勇敢だ！　輝いている！」スタンが熱っぽく叫ぶ。

「ブラーヴァ！」ジャクソンも加わる。

マダムとアビーの目と合う。アビーは涙ぐんでいる。マダムがグラスをさらに高く掲げた。

「今夜、わが国の首都でもっとも輝いているスター、アビゲイル・パーカー！」力強い声だった。

アビーは恥ずかしそうに微笑みながらシャンパングラスに軽く口をつける程度だ。夢見心地の彼女には、これ以上の刺激などいらない。わたしたちも陶酔感を味わっている。皆、浮かれて騒いで、わたしが壁画を描いた控え室の壁が抜けそうないきおいだ。

ガードナーは今日の成功がまだ実感できないとばかりに、しきりに首をひねっている。スタンは上機嫌だ。笑顔で頬が持ち上がってアイパッチがずれそうになっている（こんなにスタンを幸せにしたのはステージでの成功だけではないはず。アビーのキスもおおいに関わっているとわたしはにらんでいる)。

アビーは天にも昇る心地を味わっている。わたしはといえば、心底ほっとしていた――一歩さがったところで、氷で冷やしたドンペリニヨンのボトルが手から手へと渡って皆がお代わりするのを眺めて幸せに浸っている。ルーサーとそっとグラスを合わせた。

「ホワイトハウスのシェフが今夜ここに来ていたわ。あなたの料理を称えていたわよ」

「いいいいわたしたちの料理です」彼はわたしのグラスにカチリと自分のグラスをあてた。「ご存じの通り、なにもかもすっかり売り切れてしまった」

うれしくて、ルーサーにうなずいた。今夜は皆に料理を褒めてもらった――コーヒーも、スペシャルティ・ドリンクも褒めてもらった。料理は即興でつくったものばかりだったので、どうなることかとやきもきしていた。だからよけいにうれしくてたまらない。

祝福の言葉を受けていたアビー――彼女を取り囲む人の輪にはホワイトハウスの報道担当官の身元調査をパスしたジャーナリストたちもいた――が、ひとりでこちらにやってきてわたしの手を取り、つぎにスタンの手を取った。そしてマダム、ルーサー・ベル、ガードナー、フォー・オン・ザ・フロアのメンバーに合図して集まってもらった。

「わたしに乾杯の音頭をとらせてください」アビーがきっぱりといった。「クレア・コージー、ガードナー・エバンス、親愛なるスタンに。フォー・オン・ザ・フロア、ルーサー・ベル・シェフに。なにより、このスペースの可能性を信じて投資してくださったマダム・デュボワに乾杯。これまで生きてきて、最高にしあわせな一夜でした。いまもしあわせに浸っています。このしあわせは皆さんすべてのおかげです！　いくら感謝の言葉を並べても足りません！」

ハグ、キス、笑い、そしてさらにシャンパンのお代わりを重ねていると、ホワイトハウスの副報道官がやってきた。きりっとした笑みを浮かべ、記者が待っているとアビーに告げた。これからインタビューを受けるのだ。

副報道官は暖炉のそばの静かな一角にアビーを連れていった。椅子が二脚用意されている。アビーは腰掛けて待った。

列をつくっている記者たちには、インタビューの時間は一人五分までと丁重に念押しされた。そのなかに、ポニーテールマンがいた。短く刈り込んだ灰色の顎ひげと鋭い黒い目の謎の人物だ。

「謎が解けたわ」わたしは彼ににじり寄った。

彼の表情がこわばる。「謎？」

「あなたがアビーのファンであるのは知っていましたけど、ジャーナリストだったんですね」

わたしは片手を差し出し、彼がそれを握った。

「クレアと申します」

「バーニー・ムーアです。《ジャズ・ビート》に執筆しています」

彼の強いまなざしは大統領令嬢にもどった。彼女は《ワシントンポスト》紙の女性記者と話している。ガードナーとバンドのメンバーは静かにニコニコしてアビーを見ている。おおぜいの兄たちが妹を見守るように。アビーがスターとして扱われているのが誇らしくてたまらないという表情だ。

「アビーの記事を執筆なさるのね？」

「もちろん。これまでずっと彼女は才能を出そうとはしなかった。これは人類みんなの宝物とすべきだ——」

「お願いです！　あとひとつだけきかせてください」報道官から終了時間だといわれた《ワシントンポスト》紙の記者がくいさがる。

「ここジョージタウンのビレッジブレンドDCで演奏すると決めた理由を教えてもらえますか？」

「お店からわたし宛てに招待状をいただいたからです」アビーがこたえる。「クラブがオープンした週に、オープンマイク・ナイトの広告の葉書を受け取りました」

店から招待状を？

これは初耳だ。

62

「あなたがアビーに招待状を送ったの？」小声でガードナーにきいてみた。彼も驚いている。

「いいえ。なにも送っていません」

「それなら、いったい誰が？」

わけがわからない。大統領令嬢がピアノを弾ける、ましてジャズピアノを弾けることをこのクラブで知っていた者はひとりもいない。

ガードナーはそっとバンドの仲間にたずねてみた。誰も心当たりはない。アビー自身は店からオープンマイクに招待されたと信じているので、きくだけ無駄だろう。

「わくわくしました」アビーが続ける。「ひとりきりでずっと練習を重ねてきたんです。あの招待状はわたしを部屋から外に出してくれました。ガードナーとスタンは熱心に励ましてくれて。彼らがいなければ、絶対にやり遂げることができなかったわ！」

アビーが《ワシントンポスト》紙の記者の質問にこたえたタイミングで、副報道官はバーニー・ムーアに空いた椅子に掛けるように合図した。

「さて、わたしの番だ。ありがとう」バーニーがわたしにいう。「きっとまたお目にかかれますね」

彼がアビーに自己紹介すると、アビーが意外なことをいい出した。

「じろじろ見てごめんなさい。初めてお目にかかったような気がしなくて。なぜかしら。どこかで会っていますか？」

「何週間もオープンマイクで演奏を聴いてきました」バーニーが微笑む。「その際に拍手しているわたしを見ていたのでは？」

「ちがいます」きっぱりといってから、アビーが続けた。「思い出したわ！　キャンパスであなたを見かけたわ――アメリカン大学で。ベンダー・ライブラリーの外の階段のところにいらしたでしょう？」

「ええ、その通りです。記事の取材をしていたんですよ」

〝変ね。音楽業界のプロのライターが大学のキャンパスでどんな取材を？　アビーについての記事というのならわかるけど……〟。

バーニーがようやく本題に入ったところへ、副報道官が銀髪の年配男性を連れてきたので、インタビューが中断した。オープンカラーのスポーツシャツに仕立てのいいジャケットを着た人物だ。

「アビゲイル、こちらグラント・キングマン氏です。コンソリデーテッド・テレビジョンネットワークの最高経営責任者《CEO》で――」

真っ黒に日焼けしたＣＥＯは女性副報道官の前に出てアビーの手を取った。「お父様の初回の大統領選のキャンペーンの時にお会いしましたね！」

「ええ、憶えています——」

「今夜のパフォーマンスには大変感動しましたよ、アビゲイル。みごとなものだ！　どうです、うちの『ザ・グッドデイ・ショー』で演奏してみませんか。承諾してもらえれば、わがネットワークとしてはたいへん光栄です」

アビーが目を丸くした。スタンとガードナーはわが子が激賞された親たちのように顔を輝かせ、ジャクソンとテオは「ホーッ！」という音に近い声をあげた。

しかしもっともハッピーなリアクションをしたのは、アビーの前に座ったまま放っておかれている男性だった。バーニー・ムーアは『不思議の国のアリス』に登場するチェシャ猫も負けるほどのにんまりとした笑顔だ。

「『ザ・グッドデイ・ショー』は全米トップのモーニングショーです」キングマンが続ける。「全米の視聴者はきっと、あなたの演奏を聴いて高く評価しますよ」

アビーは目がまわっているみたいな表情でスタンと視線を合わせてから、返事をした。

「ありがとうございます。バンドのメンバー全員を代表して、よろこんで演奏しますとおこたえします」

キングマンCEOの温厚な表情が、困惑へと変わる。「いや、そうではなくて。誤解をされていらっしゃるようだ。こちらとしてはぜひソロで、ピアノを演奏していただきたい。さきほど電話で大統領夫人とお話ししましたよ。いっしょに出演をとお願いして、快諾していただきましたよ――」

アビーが立ち上がった。「悪いけど。わたしは今夜、このバンドとともに演奏しました。彼らといっしょでなければ演奏できません」

63

キングマンの当惑した表情がゆがむ。「なにをおっしゃるんですか。あなたのお母様の心づもりでは――」

いらだった口調で彼がいいかけると、副報道官がすっと前に出た。

「キングマンさん、いまはあまり細かいところまではよろしいのでは。詳細についてはホワイトハウスを通じて決定することになります。それがよろしいのでは?」彼女はCEOの腕をからめとるようにして大統領令嬢から手際よく引き離した。

いっぽうアビーとスタンは頭を突き合わせてなにやら話をしている――見るからに楽しそうだ。スタンは彫刻のようなたくましい腕をアビーの肩に置き、彼女はこぼれるような笑顔だ。

ジャクソンはガードナーやテオとともに拳を突き合わせた。『ザ・グッドデイ・ショー』におれたちが出るなんて、想像できるか?」ジャクソンが夢中でまくしたてる。「おふくろとおばさんと、ボルチモアの皆がテレビでおれたちを見るんだ!」

「あたらしい曲を披露しましょう」アビーの目が輝いている。「皆で考えましょうよ――あ、待って！」

ジャーナリストをほっぽらかしにしているのを思い出したらしい。

「ごめんなさい、ミスター……？」

「苗字はムーアです、アビー」

あわてて腰掛けるアビーを、彼はにこやかに見ている。少しも気を悪くしていないようだ。

「どうぞ質問を」

バーニーがまだひとこともいわないうちに、副報道官がふたたびあらわれた。CEOの姿はない。

「時間です、ミスター・ムーア」

アビーは反論し、副報道官は謝罪したが、それでもスケジュールは変更できないの一点張りだ。バーニー・ムーアは肩を落とし、微笑みは消えたが文句ひとついわずに椅子を離れた。

「キャンパスで会えますね、ミスター・ムーア」アビーは誠意をこめて約束した。「そうしたら、いくらでもなんでも質問してください！」

次のジャーナリストがバーニーの脇を通って椅子にかけこみ、ただちにアビーに矢継ぎ早に質問を浴びせた。彼女はそれにこたえるのに集中していたので、階段のほうで騒ぎが起きていることにはまったく気づいていない。

「どいて、道をあけて！」シャープ護衛官の低い声だ。控え室に彼がいきおいよく入ってきた。笑顔を浮かべている。その後ろには金髪のハンサムな男性がいる。

二十五歳くらいだろうか。年齢の割に態度が大きい。一年生上院議員でもこうは図々しくないだろう。服装も、仕立てのいい青いブレザー、上等のグレーのスラックス。

今夜、聴衆のなかに彼がいたのを思い出した。ホワイトハウスのスタッフがいるあたりの席に。シークレットサービスとは親しいらしく、ファーストネームで呼んで気さくに言葉をかわしている。しかし、どこか薄っぺらい。口のうまいセールスマンみたいな調子のよさだ。その彼がシャープ護衛官に先導されてアビーの後方に移動した。アビーはインタビュアーとの話に集中しているので気づかない。

「このビッグナイトに、わざわざ駆けつけてきたそうですよ！」シャープ護衛官がさえぎった。

アビーがちらりと見上げると、若者はたちまち魅力的な笑顔を浮かべた。うっとりとアビーを見つめている。アビーはたったいままでうっとりした表情だったのに、相手を見てじょじょに笑顔が消えていった。

「戻っていらしたのね。知らなかったわ」

いままでとはちがう声だ。自信に満ちて生き生きとした声ではなくなっている。母親といっしょにいたときのアビーの口調だった。

「ショーを見逃さないように、早めに戻ったんだ！」彼は身をかがめ、彼女の頬に軽くキスした。アビーの表情が固まる。追いつめられたネコみたいに全身の毛が逆立っているような様子だ。

「あまりにもみごとで驚いたよ」若者は話しながら自分の金色の髪を手で後ろになでつける。

「ところどころ硬くなっていたけど、たいていの人は気づかなかっただろうね。楽器の演奏としては申しぶんないレベルだった」

「プレストン……」アビーは静かな口調だ。「わたしたちは楽器を演奏するのではないわ」

「そうか？　じゃあ、なにを演奏するんだ？」

「〝音楽〟を演奏している！」ガードナー、ジャクソン、テオがアビーといっしょにこたえた。

フォー・オン・ザ・フロアのメンバーたちがそろって笑い出し、拳をたがいにぶつけ合う。スタンだけは、それに加わっていない。

プレストンはにやにやしながらバンドのメンバーを見た。「じつは、ああいう音楽にはあまり興味がなくて――」

「ほお？」ガードナーだ。「では、どんな音楽を？」

「それはともかく」質問にこたえるつもりはないらしい。「今夜はアビゲイルのサポート役として立ち会った。あの喝采は、最終戦の最終クォーターで五十ヤードのタッチダウンを決めたときみたいだった！」彼がアビーの肩をトントンと叩く。「ナイス・ジョブ。よくやった！　いつの日かぼくときみの子どもたちに話してやろう」

スタンは棒立ちのままふたりのやりとりを見ている。茫然とした表情だ。

するとプレストンがアビーの手に目を留めた。「ぼくが贈った指輪は？」

決定的な言葉だった。スタンはバンドの仲間を見る。自分の耳が信じられなかったのだ。

「あの男はいまなんていったんだ?」

わたしは胃がしめつけられるような心地だった。やはりアビーには婚約者がいたのか。だとしたら、あのことも事実なのか——。

いまのいままで幸福に酔いしれていたスタンリー・マクガイアにとって、一転して最悪の夜が始まろうとしていた。

64

「まさかあのダイヤをなくしちゃいないだろうね？」プレストンは冗談めかして微笑んだ。

「演奏する時にははずします」アビーが静かな口調でこたえる。スタンとは目を合わせようとしない。さらにいっそう大きな声で続けた。「邪魔だから」

スタンは石のように固まってしまっている。わたしたち皆の視線が彼にあつまる。スタンはアイパッチで覆われていないほうの目で、青いブレザーを着た金髪の若造を見据えた。それからアビーに視線を移した。

「彼が何者なのか、説明してもらえるのかな」

「プレストン・エモリーだ」当人がすかさずこたえて、スタンに片手を差し出した。たがいにぎゅっと力をこめて相手の手を握った。若者は周囲からの視線を意識して硬い笑顔のまま、スタンをぐっと自分のほうに引っ張った。「アビゲイルとぼくは婚約中で、いずれ結婚する。まだ公表はしていないが、一両日中には発表される」

さらにスタンのパーソナルスペースに侵入し、ささやくように彼に耳打ちした。

「ふたり並んでピアノに向かう光景はキュートだった。ステージではいろんなことが起きるものだ。わかっている、キスもな。しかしもう一度同じことが起きたら、あまり愉快ではないな」

プレストンがスタンの手を放した。そのはずみで不自由なほうの脚に体重がかかり、スタンが後方によろけた。ぐらつきながら、彼はアビーと向き合った。

「こんなピエロがきみの相手なのか？」

「ごめんなさい」小さな声だった。アビーは必死に訴えるようなまなざしだ。「何度か打ち明けようとしたの。いろいろあって、ふつうの人みたいな具合にはいかないと、それはあなたに話した通り――」

「アビゲイル、行くぞ」プレストンが大きな声を出す。「きみのお母さんと話をした。ホワイトハウスで待っていらっしゃる。きみを祝福しようとお母さんも大統領も楽しみにしている。スタッフは氷で冷やしたシャンパンもなにもかも用意している！」

「行きたくないわ！　ここには友だちがいるのよ」アビーは椅子から立ち上がり、猛然と抗議した。

プレストンがアビーの両肩をそっと押さえ、彼女の目をじっと見つめる。

「わがままはいけないよ。シークレットサービスのこともちゃんと考えなくては。皆こうしてここで、きみの警護をしている。朝からずっとだ。そろそろ午前一時になる。いつまで彼らを拘束するつもりだ？」

それをきいたとたんアビーがうつろな表情になり、ぼそぼそとこたえた。

「あなたのいう通りね。わたし、考えていなかった……」

わたしはケイジ護衛官をちらりと見た。彫像のように身じろぎもしないで立っているが、いつもの無表情ではない。プレストンのやり口が彼女を怒らせたのだ。歯を食いしばって怒りをこらえている。

黙っていなかったのはスタンリー・マクガイアだ。

「こいつはきみに罪悪感を押しつけているだけだ！　ここを出る必要はない！」

プレストンがスタンのほうを向いた。「よけいな口出しするな、サイクロプス（ギリシャ神話の一つ目の巨人）」

あまりにもひどい言葉だった。

スタンは長身ではないが、ドラマーならではの引き締まった頑健な体格だ。両手を拳に握り、屈強な腕のいっぽうを後ろに引いて構えた。ジャクソンは自分のドリンクをどかし、ガードナーが前に足を踏み出した。

いちはやく動いたのはアビーだった。プレストンとスタンのあいだに割って入り、スタンの頬を両手で包み込んでささやいた。

「落ち着いて。あなたとわたしは友だちよ。またすぐに会えるわ」

たちまちスタンの全身から力が抜けていく。

「月曜日にはテレビ出演よ。忘れないで」彼女は希望をつなぐようにスタンに話しかける。

「そのためのリハーサルをしましょう」

ていた。

「ええ、絶対に」実現する可能性が限りなく低いことを、アビーもその場にいる皆もわかっていた。

「明日？」

「もう行くぞ、アビゲイル」

それをきいてスタンが険しい表情を浮かべたが、視線はアビーに向けたままだ。

「このピエロとではトレーディング・フォーはできない。わかるだろう？」

アビーのくちびるが動くが、言葉が出てくる前にプレストンが強引に片腕で彼女を引きずるようにして戸口に向かった。

そんなアビーの姿を、スタンが見つめる。怒りのあまり身体がぶるぶる震えている。しかしシークレットサービスが戸口付近に移動したため、スタンは最後まで見届けることはできなかった。

「あいつとではトレーディング・フォーはできない」スタンがさきほどの言葉をバンドの仲間に向かってくり返す。いままで彼女がいたあたりの、空っぽな空間を見つめながら、何度もくり返した。「トレーディング・フォーはできない……」

65

マイク・クィンが首筋を手でさすりながらたずねた。「トレーディング・フォー？　どういう意味だ？」

「トレーディング・フォーというのはジャズの演奏形式を指す言葉よ。メンバー一人ひとりが四小節ずつ短いソロを演奏する。同じことを二小節、八小節、十六小節などいろいろな長さで代わる代わる演奏するのよ」

「それとプレストン・エモリーとどう関係しているんだ？」

「トレーディング・フォーはバンドのメンバー同士の協調性と相性がものをいうの。あの夜、店の控え室でスタンはアビーに警告しようとしたのよ。プレストンは一歩引いてアビーにソロを演奏させ、彼女の声を表現させる相手ではないといいたかったんでしょう。アビーの婚約者はどこまでも優位に立ちたがっていたわ。うぬぼれが強くて、人を支配したがる。それをわたしたちの前で隠そうともしなかった！」

つい感情が高ぶってしまい、わたしはSUVのダッシュボードをバンと叩いた。まずい。わたしたちは相変わらず、ボルチモアの〝閑静な地域ではない〟一帯にあるボロボロの自動車修理工場に停めた車のなかだ。折りたたみ椅子に腰掛けてこちらを監視していたギャングの一味が、その音をききつけてゲームを中断し、スマートフォンを脇に置いた。がらんとした空間の離れた場所から彼が険しい視線を飛ばしてくる。わたしがフレンドリーな微笑みを返すと、相手はふたたび小さな画面のアニメ動画に没頭した。

運転席のマイクは若造のことなど目にも入らないようだ。「きみの話をきく限り、アビーとスタンは友だち以上の間柄だな。音楽への愛を超えた絆で結ばれているようだ」

「閉店後のジャズスペースであのふたりが練習しているのを見た時、わたしもそう感じたわ。ショーの当日、ステージにいるふたりはどう見ても恋人同士だった。考えれば考えるほど、可能性はひとつに絞られると思うの。アビーは婚約者から逃げて駆け落ちしたのよ――まちがいない」

「なるほど。それは、あくまでもきみの考えだな」

「同意しないということ？」

「きみの話からは、大統領令嬢は周囲から婚約を強いられているような印象を受ける――」

「そうではなかったとあなたは思う？」

「きみはそう解釈したんだな」

「ではスタンは？　彼もわたしと同じ意見よ」

いまわたしを見つめているのは、まぎれもなくクィン警部補だ――信頼のおけない犯人を見る目つきだ。「それはスタンの主観的な見方だ」

「なにがいいたいの」

「いいか、きみが語る彼女は、精神的なもろさを抱え、問題行動を起こしたことのある若い女性だ――」

「それは――」

「事実をひとつひとつを積み上げていくんだ。アビーは過去に自殺を図った。きみを車に乗せ、追っ手をかわして混雑する通りを猛スピードで走行した。彼女を守るために警護をする人々を振り払うために。それは〝理屈に合っている〟といえるか？」

「相手は若い女性よ、マイク。若い女性の行動がつねに理屈に合っていると考えるほうが無茶よ」

「しかし、きみ自身気づいているはずだ。彼女にはジキルとハイドみたいに二面性がある。そこから目をそらすな。アビゲイル・パーカーは問題を抱えている。両親も婚約者も、それを助けようとしているのではないのか？　彼女が破綻しないように、安定した人生を送れるように。現にプレストンは、アビーの両親が楽しみに待っている、護衛官に残業を強いてはいけないとアビーにいっている。それはごくまっとうな発言ではないのか？」

「わたしはあの場にいたのよ、マイク。あの若者が言葉巧みにアビーを操るのを、この目で見たわ。彼女はスターとして輝いていた。自信に満ちあふれていた。でもプレストンはそれが気に入らなかったのよ。だから彼女を引きずり降ろした。あれはまっとうな人間のやり方ではなかったわ。相手を操作しコントロールしようとする意図しかなかった。アビーの母親と同じよ。アビーを動かすためのボタンの押し方をプレストンも知っていた。生涯で最高にしあわせな夜を仲間と楽しんでいるアビーをその場から無理矢理連れ去った。罪悪感を煽《あお》るという方法で。ゆるされないわ、そんなこと」

マイクが黙り込んだ。「その若者について、ほかになにか知っているか？」

「たくさん……」

控え室での一件の後、わたしはプレストン・エモリーについて徹底的に調べていた。

66

「アビーの婚約者は、彼女と似たような家庭環境で育っている」

「政治家の家庭か？」マイクが当たりをつけた。

「母親がね。パーカー大統領の地元から選出された下院議員よ。彼らは政治的盟友という間柄。そしてプレストンには政治的な野心がある。彼がアメリカン大学に進学したのは、伝統的に公職に就くための教育に力を入れているから。彼は母親の跡を継いで議員になることをめざしている……」

プレストンはなかなかの社交家で一年生と二年生の時には知事の娘と交際し、入会した男子学生の社交クラブにはアビーのお兄さんケントがいた。ケントはキップ・パーカーと呼ばれて人気があって有名人。プレストンはそのキップと親しくなった。遠からずファーストファミリーとなる一家と縁ができたというわけだ。一家が休暇に集まったり別荘で過ごしたりする時には、欠かさず参加するようになった。

アビーがアメリカン大学に入学すると、オリエンテーションの間、プレストンは彼女につきっきりだった——誰かが彼女にいい寄るのを防ぐために。知事の娘とはとっくに別れていた。もっと大物に集中することにしたのだ。

第一ステップとして、彼はアビーの父親パーカーの大統領選キャンペーンに参加した。巧みな戦術だ。キャンペーンの際の遊説先でプレストンはアビーとしょっちゅう顔を合わせていた。パーカー大統領の就任舞踏会でアビーをエスコートしたのはプレストンだった。大学を卒業するとホワイトハウスの若手スタッフの一員となった。そして相変わらずアビーと会っていた。そんな彼を、ファーストレディはホワイトハウスの行事のたびに娘と同席させるようになった。

「プレストンがしだいにアビーを愛するようになった可能性がないとはいえないわ」マイクの意見にも一理あると認めざるを得ない。「でもわたしが収集した情報から判断する限り、彼が彼女と婚約したのは、純粋な恋愛の結果というより、見合い結婚に近いわ。考えてもみて、プレストンみたいなタイプがアビーのような女の子に夢中になるかしら。よほどの動機があるとしか考えられないわ。彼は自分の未来を見据えて壮大な計画を描いていた。もしもアビーが大統領のたったひとりの娘でなければ、ただの無名の人物であったなら、アメリカン大学に通う地味な女の子にすぎなければ、目もくれなかったのでは？

ともかく、計画は定まった。五月にアビーが卒業したら六月にプレストンと結婚し、一カ月にわたるヨーロッパへのハネムーンに旅立つ。〝幸福なカップル〟はワシントンからプレストンの故郷の州へと拠点を移す予定で、彼はすでに高級住宅街に豪邸を購入済み。アビーはそこで家庭を守り、女子青年連盟に加わることが期待されている。プレストンは本格的に政治家をめざす」

マイクがしばらくわたしを見つめている。あぜんとしているようにも見える。「なぜ、ここまでくわしく知っているんだ？」

「控え室であんなことになって、スタンをひどく傷つけてしまったとアビーは気にしていた。翌日、彼女はスタンに電話をかけて謝罪し、プレストンとの関係について、洗いざらい打ち明けたの。たまたま翌日わたしはスタンを見かけて、つっこんできいてみたのよ。プレストン・エモリーのことも、アビーとのやりとりについてもスタンが話してくれたわ。直接ではなく電話で毎晩話をしていたそうよ。時には何時間も。これでもアビーの失踪は駆け落ちだと、納得できない？」

「アビーがあの公園にいた理由は納得できた。彼女の口からきみがきいたという事実がその根拠だ。あの公園を利用してシークレットサービスを撒いたとはな」

「そう、あの公園はポトマック川までずっと続いているから、アビーは人目につかずにジョージタウンまで行くことができた」

「FBIは犬をつかって彼女の女友だちの家からの足取りを追ったはずだ。そして血痕を発見した。婚約者から逃げて駆け落ちした、というきみの仮説とは相容れない事実だ」

「スタンに会うためにそのルートを使って、とちゅうでトラブルが起きたとしたら？　それなら相容れないことはないわ。彼女が誰かに狙われていたとしたら、そこで誘拐されたのかもしれない。さもなければ岩につまずいて落ちた可能性もあるわ！　とにかく情報が少なすぎる。スタンも失踪しているのかどうか確かめましょう！」

マイクがうなずく。「ダニカに協力をあおごう」

「ダニカ？」

「ここで会うことになっている刑事だ。彼女の名前はダニカ・ハッチ」

「刑事、ね」

わたしの硬い表情をマイクが見ている。「焼きもちか？」

「いいえ。なぜわたしたちに力を貸してくれるのか、それが気になるわ。とんでもないリスクを背負い込むことになるのに」

「それなりの理由がある。そこはわたしを信頼してくれ。あの晩、わたしはきみときみの元の亭主を信頼した」

「あの晩？」

マイクが腕組みをした。「きみはアビーのショーの晩にアレグロとダンスした。彼はわたしをN通りの邸宅から追い出して、きみと〝相部屋〟にすることを提案した。きみから確かにそうきいたが」

「やめてちょうだい。マテオのいうことにいちいち目くじらを立ててもしかたないわ」

「そうだな。そういう人物だからこそ、信頼できない。きかせてくれ、あの晩きみはどこで眠ったんだ？」

「なぜそんなことにこだわるの？」

後ろめたい気持ちが顔に出てしまった。マイクはあぜんとした表情だ。

「クレア、〝ちがう〟といってくれ。まさかアレグロとベッドを共にしたのか？」

「いいえ！」

「元の亭主といっしょに寝なかったんだな？」

「包み隠さずいいます。いっしょに寝ました。でもベッドの上ではないわ」

「待ちきれないね、話をきくのが」

「そうですか。あの晩マテオとの間に起きたことなんて、翌朝わたしを襲ったショックにくらべたら、なんてことないわ。だからぜひそちらの話もきいてね」

「いいだろう。まずはアレグロのことからききたいね。あの夜、きみはアレグロとなにをしていたのか」

「いつもと同じことよ——喧嘩……」

67

「クレア、少し休んだらどうだ。倒れてしまうぞ」

「だいじょうぶよ。まだいろいろチェックしておきたいことがあるから」

元夫が両手をぱっとあげた。「それは一時間前にきいた!」

彼を無視した。

大統領令嬢と彼女の警護にあたる特殊任務部隊はもうない。しかしまだまだ夜は終わらない。清掃、備品の補充、閉店後の事務作業が残っている。

ガードナーはミュージシャン仲間とともにふたたびステージにあがり、オールナイトでジャムセッションを続けた。ルーサーと店のスタッフはドリンクを飲みながら、くつろいでそれを聴いていた。閉店しても一部のジャズファンは帰ろうとしなかった。お腹が空いたという声がちらほらときこえてきたので、ルーサーはすぐさま厨房に入った。

戸棚はほぼ空っぽだったけれど、わたしはなんとかフランクフルトソーセージをかき集めた。

ルーサーはそれをスライスしてフライパンに入れ、ブラウンシュガー、ケチャップ、粉末のマスタード、たっぷりのバーボンを加えた。ジョイは、短い棒状のプレッツェルのスティックにバーボン・ホットドッグ・バイツを刺して食べようと提案した。これまた独創的な即興料理だ。塩がきいてぱりっとした食感に甘酸っぱいバーベキューソースの取り合わせで、ビレッジブレンドの大いなる夜のフィナーレを飾るにふさわしい、美味で気取りのない一品となった。

最後にガードナーは仲間といっしょに『ラウンド・ミッドナイト』を演奏し、パンチがエラ・フィッツジェラルドになりきって感動的な歌を披露した。それでようやくおひらきとなったが、すでに時刻は午前四時近くなっていた。

ニューヨークから遠征してきたビレッジブレンドのスタッフは、これからコックスロウにもどる。店内の階段を騒々しい音を立てながらおりてくる彼らの声がきこえてきた……。

「エスター、なにがそんなに不満なの?」ジョイがたずねている。「せっかくボリスが一緒についてきてくれているのに。うらやましいわ」

「フランコがここにいないのは命が惜しいからよ。同じ屋根の下に泊まるなんてことになったら、恋人の父親に殺されるってわかっているから」

「それをいわないで!」ジョイが大きな声を出す。「この数カ月というもの、われながら涙ぐましいほどがんばってきたのよ。ようするに、父親とフランコはあまりにも似すぎているみたい。それにしてもビットモア＝ブラック夫人の豪邸はすばらしいわ。そこに皆で泊まれるなんてすてき。ハッピーなブレンド・ファミリー一家ね」

「『ゆかいなブレディ家』みたいな？　『わが家は十一人』みたいな？　勘弁して」

「『わが家は十一人』に恨みでもあるのか？」タッカーがふたりの後ろから階段をおりる。

「古き良きアメリカのホームドラマじゃないか。舞台はバージニア——すぐお隣さんだ」

「そうそう！」まだ銀のラメの衣装をつけたままのパンチが加わった。「『わが家は十一人』のウォルトン家、あこがれるなあ。長男のジョン・ボーイになってもいい？」

「ジョン・ボーイならタッカーでしょ」エスターが返す。「レディー・ガガみたいなその衣装なら、長女のメアリー・エレンがぴったりだけど」

「つむじまがりのおばあさんみたいな態度だな」パンチがぱちんと指を鳴らす。「そういえば、エスターという名のおばあちゃんもいたな」

「まあ、生意気な——」

「はいはいそこまで、おばあちゃま！」パンチの金髪のセクシーなウィッグにエスターがつかみかかろうとするのをジョイが止めた。「行くわよ。ボリスが待っているでしょ、忘れたの？　おやすみなさい、パパ！　おやすみなさい、ママ！」

エスターがひらひらと指だけを振った。「おやすみ、メアリー・エレン。おやすみ、タッカー・ボーイ！」

こうして女子ふたりが店を出ていった。

タッカーとパンチもそのままいっしょに出て行くのかと思った。が、ふたりはコーヒーカウンターのところにいるわたしとマテオに近づいてきた。

「ニュースがあります！」タッカーだ。

「サプライズです！」パンチも威勢がいい。

「またしてもサプライズ？」わたしはとまどいがちにマテオのほうをちらりと見た。「さっきのあなたたちのサプライズでひっくり返りそうになったのに」

「それなら、なにかにもたれていたほうがいいですよ、今回のはさらにスケールが大きいですから……」タッカーがパンチを指さす。「ドラムロールをお願いするよ」

パンチはカウンター前のスツールをボンゴに見立てて叩きだした。

マテオがわたしと目を合わせる。「このふたりにかかると、どこでも劇場に早変わりだ」

「その通りです！」タッカーだ。「お客さんを楽しませ、また観たい、聴きたいと思ってもらう方法なら、わたしたちにおまかせください。ガードナーにビッグな企画を提案して、了解を得ました……」

「タイトルは『木曜日の歌姫』！」パンチが発表した。

「わかったわ。きかせてちょうだい……」

タッカーによれば、ガードナーから店の木曜日の売上が目も当てられないほどだときいて、企画がまとまったのだという。

「週に一度、わたしたちはニューヨークから来てジャズスペースでキャバレーショーをします。パンチは伝説的な歌姫たちを演じます。ビリー・ホリデー、エラ・フィッツジェラルド、サラ・ボーン、ニーナ・シモン、アレサ・フランクリン、ダイアナ・ロス、もちろんレディー・ガガも！」

「ワシントンDCのゲイの人々にアプローチするつもりです。きっとすばらしいことになりますよ！」

「約束しますよ、CC。ソーシャルメディアを通じて情報を拡散すれば、木曜の夜は満員だ！」

「悪くないな」マテオがおどけるように片方の眉をあげた。「しかし、きみたちのことだから、それだけじゃすまないだろ？」

「ええ、そりゃもう！　東海岸で最高に派手なものにするつもり……」パンチが誘惑するようにマテオの頬をきゅっとつねった。「それでいて、とってもキュートなものに」

「ストレートも楽しめるものに」

パンチが肩をすくめた。「しょせん、かなわぬこともある」

上階でおこなわれたブレーンストーミングでは歌姫のショー以外にもアイデアが出たようだ。ガードナーのバンドは幅広いジャンルからゲストを招く〝ファンキー・フライデー〟の企画を出した。リズム・アンド・ブルース、ソウルミュージック、スティービー・ワンダーやレイ・チャールズ、モータウン・ソングブックなどダンス向きのレトロな曲のカバーをするアーティストを呼ぶという。

「いろいろなバンドをゲストとして呼べるし、一般の人たちに対して間口が広くなります」

タッカーがきっぱりといい切った。

マテオもおおいに乗り気らしい。「新しいシェフの料理なら、お客さんにミニマムチャージできちんとエンジョイしてもらえる」

わたしは腕時計で時間を確認し、笑顔を返した。〝そうね。まさしく新しい日が始まった……〟。

タッカーとパンチにコーヒーを一杯どうかと勧めてみたが、寝に帰るという。

「おっと、忘れるところだった」タッカーが振り向いた。「これを渡そうと――」

「またサプライズ？」

「ざんねん。ただのUSBメモリーです」

赤くて小さな四角いUSBメモリーを彼から受け取った。コンピューターのファイルを保存した。なんの変哲もないUSBメモリーのようだ。でも、なぜこれをわたしに？

「パンチといっしょに上で見つけたんです。音楽データじゃないかと思って――電子キーボードに挿して使いますからね。でも、見てみたら、入っているのは政府のテキストファイルだけでした」

「ファイルの所有者の名前は？」

タッカーが首を横に振る。「フォルダーがひとつあるだけです。『米国上院議員電子メール』というタイトルです。少し読みました――メールの送受信のようです。大統領のものもあります。まだ上院議員だった頃のものが」

わたしはあくびをこらえた。「近いうちに、ホワイトハウスのキュレーターと会うから、そのときに預けるわ。きっと持ち主を見つけてくれるでしょう——」

「わかりました。それからもうひとつ、知らせておこうと——」

「行くよ、タック・ボーイ！」パンチがドアのところから呼んでいる。「ウォルトン一家の長女はもうへとへとだ」

「ちゃんとパンツを履いて寝るんだぞ、メアリー・エレン！」タッカーが大きな声でこたえる。

「ちゃんと穿いてるよ、タッカー。じゃあ行くよ。また後で」

ひとつうなずいて、パンチは戸口に向かい、ドアのところで足を止め、わたしたちに向かってとっておきのウィンクをした。「おやすみ、ママ！　おやすみ、パパ！　おやすみなさい……」

68

「そのＵＳＢメモリーだが」マイクが言葉をはさんだ。「アビーが失踪する前に話に出ていた、例のあれだね」

「ええ。でもタッカーに渡された時には、全然思いつかなかったわ」

「その件はおいておこう。いま重要なのは、それ以外の詳細だ」

「ＵＳＢメモリーについてききたくないの？」

「ああ。それ以外の詳細をきかせてもらいたい——きみが元夫と寝た詳細について」

「またその話」

マイクが腕組みをした。「状況を整理して記憶を鮮明にしてみよう。タッカーとパンチは行ってしまった。ミュージシャンも皆いなくなり、きみは閉店した店のなかでミスター・コーヒーハンターとふたりだけだ。それでまちがいないか？」

「ええ。わたしのいうことを信じて。マテオには帰って床に着くように勧めたのよ。でも彼はうんといわなかった……」

「外にはまだ酔っ払いがいて、この界隈をうろついている。きみひとりを置いて帰れないよ」マテオが言った。

「勝手にしなさい。わたしは朝までここにいると決めたから……」

「なぜだ?」

「スタッフは皆へとへとよ。でもこの店は新しくスタートを切るのだから、午前七時にはきちんとオープンしなくては。どちらにしてもN通りの家のベッドは一杯だし、マイクは街の反対側にいるし」

「考え直したらいいじゃないか。ベッドをシェアしようというぼくの申し出はまだ生きている。間に合うようにちゃんと起こすよ――きみには指一本ふれない。約束する」

「約束?」思わず笑ってしまいそうになった。「それをわたしに信じろと?」

「そうだとも……ここはワシントンDCだからな」

わたしは首を横に振り、よろよろと厨房に向かった。ゾンビみたいによれよれでも、考えを変えるつもりはない。

朝になってアビーの演奏について報道されれば、店にはおおぜい押し寄せてくるにちがいない。ペストリー類の追加注文を出しておいたけれど、配送されるのは八時。

空っぽのケースをどうにかしなくてはならない。

ブルーベリーは底をついていたので、コーンミールの在庫を調べてみた。ホプキンスのハーブ入りポレンタは不評でメニューから引っ込めていたけれど、ルーサーのチェダーコーン・スプーンブレッドは大人気だ——あった！　これだけコーンミールがあれば、ブレックファスト・コーンマフィンをたっぷり焼ける！

　ほっとして厨房から出ると、なぜかマテオがカウンターのなかに入っている。

「なにをしているの？」

「仮眠もとりたくないというなら、せめて三十分でも座っていろ」彼はカウンターから出て壁際の長椅子にわたしを連れていって座らせた。

「ここで休むといい」

　もう逆らう気は起きなかった。凝り固まった身体を受け止めるクッションは雲のような感触。ずっと身体の重みを支えていた両脚の痛みがすうっと引いていく。たしかに、静かな店のなかでじっと座っているのは快適だった。

　マテオがトレーにカップとフレンチプレスをのせてやってきた。

「それは？」

「これは今日持ってきたスラウェシだ。きみの指示通りにローストしてある。われながら完璧なしあがりだ。味見してもらう暇がなかった」

「きっと合格よ」

「決まっているさ。仮にそうでなくても、きみなら的確に指摘してくれるだろう」

「それがわたしの仕事だから」

「そうだ。きみはりっぱにやり遂げた……」どこから出してきたのか、マテオが茎の長いバラを一本差し出した。「今夜、最高のパフォーマンスを披露したのはアビーだけではない」

「ありがとう。成功できたのは全員がみごとな連係プレーで、臨機応変に即興演奏したからよ」

「そのためにはバンドを結成してメンバーをインスパイアする人間が必要だ。ビジネスが成功する陰には、かならず功労者がいる。今週の功労者はわがパートナー、クレアだ」

彼がバラをわたしの鼻先に差し出した。皆で達成した成功と同じ香り――甘い香り――を味わい、こくんとうなずいて受け取った。マテオがコーヒーをカップに注ぎ、ビレッジブレンドDCのターニングポイントを祝って乾杯した。

マテオの言葉通り、スラウェシはすばらしかった。

地球上で最高のコーヒーのひとつだ。雑味のない鮮やかな味わいと、ただならぬ深みと複雑さをあわせ持つ。好奇心をそそるぞくぞくとした刺激を舌に感じ、やがてフローラルな甘いアロマがたちのぼるところまで、幾層もの風味が五感を楽しませてくれる。マテオのローストは絶妙の加減で、かすかな酸味を守り、苦みは片鱗《へんりん》すらない。

〝今夜のことも、同じ言葉で表現できたらいいのに……〟。

しかしスラウェシとはちがい、かすかな苦みが後を引いている。マテオもそれがわかっているのだ。

「さて……話してもらえるかな？」

「なにを？」

「クレア、きみのことはよくわかっている。朝の開店準備のためにバタバタしているわけではない。気がかりなことがあるんだろう?」

「たいしたことではないわ」

「いいから話してみたらどうだ。それでなにか害が生じるわけではない。いい知恵が出るかもしれない」

「わかったわ」へとへとでいい返す気力すらない。「気になることはふたつ。ひとつめはタッド・ホプキンス。最悪よ」

69

「ホプキンス？　きみに盗みの濡れ衣を着せようとしたやつか？　クソみたいなシェフだな、あいつはもういない。そんなやつのためにだいじな脳細胞を使うな」

「アビーの情報を流したのは彼よ。結果的に、それが成功につながった」

「だから？」

「だから、彼としては心穏やかではいられないんじゃない？　手柄をあげたのに分け前がない、称賛もされない。そうでしょう？」

「ホプキンスはアビーに無断で情報を公開した。いまさらどうこういえる立場じゃない。公開しなくても、報道関係者や一般人にアビーの正体を気づかれた可能性はおおいにある。隠し通すなんて、どだい無理だったんだ。ホプキンスはプロセスをスピードアップさせただけだ——利己的な動機でな」

「そうは思えなかったわ……」

「そうか？」

「たぶん、ホプキンスも」

「どういう意味だ？」

「彼はあくまでも自分本位で悪意に満ちている。平気でわたしたちを訴えるでしょうね」

「それならおふくろの顧問弁護士が対処する。心配するな」

「法廷に立つならまだいい。こわいのは相手が法律も裁判も……なにが正しいのかもいっさい頓着しないってこと。逆恨みして復讐心を募らせる人はこわいわ。わたしたちがターゲットになるのも心配だけど、彼が激しい怒りをアビーに向けたらと思うと」

「アビーはおおぜいのシークレットサービスに守られている」

「ケネディ大統領もそうだった」

「やつが彼女を殺すつもりだと、本気で言ってるのか？　それは考えすぎだ」

「そうかしら？　じゃあ、ケイジ護衛官たちはどういう事態を想定しているの？　ホプキンスが人間として壊れていたら？　今回のことがきっかけで彼が一線を越えてしまったら？」

「思い詰めるのは身体に毒だ。とくに未明のこんな時刻にはな。いいか、きみは疲れ切っている。それを自覚してくれ。ぼくにもたれてみたらどうだ。少しのあいだでも目を閉じて、頭をやすませるんだ……」

すなおにいわれた通りにした。マテオの身体は温かくて力強い。彼に身を寄せると、片方の腕で引き寄せられた。

「もうひとつは？」わたしの髪に顔をうずめるようにして彼がつぶやいた。

「もうひとつ？」

「心配事はふたつあるといっただろ。ひとつはホプキンス。もうひとつは？」

「スタンよ。彼が気の毒で。あんなふうに傷つけられるなんて、見ていられなかった」

「まだまだ青いな」

「そんな言い方して――ひどいわ。アビーとスタンの絆はほんものよ」

「わかっている。ステージの上で、上からスポットライトを浴びたふたりが音楽を奏でているのを見て……〝トンコナン〟を思い出したよ……」

「なに？」

「トラジャ族の言葉だ。すばらしいコーヒーを栽培している人々だ。彼らは村にトンコナンという建物を建てる。屋根は空に向かって突き出すように反っている。伝説では、最初は天国で築かれたものだったそうだ。そういうものをアビーとスタンはつくっていた。地上よりも高いところにある、超越的なものを」

「すてきね。アビーの母親と婚約者の見方とはおおちがい。あの人たちは彼女の才能がわからないのよ。スタンはちゃんとわかっている。アビーが店を出てから彼と話したわ。彼もアビーの結婚を心配していた。彼女の意志でないとしたら、不幸になるだろうって。母親というる時の彼女は、その場にふさわしい動作をしているだけ。それと同じことになるわ。ローズガーデンの通路を歩いて、彼女に無理解な人たちに囲まれて」

「そうかもしれない。しかしきみは彼女の母親ではない。いわば隣人だ。それを忘れるな」

マテオはそこでかの有名な子ども向け番組『ミスター・ロジャース』のテーマソング『ぼく

の隣人にならないか』をくちずさんだ。

「もうやめて!」彼の口を手でふさいだ。「ただの隣人ではないわ。アビーの友だちよ。だからこそ、ほんとうに幸福な人生を送るチャンスを手放すような真似はさせたくない……」

わたしの手から力が抜け、その手をマテオが取る。

「それは、スタンしだいだな……彼が行動に出るか、あるいは愛する女性を失うか。失ったらこの先ずっと、ずっと悔やみ続けるだろう……」

マテオが寂しげに微笑んでわたしの指にキスした。彼の茶色の瞳がみるみるうちに涙におおわれる。引き込まれてしまいそうな深い目の色。でも、もう引き込まれたりしない。

「じんとする言葉だわ」やっとのことで言葉を絞り出した。「あなたの言葉、信じるわ。でも忘れないで。わたしはマイク・クィンを愛している……」

マイクが街の反対側で軽くいびきをかいて眠っている姿を思い浮かべた。自然と頬がゆるんだ。そのまま目を閉じて元夫にまたもたれ、ほんの数分間だけまどろんだ。

眠りに落ちる前、彼がわたしの髪にくちびるを押し当てたような気がする。心の声を聞いたような気がする。

〝きみはクィンを愛している。だがぼくのことも愛している。この先もずっと〟。

70

ブー、ブー……。

夢のなかにうるさい虫が入ってきて、頭のなかでブンブン激しく飛び回る。マダムのように優雅な身のこなしでぴしゃりと叩く。けれども虫は巧みに逃れる。ブーン！　ブブンブンブン！

目をあけた——が、すぐに細めた。

コーヒーハウスに朝の光が満ちている。まだ長椅子に座ってマテオにもたれていた。マテオはぐっすり眠っている。目を閉じ、両腕でわたしを抱えたまま。

またもやブーンという音が始まった。でも、これは虫ではない。カフェテーブルに置いたわたしの携帯電話が振動している。耳に当てると低い男性の声がきこえた——。

「おはよう、ミズ・コージー」

「どなた？」

「プライス巡査部長です、首都警察の」

わ、どうしよう。「すみませんけど、いまちょっと立て込んでいまして」

「ええ、そのようですね。そのお友だちはどなたですか？」

「はい？」

「あなたに両腕をまわしている男性です。ＦＢＩ捜査官のようには見えませんが。たしか司法省に勤務している恋人がいらしたはずですね？」

「巡査部長、いまどこに？」

「ここに」

「どこに？」

通りに面した大きなガラス窓が大きな音を立てて揺れた。誰かがノックしたようだ。音のしたほうを見ると、警察官の青い制服が見えた。がっしりした体格のアフリカ系の男性が、にこりともしないで手を振っている。

「マテオ！　起きて！」

「え？　なに？」

「ここを出るのよ。いますぐに」

「冗談だろ？」マテオが大きなあくびをする。「お断わりだね。ドッピオも飲まずに出て行くなんて……」

マテオがのろのろとカウンターに歩いていく。わたしはリトルブラックドレスのずりあがった裾をぎゅっとひっぱり、凝った首筋をさすりながらいそいでドアの鍵をあけた。

「プライス巡査部長、どんなご用件でしょう」つくり笑顔で迎えた。

「昨夜は部下たちがシークレットサービスの支援にあたりました。今朝はこの一帯のチェックをしにきたんですよ。ボランティアでね。通りに設置したバリケードがすべて撤去されているかどうかを確認しに」

わたしはあくびを嚙み殺した。「ということは、ここに来た理由はそのためではありませんが」

「そんなところかな」彼がこくんとうなずく。

「さあ、どうぞなかへ。カウンターでお話ししましょう」

マテオはわたしたちのためにエスプレッソを抽出し、洗面所に向かった。

「誰ですか、あれは？」プライスがたずねた。

「ビジネスのパートナーです」

「おふたりは、よくこんなふうにいっしょに一夜を？」

頰がかぁっと熱くなるのを感じた。「昨夜、遅かったもので。それだけです。やましいことなどなにもないわ。ただちょっと居眠りを……」

巡査部長はダブルエスプレッソをすすり、観察するようにわたしを見つめ、話題を変えた。

「好きこのんで悲しい知らせを伝えにきたというわけではないんですがね。とりわけ日曜日のこんな朝っぱらから。しかし、ひょっとして例のお友だちのことを知っているかどうか、気になりましてね」

「例のお友だち？」

巡査部長がうなずく。「国務省のミスター・ヴァルマでしたね？　三日前の夜にこちらの店の裏口から駆け込んできたと、あなたが主張していた人物ですが——昨夜遅くに亡くなりました。意識が戻らないまま」

〝主張〟という言葉にひっかかった。が、それよりも、思いがけない知らせにとまどっていた。

「ミスター・ヴァルマが亡くなった？　どうして？　救急車で運ばれた時には、まだ息があったのに。金曜日の午後、ランドリー巡査に容態をきいてみたんです。アルコールさえ抜けたらきっと大丈夫だろうというこたえだったわ」

「ランドリー巡査は医療者の免許を持っていないのだから、専門的な発言は控えるべきですな」プライスはそこで片方の眉をあげてみせた。

「死因は？」

巡査部長はそこでにやりとした。残忍な表情だった。「アルコールは結局抜けなかったんですよ、ミズ・コージー。死因は急性アルコール中毒でした。しかし、それで話が終わったわけではない。検視の結果、いろいろ奇異な点が見つかりましてね」

「奇異な点といいますと？」

「アルコール中毒になった場合、意識を失っている間に吐くケースが大半です。そして窒息する。医師たちはそれに備えていた。が、そんな事態にはならなかった。ミスター・ヴァルマの場合には」

「店のスタッフに、ミスター・ヴァルマにどんなものを出したのかを確認しました。木曜日の夜は、お客さまはほとんど大学生だったそうです。ああいう状態になるくらいアルコールを出したというスタッフはいません。クレジットカードのレシートもチェックしてみました。最後にミスター・ヴァルマがここにお客さまとして見えたのはオープンマイク・ナイトの時で、一週間以上前です」

巡査部長は自分のうなじをトントンと叩く。「このあたりになにかを刺された傷がありました。それについて、心当たりはありますか？」

「なにで刺されたんでしょう？　ナイフ？」

「ナイフのたぐいではありません。針刺し損傷と呼ぶそうですよ、医療の専門家たちは。外科用のメスや皮下注射の針で誤って自分を傷つけてしまうような場合に起きます」

「自分で針を刺したのかしら？」

「刺された角度から判断して、自分で傷つけたとは考えにくい」プライスは太い腕を組む。「そしてミスター・ヴァルマの場合、刺すというよりも注射の可能性が高い」

「注射されたんですか？　なにを？」

「アルコールですよ」

「アルコールを。それで死んでしまうんですか？」

「飲酒すると、胃と肝臓との戦いとなります。胃が血液にアルコールを送り込むのに二十分かかるんです。いっぽうで肝臓はせっせとアルコールを取り除く。そのタイムラグが身体にとって緩衝剤となり、アルコール中毒になるのを防いでくれるのです。しかし注射でアルコールを直接血液中に入れると、肝臓の働きが追いつかない。ミスター・ヴァルマの場合はあなたが目撃した躁病的な行動の後に、アルコールが体内を制圧してしまった」

そこで巡査部長が黙り込み、ふたたび続けた。「いうまでもなく、その傷が肉切り包丁によって負わされたものであれば、わたしの仕事ははるかにやりやすくなるのだが」

わたしは目をみはった。「肉切り包丁?」

「たとえば、あなたの指紋がついた肉切り包丁とか」淡々とした口調だ。「あの晩ここの厨房で包丁を押収していますからね」

「おかしなことをいい出さないでください」

「そうだ、おかしい。絶対におかしいんだ。あの晩のことについてはなにかがまちがっている。あなたが語った内容には腑に落ちない点があるのですよ。なにかを隠しているのだと、わたしは考えますが」

「隠すことなど、なにもありません。あの宣誓陳述書の内容がすべてです」

あくまでもそれで押し通すつもりだった。ヴァルマが死亡したいま、アビーとスタンのことはいっさい持ち出すまいと決めていた。それにプライス巡査部長は制服組であって、殺人事件を捜査する刑事ではない。彼はここで反証を試みようとしているけれど、証拠はなにもないはずだ。

ヴァルマとわたしを結ぶものはなにもない。彼を殺す動機は、わたしにはいっさいない。

〝とにかく、踏ん張るのよ。プライス巡査部長はきっとあきらめる〟。

巡査部長はデミタスカップの中身を飲み干し、カップを脇にのけた。が、まだあきらめてはいなかった。

「正しい理解が得られるまで、注視するつもりです」彼なりの宣言だった。「ミスター・ヴァルマの家族はこたえを求めています、ミズ・コージー。そして、このわたしも」

彼は立ち上がり、正面のドアへとゆっくりとした足取りで向かった。店を出る前に、くるりとわたしのほうを向いた。「こちらのお店のエスプレッソはうまいですな。また、味わう機会を楽しみにしています……いずれ近いうちに」

71

「プライス巡査部長はどうやら、わたしとジーヴァン・ヴァルマとの間に、人にいえない関係があったと考えたようね」マイクにそういいながら、わたしはシートにもたれた。「閉店中のコーヒーハウスでわたしがマテオにくっついているのを見た時の、あの顔を見せたかったわ。しかも服は前の晩のままだったからしわくちゃだった」

わたしはぱっと両手をあげた。「そういえばトム・ランドリーという若い警察官！　同僚になにをいいふらしたのかしら——『彼女は熱々のミルクだ！』くらいいったはずね。〝ホットミルク〟なんて、ぞっとするわ！」

「ホットミルクがぞっとするのか？　安眠効果があるんじゃなかったか？」

「そっちのミルクではなくて、これは——」

「それよりきみが元の亭主といっしょに寝たかどうか、まだ解決できていない」

「肝心なところをきき落としていらっしゃるようね。それよりプライス巡査部長のこと、どう思う？」

「おちつくんだ。きみは興奮している。興奮するのも無理はない。朝、巡査部長が店を訪れたのはさぐりを入れるためだ。彼は優秀な警察官で、鋭い直感で相手の嘘を見抜く。そしてきみは嘘をついた。アビーとスタンについての真実を隠した」

「事件そのものとは無関係なのよ」

「そう断言できるか？」

車のシートにどさっと身体をあずけた。「断言なんてできない。何に関しても、もう断言なんてできないわ」

「そうだな。同感だ。とにかくきみはヴァルマ殺しの第一容疑者となった」

「なぜそうなるの？」

「真犯人に嵌められた可能性がある」

「どうやって？」

「それは、わからない――凶器をビレッジブレンドに隠しておいて、警察に密告したのかもしれない」

わたしは顔をあげて前を見据えた。「これはかなりまずい状況ということね。やっとわかった。わたしはアビーのことを心配するばかりだったけど、彼女の安否が知れないということは……わたしの無実を証明できる人物がいないということなのね。スタンも失踪しているとしたら、わたしの言い分を支持してくれる人は誰もいない」

マイクが眉間にしわを寄せる。「うかつだった」

「なに？」

「ふたつの事件の関連性は薄いと思っていたが、どうやらきみは見つけたようだ」

「なにを？」

マイクがわたしのほうを指さす。

「わたし？」

「アビーとスタンがいなくなれば、あの晩、コーヒーハウスでほんとうはなにが起きたのかを証言できる人物はいなくなる。きみがヴァルマ殺しの濡れ衣を着せられるのを阻止できる者はいない——」

「やめて。あなたは疲れている。神経も高ぶっている。だからそんなことをいい出すのよ。殺人の罪を着せて、それが発覚しないように大統領令嬢を誘拐したり命を狙ったりするなんて、まさか……まさか、誰かが？」

ちょうどその時、建物の奥のほうで金属製のドアがガチャガチャと音を立てた。見張りの若者がスマートフォンを置き、大きな銃を持ち上げた。

マイクも銃に手をのばそうとして、動きを止めた。暗がりからアフリカ系の若い女性があらわれて若者に〝問題なし〟と合図を送ったのだ。

わたしたちが待っていた刑事だった。早朝、ミセス・ビットモア＝ブラック夫人の邸宅に書類をマイクに届けにきた人物だ。

「ダニカ・ハッチだ」マイクが言った。

ダニカに続いて暗がりから男が出てきた。二十代後半、あるいは三十代前半だろうか、いかつい顔つきのアジア系の男性だ。首には漢字のタトゥーが目立ち、パンパンにふくらんだバックパックを背負っている。

「さっきギャングの男たちに、人に会いにきたといったのは彼のこと？」

マイクがうなずく。「チャンという人物だ」

「あんなに大きなバックパックになにが入っているのかしら」

「運がわれわれに味方してくれるなら……きみの監獄入りを阻止するための証拠だ」

72

マイクはチャンとともに、見張りの若者——彼の正体はギャングの一味ではなく潜入捜査官だった——の後について薄暗いガレージを移動し、そこだけ蛍光灯のあかるい光に照らされた一角におちついた。使い古された作業台に道具類、宝石商が使うルーペ、スマートフォンが十台あまり雑然と広げられた。スマートフォンは分解されたものと、されていないものが交じっている。

その一角以外、ガレージは影に覆われているが、決して静かというわけではない。時折、屋根から雨漏りのピチャッ、ピチャッという音がし、ひとけのない建物の奥まった場所では暗がりでドブネズミが動き回る音がする。

ダニカ・ハッチ刑事は男たちから離れた場所へとわたしを連れていく。しみのいっぱいついたカードテーブルを挟んで椅子に腰掛けた。おんぼろでぐらつく折り畳み椅子だ。

「ひとつ質問していいかしら？」

「どうぞ」視線を男たちに向けたまま彼女がこたえる。

「あなたはマイク・クィンのこともわたしのことも知らないのに、わざわざ危険を冒してまで助けようとするの？　わたしたち、〝最重要指名手配者〟になるかもしれないのに」

テーブルの下でダニカが長い脚を揺らし、わたしを見つめた。

「じつは、わたしはクィン刑事のことを知っているんです」

思わず身を乗り出した。「でも、DCでのあの日の朝、あなたたちは初対面のように見えたわ。あれはお芝居？」

「いいえ、芝居ではありません。クィン刑事とはあの朝、初めてお目にかかりました。でも何年も前から知っていました。そして恩義がありました……」

彼女はそこで持参のポットからわたしと自分の分の紙コップにコーヒーを注いだ。ためらうことなく、半分ほど喉に流し込んだ。ぬるくておいしくないけれど、少しも気にならない。とにかくいまはカフェインというだけでありがたい。

「まだわからないわ。マイクにどんな恩義が？」

「個人的なことです。お話しするようなことではありません」

「いいえ、あるわ」

ダニカが片方の眉をあげる。「信じていただけないんですか？」

「いいえ。ただ、あなたとはたった一度しか会っていないし」

ダニカ刑事がまたマイクとチャンに視線をやる。彼らはまだなにかを話し込んでいる。彼女が身を乗り出してわたしに顔を寄せた。「身内がマイク・クィン刑事にお世話になりました。だから恩義があるんです」

「世話？　あなたの弟さんがニューヨーク市警に入るお世話でも？」

ダニカが笑いそうになる。「全然ちがいます。弟は昔から大の警察嫌いで。わたしがボルチモアの警察に入る時には食ってかかってきたわ」

わたしはうなずいた。意外ではない。ニューヨークの街で長年、警察官たちにコーヒーを出していると、似たような話をよく聞かされる。

「あなたが警察に入った時、弟さんは何歳だったの？」

「デヴォンは十八歳でした。喧嘩っ早くて悪い友だちがいっぱいいて。ある時からわたしのことを〝ダニー〟とはいっさい呼ばなくなった。〝あいつ〟呼ばわり……」

「もっとききたいわ」

「ええ……ボルチモアは深刻な不況で、デヴォンはバイトの口も見つけられなかったんです。でも彼の仲間は金回りがよかった。彼らは地域のギャングの手先となっていましたから。ある日母が電話で、デヴォンがいなくなったと知らせてきました。五日後、彼はニューヨークにあらわれた。仲間にブロンクスまで新製品を取りに行くようにと説き伏せられたんです。彼らはいかがわしいホテルでブツを試してみることにした。彼らがふだんから慣れていたのは、混ざり物が沢山入った質の悪い麻薬。これはちがっていた。彼らは注射し……」

ダニカの頬が震えた。すぐに彼女はノーカロリーの甘味料を一袋カップに注いで震えをごまかした。「ハウスキーパーが彼らを見つけた時には、生きているのはデヴォンだけだった――かろうじて息をしていた。大量のヘロインを取引の目的で所持していたことで弟はB級重罪に問われたんです」

「そうだったの。マイクはOD班の仕事をしていたから、それであなたは彼を知っているのね」

彼女がうなずく。「クィン刑事はニューヨーク市の病院のベッドで手錠をかけられているデヴォンと対面したんです。その手錠をクィン刑事は外させ、デヴォンが昏睡《こんすい》状態から目覚めた時も、そこにクィン刑事がいました」

ダニカがカップのコーヒーを飲み干し、わたしはおたがいのカップにお代わりを注いだ。

「弟は運がよかったんです。ある意味では。OD班はそのヘロインをマークしていたんです。街に流通するのを阻止しようとしていた。警察官なら誰でも――このわたしも――デヴォンを留置場に放り込んで、それっきり忘れてしまうでしょうね。でもクィン刑事はちがっていた。

彼はデヴォンに司法取引を持ちかけた。つまり、検察当局に協力する限り、容疑者ではなく重要参考人として扱われるという取り計らいです。デヴォンの証言のおかげでOD班は六名を逮捕、ヘロインが流通するのを阻止した。そしてクィン刑事は約束を果たしてくれました。

弟が実家にもどる前にここボルチモアの施設で治療を受けられるように手配してくれたんです。いまデヴォンはモーガン州立大学の二年生でコンピュータ・サイエンスを学んでいます。とても優秀です」ダニカがこの話を始めてから初めて微笑んだ。「いずれ、わたしよりもうんとお金を稼ぐようになるわ」

　ダニカがわたしの目を見つめた。「クィン刑事がわたしの力を必要としているなら、それがどこであっても、わたしは駆けつけます。その理由をこれでわかってもらえますね」

「その間、マイクとは一度も会っていないの？」

「皮肉なことに、ニューヨークでそんなことが起きていた時、わたしは麻薬のおとり捜査でまさにこの界隈に潜入していたんです。母とはたくさん電子メールのやりとりをして、クィン刑事とは二度電話で話しました。すべて片がついた時、わたしは個人的にクィン刑事に電話をしてお礼を述べました」

　ダニカがそこで笑った。

「クィン刑事のことを、わたしはてっきり禿げたアイルランド系のビール腹の人物だと想像していたわ。あんなにセクシーな人物だとわかっていたら、車でニューヨークまで駆けつけてじかに感謝の気持ちを伝えたのに」

　わたしも笑ってしまった。「そうなると、わたしも黙ってはいられなかったかもしれないわね」

「わかっています……あの資料を届けた日、あなたがあんなブ、ブ、ブレスレットをつけているのを見て、クィン刑事とは特別な間柄なのだとわかりました。それを邪魔しようだなんて……」

　彼女がまっすぐわたしを見つめた。「もう一度いいます。あなたは幸運な女性です」

　これまでずっと張りつめていた緊張の糸が切れたのか、とつぜん視界が涙でかすんだ。

「あなたに打ち明けたいことがあるの、いいかしら。マイクはいって欲しくないかもしれないけれど、ひとりで抱えるには重すぎて……」

「誰にもいいません」

薄暗い室内の向こう側を見ると、三人はルーペを取り囲んで話し込んでいる。わたしは声をひそめ、気まずい真実を思い切って打ち明けた。

「マイクはカテリーナ・レーシーから、ずっとセクシャルハラスメントを受けているの」

73

くわしい状況とカテリーナのふるまいを具体的に説明すると、ダニカがはげしい嫌悪感を表情にあらわした。

「知らなかった」彼女がつぶやく。

わたしは黒い液体が入った自分のコップをじっと見つめた。「心のどこかでは、マイクが退職してしまえばいいと思っている。物理的に離れればすむんじゃないかって」

「その気持ち、わかります。彼がそうしない理由もわかります」

「彼が警察官だから？」

「有能な警察官だから。マイク・クィンのような人がそういう状況に置かれると、自分が受けた被害について頭を悩ませることはしません。それよりも、カテリーナのこれまでの被害者、これから彼女の支配下に置かれる同僚のことを案じるんです」

「よくわからないわ」

「ではこう考えてみてはどうでしょう。マイク・クィンがカテリーナから離れていかないのは、弱い立場にある者をいじめるという行為をゆるせないから。カテリーナのように権力を握る者が立場を利用してそういうふるまいをすれば、ひじょうに危険である。それをよく知っているから。だから彼女を組織から排除すると決めた」

「理屈はよくわかるわ」やせたドブネズミの一群があたりを傍若無人に駆けまわっている。それには目もくれず、わたしは涙を拭った。「でも、はたしてそんなことができるのか、とても心配で。カテリーナ・レーシーは抜け目がない、それに冷酷よ。セクシャルハラスメントで告発されないように細心の注意を払ってきた。だから彼は人事部に行こうとはしなかった。それに、仮に行って被害を訴えたとしても、彼女は地位の高い人たちと親しい。とても高い地位の人たちと――」

わたしはそこで黙り込んだ。あの日ホワイトハウスで彼女と出くわしたときの、あの勝ち誇った表情を思い出した。「マイクが司法省で彼女を告発したとしても、せいぜい軽い叱責くらいで終わりそう。逆に彼女はわたしとマイクを破滅させることができる」

「きいて……」ダニカがテーブルの向こうから手をのばしてわたしの腕をつかんだ。思いがけなかった。「彼ひとりでは無理でも、あなたとなら、きっとあの女をつぶせる」

「わたしたちがつぶされる前に？」

「ええ。つぶれるのは彼女です。わたしが協力します」

「方法があるの？」

「こんなことわざがあります。『ワシントンではすべてに歴史あり、人にも歴史あり』。カテリーナ・レーシーにも当てはまります。彼女は過去に相当悪辣な手を使っています」

「なぜそんなことをあなたが？」

「ミズ・レーシーはここボルチモアでキャリアをスタートさせたんですよ。ふりだしは地方検事でした」

「それは十年以上前のはずね……」赤ん坊のようにすべすべとしたダニカのモカ色の肌、ふっくらしたかわいらしい頰をしげしげと見た。「あなたはまだ若いのに。当時のことがどれだけわかるのかしら」

ダニカはマイクから連絡を受けた後、自分なりにひそかに情報収集してみたという。

「カテリーナが手がけたケースのファイルをめくっていたら、新しい地方検事に見つかってしまったんです。とても優秀で将来を見込まれている人です。彼女はミズ・レーシーがボルチモアで地方検事をしていた頃の業績を疑問視していました……」

ダニカの話では、カテリーナが担当して注目をあつめた事例の多くは、上告されて敗北していた――犯罪を証明するもっとも有力な証拠を提供した〝秘密情報提供者〟は起訴状に明記されていない、あるいは一審判決の後に地球上から消滅していたケースが大半だった。完全な情報開示ができず、被告側が勝った。そうした敗北はボルチモアの検察当局全体の名声に傷をつけた。そして新任の地方検事をカンカンに怒らせた。

「わたしは彼女とクィン刑事をつなぎ、以来、その地方検事はクィン刑事に証拠を提供してきたんです。最初はクィン刑事の依頼内容は不可思議に思われました――電話の窃盗、リンゴ狩りの報告書――」

「リンゴ狩り？」わけがわからず、目をみはった。「マイクは果物泥棒に関心があるのかしら？」

「果物泥棒？」こんどはダニカが目をみはった。「いいえ、ちがいます！　高価な携帯電話とノートパソコンを狙うという意味の隠語です。当初はｉＰｈｏｎｅとｉＰａｄに限られていたけれど、いまではあらゆる携帯電話とタブレットが狙われているわ」

「それがいまのわたしの状況に関係している、ということ？」

ダニカが男たちのほうに顔を向けた。話し合いが終わったような気配だ。携帯電話を持ってきたチャンは潜入捜査官とともに出て行き、マイクがこちらにやってきた。その手には高性能のスマートフォンがあった。

ダニカが声をひそめた。「あとで彼にきいてみて。きっと説明があるでしょう」

「きみが安全な潜伏場所を用意しているとチャンからきいたが」マイクがたずねた。

ダニカがうなずいた。「車ですぐのところに――」

「じゃあ、ここから出られるのね？」わたしがあまりにもほっとした顔をしたらしく、ダニカが笑った。

「だいじょうぶですよ。今夜の宿はきっと気に入っていただけると思います……」

彼女にぴったりくっつくようにして外に出た。

『ゴッドファーザー』のセリフを借りると、わたしたちはいつ重石をつけられ〝魚と寝る〟ことになっても不思議ではない。

ともかく今夜はドブネズミと寝ることだけは免れた！

74

ダニカが大きな音とともにスチールの扉をあけてガレージの奥へとわたしたちを案内する。地面にコンクリートが打ってあるが、ボロボロだ。古タイヤや酒瓶がいくつも転がっている。錆《さび》だらけの廃品置き場にはダニカ刑事の車があった。銀色に輝くSUVは、まるでUFOのよう。じっさいにこの輝く車は十五分のうちにわたしたちを別世界へと運んでいってくれたのだ。

後部座席に乗り込んだわたしは手足をのびのびと伸ばした。ダニカは運転席に、マイクは助手席に乗り込んだ。マイクがラジオを操作してニュース専門局に合わせた。わたしは目を閉じてスポーツのスコア、有名人のニュース、三面記事を聴いた。大統領令嬢の失踪についてはいっさい報道されない。

「FBIはこの件をひた隠しにしています」ダニカは視線を道路から離さない。

「有力な手がかりを追っているんだろう」マイクがいう。

「手がかりがなくなったら？」後部座席からわたしが大きな声でいった。

「公表を検討するだろう」

「その前に切れ者の記者がスクープのにおいを嗅ぎ付けるかもしれない。そうなったら、話はちがってくる」ダニカがいう。

「一部の報道関係者にはすでに伝わっているかもしれない。ホワイトハウスは彼らに、アビゲイルの身の安全のために伏せておくよう依頼を……」

ふたりの会話は続いているが、わたしはうとうとしてしまった。次に目をあけたら、すでに〝繁栄という星〟に着陸していた――わたしにはそう感じられた。

朽ちかけたような建物や割れたコンクリートは影も形もない。周囲に見えるのは高級品の店、みごとに復元されたフェデラル様式の家が並ぶ超高級な街並みだった。

「着きました」

「ここはまだボルチモアなの？」

「はい。フェデラルヒルです」

夜といっても暖かい。わたしはウィンドウを少しあけてみた。海辺の独特の香りが夜の新鮮な空気とともに流れこんでくる。

ダニカは右折して豪華なバンケットホールやしゃれたレストランの前を通り過ぎた。それから左折して私道に入った。入り口の脇にはセンスのいい照明で照らされた文字が見えた。

ハーバービュー・ヨットクラブ・アンド・マリーナ

ダニカが警察バッジを提示すると、髪をきれいに刈り上げ制服を着た警備員がゲートのなかに入るようにと合図した。

駐車場からは、百隻を超えるボートが月明かりに照らされて輝いているのが見えた。マストやアンテナがかなり強い風に揺れている。その向こうにはパタプスコ川の暗い水面が黒いキャンバスのように広がり、ゆっくりと動く船の金色の灯りがそこかしこでまたたいている。

「これは夢？」

「夢でも幻でもありませんよ。豪華なヨットの船上で眠るのはいかがでしょう？」

「ぜひ試してみたいわ。そんな船を所有する幸せ者はどなた？」

「ボルチモア市です。先月、ボルチモア市警が押収したヨットです。元のオーナーは収監されていますが、今月分の係留料がヨットハーバーに支払済なので、それが切れるまでは誰もその船に手を出すことはできません」

「内装はさぞ豪華でしょうね。食材がフルに満たされたギャレー、までは期待できないわね」

「それは重要な質問だ」マイクだ。

ダニカが目を丸くした。「まあ、気が合っていること。どうぞご心配なく。おふたりにはテイクアウトの料理、デザート、地元でローストしたコーヒー豆もご用意していますから」

「彼女に勲章を！」思わず叫んでしまった。

マイクがうなずく。「同感だ」

十分後、わたしたちはＫ桟橋をぶらぶらと歩いていた。浮き桟橋の片側には船がびっしりと係留され、もう一方の側では川の水が打ち寄せている。岸からもっとも遠い場所だが、人目がないというわけではない。

桟橋の川の側には水上に浮かぶプールつきバー、ティキ・バージがあり、おおぜいの人でにぎわっている。飲んで騒いで、おおにぎわいだ。その四隻先では全長五十フィートのヨットがエンジン音を響かせて滑らかに動き出した。満員のバーからは適当な距離があり、動き出したヨットのクルーたちはこちらには目もくれない。

わたしたちの〝潜伏場所〟は全長四十フィートのヨットだった。メタリックホワイトにモーブのアクセントカラー、ルーフにあがるとサンデッキがある。

「デスパレート・メジャーズ号――〝最後の手段《デスパレート・メジャーズ》〟？」船尾の船名を声に出して読んだ。

「オーナーはコカインも売っていました」

「その単位《メジャーズ》はグラムか、それともキロ？」

「たいていはキロ単位でした。今宵はこのベイビーをおふたりで独占できますよ……」

船内は狭いけれど居心地がよく、内装はダークウッドの板張りの壁、備品は純銀製だ。いくつもの鏡と埋め込み式の照明の効果で空間がより広く感じられ、調度品に貼られた布は外観に使われているモーブ色をアクセントカラーにしている。寝室はひとつ、小さな居間には衛星テレビ、そしてギャレー。寝室にシャワーがついているので、それが使えるのがうれしい！

マイクがシャワールームに飛び込む前にダニカが彼におやすみなさいと挨拶し、朝また来ると約束した。てっきりそのまま行ってしまうのかと思った。が、ダニカはわたしをギャレーに連れていき、食べ物とコーヒーのありかを教えてくれた。

最後の最後に、彼女は夕飯とはまったく関係のないことをいい出した。

75

「クィン刑事はひどく消耗しています」ダニカがカウンターにもたれて切り出した。

「こんな状況だし、無理もないわ」

「ええ。ですからお願いします」

「え？」

ダニカが腕組みをした。「彼が眠れるように、協力してあげてください――ぐっすり眠れるように。アルコールを使わず、睡眠薬もだめです」

わたしが黙っていると、ダニカがじっとこちらを見つめた。

「言葉で伝えなくてはいけませんか？　いまの状況を彼がいっとき忘れるための〝方法〟を。リラックスすることが必要です。なにをいいたいのか、伝わっていますね？」

伝わってますとも。「メッセージは確かに受け止めました」それで会話は終わった。

あまりにもプライバシーに立ち入るアドバイスだったけれど、この際そんなことはいっていられない。マイクとわたしのためにダニカという若い刑事はあえて危険を冒している。わたしたちの恩人だ。だからこたえはイエス以外にない――アドバイスがなくても、どのみちイエスなのだから。

「行きます」ダニカはわたしの肩をぎゅっとつかみ、それから戸口へと向かった。「朝いちばんで来ます。くれぐれも人目を避けていてください。そうすれば無事ですから……」

〝もちろんですとも。まさかティキ・バージで一晩中踊り明かすとでも？〟そんなことを思いながらデッキにあがっていく彼女を見送った。

マイクはまだシャワーを浴びている。コーヒーをいれてポットを一杯にする作業に取りかかった。ディナーへの期待がふくらんだ。テイクアウトしたものがオーブンに入っているとダニカから説明があった。ハンバーガーとフライドポテト、ほんのりと温かいピザ、そんなものを予想していた。いざオーブンの扉をあけてみると、〈アウトバック・ステーキ〉の分厚いステーキ二枚と付け合わせが入っているではないか。飢えた視線が釘付けになった。

戸棚にはデザートも用意されていた。地元の人気店〈バーガー・クッキーズ〉の袋が。お腹がぺこぺこで我慢できず、ビニールの袋を破ってあけた。バニラクッキーにチョコレートフロスティングが山盛りになって、まるでケーキみたいだ。それがどっさり入っている……ああ……たまらず、がぶっと頰張った！

ニューヨークの有名なブラック・アンド・ホワイト・クッキーに似ているけれど、こちらはホワイトの部分がなく、これでもかというほどチョコレートフロスティングがのっている。おかげでずっしりと重みがあって笑いたくなるほどのボリュームだ。ひとくちかじると分厚い断面にしっかりと歯形がつく。

シャワーを浴びているマイクにひとつ手渡した。彼はぺろりとたいらげて、片手を出して催促した。その手にもうひとつ渡し、わたしは寝室を通り抜けてギャレーにもどった。寝室にはダニカがわたしたちのために新しい服を用意してくれていた。

わたしにはジーンズと白いセーター、そしてスリッポンスニーカー。マイクには光沢のあるベロアのジョギングウェアの上下とハイトップスニーカー。退廃的な雰囲気のヨットのオーナーが好みそうな格好だ。顔の輪郭がいかつくてスーツが似合いそうなＦＢＩ捜査官のイメージからもっとも遠い。同業者の目を欺くには完璧なカモフラージュだ。

下着類とともにボルチモア・オリオールズの特大サイズのＴシャツも二枚用意されていたけれど、マイクは身につけようとしない。上半身裸のままだ。砂色の髪は濡れて濃く見える。モーブ色の厚地のタオルを腰に巻き、もう一枚を首から垂らしてディナーの席に着いた。

空腹を満たすのに夢中で言葉が出てこない。分厚いニューヨーク・ストリップ・ステーキ、バターたっぷりのベイクドポテト、スチームしたサヤインゲンを黙々と食べた。マイクが食器を片付けている間、いれたばかりのコーヒーをふたりぶんのマグに注いだ。テーブルにさきほどのクッキーの残りを置き、これで準備が整った。

「さて、今日の成果をきかせてもらおうかしら。チャンという人物は肝心のものを用意してくれたの？」

マイクはクッキーを口いっぱいに頬張ったまま、うなずく。席を立って電話を持ってきてテーブルに置いた。チャンから渡されたものだ。

「これに見おぼえは?」クッキーを咀嚼《そしやく》して飲み込む合間に彼がたずねる。

何の変哲もないスマートフォンに見える。電源はオフになっているので画面にはなにも映っていない。

「どういうこと? これは誰のもの?」

「きみが殺したとされる男のものだ――亡きジーヴァン・ヴァルマの」

76

遠くで港の霧笛の物悲しい音がした。コーヒーハウスでヴァルマが倒れた夜のことがよみがえった……。

男の呼吸の様子などをもう一度確認してみた。わたしにできることは、それくらいだ。名前を確かめようと、彼の衣服をさぐってみた。

ポケットには半分空になったタバコの箱、食後のチョコレートミント（地元の名店J・ショコラティエのもの）、上質なレザーの財布――紙幣、クレジットカード、アメリカ国務省の身分証が入っていた。たったそれだけ……。

わたしは椅子に深く座り直した。ショックだった。

「あの夜、ヴァルマの服に電話は入っていなかった。でも国務省の職員が電話を携帯していないはずがないわよね？」わたしはマイクをしかと見据えた。「この電話はミスター・ヴァルマを殺した人物が奪ったのね！」

マイクがうなずく。

「チャンが犯人？　犯人は彼の知り合い？」

「そんなふうに単純だと助かる。チャンは〝携帯電話の男〟、つまり故買人だ」

「盗品とわかっていて買い取っているの？」

「ああ、窩主《けいず》買い、なんていい方もある。彼は宝石や時計はいっさい扱わない。デジタル時代の故買人だ。ボルチモア市警の情報提供者でもある。ここ数年スマートフォンの盗品を扱っている。携帯電話は現状のまま引き渡される――データは消去されずに。データを取り出してから工場出荷時の設定に戻して転売するんだ。ワシントンDC近辺で盗まれた機器を委託販売している相手からチャンはヴァルマの電話を購入した」

「あの人がヴァルマの電話を持っていることを、なぜあなたは知っていたの？」

「いや、知らなかった。あちこち当たって情報をあつめた。カテリーナからきみがヴァルマ殺しの第一容疑者だと知らされて、ダニカに伝言を残した。ヴァルマに関することをなんでもいいから見つけてくれと頼んだ。彼女はこれを見つけた――彼の電話を」

「盗んだ人物を、彼女も知らないのね？」

「ああ。さっきいったように、ヴァルマの携帯電話は一括して買い入れたなかに交じっていた――故買人というのは、質屋に入荷したてのお宝の袋を買いに行ったりするわけだ。チャンが購入した委託品のなかには、レストンの宴会場で盗まれたと報告のあった携帯電話、コネティカット・アベニューのビストロで盗まれた携帯電話――」

「コネティカット・アベニューの強盗は憶えているわ。だからうちの店でも警戒していたのよ。二人組の男じゃなかった？　たしか銃をつきつけて財布、スマートフォン、宝石を奪ったはず」

「それだけではなかった……」

マイクによれば「ピストル強盗は本来の目的をあわててごまかすためだった」という。

「本来の目的？」

「クローン携帯をつくることだ。スリとはわけがちがう。手練手管に長けた利口なやつらだ。携帯電話をすばやく手に入れ、ひとけのない場所に持っていき、クローンをつくる。今回はちょっとしくじった。ある女性のバッグに手を入れたところを、持ち主に見つかって大声を出された。そこで方針転換して武装強盗に見せかけた」

「クローン……コピーをつくるということね？　クローン携帯というのは、どういうものなの？」

「もともとの携帯電話が鏡に映ったように機能する。オリジナルの電話が鳴るとクローンも鳴る。すべての通話が両方に行き、オリジナルに保存されているすべてのメール、画像、映像もクローンで再生できる。費用の請求は一台分だけでオリジナルの電話の持ち主に請求書がいく。だからクローンを所有する者はただで電話がかけられる。しかしクローンを欲しがる理由はそこではない。真の価値は情報だ」

「究極の盗聴、ということ？」

マイクがうなずく。「国家安全保障局《NSA》と中央情報局《CIA》ではスパイのノウハウ扱いだ」

「スパイ？」

「犯罪者もこのテクニックを使う。脅迫にも使われる」

　脅迫ときいて、一気にあれこれと思い浮かぶ。携帯電話やスマートフォンには人生がまるごと入っているようなものだ。残したいものも、残すべきではないものも――わいせつな写真、みだらな自撮り写真の送受信、勤務先のコンピューターの記録には残したくないやりとり……。

「これがヴァルマの携帯電話なら、殺された晩に誰と会う予定だったのかをつきとめられる。そうね？　強力な手がかりね！」

「そうなるはずだった。しかしテキストメッセージとボイスメールの一部が消去されている。電話が盗まれた――そしておそらくヴァルマが襲われて殺された――時点からさかのぼって四十八時間分のものが」

「鑑識に依頼して復活できないの？」

「権限をフルに使えれば、令状を取って彼のクラウドの情報にアクセスできるが、いまの状況では無理だ」

「ではこの電話は役に立たないということ？」

「電話そのものは証拠品だ。クローンを所持している人物は、少なくともひとり殺害している。その証拠品となる。それからわれわれはもうひとつ、幸運にめぐまれた……」

彼は電話の電源を入れ、連絡先のリストを見せた。リストは長かった。そのなかにわたしとマイクが知る名前がひとつ交じっていた――カテリーナ・レーシー。

77

カテリーナの名前に釘付けになったまま、最初は感覚がマヒしたようになった。カッと頭に血がのぼり猛烈な怒りが湧いてきたのは、それからだ。

「これであのふたりが知り合いだったと証明されたわね」

「わかるのは、それくらいのものだ」

「どうする？」

「いまのところは、このまま持っているしかない」

わたしはテーブルをバンと叩いた。「カテリーナがヴァルマに直接手を下したと証明できなくても、絶対に関わっているはず。それだけは確信したわ」

「同感だ。しかしわれわれの手元にあるのは、これだけだ。たしかにダニカはきみの容疑をはらす手がかりを見つけてくれた。が……」

マイクが深く座り直した。

「そうね。ミスター・ヴァルマの最近のボイスメールとテキストメッセージが消去されているなら、殺された晩、カテリーナと会っていたことは証明できない」わたしは首を横に振った。「じっさい、会っていなかったのかもしれない。彼女は自分の手を汚さず、ほかの誰かを送ったのかも……」

リディアのことが頭に浮かんだ。ホワイトハウスでカテリーナの傍らにいた若くてかわいらしいラテン系のアシスタント。竹馬みたいに高いヒールで、ボスのカテリーナに少しでも追いつこうと必死に歩いていた。彼女なら、カテリーナに頼まれればきっとなんでも……。

「残念だが、これで打つ手はなくなった」

「そんなわけにはいかない……絶対にどうにかしなくては……考えるわ……」

灰色の脳細胞に栄養を与えるために、食べなくては。

わかっている。たったいまディナーのステーキをぺろりとたいらげたところだ。でもあのバーガー・クッキーがわたしを呼んでいる。こたえてやらなくては——いれたての熱々のコーヒーとともに。食後にチョコレートとコーヒーの取り合わせは最高……。

そこでわたしは凍りついた。頭だけが異様に回転している。〝チョコレートとコーヒー……食後……〟。

「マイク」思わず大きな声を出していた。「コーヒーとチョコレートよ！」

「どうした」

「あなたのプリペイドの携帯電話を貸して。電話をかけなくては……」

手短かにマイクにわたしのプランを説明すると、大賛成だった。

「通話は短く」彼が警告した。「できるだけイタリア語を使い、具体的な名前は出さない。

暗号を使え」

「わかった……」

「ハロー、ティト、コザ・チェ・ディ。ヌオーボ（変わりない）？」とたずねた。

「キ・セイ（誰ですか？）？」彼がききかえす。

「昔の友だちよ」イタリア語でこたえた。「シニョーラ・ロジャース。おぼえている？　シニョール・ロジャースのネイバーフッドよ」

「おやまあ！」ティトが叫んだ。「いま、どこに!?」

「イタリア語で話して」イタリア語で指示した。「居場所はいえない。わかるわね」

ティトは少し黙り、落ち着いた声でこたえた。「わかります……」

ドラマーについてきいてみた。「彼に会った？」

「いいえ。いなくなりました。消えてしまった」

「ピアノマンは？　三階のオフィスの人。彼はいる？」

「いません！　スーツを着た男たちがやってきて彼を連れていきました。だから彼も、もういないんです！」

「ティト、あなたの助けが必要なの」

「なんでもやります。いってください」

「J・ショコラティエを経営している女性に電話をしてチョコレートを提供している先を教

えてもらって。ビレッジブレンドの場所を中心に二十ブロックの範囲内に限定して。わかった?」

「わかりました。さっぱりわけがわかりませんが、やります」

「理由については気にしないで。きいてくれたら、それだけでありがたいわ……」

「まかせてください」

「また電話するわね。ありがとう。ほかの誰にもいわないでね。心配しないで。ボナ・セーラ」

「ボナ・セーラ、シニョーラ・ロジャース」


プリペイドの携帯電話をマイクに返した。「暗号としては合格?」

「すばらしいよ」

「結果を待ちましょう。ヴァルマのポケットに入っていたJ・ショコラティエのチョコレートは決定的証拠になるはず。彼は一分の隙もない服装をしていたわ。食後のチョコレートを持ち歩いていた理由は、同じ晩にレストランで出されたから。そう考えるしかないわ」

「ティトはきみになにを依頼されたのか、わかっているのか?」

「ええ、だいじょうぶ……店の近所でJ・ショコラティエのチョコレートを出しているレストランを突き止めたら、そこの防犯カメラをダニカにチェックしてもらいましょう。ミスター・ヴァルマが出入りするところと、やせこけたカテリーナが気取って歩く姿が映っているはずよ、運がわたしたちに味方してくれれば」

「きみは天職につきそこねたな。警察官になるべきだった」

「ありがとう、でも銃とは相性がよくないのよ」わたしはお代わりを取りにいきながらこたえた。「やはりわたしにはコーヒーが合っている」

78

前向きな気持ちになったところで、ようやくシャワーを浴びることにした。熱い湯が全身を心地よく撫でていく。シャンプーもしてドライヤーでふわふわに仕上げた。モーブ色のタオルを身体に巻きつけて大きく深呼吸し、滑るようにそうっと寝室に入った。

〝がっかり。マイクがいない……〟。

別の部屋からテレビの音がする。そのわけが、なんとなくわかる。

ほんとうのマイクはとてもロマンティックだ。グリニッチビレッジでは、わたしの寝室の暖炉の火を熾すのがとても好きだった。ワインも、穏やかな音楽も。四柱式のアンティークのわたしのベッドのなかで彼は限りなくやさしかった。

ところがこの寝室ときたら、たとえていうと派手な改造をした一九七〇年代の高級車みたいな雰囲気。

船のほかの部分は一八九〇年代の「藤色の時代」の上品な色調なのに、なぜかここだけはそうではない。家具に貼ってある布は紫、ピンク、紫とピンク。おまけになにもかも毛羽立ったような質感だ。ピンクと紫のアニマル柄のカーペットに至るまで、すべてが。

紫色のアクリル製のナイトテーブルがふたつ、それぞれにラバライト——紫色とピンク色——が置かれている。

ランプの間にはウォーターベッド。おそろしく弾力性がない。しかも円形だ。

タオルを落としてベッドに入った。

下のほうから泡があがってくる。わたしの頭の横でその泡がふたたび下降していく。張りのないマットレスが上下に揺れる。荒れ狂う嵐にあおられて舵《かじ》がきかなくなったボートに乗っているみたいな気分だ。

「マイク、このベッド、変よ！」大きな声で呼んだ。「酔ってしまいそう。このヨットは桟橋に係留されたままなのに。こっちに来て命綱を投げて！」

「目を閉じてごらん」ソファに座ったまま、彼が大きな声でこたえる。「すぐに眠れる」

「あなたは？」

「まだ眠るわけにはいかない。すぐに行くよ……」

ピンクと紫の薄暗い空間のなかで横たわり、わたしはため息をついた。こんなところでひとりにされても。

なにもこれが初めてではない。警察官の恋人にはもれなく〝任務〟がついてくる。マイクの場合、仕事のストレスで心身が疲弊しているか、事件について延々と考えつづけるかのどちらかだ。今回の事件では、自分たちの命が懸かっている。

マイクはだいじょうぶだろうか。ダニカも同じように案じていたのだろう。だからさっきギャレーであんなことを言い出したにちがいない。

マイクが今夜しっかりと休息を取らなければ、明日にさしさわる。グロック、四十五口径、予備の弾薬入りのスポーツバッグを携帯するからには、気力、体力ともに万全でなくてはならない。

アルコール類は控えるべきだ。わたしもその点はダニカに賛成だ。睡眠薬は後々まで影響が尾を引く。となると選択肢はふたつ。ホットミルクか、ホットな熟年女性《ミルク》か。

なまぬるい牛乳なんかに〝熟年女性〟の魅力が負けてたまるものか。いまにも呑み込まれそうなウォーターベッドから降りて特大サイズのオリオールズのTシャツを頭からかぶり、狭い居間をのぞいてみた。

マイクは大きな身体を折り曲げるようにしてソファに座り、ケーブルテレビのニュースを観ている。おちつかないらしく、片方の膝がしきりに揺れている。頃合いをみはからっていると、唐突に彼が立ち上がり、あれこれそろっているバーへと移動した。温かいものを飲むため、ではなかった。

スコッチをストレートでツーフィンガーかスリーフィンガー注いだ。

まずい。

マイクはどさっと腰をおろし、ふたたび膝をせわしなく揺らす。彼がアルコールに口をつける前に、わたしは居間に飛び込み、彼の前に立ちはだかった。

「どうした。なにをしている？」

「イヤリングがなくなったの！」

「ごめんなさい、でも――」そこで両手をさっと上げた。「イヤリングがなくなったの！」

「なくなった？」

わたしは腰を折ってカーペットに目を凝らしてさがす。

「だめだ、ないわ……」

カーペットに両手両脚をつくと、マイクの膝の動きが止まった。

「困ったわ」わざとゆっくりと床を動いていく。「一晩中かかってしまうかもしれない」

「クレア？」

「なに？」

「きみは今日、イヤリングをしていなかった」

「していなかった？」

マイクがグラスを置く。「それより別のものが見える……」

「え？　なにが？」

「きみは下着をつけるのを忘れている」

「ほんと？」

ようやくここまで漕ぎ着けた。

一分後には、わたしたちはラバライトに挟まれてベッドに波を起こしていた。

79

じきにマイクは眠りに落ち、わたしも彼を追って夢の世界に入っていく。彼の力強い両腕がわたしを抱え、誰にも渡さないとばかりにやさしく抱きしめられた。彼が与えてくれた甘い興奮がまだ四肢に残り、なにもかもがふたたび好ましい状態になった。

このおかしなウォーターベッドすら、さきほどとはまったくちがう寝心地だ。

突風にあおられる船に乗っているような船酔いの感覚もなくなった。マイクの温かな身体にぴったりくっついていると、波立つマットレスにのって楽園のような島に運ばれるみたい。やさしい波が汚れない砂に打ち寄せ、そこに……。

ぎらぎらと光が照りつけ、すさまじい轟音が響き、美しい浜辺はあっというまに遠ざかる。まともに目があけられないまま、ぷかぷか浮かんでいるベッドから引きずりおろされた。硬くて毛羽立っている床の上で、やっと目をあけることができた。マイクがわたしに覆い被さっている。隙間から船窓がちらっと見えた。闇を突き刺すように何本も白い光線が延びている——驚くべき光景だ。

「マイク！　なにが起きているの？」

叫んでも頭上のいくつものエンジン音のとどろきにかき消されてしまう。ヘリコプターが一機、超低空飛行をしているので下降気流が起きてわたしたちの船がぐらぐらと揺れる。その騒音に加え、指令を出す大声、犬の鳴き声、木製の桟橋をブーツで走る重たい足音が聞こえる。

マイクがわたしをしっかり抱えて髪に口をつけてささやく。

「手入れだ。われわれを捜している。ヘリコプター、船、特殊部隊《SWAT》チーム、犬も動員して――」

〝どうしよう。わたしがティトに電話したからだ。居場所が突き止められてしまった!〟

モーターボートが唸りをあげて傍らを進んでいく。そのボートが立てた波がヨットを桟橋へと叩きつける。騒然とした空気に真っ赤なライト、サイレンの唸りが加わる。

「マイク、これからどうなるの?」

「竜巻みたいないきおいでこの船の客室を片っ端から調べていくだろう。この寝室のドアの前まで来たら、なんの警告もなしに力づくで壊して突破するだろう」

ハロゲンライトの強い光が闇を明るく照らし、影を突き刺し、まぶしく照らされた壁は漂白されたように真っ白になる。

「まずは閃光《せんこう》弾を撃ってくるだろう。殺すのが目的ではない。驚かせるためだ。だから目を閉じて耳をふさぐんだ、そうすれば実害はない」

二隻目のボートの航跡がヨットを何度も叩く。雷のようにとどろくブーツの複数の足音が迫ってくる。

「彼らがドアから入ってきたら、立ち上がらず、彼らに見えるように両手をあげるんだ」マイクが早口になる。緊迫した口調だ。「尋問のために引き離されることになるだろう。きみについていてやることはできない。弁護士を呼びたいと主張しつづけろ。そしてなにもいうな。そうすれば彼らも応じるしかなくなる」

 わたしが耳をふさげるようにマイクが身体をずらした。両耳を手で覆う寸前、彼がひとこと加えた。

「二度ときみに会えないかもしれない。だからおぼえておいてほしい……愛している」

わたしは祈りを唱えた。走る足音はどんどん大きくなり、このヨットに近づいてくる――そして、なぜか遠ざかっていく。素通りしたのだ。

水面上で鳴り響いていたサイレンの音が弱まったのは、二隻のモーターボートが遠いK栈橋へと猛スピードで向かったからだ。ヘリコプターもそちらへと進行方向を変えた。

「どうなっているんだ？」

当惑しきった声だ。マイクもわたしも、じっとしていられなくなった。確かめなくては。すぐに立ち上がって、ふたりそろってドアから出た。照明を落としたヨットのなかを移動して上甲板に行き、窓のブラインド越しにそっとのぞいた。

ホバリングしているヘリコプターからの光線を浴びているのは、全長五十フィートのヨットだった。マリーナにわたしたちが到着した時に栈橋に係留されたヨットだ。防弾チョッキとヘルメットをつけたFBI捜査官たちが船を取り囲み、桟橋の中央ではパジャマ姿の三人が膝をついて両手を頭の後ろにまわし、半ダースの銃口が彼らに向けられている。

さらにブーツの重たい足音が近づいてきた。

「麻薬がらみの強制捜査か？」

「ちがうわ」わたしたちのヨットの傍らを現場へと急いでいるのは見おぼえのある人物だ。「あの三人はシークレットサービスよ……」

防弾チョッキを着た禿げた男性はビレッジブレンドDCの正面の入り口に検問所を設けた人物だ。彼の隣はシャープ護衛官だ。手には自動小銃を握っている。三人目は黒ずくめの人物だ。ブーツの先から金髪の上にかぶったヘルメットに至るまで真っ黒。

「あの女性はシャロン・ケイジ護衛官。アビーを捜しているのよ、きっと」

マイクはまだ当惑した表情だ。「ボートをまちがえたりするだろうか？」

ケイジ護衛官が全長五十フィートのヨットに乗り込んでいくのを目で追った。しばらくして出てきた。そのまま船首へとゆっくりと歩いていく。

マイクは彼らの動きを観察し、なぜ急襲の対象があのヨットで、わたしたちのこのヨットではないのか理由をさぐろうとしている。

「ほかの船を捜索しようという動きはまったくない。それは幸運だった。いったいなにが起きているのか、真相を知りたい」

わたしも知りたい。でもパーティー会場はここではない。四隻分離れているあの船の上。

マイクに黙ってドアからすっと出た。船の端まで移動し、大きく息を吸って暗い水へと飛び込んだ。

さ。

80

ひゃあ！　まるで氷に飛び込んだみたい。

しかたない。いまは三月の後半であって七月前半ではない。それにしても、なんたる冷たさ。

この冷たさから逃れるための選択肢はふたつある。わたしとしては、なにが起きているのかを確かめるまで〈デスパレート・メジャーズ〉号にもどるつもりはない。迷うことなく、いまの自分にとっての最後《デスパレート・メジャーズ》の手段を選択して、カオスに向かって泳いだ。

じきに気づいたのは、水のなかにいるのは自分ひとりではないということ。米国沿岸警備隊のモーターボート二隻がいる。見つからないように水のなかに潜った。

大きく息を吸い込んで浮き桟橋の下まで泳いだ。水のなかはほとんど視界がきかない。桟橋の照明のうっすらとした明るさだけを頼りに進んでいく。ニューヨークの十四丁目のジム〈Y〉で何年も鍛えたロングストロークで、包囲されているヨットにまっすぐに進んだ。

あと少しというところで、桟橋から誰かがヘリコプターに手を振って合図し、ヘリコプターが遠ざかった。騒音と目に刺さるような眩しい光も遠ざかった。おかげで頭上数メートルのあたりで交わされている言葉がきこえてきた。緊張した気配が伝わってくる。

「こんなことをする権利はあなたにはないわ――」いまにも泣きそうな若い女性の声。

「なぜ今朝ポトマック川にいた？」ずしんと響く男性の声だ。指示を出すのに慣れている命令的な口調だ。

「理由なんかない！　ただクルーズをしていただけだ」今度は怯えた男性の声がこたえる。

「夏に備えて、彼女を乗せてみただけだ」

「ジョージタウン・ウォーターフロント・パークに寄って誰かを乗せたか？」

「なんだって？　いいえ！　そんな地名はきいたことも――」

犬が唸り、吠えた。

「ちょっと待ってくださいよ。ひょっとしてギャレーの大麻のことですか？」男はこわごわとした口調だ。「ワシントンＤＣでは合法です。離れる時に捨てるのを忘れたんです。それだけです――」

「質問にこたえなさい」

急襲する船をまちがえたわけではなさそうね。彼らはわたしとマイクについて問い質《ただ》してもいない。アビーの手がかりを追っているだけ……。

船の周囲をまわって船首へと向かった。デッキに長身の人物がいる。彼女は携帯電話を耳に当てている。シャロン・ケイジ護衛官から見えないように船体にくっついた。残念ながら、わたしからも彼女が見えない。彼女が立っていると思われる場所の真下に陣取った。きこえてくるのは船体に打ち付ける波の音だけ。

ようやくケイジ護衛官の声がきこえた。落胆しているらしく、声に力がない。

「結論からいうと、彼女を発見できませんでした。該当するヨットにまちがいありません。衛星写真に符合し所有者はポトマック川にいたことを認めています。しかし船内にいる可能性はなさそうです。さらに範囲を拡大して捜索し、あらためて報告します」

大変だ。一隻ごとに捜索することになれば、わたしたちの存在を知られてしまう……。

ヨットのウッドデッキでブーツの重たい足音がした。

「ケイジ護衛官」さきほど厳しい口調で問い質していた男の声だ。

「どうしたの、カルピンスキー」

「ここでは絶対に見つからない」

かなりいらついている。さきほど桟橋で詰問していた口調と変わらない。せっかくの作戦が空振りに終わりそうなのだから無理もない。

「そうとはいい切れないわ。このマリーナにはこれだけの船が係留されているのだから」ケイジ護衛官がいい返す。

「しかしこの港の船のうち、二十四時間以内にポトマック川を航行していたのは、この一隻だ。法的に捜索が許されているのもこの一隻だけ。犬は臭跡をいっさい見つけていない。ミズ・パーカーはこの船には足を踏み入れていないということだ。彼女はここにはいない」

しばらく間があり、男が続けた。

「別方面で進展があった。ジョージタウン・ウォーターフロント・パークで見つかったスカーフについていた血液と髪の分析をクワンティコの法医学研究所に至急で依頼していたが、結果が出た。毛髪から抽出したＤＮＡは確かにミズ・パーカーのものであると断定された。その傍らでわれわれが発見した杖はマクガイア軍曹のものだ」

この報告をきいて、ケイジ護衛官は生きた心地がしなかったにちがいない。わたしもまったく同じだ。ますます不安が煽られる。

「気になるのは、血液の量だ」

「たいした量ではないわ」ケイジが主張する。「小道に飛び散った跡が一カ所。ポトマック川におりる階段に細い筋。せいぜい鼻血、あるいは少々深い切り傷。それくらいの程度――」

「彼女が水に入ったとしたら、出血の程度を推測できない。仮に彼女が自分の手首を切り、マクガイアが彼女に続いて川に入ったとしたら――」

「自殺なんてあり得ないわ。彼女は夢と希望に満ちあふれていた。大学時代の友だちがひらいてくれたブライダルシャワーでは輝いていたわ。この数週間でいちばん幸せそうだった」

「無理矢理連れ去られたのだとしたら、誘拐犯たちに応急手当ての心得があることを祈るしかない。そうではない場合に備えて、すでにダイバーたちを川に配備した。朝になったら川をさらう」

「それは性急すぎる。その前に公園に戻りましょう。彼女の足取りが途絶えた地点に。もしかしたらそこで――」ケイジ護衛官は切羽詰まった口調だ。

「無理だ。きみたちは彼女を見失った。すでにＦＢＩが彼女を発見しようと動いている――あるいは彼女の遺体を。彼らはジョージタウンでわれわれみたいに無駄足を踏むようなことはしない」

「わたしを捜索からはずすつもり？」

「その通りだ。これはホワイトハウスからの指示だ。きみは職を解かれた。引きあげるんだ、ケイジ護衛官。朝までに彼女が生きてあらわれることを祈っているといい」

ブーツの重々しい足音が去っていく。その後からシャロン・ケイジ護衛官が力なく歩いていく靴音がした。

数分後、わたしは〈デスパレート・メジャーズ〉号に戻り、船上によじのぼった。ぽたぽたと水滴を垂らしながらキャビンに入ったわたしの足元のカーペットに水たまりができた。川の水に涙がまじっている。

「クレア！　どこに行っていたんだ？　ふりむいたら姿が消えて――」

わたしは身体をブルブル震わせ、わっと泣き出した。

「シャロン・ケイジ護衛官に公園のことを話しておけば、あそこを使ってアビーがシークレットサービスを撒いていたといっておけばよかった」しゃくりあげながら話した。「ケイジは解任された。彼女のキャリアが終わってしまった。アビーはいない。血痕が川に続いて……誘拐されたか、自分で手首を切って水に入ったとあの人たちは考えている。スタンの杖も見つかって――」

「おちつけ、クレア。そんなに震えて、くちびるが真っ青じゃないか」

マイクがベッドの毛布をつかみ、わたしをくるんだ。

「あの人たちが話しているのをきいたのよ……アビーが水に入ったとしたら、まちがいなくスタンも後を追ったはずよ。彼女を助けようとしたはず。でも彼は足が不自由だし、川の流れは……」わたしは首を左右にふり、しゃくりあげた。毛布にくるまれているのに、ガタガタと震えが止まらない。

「朝になったら川をさらってふたりの遺体をさがす手はずが整っている。それもこれも、すべてわたしのせいよ！　全部わたしが招いたこと！」

81

「おちつけ、クレア。きみひとりのせいじゃない。深呼吸して、いまなにがわかっているのか、すべて話してくれないか……」

濡れて震えているわたしをマイクはギャレーに連れていき、テーブルの前の椅子に座らせた。見聞きしたことを一つひとつ話していくあいだ、彼は濡れた毛布を乾いたタオルに交換した。それからコーヒーをいれてわたしを内側からも暖めた。

すべて話し終えるころには、熱いコーヒーのおかげで震えは止まっていた。しかし動揺は少しもおさまらない。

「アビーは誘拐されたの？　それとも自殺したの？」またもや激しい感情がこみあげてくる。「なにがほんとうなの？」

マイクがわたしの目をじっと見据える。「シャロン・ケイジ護衛官は有能だと思うか？」

「ええ、もちろん」

「彼女がどう考えているのかを教えてくれ」

「アビーは生きていると。自殺はしていないと考えている——公園に血痕が残っていたとしても」

「首都警察のプライス巡査部長をおぼえているか。彼は刑事としての直感にしたがった。そうだったな？　きみ自身の直感はどう叫んでいる？」

目を閉じて、自分にとっての真実をさぐった。

「アビーは駆け落ちしたにちがいない。スタンと逃げた。だからブライダルシャワーのときの彼女はとても幸せそうだった。その日の晩に公園でスタンと会えるとわかっていたから――わたしはそう確信する」

「その仮説を前提にしよう。それ以外の可能性は無視する。アビーとスタンはいっしょに逃げた。それから？」

「ふたりはワシントンから脱出した。たぶん、いまごろはラスベガスに向かっている。かんたんに結婚できるから」

マイクが首を横に振る。「列車、飛行機、自動車は使えない。通行料金を支払う際にも、トンネルを通過する際にもすべて写真を撮られる。それに船も監視対象となっている。きみが自分の目で見た通り」

「わたしたちは捜索の目をかいくぐって首尾よくワシントンDCから脱出できたわ」

「それはわたしが本職の警察官で、なにをどう回避すればいいのかを知っているからだ。ハイウェイと有料道路を避けた。連中がなにを手がかりにして追跡するのかを、こっちは知り尽くしている。移動に使ったのは他人の車だ。それにダニカの協力もあった。ＦＢＩはスタンとアビーの友人知人をしらみつぶしに当たっている。それはまちがいない。彼らが車を借りたら、きっとばれる。レンタカーはクレジットカードから足がつく」

わたしはうなずく。喉に詰まった塊が大きくなる。

「ホワイトハウスは持てる資源を総動員している。つまり連邦、州、地元のすべてのレベルにおける法執行機関ということだ。空港では運輸保安局《TSA》、列車の駅では警察が彼らをさがす。沿岸警備隊は港を監視する。防犯カメラの記録はすべて精査される。ケイジ護衛官たちの口からは監視衛星についても出ていたんだな。それはおそらく国家安全保障局だ。ファーストドーターはちょっとしたセレブだから、見る人が見ればわかるだろう。スタンはアイパッチをして足を引きずっているとなると……」

マイクが肩をすくめた。「アビーとスタンがワシントンDCから出るのは絶望的だ」

涙があふれた。「それならもうダメね。なにもできない」

「刑事は例外なく、どこかの地点で壁にぶち当たる」彼はわたしの手をとり、ぎゅっと握った。「ベテラン警察官であっても捜査で行き詰まり、意気消沈し、悶々とする。思い入れが強ければ、なおさらだ。アビーとスタンのことを心から心配していることはよくわかる。だが感情に引きずられてはいけない。いまある証拠を別の視点から、できるかぎり客観的に見てみよう」

「わかった……」わたしはまた目を閉じて、桟橋できいた話をもう一度思い出した。「ケイジ護衛官は、ジョージタウンに戻りたがっていた」

「なぜ？」

「川沿いでアビーの足取りが途絶えた地点をもう一度調べるために……」

ケイジ護衛官の意図を考えてみた。

「川を渡れば警察犬を振り切ることができる？」期待を込めて質問してみた。「あのそばにはボートクラブがあるわ。アビーたちは小型のボートを使って、警察犬を振り切って川を渡ったのかもしれない」

「対岸に連れていったら警察犬はふたたびにおいを追っていく可能性はある。しかし……ポトマック川を渡ろうなんて、あまりにも無謀だ」

「でもアビーならやりかねない。だってあんなふうに結婚へのレールが敷かれ……」そこで記憶がよみがえってきた。

「クレア、どうした？」

「レールが敷かれ……レール！　そうよ、マイク、あのふたりの居場所に心当たりがあるわ！」

「さっきいった通り、列車は監視対象だ」

「そっちのレールではないわ」

「ほかにあるか？」

わたしはうなずいた。「すごく古いものが……」

マイクが頭を掻く。「わからないな」

「これはあなたが知らないことだから。これから打ち明けるのは、決して他言するなといわれたことよ。でも、あなたのいう通りだと思うから、話すわね。細部をおろそかにしてはいけないから……」

82

アビーがみごとなパフォーマンスを披露してからというもの、ビレッジブレンドDCはがらりと変わった——いい方向に。

ＰＲ効果は絶大で、思い立ってすぐに立ち寄れるコーヒーハウスのフロアの売上は急上昇。ジャズスペースは毎晩、青いベルベットのロープを出さなくてはならなくなった。以前にはまったく出番がなかったというのに。そして新しくなったメニューに並ぶ料理はお客さまと地元の料理評論家に大好評だ。そんなわけでわがビレッジブレンドDCは、ますます人気も名声も高まっていった。

そして、それを上回るさらにいいことが……。

アビーの演奏から数日後、ファーストレディからわたし宛てに、ダークピンクのバラのみごとなブーケが届いた。

『わたしたちが娘にしてやれなかったことを、実現してくださいました……娘はいまやスターです。あなたに、そしてビレッジブレンドDCのみなさんに感謝します』というメッセージとともに。

さらにミセス・パーカーはアビゲイルのたっての願いとして、ローズガーデンでの結婚式でコーヒーサービスをわたしたちに依頼したいと綴っていた。それにくわえて、スミソニアンのアメリカ歴史博物館でひらかれるパーティーのケータリングをルーサー・ベル・シェフとビレッジブレンドDCに依頼してきたのだ。「コーヒー・イン・アメリカ展」のオープニングで、招待客は三百人。

計画と準備にかけられる期間は二週間あまりとあって、ルーサーとジョイはてんてこ舞いとなった。

一週間後、わたしはホワイトハウスのキュレーター、ミセス・ヘレン・ハーグッド・トレイナーに会うことになった。

展覧会にホワイトハウスから出す展示物について彼女とわたしは電話で話し、電子メールを何十通もやりとりしていたが、直接会うのはこれが初めてだ。ヘレン・トレイナーから光栄にもホワイトハウスに招かれ、スミソニアンに貸し出す品々を見せてもらう予定だった。そのために、ふたりで作業を積み重ねてきたのだ。

訪問する当日、マダムとわたしは仮住まいの豪邸のキッチンでビットモア＝ブラック夫人が展覧会に貸し出す品——ジャクリーン・ケネディから贈られた、たいそう美しい銀のコーヒー用テーブルウェア——の荷造りに取りかかろうとしていた。キッチンのカウンターの上にガラスケースに収められた状態で置いてある。そのとき呼び鈴が鳴った。

「ヘレンからの迎えではないでしょうね。約束の時間にはあと二時間あるのに」わたしは腕時計を見た。

玄関のポーチにいたのはホワイトハウスのスタッフではなく、スタン・マクガイアだった。すっかり憔悴《しょうすい》しきっている。背筋が伸びたいかにも軍人らしいたたずまいは消えて、茶色の髪はボサボサのままだ。

「お話ししたいことがあります、ミズ・コージー。アビーのことです」

マダムがスタンをキッチンに連れていき、中央のカウンターの前に座らせた。店で出しているスムースジャズ・ブレンドをわたしがカップに注ぎ、マダムは焼き立てのブルーベリー・マフィンを割ってジョイの大好物の高脂肪のヨーロッパのバターをたっぷり塗り、彼の前に置いた。

「さあ、これを食べて」マダムはスタンの絡まった髪をやさしく撫でつけてやる。

「アビーがどうかしたの？」わたしがたずねた。

「どうしても教えてほしくて。今日ホワイトハウスに行くそうですね。ガードナーにききました。アビーと話をしてきてください。彼女が無事かどうか、確かめてください」

「でもあなたたちは毎日話しているのではないの？」

「話しています。でも十日間も彼女とは会っていないんです。ジャズスペースでのあのショー以来」彼がふうっと息を吐いてから続ける。「先週の『ザ・グッドデイ・ショー』、見ていましたよね？」

わたしだけではない。このアメリカで何百万という人がアビーのライブを見ていた。アビーが崩壊するところを。その映像はまたたくまに広まった。スタンはファーストレディのことを責めた。

「アビーの母親が手をまわしてバンドのメンバーの出演は排除された。だからサポートもバックアップもできないままで演奏しなくてはならなかった。さらにあの母親は娘にサディスティックな仕打ちをした……」

ミセス・パーカーは娘とともに番組に登場し、アビーがソロで演奏する直前に、娘が婚約していること、六月にローズガーデンで結婚式を挙げることを発表した。

「アビーはピアノの前の椅子に掛けて、演奏開始の合図が出るのを待っていた」スタンは一つひとつ順を追って話していく。「ところが母親が世界中に向かって、自分とフィアンセのこれまでの交際の全貌を語り出した……」

それだけならまだいい。アビーは唐突な結婚発表のショックをなんとか隠した。しかし次に起きたことは彼女に決定的なダメージを与えた。

「アビーは『きみを癒してあげる』のソロバージョンを演奏することになっていた。あの時の曲をあの時と同じように——わたしとキスしたところもふくめて——演奏するという企画だったが、アビーはそれを知らされていなかった」

「あなたたちの演奏はよくおぼえていますよ。わたしだけではなく、皆の心に残っているわ」マダムだ。

「ただし今回、アビーはプレストン・エモリーとくちづけすることを期待されていた」

83

アビーの婚約者が『ザ・グッドデイ・ショー』のセットに、サプライズ・ゲストとして登場し、彼女と並んでピアノの前に座った。アビーはひどくうろたえた。あの日、終演後に控え室で見せたのと同じ反応だった。今回は、テレビを通じて全世界にそれが生で放映された。

スタンがその時のことを思い出して顔をゆがめた。

「ディレクターが彼女に合図を出した。しかし画面のなかのアビーは凍りついていた」彼が苦々しげにいう。「いっしょにいたら、救ってやれたのに」

「どうやって？」問いつめているつもりはなかった。

スタンとアビーをつなぐ音楽のきずなは、ただごとではない強さだ。だから、ヘッドライナーとして彼女がデビューした時、彼がどんな魔法を使ったのか知りたいと思っていた。

「アビーは本物のアーティストですよ。彼女はピアノという、内部に弦を張った装置に向かって、ただ音符通りに鍵盤を叩いているわけではない……」スタンはなにかをさがすように天井をじっと見つめた。「『楽器を弾くのではない。音楽を弾くのだ』音楽とは楽器ではない。音楽は楽器から生じるのではなく、ミュージシャンの内部から生じるんです。アビーはまず音楽を聴かなくてはならない。それなしには演奏できない」

「あなたは聴く部分を助けるの？」

スタンがうなずく。「いったん基礎を自分に叩き込んだら、そこからは内的な作業です。だいじなのは自分自身を批判するのをやめること」

「アビーは失敗をおそれている、といいたいの？」

彼が前に身を乗り出した。「ジャズにおいて、失敗は存在しません。自分がいる、そして音楽がある。それだけです。そのことを理解し、自分自身を受け入れることができれば、スウィングして聴衆を魅了できる」

「あなたはアビーにそのことを気づかせたのね？」

「自分自身から出てくるすべてのサウンドを愛することを気づかせたんです」

しかしあの日の朝、スタンリー・マクガイアはスタジオのカメラの前にはいなかった。自分自身から出てくるすべてのサウンドを愛すればいいのだと、アビーに気づかせてやることができなかった。スタジオでは気づまりな静寂が続き、視聴者の耳に入ったのはプレストン・エモリーのきつい言葉だった——。

「いいから弾け、アビー！」

彼女はようやく演奏を始めた。指二本で弾く『チョップスティックス』という曲だった。荒々しく鍵盤を叩いた後、鍵盤の端から端まで手を滑らせるようにして一気に鳴らし、ふたたび静寂に包まれた。

アビーがプレストンを睨みつけているところをカメラがとらえた直後、コマーシャルに切り替わった。一瞬、あぜんとするプレストンの表情も映った。

「ミセス・パーカーはテレビ番組でのあの失敗を持ち出して、アビーを追いつめるようになった。あんな顚末になったのは、アビーに才能がない証拠だといって。『目を覚ませ』『おとなしくいうことをきけ』『幻想は捨てろ』とプレッシャーをかけつづけている」

引用するたびにスタンの指が鋭く宙を切り裂く。

「アビーは〝人並み〟であることを強いられている。エモリーと結婚して家庭を築くことを。それで幸せになることを」スタンが両手をおろしてコーヒーカップをつかんだ。「アビーの母親は彼女をホワイトハウスに閉じ込めています。有名になったことで〝セキュリティ上のリスク〟があるといって」

「彼女への面会を申し込んでみた？」

「何度も。わたしはゲストとしては絶対に認められないそうです」

少しの間、スタンは黙って座っている。

「もっとおそろしいことがあります。ききたいですか、ミズ・コージー？　アビー自身のことです。彼女は冷静な判断がつかなくなっている。わたしは彼女に、あのピエロとの婚約を破棄しろ、音楽を捨てるなと励ましています。彼女はそうするとこたえてくれます。しかし翌日の夜に彼女と話すと、そんな話をしたのをすっかり忘れている。薬を飲まされているんです。彼らは彼女にまた薬を服用させているんです。彼女も薬を必要としている。もう自分のなかにある音楽を聴けないから。きこえるのは、周囲からの批判だけだから」

84

スタンの胸の内を思うといたたまれない。彼は絶望的な表情で首を横に振る。

「ほんとうのことをいうと、問題はアビー自身でもなければ彼女の音楽でもない」きっぱりした口調だ。「そんなこととはまったくちがうんだ。問題は彼女が背負わされた真実——」

「どういう意味なの？」わたしの問いかけにはおかまいなく、スタンの声はますます大きくなる。

「わたしにはわかっている。彼女の母親はあのいまわしいモーニングショーで彼女が失敗するように仕向けた。娘の人生の手綱をふたたび完全に握る言い訳をつくるために。アビーも、父親に『虹の彼方に』を捧げた代償だとあきらめてしまっている」

マダムが困惑した表情で眉をひそめた。「大統領に曲を捧げるとファーストレディは気を悪くするというの？」

「それなら気を悪くしたりはしない。しかしパーカー大統領はアビーのほんとうの父親ではないんです」

市松模様のタイル敷きのパティオでは鳴鳥が二羽、口論をするかのように甲高くさえずりあっている。その声に気づいたのは、キッチンがしんと静まり返っていたからだ。

「なぜあなたがそれを知っているの？　アビーからきいたの？」

彼がうなずく。「彼女の生物学上の父親は彼女が八歳の時に亡くなっています。アビーの腕に音符のタトゥーがあるの、知っていますか？　あれは『虹の彼方に』の最初の部分です。彼女の父親がいつも歌ってきかせていたそうです」スタンがカップのコーヒーを飲み干す。「彼女の話では、父親の演奏はすばらしくうまかったそうです。それは不思議ではないとわたしは思う。彼女に演奏を教えたのは父親なんです」

「彼女の父親は誰なの？」マダムがきいた。

「名前はアンディ・A・フェッロ。名前と誕生日以外、アビーはほとんどその人物のことを知らない。彼女がきかされたのは、政府の仕事で海外で働いていたということ。わたしは、その人物は軍人ではないかと考えた。だから友人に頼んで調べてもらったんです。ところが、つてをたどって政府機関と軍の職員の記録を当たっても、そういう人物のデータはなにも出てこなかった。驚いたことに、その男性の記録はどこにもないんです。ほんとうに政府の仕事をしていたのだとしたら——怪しい気もしますが——彼の記録は抹消されている」

「その人物がどうして亡くなったのか、アビーは知っているの？」わたしはたずねてみた。

「モロッコで死亡したとだけ」

モロッコ？　ファーストレディはモロッコと、コーヒーへのこだわりについてなにか口にしていたはず——。

「『……アビゲイルを産んだらもう歯止めがきかなくなってしまった。夏じゅう、毎朝スークというモロッコの市場のお気に入りの露店に出かけては五杯か六杯続けざまに飲んだ』」

彼女はわたしにそう話した。

アビーの母親はモロッコにいた時にアビーの父親と知り合ったのか。それとも彼はそこで働き、彼女はしばらく彼のもとを訪れていたのかもしれない。

「どうしてこのことがいままで知られずにすんでいるの？」わたしはきいてみた。

「アビーの両親は結婚していないからです。彼女の母親はアビーの出生証明書に実の父親の名前を書くことすら拒絶した。だからアビーの出生の経緯はいくらでもごまかしがきいた——つまりまったく新しく書き換えて世間に公表した」

「どう書き換えたの？」

「アビーの話では、パーカー大統領が上院議員だった当時、アビーの母親は彼のもとで働いていたそうで、そこでふたりは恋に落ちた。パーカーの前妻はキップを産んでまもなく亡くなっている。それで上院議員は何年も男やもめだった。その独身時代に彼はアビーの母親と恋愛し、アビーが誕生した。周囲はそう受け止める——ふたりの愛の結晶だと。彼は大統領選に出馬しようと考え、アビーの母親と正式に結婚することを決めたのだと、これまた周囲は受け止めた。彼にはファーストレディが必要であり、愛人のままでは不都合だ。だから法律的な手続きを踏むのは理にかなっていた」

「では、アビーの亡き父親について真実を知る人は、ほとんどいないということ？」

スタンは肩をすくめる。「わたしがそこにこだわるのは、アビーにとって重要なことだから……」彼はボリュームのある茶色の髪を両手で梳《くしけず》り、ふたたびもしゃもしゃにかき乱した。「ミズ・コージー、今日ホワイトハウスに行ったらアビーと話してもらえませんか。彼女のことが心配なんです」

心配なんてなまやさしいものではないでしょう。溺れて藁《わら》にもすがりたいと顔に書いてある。

「アビーと話してみるわ」彼に約束した。「それとは別に、いい案があるわ……あなたたちふたりの役に立てそうよ。ビレッジブレンドはスミソニアンのアメリカ自然博物館のパーティーでケータリングの依頼を受けているの。だから店のスタッフに同行したらいいのよ。来週の土曜日の晩にウェイターをしてみる気はない?」

スタンがぱっと顔をあげた。目がきらきら輝いている。「ミズ・コージー、アビーに会えるなら、ロデオ・クラウンとして暴れ牛にでも向かっていきます!」

「今日、彼女に会ったらそう伝えておくわ」

「わたしが行くと知れば、きっと彼女は出席する。かならず来ます!」

「そのためには、展覧会に出品するこれを梱包してしまわないと。ホワイトハウスから車が取りに来る前にね。だから、ちょっと失礼するわね……」

わたしが作業に取りかかると、マダムはスタンにマフィンとコーヒーのお代わりを勧め、孫を甘やかすようにせっせと世話をした。アビーに会える希望が生まれてスタンは元気になり、うれしそうにテーブルをドラム代わりに叩き出した。

いっぽう、わたしはタッカーとパンチから渡されていたUSBメモリーを取り出した。これをさらがジャズスペースで見つけたというUSBメモリーを白い無地の封筒に入れた。これをさがしに店を訪れた人はひとりもいなかった。ホワイトハウスのキュレーターに送ろうと思いながら、先延ばしにしていた。ちょうどいい機会なので荷物といっしょに送ることにした。封筒の表にはこう書いておいた――。

ホワイトハウス　キュレーター
ヘレン・ハーグッド・トレイナー様

そちらでお目にかかる際に、これについて説明します。

クレア・コージー

USBメモリーを入れた封筒を箱に収めた。

次にガラスケースをあけて、スターリングシルバーの歴史的なコーヒーポットを取り出した。ジョン・F・ケネディとファーストレディのジャクリーンが、まさにこの注ぎ口からカップに注がれたコーヒーを飲んだのだと思うと、胸がいっぱいになる。

製造元のマークを確かめようと、ポットを逆さにしてみた。すると本体に固定されている蓋が開いて黄色い紙が一枚ひらひらと床に落ちた。

「ミズ・コージー、なにか落ちましたよ」スタンが声をかけながら拾ってくれた。

折り畳まれた紙を彼がひらいてみた。「なんだろう、これは?」

マダムが彼の肩越しにのぞき、顔色を変えた。「まあ、これはおそらくわたしたちが見てはいけないものよ」

しかしスタンはすでに少年のような好奇心全開でにこにこしている。「宝さがしの地図だ! 謎解きのヒントもある。それを手がかりにこの家のなかをさがせば……」

わたしはマダムをちらりと見た。「ビットモア゠ブラック夫人がひらくパーティーはワシントンの有力者が集まることで有名だと、たしかおっしゃっていましたね。ゲスト同士が打ち解けるために宝探しをおこなうことでも知られていたのでは?」

「そうよ」マダムが認めた。「テネイシャスはゲストを組み合わせて〝チーム〟をつくるのが好きだったわ。問題解決のために協力しあうべきなのに、現状ではそうなっていない人々をチームにするのだと彼女はいっていた」

「すごくクールだ」スタンがいう。「やりましょう!」

「やめたほうがいいわ」マダムが異議を唱えた。

スタンとわたしはメモを読んでみた。手書きで繊細な筆記体だ。文字は明確で読みやすい。女性の筆跡だ。

テネイシャス・ビットモア゠ブラックの直筆かしら?

「おもしろそう」わたしはつぶやいた。

スタンがうなずく。「ほんとうに宝があるかもしれない」

マダムはなおも首を横に振る。スタンにきかれないように見え透いた言い訳をして、マダムを隣の部屋に引っ張っていった。

「ただの宝探しじゃないですか、なにか問題がありますか？　あんなにしょげかえっていたスタンがああして笑っているのに」

マダムがスミレ色の目を細めて怪しむような表情を浮かべた。

「たぶん、ただの宝探しではないわ。数年前、テネイシャスがニューヨークに来て出版社に回顧録の出版を持ちかけたのよ。その話は実現しなかったけれど、わたしたちはフォーシーズンズで二時間かけてブランチをとったわ。ミモザも少々飲みすぎた。デザートを食べながら彼女は、意外な話を打ち明けたのよ」

マダムが肩越しにちらりと振り返ってから、声をひそめた。

「テネイシャス・ビットモアが四年間大使を務めていたのは知っているわね。彼女の夫エドワード・ブラックはほぼずっと国務省に勤務していた」

「その人の写真が壁にたくさん飾ってありますね」

「ビットモア＝ブラック家のパーティーはかなり異色の外交の場だった。アメリカ政府関係者、ワシントンＤＣの各国の大使館の人々、報道関係者といった影響力のある人たちが参加していた。ここを〝デッド・ドロップ〟として使っていた人々もいたのよ」

「デッド・ドロップ?」

「スパイと逆スパイがたがいに、相手への情報を置いていく場所のこと」マダムが人差し指を曲げて、近くに来いと合図した。「冷戦時代もその後も、そうやって情報が受け渡されていたの。やりとりする者同士は、決して同じパーティーには参加しなかった。情報を渡す相手と同じ建物内にいるところを目撃されないようにね。しかるべきゲストがしかるべき宝の地図を手にするように責任を持って取りはからったのは、テネイシャスの夫だった。そうやって誰にも気づかれることなく、国家機密は外国人から安全にCIAに引き渡されたというわけ」

「狡猾なやり方をしていたんですね。でも、それは過去のことでしょう。この地図がCIAの極秘機密情報のありかを示すなんてこと、あるかしら。おそらく、ただの——」

「いま、この地図はCIAの極秘情報のありかを示しているといいませんでしたか?」

ふりかえると、いつのまにかスタンがすぐそばまで近づいてきていた。

「それがほんとうなら、ヒントにしたがって、なんとしても見つけなくては。この家のなかに国家安全保障上の機密が埋もれているんですよね」

マダムがスタンにいい返す。「たとえあったとしても、何十年も前のものよ。価値なんてないでしょう?」

「真実は重要です、ミセス・デュボワ……自分の過去についての真実を知ることでいま現在がちがって見えてくる。未来の描き方が変わってきます」

マダムとわたしは顔を見合わせ、マダムは降参とばかりに両手をあげた。

「わかったわ。いっておきますけどジミー・ホッファ（全米トラック運転手組合会長を務めた人物。一九七五年に失踪）の死体が出てきても知りませんからね。それは忘れないでちょうだい！」

スタンがきょとんとしている。「それは誰ですか？」

マダムが天を仰ぐ。「若い人はバイタリティーがあって楽観的ですてきだとは思うけれど、まあ、なんてことでしょう。リンドバーグの長男誘拐事件が忘れ去られるのは時間の問題かしら？」

「それ、なんですか？」スタンがきき返したが、今回は茶目っけたっぷりににこっとしたのをわたしは見逃さなかった。

85

「では始めましょう！」マダムが高らかに叫ぶ。とうとう宝の地図で宝探しをすることが決まったのだ。「最初のヒントをどうぞ、スタンリー」

「『最上階をさがせばサーカスがある。大テントの番号を見つけて本をひらきなさい』」

「最上階よ！」マダムははりきって先に立って進む。

いっとき『わが家は十一人』状態で上階の寝室は満室だったが、いまはもうがらんとしている。

「予備のエアマットレスを地下に戻しておくこと」わたしはぼそぼそとつぶやいた。

「あった」スタンが叫んだ。彼が指さした先にはブロードウェイで大当たりをとった『サーカスの妖精』の額装されたオリジナルポスター。主役を演じたのは〝この世界で歌って最高、踊って最高、そして最高にキュートな女の子、ティーニー・ビットモア！〟

「テネイシャスがティーニーとして知られていた時の記念の品よ。舞台と映画で活躍した子役のスターでしたからね」マダムが解説する。

わたしはポスターをじっくりと見た。えくぼを浮かべた十二歳のティーニー・ビットモアの顔のちょうど下に、サーカスのテントのシルエットがある。そこには『三月三日開幕』の文字。

「番号の正解は三ね」マダムがきっぱりという。「さて、本はどこかしら？」

本棚のひとつにはブロードウェイと映画の脚本が束ねられてぎっしり詰まっている。もうひとつの棚には黒いレコード盤が何百枚も――SP、LP、EPのレコードが。

「これをスタンリーに見つかったらたいへん」マダムはいたずらっ子みたいな表情だ。「きっとディナー皿と勘違いするわ」

「あった！」わたしが手を伸ばしたのは、使い込まれた古いブリタニカ大百科事典のセットのなかの一冊だ。「第三巻。〝Ｂａｌｔ〟から〝Ｂｒａｉ〟まで」

あけてみると、中をくり貫いて鍵がひとつ隠されていた。

マダムが手を叩く。「わくわくするわね！　次のヒントは？」

スタンが地図を確認する。「『図書室に鋼の胸《チエスト》がある。ハートの鍵をあけて次に進みなさい。ステアではなくシェイクで』」

スタンが顔をあげる。「たぶんジェームズ・ボンドがそこに閉じ込められているんだろうな」

「鋼の胸《チエスト》のハート」マダムが考え込む。「金属製の箱《チエスト》は？　ハート形のジュエリーボックスとか、オルゴールとか？」

「さあ、どうかしら。ハート形のものも見た覚えがないし。あ、甲冑《かっちゅう》は？　スチール製の胸当《チェスト》てがついていたはず――」

「騎士の心臓《ハート》を守っている!」スタンが叫ぶ。

わたしたちは階段を一階まで大急ぎでおりて図書室に入り、中世の甲冑の前に立った。胸当てには銀と金で複雑な模様が施されてあるが、鍵を挿し込めるような穴はない。

「万策尽きたって感じかしら」

「甲冑というのは、あまりにもわかりやすいわね。もっとこのあたりをさがしてみましょう」マダムが提案した。

そこは宝の山だった。ビクトリア様式の客間と同じく、雑多なものが所狭しと詰め込まれている。ティファニーのフロアランプ、そばにはスタンド型の巨大な地球儀。十九世紀の世界が手書きで描かれている。アンティークのロールトップデスクが一台――鍵がかかっているが、わたしたちの手元にある鍵は鍵穴とは合わない。隅のほうでは大型置き時計が時を刻んでいる。

「『ステアではなくシェイクで』の部分がわからないな」スタンだ。「まさかヒントはイアン・フレミングの小説か? 作品のタイトルに〝ハート〟という言葉はついていたかな。〝目〟と〝指〟はあったと思う」

「見て」マダムがサイドテーブルの隣に立っている。このサイドテーブルは騎士の胸当てのレプリカでもあり、中央に鍵穴がある。ちょうど心臓があるべき場所だ。

わたしは鍵を挿し入れ、まわした――カチリという、なんとも心地よい音。

「あけてみて、ミズ・コージー！」

その「胸当て」は観音開きで左右にひらく仕組みだった。一式そろったすてきなバーがあらわれた――各種グラス、ミキサー、ジガーカップ、カクテルストレーナー、マドラー、スターリングシルバーのシェイカー。

「ステアではなくシェイクで」わたしは口に出した。銀のシェイカーのなかを確かめると、鍵が一つ入っていた。相当古いものらしく錆に覆われている。

わたしは二つ目のこの鍵をつかみ、バーの扉を閉めて鍵をかけた。

「次は？」マダムがたずねた。

スタンは地図をにらむようにして目を凝らす。『地下室では孤独を感じるかもしれないが、炉辺の向こうにわが家が見つかる』

三人そろって地下へとおりていった。同じ邸宅のなかとは思えないほど美意識に欠けた空間だ。洗濯室、温水ヒーター三機、巨大な業務用ヒーターをエレガントにまとめようとしても、無理な話かもしれない。

内装された部屋が一室あり、テレビとラジオ一台ずつ、複数のアイロン台、ハンガーラック一台、ミシン一台がある。

少し階段をおりると地下二階だ。頭上からの照明はなく、影に覆われている。スタンがヒューズボックスを見つけた。その上に懐中電灯が置かれていた。彼はそれをつかんで灯りをつけ、前方を照らした。

天井は低くて閉所恐怖症を起こしてしまいそうな空間だ。数歩進んで戸口からなかに入ってみた。古い石炭置き場があり、壁には古めかしい暖炉が備え付けられていた。

「この暖炉ね」わたしはいった。

炉棚には埃《ほこり》が溜まっている。砂岩でできた暖炉は少し崩れかかっている。もう何年も火が熾《おこ》されていない。後ろの壁は炭化して真っ黒だ——真っ黒だが……。

スタンから懐中電灯を借り、膝をついて後ろの壁に近づいて光を当てた。長年の煤《すす》が分厚く重なっているなかに、きらりと光る石が見えたように感じた。鍵穴だった——とても古い鍵穴だ!

鍵を挿し込んでまわそうとした。が、すっかり錆びついてしまって動かない。スタンに代わってもらった。彼の腕力で、とうとうカチリと音がした。古代の地下牢の鍵があくみたいな音だ。

重たい壁をスタンが脇に押しやると、湿った冷たい空気がいきおいよく噴き出し、隠し部屋があらわれた。

「なんだ、これは。極秘の地下室か?」スタンがつぶやく。

「鉄道の駅よ。〝地下鉄道〟の駅ですよ!」マダムがきっぱりとこたえた。

86

スタンが杖で蜘蛛の巣を払い、開口部から懐中電灯の光でなかを照らした。前方に見えるのは暗闇ばかり。

「たぶん奥にもっと続いている」彼は興奮した口調だ。

まずスタンがなかに入り、その手を借りてわたしも続いた。マダムも入る気でいる。入るには暖炉の奥の秘密の入り口を這って入るしかないのだが。

「こんなの、わけないわ！」鼻息が荒い。

無事に三人が入った。これまでの地下二階の空間よりもずっと天井が高いのでまっすぐ立っていられる。スタンは懐中電灯で周囲を照らしていく。木製のベッドが数台。なかに詰めた藁はとうに腐ってしまっている。

でこぼこした石の壁には名前、日付、マークのようなものがいくつも刻まれている。空間の中央には太い木の支持梁《はり》があり、犬釘を打ちつけて骨董品のランタンを掛けている。

「『ジョシュア、ケントゥッキー出身、西暦一八五九年』」畏れ多いように小さな声で、スタンは刻み付けられた文字をまちがったスペルの通りに読む。

「おそらく奴隷制廃止論者が刻んだものでしょうね」マダムだ。「奴隷に読み書きを教えることは法に触れる行為だった。逃亡してきた奴隷たちは読むことができなかったから、マークや記号が使われた。キルトを利用することもあったわ。自由になるための秘密のルートを複雑な縫い方で描いたのよ」

マダムが銀髪の頭を縦に振る。

「南北戦争前に何千人もの奴隷が逃れたわ。その一部は、まさにこの空間にかくまわれていた。この壁に話をきくことさえできれば……」

マダムの表情と声から、自分自身が歩んできた人生を重ね合わせているのだとわかった。マダムはまだ幼い頃、強制的に労働キャンプにつれていかれることをおそれて逃げた。送られれば奴隷同然の重労働が待っていた。ナチスがパリに侵攻すると、愛する生まれ故郷から逃れた。

スタンは懐中電灯を照らして隣にも部屋があることを確認した。その先に部屋は続いているようだ。

「奥に行ってみます」彼がきっぱりと宣言した。

「やめたほうがいい。危ないわよ」わたしが止めた。

マダムとわたしは、なにかを引っ掻くような音に気づいて神経をとがらせていた。

「ネズミかしら？」

「きっとドブネズミだ。かなり近い」スタンは動じる様子もない。

マダムとわたしはあっというまに暖炉の後ろの壁の入り口からもとの場所にもどった。〝ドブネズミ〟のひとことが効いた！

スタンはもっと探検してみるといってきかないので、もう少しやらせることにした。

「無茶をしないといいのだけど」スタンの懐中電灯の光が暗い影に吸い込まれるように消えていくのをマダムが心配そうに見守る。

「ほんとうにCIAはここをデッド・ドロップとして使っていたのかしら？」

「使っていたにちがいないと思うわ。ジョン・ル・カレのスパイ小説というより、アン・ラドクリフのゴシック小説という感じね」

地下の内装された心地よいスペースでスタンが帰ってくるのを待った。十五分程で彼がもどってきて報告した。

「鍵を使ってもあきませんでした。潤滑剤を少し使ったらだいじょうぶそうですよ」

「なにか見つかった？　大昔に行方不明になったペンタゴン・ペーパーズ（ベトナム戦争に関する米国防省の極秘の報告書類）の写しとか？」

「七千枚もの書類があれば、すぐにわかりますよ、ミセス・デュボワ」

「まあ！　この子は歴史がわかっているのね」マダムがわたしにウィンクをしてみせた。

「ただの子じゃありませんからね、元軍人です。そして、あの歴史を知らない軍人はいません――知っているべきものです。ともかく、ひじょうに複雑なつくりでした。三つの部屋が一本の古いトンネルにつながっていて、そのトンネルは街の雨水用の排水管につながっています。先のほうに光が見えましたが……」

「だから、そこから川に出られるのよ！」マダムが目を輝かせる。「伝説が真実であったことが証明されるのね！」

「ドブネズミがいる理由も」身震いしながらわたしがいい添えた。

「あの部屋は一見の価値があった。古くて腐ったベッドとランタン、壊れた棚。まるで博物館の展示物みたいだ」スタンは夢中だ。

「博物館！」わたしは腕時計で時間を確認した。「思い出させてくれてありがとう。いますぐにでもホワイトハウスのスタッフがあの荷物を取りにきてしまう。わたしは今日の午後にホワイトハウスのキュレーターと会う予定なの。急いで上がらなくては……」

87

「ねえ、どう思う？」マイクにたずねてみた。「アビーとスタンは川におりて、雨水用の排水管をのぼった、とは考えられない？」

「とっぴな発想ではある。が、その可能性はある」

「少しもとっぴではないわ」ヨットの厚いタオルでわたしは濡れた髪をごしごしと拭いた。

「パタプスコ川に飛び込んだ女性の見解か」

「ええ。必死だからやれた。アビーとスタンもそうよ。考えてみて――スタンは片方の目と足が不自由でも、元軍人でとても強靭《きょうじん》な人。準備を整えておくことはできたはず。ロープでもなんでも、アビーのために役立つものを隠しておいたにちがいない」

「しかし、はたしてアビーが実行するだろうか？」マイクが立ち上がり、ポット一杯のコーヒーをつくりにいく。「きみの話をきく限り、彼女はスタンのことをだいじな友だと思っていても、結婚相手として見ていたかどうかは疑問だな。婚約者との話を破談にするでもなく、ローズガーデンでの結婚式の準備は着々と進んでいた。若い女性が恋人と駆け落ちする予兆は感じられないな」

「それは、あなたがまだ話の全貌を知らないからよ」

「そうか、では話してくれ。ホワイトハウスでアビーと会ったのか？」

「会ったわ。でも、その前にちょっとしたやりとりがあった。気が重くなるような内容よ。そのことも話すわね。知っておいてもらいたいから……」

88

光栄にもホワイトハウスに重ねて招かれ、さいわいにも二度目の訪問は一度目よりはるかに心穏やかなものとなった。ペンシルベニア・アベニューを車で突っ走ることもなく、いらついたシークレットサービスにハイテクのスキャナーで突かれることもなければ、あてこすりをいわれることもなかった。しつこいほど身元照会されることもなかった。

ただ、一点だけは前回と変わらない――わたしはまだアビーを心配していた。

短いセキュリティチェックを受けてゲスト用の緑色のバッジを渡され、ホワイトハウスの建物内を付き添いなしで移動できることがゆるされた。うれしいことに、前回同様イーストウイングの入り口でキャロルが迎えてくれた。バラ色の頬、青い目、ふんわりと上品にふくらませた白い髪は少しも変わっていない。

「今日はエプロンなしで来ました」わたしは笑顔でいった。今回はオーダーメイドの青いスーツを着てハイヒールとストッキングを合わせる時間的余裕があったのだ。油断するとくしゃくしゃになってしまう髪をきれいに梳《と》かしつけ、ワシントンDCでさっそうと生きている雰囲気のポニーテールにする余裕すらあった。

キュレーターのオフィスまで、キャロルに連れていってもらうことにした。ひとりで歩いて曲がる箇所をまちがえたら、渋面のシークレットサービスの一団に出くわすのではないかとどこかでおそれていた。それにキャロルに頼みごとがあった……。

「アビゲイル・パーカーに、わたしが来ていると伝えていただけるかしら？」

「ええ、お安いご用ですとも」バージニア州独特のゆったりとしたやさしい話し方だ。「結婚式も近づいていますからね。ミズ・パーカーはあなたのコーヒーサービスを楽しみにしていらっしゃいますよ。わたしたちもハッピーな催しを心から楽しみにしているんですよ……」

ふたたび、キャロルとわたしは黄色い煉瓦の道みたいなラグを踏んでジャクリーン・ケネディ・ガーデンを見ながら進んでいった。その先はレジデンスの一階に続き、壮大なアーチ形天井の広々としたセンターホールを歩いていった。

ライブラリーとチャイナルームのドアは解放されていてなかをのぞくことができた。ディプロマティックレセプションルームのドアは閉ざされていた。アビーとファーストレディとともにそこで昼食をとった日は一週間以上前のことになった。

ついにキャロルがキュレーターのオフィスを身振りで示した。ドアは半分開いている。

「ホワイトハウスでの滞在をどうぞ楽しんでくださいね、ミズ・コージー」

キャロルが立ち去り、わたしは軽くノックしてみた。

「どうぞ！」メガネをかけた若い男性がこちらに呼びかけた。「さあさあ、遠慮しないで。

取って食べたりしませんから。昼食抜きの時は、どうかわかりませんが」

窓のない広い部屋だ。壁という壁には白い書棚が隙間なく並んでいる。カーペット敷きの床からアーチ形の天井まで、あらゆるサイズの本がその書棚に詰め込まれている。

若者はわたしのバッジを見てにっこりした。「わたしはピートです、彼女はベアトリスです」彼が示した先にはメガネをかけた年配の女性がいた。照明をつけた作業台に向かっている彼女は短く手を振ってくれた。

「初めまして」

「ヘレンはちょっと席を外しています」ピートが説明した。「でもファイルを用意してあります。あなたにぜひとも目を通してもらいたいそうです」彼が指し示したのは、部屋の向こう側の大きな木製のデスクだった。

「見てどうすればいいのでしょう。キュレーターの方のお役に立てるかしら」

「スミソニアンのアメリカ自然博物館での展覧会に、ホワイトハウスから短期間貸し出す件でご協力いただいているそうですね」

わたしはうなずいた。『「コーヒー・イン・アメリカ』という大掛かりな展覧会の〈コーヒーと大統領〉というコーナーのお手伝いを——」

「そうそう。じつは一コーナーにしてはボリュームがありすぎるので困っているんです。なにを残してなにをカットするのかについて、あなたの意見をききたいんじゃないかな。そのファイルに指示があるはずです」

「わかりました。ただちに取りかかります……」

わたしはキュレーターのデスクへと移動し、座り心地のいい回転椅子に腰掛けた。デスクにはサイズのちがう本がたくさん積み上げられ、あちこちからカラフルなポストイットのメモが飛び出している。ピートは本についてはなにもいわなかった。〝ぜひともファイルに目を通してもらいたい〟とヘレン・トレイナーは彼にことづけたのだ。

デスクの上にはファイルが一冊だけ置かれている。『コーヒー』とも『スミソニアン』とも書かれていない。『コーヒーと大統領』という文字も。そこに記されていたのは、名前だった。それも、ひじょうに古い女性の名前——。

〝バトシェバ〟。

ひろげてみると電子メールのプリントアウトがファイルされていた。薄い束をぱらぱらとめくってみたものの、コーヒーのことはまったく出てこない。電子メールの内容は、十年以上前にパーカー大統領——当時はパーカー上院議員だった——と国務副長官がやりとりした会話を記録したものだった。

彼らはモロッコのカサブランカで死亡した男性について話をしている。ある箇所に目が留まった。

……それからベス・ノーランドと彼女の幼い娘のことですが、彼女たちを延々と調べる必要がありますか？　きっぱりとケリをつけることが、誰にとってもいい結果となるんです。だからそのために、あなたの力を貸してもらいたい。大統領はまかせてください。とにかく、この話はくれぐれも内密に。万が一にでも世間に漏れたら評判はガタ落ちですから……。

「ベス・ノーランド」とはエリザベス・ノーランド・パーカー、つまりいまのファーストレディにちがいない。その娘といえば、あきらかにアビーだ。

上院議員(じきに大統領に選出される人物)は国務省の高官に頼み込んでいる。ある調査を終結させるために、力を貸してほしいと。

なんの調査？　さっぱりわからない。

ふたりの会話には、役所や外交の世界で使われる略語がしきりに登場する。内容を理解するには、一つひとつをくわしく調べる必要があるだろう。しかし疑問の余地がないことがひとつだけあった。それは自由の鐘よりも高らかにはっきりと告げていた――。

〝ここには秘密が記されている。スキャンダルが……〟。

そんな内容が流出すれば評判はガタ落ちになる。少なくとも、現在のわが国の大統領は、当時そうとらえていた。

〝それにしても、なぜわたしがこれを読んでいるの!?〟

そのとき女性用のバッグが目に入った。デスクの脇の椅子にすばらしく上等な革製のバッグが置かれている。一流デザイナー、フェンのポーチだ。これまで三度、わたしはこれを目にしている。一度目はマンハッタンのショップのウィンドウ越しに。その価格の高さに、通り過ぎるしかなかった。わたしのコーヒーハウスでは二回、見た。亡きジーヴァン・ヴァルマと食事をしていた、洗練された装いの女性が持っていた。

ぶるぶるっと悪寒が全身を走った。ちょうどそのとき、オフィスの入り口で物音がした。そしてピートの声が――。

「はい、ミズ・コージーはいらしています。デスクのところに……」

「ありがとう。ではあなたとベアトリスは、予定どおりに目録づくりに取りかかってちょうだい。わたしたちが出品するものはすべてチャイナルームに集めてあるわ。スミソニアンに貸し出す前に、一つひとつ写真を撮って記録を作成してね。ゆっくり時間をかけてお願いね……」

ピートとベアトリスが部屋を出ていくと、ホワイトハウスのキュレーターはドアを閉めて鍵をかけた。それからピートの作業スペースで端末を操作すると、政治専門チャンネル『C－SPAN』の音声が流れた。大統領のニックネームの歴史的意義についての解説だ。閉まったドアの向こうからは解説の明快な声だけがきこえ、部屋の奥の低い声でのやりとりはききとれないだろう。

ブルネットの髪の中年の女性がこちらに近づいてきた。

電子メールでのやりとりはしていたし、電話で数回話したこともある。しかしこうして会うのは初めてだ。この衝撃をどう受け止めたらいいのだろう。

ホワイトハウスのキュレーター、ヘレン・ハーグッド・トレイナーは、亡きヴァルマの交際相手だった。

89

心臓がバクバクするのを感じながら、ヘレン・トレイナーが高価なポーチを椅子からどかして形のいいヒップをそこに置くのを見ていた。彼女の視線がこちらを向く。きついまなざしだ。

「ミズ・コージー、真実をきかせて。ありのままをすべて。いまここで話してちょうだい」

「なんの真実を？」

「あなたがジーヴァン・ヴァルマとグルだったとはね。しかも、こうしてゆするとは。彼にそそのかされたの？　それとも逆？　そもそも、あなたと彼の関係は？　恋人？」

「わたしが？　わたしはてっきり、あなたが彼の恋人だとばかり！」

「冗談じゃないわ！　このＵＳＢメモリーをわたしに送りつけたのはあなたでしょう」彼女はポーチからＵＳＢメモリーを取り出し、デスクの上にぽんと放った。「いまあなたが目を通していた電子メールのプリントアウトは、この中身のすべてよ。だからご自分で説明して」

「ちょっと待って」思わぬ言いがかりをつけられて憤慨していた。「わたしのものではないわ。うちの店のスタッフが店内で見つけて、それを預かっただけ。アビーが演奏をした晩に。だからあの日来ていたホワイトハウスのスタッフの誰かが落としたのだと思ったのよ」

ヘレンが深く座り直した。少し冷静さをとりもどしたようだ。「そのスタッフは信頼できる人物?」

「タッカー・バートンはわたしの命を懸けても信頼できる人です!」

「具体的に、どこで見つけたのかしら?」

「それはきいていないわ」

「たしかめてちょうだい。いますぐ。携帯電話を持っているわね?」

電話を取り出してタッカーにかけた。さいわいにも、すぐに相手が出た。ヘレンにもきこえるようにスピーカーでの通話に切り替えた。

タッカーによると、見つけたのはパンチといっしょに星空を演出する壁のライトの調整をしていた時だったそうだ。星の後ろの電球をかすかに揺らめいて光るタイプのものに一つずつ交換していたのだ。作業しているとちゅうで、一カ所電球がなくなっているのをタッカーは見つけた。ソケットにはこのUSBメモリーがテープで貼り付けてあったそうだ。

「そこに隠してあったの? 星の後ろに?」

「ええ。パンチとわたしはどうしたものか判断に困って、それでボスに渡したというわけです……」

通話を終えると、ヘレンは頭の中を整理しているらしく、目の焦点が合っていない。

「アビーの演奏の前に見つかっていたということね。つまりホワイトハウスのスタッフが会場入りした時には、すでにそこにあった。わたしたちが案内されたのは、会場の中央の席だった。そうよね。壁の星空からは離れていた」

「でも、あなたは別の晩にあの壁の脇に座っていたわ」わたしは指摘した。「憶えています？ジーヴァン・ヴァルマといっしょに。わたしはあなたたちがいたのを憶えているわ。てっきり恋人同士だと思った。わたしはテーブルを一つひとつまわってメニューについて質問をして——」

「そう、そうだったわ！　ヴァルマとわたしは星のある壁際に座っていた」そこでヘレンが愕然とした表情を浮かべた。まさかというおももちで首を横にふる。「ジーヴァン・ヴァルマはこの電子メールをずっと保管していたということ！　彼はこのUSBメモリーをあなたの店の照明器具に隠した。そしてわたしの出方をうかがっている。なんて卑劣な。あんな男、殺してやりたい！」

今度は、わたしが当惑して座り直す番だ。彼女の顔をじっと観察し、確信した——

「まだ知らない、そうね？」

「なにを？」

「ジーヴァン・ヴァルマは亡くなりました」

ミスター・ヴァルマが襲撃された（と思われる）夜に起きたことを説明した。ヘレンはにわかには信じられない様子できいている。

「店の裏口のドアから彼がアルコールのにおいをプンプンさせて飛び込んできた時、泥酔しているのだと思った。九一一番の緊急通報で駆けつけた巡査部長は、殺されたと確信している。検視の結果、うなじの部分に針で刺した跡が見つかったそうよ……」

ヴァルマがジャズスペースへと駆け上がっていった理由が、いまあきらかになった。ファーストドーターに会うためではなかった。照明器具に自分で隠した小さなUSBメモリーを取りもどしにきたのだ。閉店後にアビーがいて驚いたのはわたしだけではなく、彼にとっても想定外だった。

〝そもそも、なぜ店にUSBメモリーを隠したの？〟

「彼はなにかいっていた？」ヘレンがたずねた。

「ええ」裏口で彼がろれつのまわらない口調でいったことを、二階のアビゲイル・パーカーにいったことを思い出した。

「なんて？」ヘレンがこちらに身を乗り出す。「彼はなんていったの？」

わたしは座ったまま体勢を変えた。これ以上の事実を明かしてしまうことに抵抗があった。わたしはなんとしてもアビーとスタンをこの騒動から守る。そう決めていた。この女性に話すことで彼らを危険にさらしてしまったら、元も子もない。

「この件は警察の捜査対象となっているわ。あなたは事情をきかれる立場にある。だから信頼してなにもかも話すというわけにはいかなくて」

ヘレンがますます険しい表情になる。「わたしがあなたを信頼していると思う？」

しばらく、無言の時が流れた。たがいに相手をじっと見据えたままだ。室内には相変わらず『C－SPAN』の音声が流れている。大統領職についての解説だ。聴衆からは時折笑いが起きて、それがよけいにわたしたちの神経にさわった。それでも、たがいにだんまりを決め込んでいた。そこへ――コンコン……。

ドアを軽くノックする音に続いて、小さな声がした。

「いますか?……わたしです……」

アビゲイル・パーカーの声だった。

90

ヘレンがドアの鍵をあけると、大統領令嬢がすばやくなかに入り、後ろ手でドアを閉めて脇に一歩退いた。ヘレンがこれまたすばやく鍵をかける。

息の合ったふたりの動作は、ダンスのふりつけのようにスムーズで滑らかだ。きっとこれまでに同じことを何度もやってきたのだろう。でも、なぜ？

少し説明をきいて、ああそういうことかとわかってきた。アビーが椅子に腰掛けて、わたしとヘレンはたがいに信頼できる相手だと保証したので、ようやく風通しがよくなった。それからの話のなかで、わたしはたくさんのことを知った。ヘレンは政権とは関わりのない立場で雇用されているという事実も、そのひとつだ。彼女は勤続十四年、三代の大統領に仕えた。ヘレンとアビーが親しくなったのは、パーカー大統領就任後だ。

「親しくなるきっかけは？」わたしはたずねてみた。

「ピアノよ」アビーはヘレンと目を合わせてこたえた。ヘレンは、スタインウェイ・アンド・サンズ社がアメリカ合衆国に特製のピアノ二台を寄贈したいきさつを説明した。一台は今ではスミソニアンで保存されている。もう一台は今もホワイトハウスのりっぱなエントランスホールに置かれている。

「初めて会ったとき、アビーはスタインウェイに見とれていたわ。うっとりした表情で」

「うっとりもするわ」アビーが恥ずかしそうに微笑む。「あんなにすばらしいコンサートグランドなんですもの」

「アールデコ様式の流線形のデザインよ」ヘレンがわたしにいう。「胴体を支えている脚の部分には鷲《わし》が彫刻されているの。アビーがピアノの周囲をぐるりとまわるのを見て、ピアノを弾くのかとたずねてみたの。そうしたら……『少しだけ』とこたえたわ。それで、弾いてみたらと勧めてみたのよ。正直、『チョップスティックス』を弾くくらいかなと予想していたわ」ヘレンが目を閉じた。「アビーはモーツァルトの『ピアノソナタ第十一番イ長調』を弾いたわ。それはもうすばらしく優美な演奏だった。ゾクゾクと身震いしたくらい。ハリー・トルーマン大統領はまさにそのピアノで同じ曲を演奏しているわ。彼のお気に入りの曲のひとつだった……」

ヘレンによればトルーマン大統領はコンサートピアニストになる夢も描いていたのだという。しかし十五歳を迎える前に、その夢を叶えるほどの腕前には決してなれないと自分で判断した。だからコンサートピアニストの夢はあきらめた。

「ここにいるわたしたちのアビーもそうよ」ヘレンは首を横に振る。「あの美しいスタインウェイを二度と弾こうとしなかった。誰かに聴かれるのをおそれて。せっかく才能があるのだから、ぜひ皆に聴かせてと何度も頼んだのに、上階の狭い音楽室にこもってデジタルピアノを弾いてばかり。かならずヘッドフォンをつけて、どんな音色を出すのかを誰にも聴かれまいとしていた」

わたしはアビーのほうを向いた。「なにかきっかけがあってジャズに興味を抱いたの?」

「一年前から」彼女が打ち明けた。「ホワイトハウスにウィントン・マルサリスという演奏家がゲストとしていらしたんです。そのときに音楽の才能について、たいへんな情熱をこめて話をしてくださったの。それがずっと頭に残っていたわ。インターネットで検索して、彼が一般向けに講演している動画を幾つも見つけたの。それを聴いて、すっかり夢中になった。ヘレンからピアニストのチック・コリアがオンラインでおこなっているマスタークラスの受講を勧められて、やってみたの。それからジャズの名ピアニストたちのソロ演奏を再現する練習をしてみたらとヘレンにいわれて、オスカー・ピーターソン、ビル・エヴァンス、キース・ジャレット――」

「アビーは練習の意味をちゃんと理解している」ヘレンが口をひらいた。「ただ弾くのではなく、難所に取り組んで正しく弾けるまでくり返す」ヘレンの言葉がそこで途切れたかと思うと、さらに続いた。「亡くなった夫はコンサートピアニストだったわ、ミズ・コージー。アビーにたちまち魅了されたのは、きっとそのせいね」

「ということは、あなただったのね。ジャズスペースのオープンマイク・ナイトへの招待状をあなたがアビーに送ったのね」

「わたし?」ヘレンが困惑した表情を浮かべる。「いいえ、まさか。わたしはアビーが人に聴かせるつもりはないのだと思って、それを尊重していたわ……」

わたしは深く座り直した。ようやく招待状の謎が解けたと思ったのに。いったい誰が、わたしたちのコーヒーハウスでアビーを演奏させようと考えたのか。そのこたえは出なかったけれど、もうひとつの疑問については、こたえが見つかった。ヘレンとアビーの話から、ジーヴァン・ヴァルマにヘレンが接触したいきさつがあきらかになった。

「わたしが歴史学を専門にしていると知ったアビーは、自分の父親について調べてほしいと依頼したのよ——実の父親についてね」

91

「じつは、わたしの父は海外で爆破事件に遭遇して死亡したんです。わたしが知らされているのは、それだけ。母とは結婚していなかった。母は父について絶対になにも話そうとしない。わたしにすら……」

アビーがこちらに身を乗り出した。「ところが数カ月前、母がうっかり口を滑らせたの。父に関しての真相が明るみに出たりしたら、とんでもないスキャンダルになると。どういう意味なのかさっぱりわからなかったわ。問いつめてみたけれど、母はそれ以上頑としていおうとしなかった。それでヘレンに父についての真実を調べてほしいと頼んだ」

アビーはそこで押し黙り、膝に置いた自分の両手をじっと見おろす。

「あの日のこと、おぼえているわ……父の死の直後、自分の部屋に入ったら父の写真が一枚残らずなくなっていた。わたしはまだ八歳だった。泣いたわ。すごく泣いた……」

「なんてむごい……」わたしはつぶやいた。幼い少女に、どうしてそんなむごい仕打ちができたの？

「父の姿かたちや声は、もうおぼろげ。父は愛情あふれる人だった。そしてすぐれた音楽家だった。ピアノの弾き方を教えてくれたわ。最初に習った曲がなにか、わかります？」

「『虹の彼方に』？」

アビーが寂しげな笑みを浮かべた。「それは二曲目。一曲目は『チョップスティックス』」

一瞬、彼女を見つめたまま固まってしまった。「だから、全米放映のテレビ番組で『チョップスティックス』を弾いたの？」

彼女がうなずいた。「あの番組でひとりきりで演奏させた母に猛烈に腹を立てていた。それればかりか母はわたしの結婚を発表した。しかもプレストンが出てくるなんて！　なにもきいていなかった」アビーの両手に力がはいる。「あんなふうに『チョップスティックス』を弾いたのは、ささやかな抵抗だった。母の思い通りになるものかと思って弾いた。でも、結局は自分に跳ね返ってきた」

「跳ね返ってきた？」わたしは眉をひそめた。「どんなふうに？」

「あんなことをしたのは、わたしがまた〝情緒不安定〟になった証拠だと母はいい出した。わたしの演奏が評判になったことで、かえってセキュリティ上のリスクが増したと決めつけた。だから大学にはもう通わせてもらえない。ホワイトハウスからスカイプで授業に参加して、きっと期末試験もここで受ける。母は看護師まで雇った」

「なんのために？」

「投薬のために。一日に三回、機械みたいに規則正しく飲んでいる。飲まないと病院に――あの時に入院したところに送り返すと母に脅されて……」彼女が片方の手首を上げた。ひどい傷跡のある手だ。

わたしはアビーに身を寄せた。「スタンがあなたのことを心配しているわ。会いたがっている」

「ええ、知っている。でもスタンがここに入ることはできないの。プレストンはウエストウイングで仕事をしているから、毎日の訪問者のリストを見てスタンの名前を見つけたら、大変なことになってしまう。スタンへの気持ちを母に話してみたことがあるの。バカなことをいうなといわれたわ。『スタンみたいな子は結婚相手ではない。遊ぶのはかまわないけれど、結婚なんてとんでもない』と決めつけられた。母にいわせると、プレストンはわたしに献身的で、スタンはわたしが大統領の娘だから寄ってくるだけだそうよ。〝ドラマーなんか〟のためにプレストンを裏切ったり振ったりしたら、後悔するに決まっていると母はいうの。音楽をやる人は妻子に責任を持とうなんて露ほども思わないともいわれた。わたし、結婚して子どもが欲しいの。自分の家族が欲しいのよ」

「とにかく落ち着いて。スタンリー・マクガイアもあなたと同じことを望んでいるかもしれない。そうは思えないの？」

「彼からは一度もそんな話をきいたことないわ。わたしに幸せになってほしいというだけで。そんな言葉、彼じゃなくても誰でもいうわ。それに……」ふたたびアビーが手首の傷跡を見つめた。「幸せってどんなものなのか、わたしにはよくわからない」

「わかっているはずよ。だって音楽を演奏している時のあなたは幸せですもの。見ればわかるわ。十日前のスタンとのステージで、あなた、とても幸せそうに見えた。彼にキスした時のあなたは輝いていた」

「それは、彼を愛しているから。でも自分の家族も愛している。家族に対しては果たすべき義務がある……」

〝ああ、またもや別人アビーの声だ〟。

「あなたのいいたいこと、わかるわ。家族のことをそこまで考えているのは、りっぱよ。でもね、わたしにはあなたが家族のいいなりになっているようにしか思えない。わが子が決断するのに口出ししないで見守るのは、親にとってとてもむずかしい。それもよくわかるの。それでも、自分で選択し、自分が何者であるのかをきちんと主張するのはおとなとして当然のことだと思うの。誰かから脅されたり操作されたり、罪の意識を植え付けられて選択するのではなくね。おとなって、試練やら責任やら難しい決断だらけなのよ。だれかの思惑に引きずられたり、ほかの人のものさしで自分の限界を決めたりしては、決して心の平和も幸福も見つけることはできない。ほんとうの自分を知ることもできない。自分のなかに眠っている力をすべて出し切ることもできないわ」

アビーの目から涙があふれた。「あなたのいっていることは正しいと思うわ、ミズ・コージー……でも、自分の過去……母親……おおぜいの警護の人たち……薬の服用……いまはどうしようもなく追いつめられて、きっとわかってもらえない……とにかくすごく混乱して……」

わたしはアビーの手を取った。手首に傷のあるほうの手を。そして両手で包み込んだ。

「もう一度スタンと会えたら、気持ちを整理するのに役立つかしら？　彼と少しでもいっしょに過ごせたら、どう？」

「なぜそんなことを？　会いたいに決まっているわ！」涙ぐんでいた彼女の目が輝いた。

「それなら、来週の土曜日の夜にスミソニアンで開かれるパーティーに来て。彼はそこにいるわ」

「ほんとうに？」

「ええ」

「じゃあ、行くわ。絶対に行きます！」

コンコンコンと大きなノックの音がして、三人そろって飛び上がった。

「ミズ・パーカー？　いらっしゃいますか？」

低く押しの強そうな声だ。ドアは厚く、『C－SPAN』の音声はいまも流れているけれど、声の主がアメリカ合衆国シークレットサービスのシャープ護衛官であるのはまちがいない。

92

猟師に見つかったウサギのように、アビーははっとして黒い目を大きくみひらいた。

ヘレンがノックにこたえようとドアへと動いた。その腕をアビーがつかむ。

「行くわ」

数歩進んだところで大統領令嬢はこちらをふりむいて、ささやいた。

「ありがとう、ミズ・コージー、わたしとスタンを助けてくださって。感謝します……」

「そろそろ次の授業の時間です、ミズ・パーカー」シャープ護衛官が戸口でアビーに告げた。

「それからミスター・エモリーがお探しですよ――」

「いたいた。こんなところにいた！」

戸口にプレストン・エモリーがあらわれた。あいかわらず甘いルックスの彼はアビーの腰に腕をまわして引き寄せ、頬にキスした。彼女はつくり笑顔でこたえる。

「ここでなにをしていたの？」彼が室内のわたしたちのほうをのぞき込む。

アビーは無理矢理彼を引っ張っていこうとする。「わたしがミセス・トレイナーのところに来るのが好きなのは知っているでしょう」ふたりが広々したホールを移動していくにつれて声が遠ざかる。「彼女は歴史の知識が豊富なの。オフィスに立ち寄ると、かならずなにかを学べるのよ……」

ヘレンは立ち上がってドアを閉めようとしたが、そこに思いがけなくシャープ護衛官がいたので、反射的にぱっと飛び退いた。

プレストンと同じようにシークレットサービスも部屋のなかをのぞき込んだが、好奇心にかられてというわけではないらしい。あからさまに疑わしげな表情を浮かべた。

「スミソニアンでおこなわれる展覧会に協力するので、その準備をしているところなんですよ」ヘレンは硬い笑顔を浮かべてすらすらと説明した。「さて、作業にもどらなくては。ありがとう、シャープ護衛官！」

ヘレンがドアを閉めた。文字通り門前払いを食らわせた。彼女はその場から離れず木製のドアに耳をつけて、シャープ護衛官の足音がきこえなくなるまで待った。

ヘレンはいらだちを振り払うように頭を振りながらピートのコンピューターへと向かい、さきほどとは別のオンラインの番組を選択した——。

オーヴァルオフィスはアメリカ合衆国大統領の執務室です。ホワイトハウスのウエストウイングにあり、楕円形という独特な形をしています。さあ、これからその形の歴史と意味についての探求を始めましょう……。

ヘレンがつかつかとこちらにやってきて、腰をおろした。もはや硬い笑顔は消えている。

「このUSBメモリーを外に持ち出して」彼女の声がかすれている。

プラスチック製の小さな長方形のUSBメモリーを取り上げて、わたしは青いぴったりしたスーツのジャケットにしまった。

「ポケットはだめよ」彼女がささやく。「もっと安全な場所に」

彼女が自分の襟元に下に向かって指さすのを見て、わたしは目をぐっと見開いた。

「まさかそこに隠せと……？」

彼女がうなずく。

わたしは肩を一度すくめ、彼女の意向に従った。それから、アビーの父親とジーヴァン・ヴァルマについて知っている限りのことを教えてくれと頼んだ——。

いまは亡きふたりの男性について。

93

「アンディ・アーミル・フェッロ、それがアビーの実の父親の名前」ヘレンの話が始まった。

「彼女がおぼえているのは、この国にいるときには母親は彼をアンディと呼び、アビーを連れてモロッコに会いにいくときには彼をアーミルと呼んでいたこと」

「向こうで彼はなにを？」

「これまでに掘り起こすことができた情報から判断すると、彼は地元の大学の若き教授だった。彼の父親はアメリカ人で、フランスのいくつかの学校で教えていた、ソルボンヌでもね。母親はフランス国籍のアラブ系の人物だった。両親ともに故人よ。アンディもしくはアーミルはバージニアで生まれたのでアメリカ国籍。彼は早くからワールドミュージックに関心を抱いてフランス、スペイン、モロッコで、そしてここワシントンDCでも勉強した」

「亡くなった経緯は？」

「二〇〇三年に起きたカサブランカの爆破事件で死亡。モロッコの歴史において最悪のテロ攻撃だった。アンディ、またの名をアーミルの死に関しては聴聞会がおこなわれている。国務省副長官の編集済みの証言の一部を読んでみたわ――」

「編集済み？　ということは……」

「機密事項と見なされる箇所は黒く塗りつぶされていた」

「なるほどね」

「わたしが引っかかったのは、副長官の証言が簡潔であったこと。あまりにも短いので、聴聞会に先立って水面下での話し合いがおこなわれたのだとわかったわ。だから彼が委員会のトップと交わした電子メールの記録を検討してみることにした——委員会のトップはパーカー上院議員。わたしはＦＯＩＡを利用してアーカイブに保管されている副長官の電子メールのうち聴聞会の前の一カ月分を請求した——」

「ＦＯＩＡ？」

「情報公開法のことよ。ジャーナリスト、歴史学者、市民がそれを利用して政府に書類の公開を請求し、この国の役人の仕事ぶりを検証しているわ。わたしは副長官の証言についてもっと知りたかった。で、なにがわかったと思う？　いざアーカイブに保管されていた電子メールが届くと、そこにはブラックホールがあった。すばらしく疑わしいブラックホール。ローズ・メアリー・ウッズ級の疑わしさ……」

「ローズ・メアリー・ウッズ？　ニクソン大統領の秘書ね。つまり誰かが電子メールを消去したと、そういうことね？」

「ええ。いま言ったように、公開された時点で書類は編集済みだった。機密情報は黒く塗りつぶされていたの。でも電子メールのほうは編集されていなかった。完全に消えていた」

「それで、どうしたの？」

「国務省の最高情報責任者のオフィスにコンタクトをとって、消去された電子メールについて問い合わせてみたの。そうしたらミスター・ジーヴァン・ヴァルマから折り返し連絡があった。彼は国務省で長いことIT関連を担当してきた人物。彼なら問題の電子メールをつきとめることをきっと手伝ってくれる、そう確信したわ。けれども彼はホワイトハウスでわたしと会うことを望まなかった。どうしても承知しなかったのよ。そこでアビーがオープンマイクに登場する夜にビレッジブレンドで会おうと提案してみた。わたしなりに思惑もあったのよ。この男性が情報を持っているなら、アビーを呼んで三人で静かに話ができる。そう考えていたのだけれど、彼はアビーの父親についてはなにも知らない、電子メールが消えた事情もわからないといい張った！」

「彼が真実を語っていないと思ったのね。なぜ？　そもそも、なぜ会ったの？」

「彼がUSBメモリーを隠していたと知って、なんとなく彼の考えがわかってきたわ。可能性としてはふたつ。まず、消えた電子メールをわたしが買い取ろうとしていると考えた。あるいは、電子メールを削除した罪で彼を逮捕しようというおとり捜査の一環であると考えた。どちらにしても証拠品を所持しているのは得策ではないと考えたのね。でもすぐそばに置いておきたかった。わたしが店に着いたときには、彼はすでに壁際のテーブルについていた。まちがいないわ」

「なぜ彼は置きっぱなしにしたのかしら。持ち帰らなかったのはなぜ？」

「彼との話がすんでも、わたしはその場を離れなかった。大統領のお嬢さんはシークレットサービスに警護されて大学にもどってしまうから、もう少し待って挨拶をすると彼に話したの。それをきいて彼はすぐに引きあげたわ。あとで取りに来るつもりだったんでしょうね。あるいは、別の約束があったのかもしれない。ジャーナリストに会って情報を売るつもりだったとも考えられるし、情報と引き換えに気前よくお金を払ってくれる人と会う予定だったのかもしれない。たとえば大統領の政敵なら、その情報を利用して政治生命を脅かすことができる」

「この電子メールはどの程度の機密事項なの？　パーカー上院議員と国務省副長官との間でやりとりされていたのだから、欠けている電子メールをパーカー上院議員のアーカイブから取り出すようリクエストすればよかった。そうではないの？」

「パーカー上院議員のメールは存在しないのよ」

「存在しない？」

「政府の人間は長いこと民間の電子メールアカウントを使って業務をしていたのよ。透明性もなければ一般からの請求に応じることもなく、歴史学者が検証する記録としても残らないということ」

ヘレンはいらだちをにじませて眉をひそめた。「ローズ・メアリー・ウッズはきわめて重要なウォーターゲートのテープを十八分間消去するという恥ずべきおこないをした——いわゆる『十八分の空白』。ところが政府の電子メールのアーカイブには〝三十年の空白〟があることを、国民の大半が知らない。パーカー上院議員の電子メールもその空白にすっぽり入っていた。いっぽう副長官は法を遵守していた。連邦記録法に明確に述べられた法秩序に従って政府のサーバーを使っていた。必然的に彼の電子メールはアーカイブに保管された。だからアビーの父親について交わされた電子メールの記録として歴史に残るのは、このファイルのなかのものだけなのよ。そして――」

彼女がわたしのブラのあたりを指さす。

「だれがミスター・ヴァルマを殺したのかは、まだわたしたちにはわからない。だからそのUSBメモリーを連邦政府の人間に渡してはだめ。渡す相手は、首都警察でミスター・ヴァルマの殺人事件を担当している人物よ」

「担当の刑事はいないわ。プライス巡査部長は信頼できる。彼はわたしの事情聴取をして、ミスター・ヴァルマの家族の対応もしている」

「それなら、だいじょうぶね」

「それで、あなたが〝バトシェバ〟とラベルをつけたファイルだけど、ふたりの男性のあいだのやりとりの内容とその意味について、どう解釈できるの？」

「メールのやりとりのなかで、ある人物の名前が出てきたわ。前大統領の首席補佐官よ――長年、ホワイトハウスで勤務してきたからすぐにわかったわ。彼はいまバージニアで暮らしている。彼に話をきけるかどうか、これから連絡してみるつもりよ。むろん、会話の内容はオフレコになるでしょうけど。歴史学の専門家としてのスキルを駆使してピースをひとつずつつなぎ合わせてストーリーをあぶりだすつもりよ。それからアビゲイルに話す。ここはピープルズハウス。パーカー家の家でも大統領の家でもない。わたしはここの歴史の管理者なのよ。アビゲイルはもうおとなだわ。自分自身の歴史を確かめるためにわたしのところにやってきた。彼女には真実を知る権利がある」

「しかし真実を知ったミスター・ヴァルマは殺されてしまった。いまの話は、けっきょくそういうことでしょう」

「だからくれぐれも慎重に行動しなくてはね。あなたもわたしも」

「このUSBメモリーをただちに警察署に届けることにするわ」

「だめよ、クレア。それはやめて」

「なぜ?」

「あなたは監視下にある可能性が高いから。ミスター・ヴァルマを殺した犯人の正体をわたしたちはまだつかんでいないわ。この証拠が警察の手に渡って〝行方不明〟になったりすれば元も子もない。とにかく、ふだん通りにあなたの仕事をしてちょうだい。プライス巡査部長にはコーヒーハウスに来るように頼んでね。警察官がコーヒーを飲みに立ち寄ったからといって怪しまれることはないわ」

「ええ、きっとそうね――」

「シーッ。人の声がするわ……」

……そしてこれまでの歳月のなかで、歴代の大統領はオーヴァルオフィスの内装を自分たちの好みに合わせて改装してきたのです……。

コンピューターから流れる解説の声とは別に、複数の人々の声がきこえた――男性と女性だ。ピートとベアトリスが戻ってきただけなのだと気づいて、ヘレンもわたしも椅子に座ったまま、へなへなと身体の力が抜けた。

ヘレンは〝バトシェバ〟のファイルをデスクの引き出しに押し込み、次々に本をひろげた。

「もうひとつの仕事に取りかかりましょう」

「そうね」ヘレンの部下ふたりが部屋に飛び込んできたので、小声でヘレンにきいた。「結果を得るのにどれくらいの時間がかかりそう？」

「どうかしら。とにかくスミソニアンのパーティーでは必ず会いましょう。その時に最新情報を伝えるわ……」

……楕円形の閉鎖空間のため、室内のすべての音は焦点にあつまります。このからくりのおかげで大統領はデスクに向かって座った状態でも、執務室において誰かがなにかをいえば、それがたとえひそひそ声のつぶやきであっても、すべてを耳に入れることができるのです……。

94

スミソニアン博物館群のひとつ国立アメリカ歴史博物館のドアは午後八時きっかりに開いた。八時半には、ほぼすべての招待客はセキュリティチェックを通過していた。いま九時となり、パーティーが盛り上がってきた。ファーストレディはいつ到着するのだろうかとわたしは気を揉みながら、油断なく目を光らせていた。

会場となっているフラッグホールは、アメリカ国歌誕生のきっかけとなった巨大な星条旗が保管されている展示室の前のスペースだ。広々とした空間の壁には摩訶不思議に色が変化していく光――エレクトリックブルーからアイボリーホワイトへ、そしてドラマチックな深紅色へと――が輝いている。この光のキャンバスと天井、パーティーを見おろせるバルコニー部分にも、レーザー光線で巨大な星が描かれている。

ずっと向こう端には、光を反射するタイルでつくられたキラキラ輝くアメリカ国旗のレプリカが展示され、その下では十八人編成のオーケストラが演奏している。

今日のパーティーにビレッジブレンドは、ワインとスピリッツのバーとエスプレッソ・バーを設けて〝飲める展示〟を用意した。名づけて〝最後の一滴までおいしいアメリカ〟。マテオがハワイ、中南米で特別に調達してきたコーヒーのサンプルを四オンス楽しんでもらえるコーナーだ。

また、今夜のゲストは館内の四つの階すべてに行くことがゆるされている。もちろん〈コーヒー・イン・アメリカ〉の展示も公開にさきがけて見学できる。わたしとヘレンが取り組んできた〈コーヒーと大統領〉のコーナーもその一部だ。

わたしたちが用意した展示物はいずれもスター級だ。セオドア・テディ・ルーズベルトが愛用した「バスタブ」並みの巨大なコーヒーカップ、ジャクリーン・ケネディが使ったスターリングシルバーのコーヒー用食器、エイブラハム・リンカーンが暗殺されることになるフォード劇場に出かける前にコーヒーを飲んだ最後のカップ、トーマス・ジェファーソンのコーヒー沸かし器。パリでつくられた繊細な銀細工のすばらしいコーヒー沸かし器を、ジェファーソン大統領は一七八九年に購入している。これはモンティチェロ（ジェファーソン大統領の邸宅が保存されている）から借り受けたものだ。

このコーヒー沸かし器のレプリカを使って、わたしたちは今宵のイベントのために特別につくったグレートアメリカズ・ブレンドを提供している。

そして本日のメインディッシュとして、コーヒー沸かし器の隣のテーブルに、ゲスト一人ひとりの名前入りのマグカップ三百脚を用意した。カップには名前とともに建国の父トーマス・ジェファーソンの有名な言葉も刻まれている。

〝コーヒー、それは文明社会になくてはならない飲み物である〟。

今夜はまさしくその言葉のとおりだ。政界、ポップカルチャーの有名どころがおおぜい顔をそろえていて、居並ぶスターに思わず胸がときめいてしまう。それに、たくさんの人がやってきてコーヒーを褒めてくれるので、目をあけたドロシーがいきなりテクニカラーの世界に入ってしまってみたいな気分だ。

パーティードレス、イブニングジャケットがひしめく華やかなパーティー会場で、わたしは内心、気が気ではなかった。

パーティー本番までには、ミスター・ヴァルマの秘密のUSBメモリーは首都警察のプライス巡査部長のもとで安全に保管されているだろうと思っていた。ざんねんながら、そうはならなかった。そうならないと判明したのは、わずか数時間前のことだった……。

博物館の搬入口前にビレッジブレンドのバンが停まったのは、まだ太陽の光があたりを明るく照らしている時間帯だった。すでにシークレットサービスの先遣隊が到着して大統領の訪問に備えて徹底的に調べていた。わたしはティトとフレディとともに、焼き立てのダブルチョコレート・エスプレッソ・カップケーキと、攪拌《かくはん》なしでつくるコーヒーアイスクリームを入れた保冷容器の積み降ろしを手伝っていた。

彼らはそのまま博物館の奥深くへと運んでいき、わたしは外に出て春のひんやりした空気を思い切り吸った。乱れてしまったポニーテールをほどいていると、顔見知りの姿が目に入った。ほっとして、手を振った。

「こんにちは！」

ランドリー巡査が若い制服警察官とともに警察のバリケードを設置していたのだ。ランドリーは相棒に五分だけ休もうと合図した。こちらにいそいでやってくる彼の頬にはあどけないえくぼが浮かんでいる。

「いらしてたんですね、ミズ・コージー……」彼はわたしのかさばったシェフコートを指さす。「みごとな曲線美を隠しているから、すぐには気がつかなかった」

まあ、あいかわらずね。「がっかりさせてごめんなさいね。でも、荷物の搬入作業をするのにフェンのホルタードレスを着るわけにはいかないしね……」

ほんとうのところは、早く着たくてしかたない。ブルーのぜいたくなシルクの滑らかなドレスはVネック。ウエストはジャストサイズでぴったりとフィットし、布地をたっぷり使ったフルスカートはわたしのふっくらしたヒップを覆って形よく見せてくれる（ルーサーのブラウニーを味見しすぎたせいでアラの目立つ部分をしっかりと隠してくれる）。美しいドレープを描くスカートの裾はアシンメトリーでとてもエレガントだ。これに透明なストッキング、娘から贈られた一連のパールのネックレス、真新しいストラップつきのハイヒールを合わせる。

ランドリーがにやっとした。「あとで、着替えるってことですね？　じつは今夜はずっと外の警備なんです。ひとめだけでも見たいなあ！」

「わかったわ。コーヒーの無料サービスをリクエストしているというわけね」

「いつでもどこでも、コーヒーはありがたくいただきます。とりわけ、あなたに注いでもらえるなら。おぼえていますか、ぼくは年上の女性が大好きなんです。自分がなにを望んでいるのかをちゃんと知っていて、正直に行動する女性が——」

「わたしもあなたに望むものがあるわ。〝情報〟よ。プライス巡査部長にコーヒーハウスに立ち寄ってほしいと何度かメッセージを残しているのだけど、全然顔を出してくれないし、折り返しの電話もかかってきていないのよ」

ランドリーが首筋をごしごしとさすする。「困ったな。その理由をきいてもいいのかな……」

「いいわよ。ジーヴァン・ヴァルマの事件に関して新しい証拠をつかんだのよ……」

95

ランドリーが頭を掻いた。「どんな証拠ですか？」

搬入口のあたりをわたしは確認した。シークレットサービスが数人、ぶらぶらと歩き回っているが、こちらには誰も注意を向けていない。それでもわたしは用心のためにランドリーに近づいて声をひそめた。

「ミスター・ヴァルマのUSBメモリーが手元にあるの。彼が国務省のサーバーから削除した電子メールがそこに入っている。その重要性についてはホワイトハウスのキュレーターのヘレン・トレイナーが説明してくれるわ。プライス巡査部長が今夜外の警備につくのであれば好都合なんだけど」

「残念ですが、プライスはここで警備にあたる予定はありません。もしよければ、わたしがその証拠を預かって届けておきますよ。その後のことは刑事に引き継いでもらうように依頼します」

「刑事？」

「はい、ミズ・コージー。巡査部長は……ですから、彼は……」

若い巡査がまた口ごもる。

「どうしたの、最後まで言って」彼をうながし、不本意ながら、ランドリーと最初に会った晩に使った笑顔をみせた。「お願い……」

「ま、いいか……」ランドリーが声を落とす。「プライス巡査部長は、あなたの店のシェフのことを言っていました。元のシェフです。彼は強い恨みを抱いていた。だからあんな供述をしたのだとわたしは思いますが」

「どんな供述をしたの？」

ランドリーがふたたび沈黙し、それから口をひらいた。「無料のコーヒーがどうだとか、さっききいたような？」

「ええ、もちろんよ！　あなたも、あなたの同僚の皆さんも今夜はわたしのコーヒーをぜひ召し上がって。大歓迎よ」

「よし、交渉成立だ。じゃ、特ダネを提供しましょう。あなたの店の元シェフがプライス巡査部長に話したんですよ。あなたが嘘をついている、ほんとうは泥棒だと。あなたの言うことを信用するなとも。あなたが店のお金を盗み、彼に見つかったものだから彼を、クビにした。それが真相なのだと……」

よくもまあ、そんなことを……。「タッド・ホプキンス・シェフこそ、嘘をついている。泥棒は彼のほうよ。ちゃんと説明させてちょうだい。こちらには証人もいるわ」

「その機会はあると思いますよ。今回のケースはプライス巡査部長から刑事課に引き継がれたんです。手がかりもね。それにもとづいて調べがおこなわれるでしょう」

「その刑事さんにコンタクトするにはどうしたらいいのかしら？」

「担当者が決まるでしょうから、いずれ連絡があると思います。証人が街を離れないように、あらかじめいっておいたほうがいいですよ」

「それはだいじょうぶ。うちのスタッフは刑事さんたちがお望みの時にはいつでも都合がつきますから。それにヘレン・トレイナーはホワイトハウス勤務だからどこにも行きはしないわ」

そこでランドリーの相棒が口笛を吹き、来いと手招きした。

「行かなくては」

「ありがとう」心から礼を述べた。「同僚のみなさんに伝えておいてね。セルフサービスで飲めるように用意しておきますから。この搬入口から入って、階段かエレベーターで上がってホールに入ったらすぐにわかるわ」

「わかりました。皆に広めておきます」ランドリーはそこで例の表情を見せた。〝ホットミルクを欲しがる（「年上の女性に媚びる」の意）〟表情だ。「よければお宅まで送りますよ。パーティーが終わった後、どうです？」

「親切なお言葉に感謝するわ、でも車はあるので――恋人も」

「そんなことといわずに、ものは試しというじゃないですか……」えくぼを浮かべ、彼はすたすたと行ってしまった。

わたしも笑顔を浮かべていたけれど、少しもハッピーではない。ジーヴァン・ヴァルマの件を殺人事件担当の刑事が受け持つとなると、かなりやっかいなことになる。ホプキンス・シェフはわたしをつぶすつもりだ。そしてわけもわからず一方的に巻き込まれたわたしを救える証人は、ヘレン・トレイナーただひとり。〝アビーとスタンもいる〟。心のなかで、ささやきがきこえた。

大統領令嬢を巻き込みたくはない。彼女の名前を出すまいと誓ったのだ。しかし殺人罪で告発されてしまったら、そんなこともいっていられなくなるだろう。

96

数時間後、フラッグホールは華やかな熱気に包まれていた。わたしの元夫もそのなかで輝いている。

「すばらしいパーティーだな」マテオがそばに寄ってきた。

マテオはコーヒーハンター、そしてわたしのビジネス・パートナーだ。今宵は一流デザイナーのイブニングジャケットで装い、黒い顎ひげはきれいに刈り込み、ボサボサの髪はきれいになでつけてきゅっとポニーテールにまとめ、ファッショナブルに変身している。

ビュッフェテーブルがオープンするのはファーストファミリー到着後だが、そのエリアから漂ってくるいいにおいがたまらなく食欲をそそる。わたしも気になってしかたない。

ビュッフェに並ぶのはジャズスペースの人気メニューからよりすぐりの料理だ。それに加えて、わたしの自慢のチェリー・ポルト・グレーズをかけた豚ヒレ肉を焼き立てのパーカーハウスロールに挟んだ肉汁たっぷりのミニバーガー、鶏のささみのカツにルーサーのカロライナスイートマスタードBBQディッピングソースを添えたもの、ペンシルベニアダッチヌードルに賽《さい》の目にカットしたスモーク・バージニアハムを加えたクリーミーなキャセロールカップ、わたしの秘伝のレシピによるコーヒーグレーズド・バーベキュー・チキンドラムスティックをルーサーとジョイは用意した。

会場内には高さのあるテーブルが何十も配置されて白いクロスがかかっている。そのテーブルの間を縫うようにしてビレッジブレンドのスタッフが動きまわり、銀のトレーにのせたカナッペやシャンパン、スイーツ、エスプレッソをゲストに提供している。

マテオはルーサーのバーボンストリート・ブラウニーをひとつくすねて頰張っている。高級チョコレート、上質なケンタッキー産のバーボン、高級チョコレートの風味をいっそう深めるためにフレンチローストを少々加えたブラウニーだ。

「やばいな、こいつは罪作りな味だ」彼が口いっぱいに頰張ったまま、もごもごという。

「よろこびを堪能するといえば、きみの新しいドレスもすばらしい。とくにその胸元のラインが」

「見るのはラインだけにしてね、くれぐれもそのなかをのぞき込まないように」

「それじゃ療法にならない」

「療法？」

「女性の胸の谷間を見ることで男の寿命は延びるんだ。科学的な裏付けのある事実だ」

「もう酔っ払っているの？　コーヒー以外になにを飲んだの？」

「でたらめなんかじゃない。《ニューイングランド・ジャーナル・オブ・メディシン》に発表された、ドイツの研究結果だ」

「ビアホールで思いついたんでしょうね、きっと」

「ま、そんな科学者よりもこっちのほうが一歩も二歩も先を行っているってことだ。胸の谷間については若造の頃からキャリアを積んでいるからな。きみのは上位十パーセントにランクインだ」

「はい、もうたくさん……」

元夫の言葉に真剣に怒ったりはしない。マテオがマテオらしいことをいっているだけなのだから。けれどもこんなふうに身体の特定のパーツを話題にされるのは精神衛生上よくない。あちらを向いてもこちらを向いても政治家、さまざまな分野の専門家、報道関係者ばかり。しかもじきに大統領も到着する。そんなパーティー会場でケータリングサービスに当たっているわたしの胸元には、USBメモリーがおさまっている。レースのふちどりのあるビクトリアズシークレットの下着に、ひそかに盗み出された国家秘密が詰まったUSBメモリーがピンで留めてあるのだ。

来る日も来る日も、つねに自分の背後をうかがい、誰にも見張られていないかと神経をとがらせてきた。店のお客さまはかならず顔を二度確認し、サングラスをかけてぶらついている歩行者は三度確認した。

〝これは何者？　謎の内部告発者？〟

そうこうするうちに博物館のパーティーの準備に追われるようになり、ニューヨークに三日間帰ってひたすらロースト作業に没頭したりするうちにパラノイアの症状はひとまず治まっていた。しかしいま、わたしはまたもや心配でたまらなくなった。なにしろUSBメモリーはまだこうして胸元にあるのだ。

「だから、いいだろ？」マテオがくいくいと眉をうごかす。「ぼくの寿命が延びるのは、きみだってうれしいだろ？」

「もうやめて。逆にあなたのだいじなところを見たら、わたしの寿命が延びる、と大声でいわれたらどうする？　なんてこたえる？　待って！　こたえなくていいから！」

「本気？　予防医学のためとあれば、ぼくはおおよろこびでパンツをおろすとも」

「お願いだから、マテオ、パンツはちゃんと穿いていて。エスプレッソマティーニのお代わりを頼む時には、アルコールは抜きで注文しなさいね」

「誓うよ、アルコールなんか一滴たりとも口にしてはいない。〝幸福〟に酔いしれているんだ」

「そうですか」

「信じてくれ！　これが酔わずにいられるか。ぼくが調達したコーヒー豆を、代々ぼくたち一家が受け継いできた店できみがローストし、それを使っていれたコーヒーを大統領とファーストレディが味わう。ぼくのすばらしい娘はワシントンのエリートのために料理をつくっている。母親は部屋の向こうで下院議長と最高裁長官を魅了している。われわれの新しいジャズスペースはワシントンDCの話題の中心だ」

「それにしては視線が定まらないようね」

マテオがふたたびこちらに身を乗り出した。「いや、この通りしっかりと定まっている」なにをいっても無駄かと思って首を振り、知り合いに向かって軽く手を振った──知的で上品なものごしの男性に。彼の礼儀ただしさと気配りをマテオが見習ってくれるといいのだけれど。

97

「こんばんは、ミズ・コージー。今夜のサービスはじつにすばらしい」

バーニー・ムーアは微笑みながら、名前入りのコーヒー・マグを掲げた。

「そしてこのブレンドは秀逸だ。これまでに味わったなかで一、二を争うコーヒーですよ」

その褒め言葉でマテオは気をよくして、ひとなつっこい笑みを彼に向けた。

「このすばらしく目の高いきみの友だちは、どこのどなたかな、クレア？」

音楽評論家だとマテオに紹介してから、あらためて彼と向き合った。バーニー・ムーアは黒いスーツ、その下には黒いオープンカラーのシャツというジョニー・キャッシュ風の黒ずくめの出で立ちだ。ポニーテールにした白髪と短く刈り込んだ顎ひげがよく映えて、おそろしく魅力的だ。

「招待されているということは、博物館に多額の寄付をしている、もしくはパーカー大統領の再選キャンペーンに多額の資金援助をなさっているのかしら？」後者は今夜何十人も出席している。

「バンドに同行した……」

脇を通り過ぎるトレーから彼が一品つまんだ。わたしの〝ハワイアン〟・チョコレートチップ・クッキーだ。マカダミアナッツ、そしてコナコーヒーの豆にチョコレートをまぶして粗く刻んだものを散らしてある。バーニーは首を傾げるようにして、博物館専属のアンサンブル、ジャズ・マスターワークス・オーケストラを示した。

「彼らには連邦議会から資金が出ているんですよ。ご存じですか？」

「いいえ、どういうことなのかしら？」

「彼らは生きる博物館ですからね。〝アメリカ文化におけるジャズの遺産を伝え存続させる責任〟を負っている。なかなかいいグループですよ……」バーニーはわたしのクッキーをひとくち食べて、格別の笑みを浮かべた。「おお、これは美味い」彼はむしゃむしゃと食べながら続けた。「それで、バンドに約束したんですよ。わたしをうならせる演奏をしたら記事にするとね」

会場内を照らす光がアイボリーからエレクトリックブルーに変わるにつれて、バーニーの白い顎ひげとポニーテールはひときわ鮮やかな色を帯びる。彼のオリーブ色の肌の色はさらに暗く見え、髪の生え際に小さな白い傷跡がいくつもあるのが見えた。

「あなたに会いたかったんですよ、ミズ・コージー。アビーは今夜来ますかね。演奏するだろうか？」

「どうぞクレアと呼んでください。招待客リストにアビーの名前はありますから出席するでしょうけど、演奏はしないのでは」

た後だし――」
彼がうなずく。笑顔が消えている。「やはりそうだろうな。テレビであれだけの失敗をし

そこに威勢のいい声がして、彼の話がさえぎられた。

「クレア！　顎ひげの男性が好みとは知らなかったわ！　しかも、ふたりも！」

ヘレン・ハーグッド・トレイナーが十メートルほど先からこちらに手を振っている。シャンパングラスを頭の上に掲げて中身がこぼれそうになりながらも、そのまま人ごみのなかをこちらに向かって進んでくる。

今夜のヘレンは、シルバーのトリミングを施したミッドナイトブラックのロングドレスというシックな装いだ。もちろん高級デザイナーのドレス。髪の毛をおしゃれなシニヨンにしてシルバーのコームを刺し、ブルネットの髪をバックにシルバーのイヤリングがキラキラと輝いている。

「顎ひげのある男性ってほんとうにすてき！」彼女の視線はマテオとバーニーのあいだを忙しく行き来する。見られるほうもそれを楽しんでいるようだ。

「顎ひげを生やしている大統領はたった五人よ、知っていた？」わたしが仲立ちとなって三人をかんたんに紹介すると、ヘレンがさらにおしゃべりを続けた。「そのうちの四人は南北戦争で戦った軍人よ。リンカーンは顎ひげを生やしてホワイトハウス入りした初の大統領だった。彼自身はまったくそんなつもりはなかったのにね！　大統領選に出馬した時、ある少女から手紙を受け取ったのよ。いかつい顔の輪郭にはおひげが必要だと、そこに書かれてい

たそうよ」

「顎ひげはあれこれ欠点を隠す以上の効果がある」バーニーが同意する。

「熱帯地方では剃るわけにはいかない」今度はマテオだ。

「砂漠でも、同じこと。過酷な自然条件下では顎ひげは自己主張でもなければファッションでもない」

「第十八代大統領ユリシーズ・〝無条件降伏〟・グラントは顎ひげのあるふたりめの大統領だった」

「そうか？」バーニーはわたしたちが提供するボストンクリームパイ・カップケーキ（今夜のテーマに合わせて、わたしはチョコレートのグレーズをかけ、エスプレッソを少々加えた）をひとつつまんだ。

そしてふたたび、むしゃむしゃとおいしそうに食べ始めた。

ヘレンがそのデザートを指さした。「ボストンクリームパイはジャック・ケネディがジャッキーにプロポーズした、まさにそのホテルで発明されたのをご存じ？　パーカーハウスというホテルのレストランよ——有名なロールパンも発明されているわ。彼がプロポーズしたのは四十番テーブルでした。膝をついて彼女に指輪を差し出したのよ。オーダーメイドの、それぞれ三カラットちかいエメラルドとダイヤに、バゲットカットのダイヤを複数アクセントにあしらった指輪を」

バーニーはにこにこしながらカップケーキを食べ終えた。「あなたは歴史学者にちがいない、ミセス・トレイナー。さもなければ、クイズ番組の『ジェパディ！』に出場しようという野心をひそかに抱いているんでしょう？」

ヘレンが真顔にもどってシャンパングラスの中身を飲み干した。「わたしはホワイトハウスのキュレーターです。でも、この先もずっと続けるべきかどうか、自分でもわからないわ」

ヘレンはフレディに合図して呼び、彼のトレーからお代わりのシャンパンをとった。

「こんなことをいうべきではないのだろうけど、あなたには聞いておいてもらいたいのよ、クレア」ヘレンがぐっと身を寄せる。「今朝、職場に行ったら、誰かがオフィスのなかを調べた形跡があったわ。ぱっと見てわかるほどではないけれど、細かなものの置き場が変わっていた。わたしのコンピューターも電源が入っていた。いつも電源を落としているのに」

ヘレンがシャンパンをすすり、グラス越しにわたしを見る。「なくなっていたのは、ファイルがひとつだけ」

わたしは自分の胸のあたりに手をやり、ヘレンがうなずいた。

〝彼女はわたしのメッセージを了解した。わたしはまだＵＳＢメモリーを持っている……〟。

「ホワイトハウスではおかしなことが起きている。それは現政権とともに始まった」ヘレンの目に涙が浮かんだ。「次はなにかしら、シークレットサービスに連れ出されるのかしら？アビーを助けようとしたばかりに？」

彼女は最後のひとくちを思い切りよく飲み干した。

バーニーが彼女に身を寄せてたずねた。「もしよければ教えてください、アビーをどのように助けたのかを」

「彼女の父親についての真相をつきとめたのよ」

「ヘレン」わたしがいさめた。「そのことは、ここではちょっと」

「そうね。せっかくの夜が台無しになるわね」彼女がバーニーを見る。「この人の顎ひげはほんとうにすてき。亡くなった夫のことを思い出すわ——」そこでヘレンのとった行動にわたしたちは啞然とした、手を伸ばして彼の頰にふれたのだ。

ヘレン自身、自分の大胆さに驚いて目をまるくし、空のグラスに視線を落とした。

「もう一杯飲まなくちゃ。もっと強いものを！」

バーニーは騎士道精神を発揮して片腕を曲げてぐっと彼女に寄せた。

「いっしょにバーをさがしにいきましょう」

「ヘレン、待って」わたしは彼女を引き留めた。「話があるの。だいじな話よ」

〝プライス巡査部長がこの件を刑事に引き継ごうとしていることを伝えなくては！〟

けれどもヘレンはわたしには取り合わずにバーニーとともに人ごみにまぎれてしまった。

「また後でね、クレア。あのビュッフェを味見するまではどこにも行かないわ……」

「ゆかいだね、彼女」マテオは気楽そうにいうとわたしの肩を軽く叩いた。「ジョイの様子を見に厨房に行ってみるよ、助けが必要かどうか確かめてくる」

「ありがとう……」

コーヒー沸かし器――ジェファーソン大統領の愛用品のレプリカだ――をチェックしにいこうとしたところで、フラッグホールにシークレットサービスの一団が入ってきた。すばやく場内全体に散ってすべてのドアと出口をカバーした。

そのなかにシャープ護衛官の姿があった。持ち場についた彼は、ほっそりしたスタイルの洗練された女性に親しげにされて、めずらしく笑顔を見せている。彼女はストロベリーブロンドの髪をアップにしてピンで留め、長い首をことさら強調し、はっとするほどみごとな真紅のロングドレスを着ている。背中が大きく開いたセクシーなドレスだ。見覚えのあるシルエットだと思っていると、身体の向きを変えて横顔が見えた。マイクの上司カテリーナ・レーシーだった。

気になって、彼女とシャープ護衛官との妙に親しげな様子をじっとうかがった。フレンドリーという域を超えている。あんなに接近してパーソナルスペースを侵すのは、相手の気をひきたい場合だけ――あるいは相手を威嚇《いかく》したい時。

その時、わたし自身のパーソナルスペースにも何者かが侵入した。

ピンク色のパーティードレス姿の若い女性が、わたしの肩にふれそうな位置でうろうろしている。このラテン系のエネルギッシュな女性は、もしかしたらコーヒーを褒めたくてこうしてうろうろしているのだろうか。一瞬そんなふうにも思った。そう誤解してしまうほど、彼女はずっとカップをくちびるのあたりまで持ち上げている。おかげで、そこにプリントされている名前が楽々と読めた――リディア・ヘレーラ。

ていた。

ミリーのレジデンスからカテリーナを追っかけるようにして出てきた忠実なアシスタントだ。大きなサイズのファイルを山と積み上げて運びながら、高すぎるヒールで足元がよろよろしていた。

リディア？　そういえば以前に見かけたことがある。ホワイトハウスで。ファーストファミリーのレジデンスからカテリーナを追っかけるようにして出てきた忠実なアシスタントだ。

リディアの視線がカテリーナとシャープ護衛官のほうを向いた。カップを下げて、顔をゆがめるように微笑む。

「わたしのボスは銃を持った男が大好きなんです。コレクションするのが癖なのね、きっと」冷静な口調だ。

「男性を？　それとも銃を？　両方？」

「だからあなたの彼氏のことも好きなんです」リディアはわたしの問いは無視している。

「ところで今夜、マイク・クィンはどちらに？」

思わず眉をひそめた。言葉が口から出そうになるのをぐっと押し込めて黙っていた。

「ボルチモア、ね？　あのキュートで若い刑事といっしょに……」リディア・ヘレーラが首を傾げて、片手を自分のヒップに置いた。「マイクはああいうタイプがお気に入りで、ふたりはいい線いってるもの」

「あなたはわたしに嫌がらせをしにきたの？　それとも情報を提供しにきたの？　両方？」

彼女は鼻を鳴らしてそっぽを向いた。

「ボスの差し金でしょう？」カテリーナがいる方向をちらりと見て、やっぱりそうかと思った。わたしがどんな反応をするか、よだれを垂らさんばかりにして見ている。「あなた、あのメスのパイソンのもとで働くのがほんとうに好きなの？」

「ミズ・レーシーは着実に結果を出して出世しています。いつの日か、司法長官になるわ」

あきれた。カテリーナみたいな化け物は、化け物を魅了するのかしら？　それとも彼女が化け物をつくりだすの？　両方？

リディア・ヘレーラはわたしがゲストに用意したカップをまたくちびるに当て、顔をしかめた。

「コーヒーがすっかりまずくなっているわ。もっと鮮度がいいのに取り替えなくちゃ。こういう苦情はしょっちゅうでしょう？」

「よくきいて、リディア。いれたてのお代わりをどうぞといいたいところだけど、そういう提案はあなたのためにならない」

「どういう意味？」

「なにごとも賞味期限というものがあるの。若いとそれがわからないのね。欲しいものを手に入れるために絶えず自分の善良さをゆがめていたら、やがて自分のカップのなかがすべて腐っていることに気づく日がくるわ」

「ふん」それだけいって、彼女はスパイクヒールを軸にくるりと向きを変え、おぼつかない足取りで去っていった。

98

カテリーナ2号とのやりとりで思いがけずしゃんとした。その直後、バンドが『大統領《ヘイル・トウ・》万歳《ザ・チーフ》』の演奏を始めた。

心配事のリストは少しも減らないけれど、大統領とファーストレディを迎える盛大な拍手喝采が起きると、興奮でぞくぞくと震えが走った。ふたりは腕を組んで入場し、その後ろから令息のキップ・パーカーが金髪のすらりとした女性とともに続く。今宵、彼がエスコートする彼女は輝くばかりの笑顔だ。

そしてアビゲイルの姿が見えて、わたしはほっとして大きく息を吐いた。彼女はお気に入りの色——黒——でまとめた装いで会場に入ってきた。エスコートしているのはプレストン・エモリーだ。アビーは笑顔がなく、動作もぎこちない。彼女を見てほっとしているのはわたしだけではない。コーヒーが試飲できるカウンターにはスタンに入ってもらっている。彼に合図を送ろうとそちらを見たら、アビーをじっと見つめている。

大統領が到着したということは、料理のサービスを開始できるということだ。今回は着席スタイルではないけれど、ファーストファミリーのためにテーブルが一卓用意されている。

列に並んでセルフサービスで料理を取る必要もない。ホワイトハウスの熟練のスタッフがファーストファミリーの給仕をするために会場で待機している。

しかしまずは会場いっぱいの熱狂的なサポーターたち——自由主義の国のリーダーでもこんなにファンがいるのだ——のあいだを掻き分けて進まなければ、料理にはたどりつけない。握手、握手、握手、そしてエアキス、さらには背中を叩く者もいる。そのなかを時間をかけて進んでいく。夫妻がわたしたちのコーヒーのカウンターに近づいてきたので、わたしはいそいでスタンのそばに行って袖をひっぱった。

「そろそろね。エプロンを外してジャケットを着なさい。あとは計画通りにね」

スタンはすばやく服装を整え、ふと手を止めた。「鏡がない。ミズ・コージー、ちゃんとして見えますか？」

生まれ変わったようなスタンを見て、わたしはにっこりした。ぴしっとプレスの利いたズボンは艶のあるオックスフォードの生地、黒いイブニングジャケットでぐっと男前になったが、黒いサテンのアイパッチが加わると、さらにさっそうとして見える。

「控えめなウェイターが消えて、雄々しいゲストが登場したみたい」彼のがっちりと硬い肩に手を置いて、ぎゅっと力を込めた。「さあ、ジェームズ・ボンド。いよいよ出番よ」

スタンは備品にしのばせていた赤いバラを一輪、手に取った。

「あともう一歩だ」彼はバンドのほうへと向かった。

大統領夫妻はほんの数メートル先まで近づいてきている。ふたりが前を通り過ぎる際、わたしはファーストレディに歓迎の気持ちを込めて会釈し、あちらからはクールな笑顔が返ってきた。

わたしはアビーに声をかけた。

「こんにちは、ミズ・コージー」彼女は礼儀正しく片手を差し出した。

「ビレッジブレンドの皆が、あなたに会いたがっていたわ」わたしはイタリア人の愛情あふれるおばあちゃんのように両手を広げ、アビーの反応などおかまいなしにぎゅっと抱きしめた。驚いているファーストドーターに、わたしは耳打ちした。

「ルビー色の靴をさがしなさい。あなたを虹の彼方に連れて行こうと待っている人がいるわ」

わたしはアビーを離して後ろにさがった。アビーは笑顔になっている。暗号で伝えたメッセージはたしかに伝わったようだ。ファーストドーターのすぐ後ろには、ぴしっとした青いスーツ姿のシャロン・ケイジ護衛官がついている。わたしの前を通り過ぎざま、彼女は怪しむような目つきで金色の眉を片方あげた。

ようやくファーストファミリーが席について料理が運ばれた。キップとプレストンの興味は料理よりも――それぞれのパートナーよりも――握手で交流したりネットワーク活動したりするほうにありそうだ。ほんのひとくちふたくち料理を食べると、彼らはさっそく席を立って「歓談」にいそしんでいる。アビーとキップのパートナーはほっぽらかしだ。

大統領夫妻はひじょうに仲睦《なかむつ》まじい様子で、彼女たちが取り残されていることに気づいていない。夫妻はことあるごとにお互いにボディタッチし、軽口を叩いて笑い、相手のフォークでそのまま料理を食べたりしている。微笑ましい、というよりまだ熱々のカップルという感じだ。ワシントンDCのエリートに取り巻かれていても気にならないらしい。ファーストレディに暗い過去があったとしても、大統領にだいじにされているのはまちがいない。

数分後、アビーが席を外した。なんと言い訳したのかはきこえなかったけれど、どこに向かおうとしているのかはわかる。

アビーとスタンのために、わたしは指をクロスさせて無言で彼らの幸福を祈った。これでふたりきりになれる、はずだった。ところがアビーを追ってシャロン・ケイジ護衛官がフラッグホールから出ていくのが見えた。そのままアメリカン・ストーリーズのエリアへと入っていった。

とたんに、わたしは心配になった。

度が過ぎるほど熱心なシークレットサービスが若いカップルの邪魔をすれば、なにもかもが崩れてしまうかもしれない。

キラキラ光るルビー色の靴の前で待っていたスタンにアビーが近づいていく。シャロン・ケイジ護衛官がためらっている。そして彼らの視界に入らないように姿を隠したので、わたしはほっとした。

わたしも彼らをそっとしておいた。アビーとスタンにとってひさびさの再会だった。ケイジ護衛官とわたしは、それぞれの場所でふたりを見守った。

ふたりがかわす言葉はきこえない。きく必要などなかった。ふたりのしぐさや身振りがすべてを物語っていた。食べ物と空気がなくては生きていけない。それと同じように、たがいになくてはならない存在なのだ。

スタンが赤いバラを差し出し、ふたりの手と手がふれあった。ふいにアビーがスタンの首に抱きついた。スタンがアビーを抱きしめる。この広い世界にこれほど貴い存在はない、そんなふうに抱きしめた。

ちょうどその時、フラッグホールのオーケストラが『虹の彼方に』の最初のフレーズを奏で始め、アビーの目に涙がこみあげてきた。スタンが彼女になにかをささやき、彼女がうなずく。大きな涙の粒が頬を伝い落ち、アビーは晴れやかな笑顔になった。スタンにキスされてアビーは虹の彼方にいるようなうっとりした表情を浮かべていた。

うねるようなリズムに合わせてスタンとアビーがダンスを始めた。アメリカの歴史を刻む物たちに見守られているとも気づかず、スタンがリードし、アビーが彼のたくましい肩に頭を預けた。

曲が終わるとカップルはぴったりと寄り添ってゆっくりとした足取りで去っていった。ケイジ護衛官は後ろにさがり、ふたりはそのまま隣のドキュメンツギャラリーに入っていった。当然シャロン・ケイジ護衛官もついていくものと思った。が、彼女は任務よりも展示物に興味を抱いたらしい。ディスプレイケースに近づいていく――この国でもっとも有名な靴が入っているケースに。

99

わたしはそっとケイジ護衛官のそばに寄った。彼女はドロシーのルビー色の靴に見入っている様子だ。

「そこにいるのはわかっています、ミズ・コージー」彼女はディスプレイから一瞬たりとも視線をはずさないまま、わたしにいった。「こっそり忍び寄ったりしなくてもいいのに」

「あのふたりをあなたが追わないなんて、驚きだわ」

「耐えがたい思いです。でもあの若者は絶対にアビーを傷つけたりはしない。そして彼らのプライバシーは尊重されるべきである。博物館は安全が確保されている。すべての出口にはシークレットサービスが配備されている」

彼女がわたしに視線を向けた。「本人にまかせておくのは、とてもきついわ」

「これでわかったでしょう、母親ってどんなものか」

彼女がルビー色の靴に視線をもどす。それを見て、わたしは微笑んだ。

「小さい頃から、これを見てみたかった。ここに来ようと、ずっと思っていた。ワシントンDCで暮らして五年経って、今夜ようやく実現したわ」

「ジュディ・ガーランドのファンなの？　うちの店のバリスタのパートナーはそっくりの物まねをするのよ。コーヒーハウスに木曜の夜にぜひいらして」

「『オズ』が好きだったから、それで靴が見たいと思っていた。フランク・ボームの本はすべて読んだわ。わたしはカンザス出身なんです」

「そうだったの。ということは、『わが家に勝るところはない』が、ほんとうにわが家なのね」

ケイジがついに笑顔になり、ドロシーの靴は本のなかではルビー色ではないのだと教えてくれた。銀色なのだ。

「映画をつくった人たちが変えたのよ、テクニカラーのために。ガーランドが黄色いレンガの道をスキップする時に赤いほうが目立つから」彼女は自分の足元に目をやった。厚底のフラットシューズを穿いている。「このデカ靴のカカトを鳴らしてローレンスに帰るなんて、できやしない」

「ローレンス？」

「正確にいうと、ローレンスの外の、小さな農村の出身です」

「あなたはきっと家族皆の自慢ね。あなたのいまの仕事を誇りに思っていらっしゃるわ」

「たぶん。でも、ＪＦＫのシークレットサービスの家族も、一九六三年十一月二十二日までは彼らを誇りに思っていたでしょうね」

シャロン・ケイジが唐突に悲観的なことをいい出したのは、どういうことなのだろう。もしかしたら、わたしたちを取り囲むこの歴史がそうさせているのかもしれない。この展覧会はアメリカというストーリーを伝えようとする試みだ。輝かしい歴史と負の歴史の両方を伝えるための百点の展示物――。

「シークレットサービスがいつ誕生したのか、ご存じですか、ミズ・コージー。エイブラハム・リンカーンが暗殺された年です。彼は頭に銃弾を受ける前に、シークレットサービスを創設する法案に署名していました。それから一世紀の間に、さらに大統領が三人殺された」

「ロナルド・レーガンは一九八一年に撃たれた。でもシークレットサービスによって命が守られた」

「そう、その通りです。歴史は教訓を与えてくれます。しくじるな。一度たりとも。つねに備えておけ」

「銃で武装した危険人物に対処することを?」

「アビゲイル・パーカーを護るために自分の命を投げ出すことを」彼女はそこまでいって、少し沈黙した。視線はまだルビー色の靴に向いている。「彼女のために死ぬことに、なんのためらいもありません。わたしが耐えられないのは、彼女の身に災いが起きることです。それがわたしには最大の悪夢です」

わたしは彼女の腕にふれた。「ケイジ護衛官、大統領令嬢をこの世界の邪悪なものから守れるのは、そして無事に家に帰すことができるのは、あなたしかいないわ。魔法の靴があろうとなかろうと」

彼女の視線がこちらを向いた。「わが家にまさる場所はない。そうですよね？」

「真に心やすらぐところであれば……」

最後までいい終わらないうちに、肩のすぐ後ろのあたりに人の気配を感じた。ケイジ護衛官がそちらを見て、厳しい表情になった。どうしたのだろうと思ってふりむくと、モカ色の筋肉の塊がイタリア製のウールに包まれ、壁のように立ちはだかっていた。

「なにかあったの、ディマス護衛官」

「大統領が」巨体の持ち主の声はダース・ベイダーよりも低い。「最高司令官がミズ・コージーとお話をしたいそうです。至急お越しいただきたいと」

〝どうしよう、怪しまれたのかしら？〟

そうだとしたら、なにをしても無駄ということね。取り調べに連行されて連邦当局によって徹底的に所持品検査をされてしまえば、ブラにピンで留めた秘密のUSBメモリーなど、あっけなく見つかってしまう。

「ご同行願います」壁みたいな護衛官がわたしに命じた。

逃げるわけにもいかず、おとなしくついていくしかなさそうだ。

100

アメリカン・ストーリーズのエリアを離れると、巨人のようなシークレットサービスがもうひとり加わり、気づけばわたしはふたりに挟まれている。ふたりの壁に守られるようにしてフラッグホールを横切り、そこで三人目の護衛官がやってきてわたしの背後についた。これで三方をふさがれた。

〝あなたたち、すこしやりすぎじゃないの。わたしはコーヒー豆のローストにかけてはベテランだけど、テロを企てるような人間じゃないわ!〟

飲み物のエリアを通りながら、ヘレン・トレイナーを見つけた。かなりぐったりしているようだ。まだバーニー・ムーアと腕を組んでいる。支えてもらっているようにも、連帯意識で結ばれているようにも見える——音楽評論を専門とする記者に国家機密をベラベラしゃべっていませんように。彼女が手にしているのはコーヒー・マグではなくマティーニグラス。それを見たら、いっそう気が重くなった。

コーヒー沸かし器の向こうの、厨房に続くドアがあいている。そこから首都警察の警察官が数人こちらを見ている。ランドリー巡査もいる。わたしの青いホルタードレスを見てウィンクした。わたしが提供する無料のコーヒーを飲みに来ているのでありますように。わたしの逮捕をアシストするためにいるのではありませんように。

マテオは困惑した表情でこちらを見ている。マダムは好奇心全開でわたしに目で合図している。

わたしは肩をすくめ、自分にもさっぱりわけがわからないのだと伝えた。わたしの気持ちをひとことでいうと、トルコーヒーをいれる時に使うイブリックを火にかけてガンガン煮立てているみたいな状態。つまり混乱している。彼らは令状を取っているのだろうか？　短い言葉のやりとり、ミランダ権利の告知、最後にカチャリという音とともに手錠がかけられる——それは（今回は）お遊びのために使われるわけではない！

護衛つきでファーストファミリーのテーブルへと向かっていく。心臓がバクバクしている。テーブルでは大統領夫人が下院議長となにやら熱心に話し込んでいる。立ち上がってテーブルの周囲をぐるりとまわってわたしと向き合ったのはベンジャミン・リッテンハウス・パーカー大統領その人だった——大学時代にバスケットボールのスターだっただけに、とても背が高い。

アメリカ合衆国の大統領にここまで接近したのは、初めてだ。

魅力的な人物だ。髪と目はどちらもアイアングレー。六十代半ばでも、とても若々しくてエネルギッシュ。人当たりがよくて、温かい人柄がにじみ出ている。

大統領がさっと片手をさしだしたのでびっくりした。反射的にわたしも手をさしだすと、大統領が力強くにぎった。

「すばらしいですよ、ミズ・コージー」さわやかな声だ。「料理はおいしい！　そしてあなたのコーヒーは最高だ！」

そこで彼はこちらに身を寄せてささやいた。芝居がかった口調だ。「いつまでも秘密にはしておけませんよ……」

「秘密？」ぎくっとして、隠し持ったUSBメモリーの隣の心臓が止まりそう。そこへ大統領の次の言葉が――。

「あのコーヒーグレーズド・バーベキュー・チキンドラムスティックの材料ですよ。わたしはコーヒー中毒でね。ホワイトハウスのわれわれのシェフに、ぜひともレシピを明かしてもらわなくては困りますよ」

周囲からわっと笑いが起きた。そのときようやく、カメラの存在に気づいた。これは重罪犯の身柄拘束ではなく、写真撮影だったのだ。

安堵のため息をふうっとつきたいところだったけれど、それで大きく息を吸ったら胸元に隠した物《ブツ》が飛び出してしまいそうでこわい。

わたしはぐっと歯を食いしばり、展覧会に関する大統領の質問ににこやかにこたえた。

事前に自分なりにリサーチしていたので助かった。パーカー大統領は歴代のアメリカ合衆国大統領のなかでも、とくにテディ・ルーズベルト大統領が好きだという情報を仕入れていた。だからルーズベルト大統領とパーカー大統領に共通するコーヒーへの愛情に焦点をあてた。

「ルーズベルト大統領がコーヒーを一日一ガロン飲んでいたのをご存じですか？」

その習慣は、彼が小児ぜんそくの治療としてコーヒーを飲んでいた時期に定着したのだとかんたんな解説を加えた。「カフェインはテオフィリン、つまり気管支拡張剤に似ているので、コーヒーはテディの気道をひらいてぜいぜいという喘鳴《ぜんめい》と息切れを緩和するのを助ける効果があったのです」

「じっさい、大統領の職務をこなすにあたっては、呼吸を楽にしてくれそうなものは、なんだってありがたいですよ！」

またもや、周囲からどっと笑いが起きた。

「これはよく知られていることですが、マックスウェル・ハウス・コーヒーの伝説的なフレーズはルーズベルト大統領のものといわれています――」

「〝最後の一滴までおいしい〟！」パーカー大統領とわたしの声がそろった。そしてふたりいっしょに笑ってしまった。

やがて、大統領は話ができてうれしかったと告げ、その場から去っていった。気持ちのこもった言葉だった。周囲からの熱烈な注目も、大統領とともに去った。スーツを着た壁のようなシークレットサービスたちも遠ざかった。ほっとして身体から力が抜けて、その場で倒れてしまいそうだ。

アビーの継父はなかなかすてきな男性だった。そして桁外れのパワーを感じた。ごうごうと燃え盛る炎のような激しさ、太陽のようなエネルギーを発散している。直撃されたら、命すらあぶない、そんなレベルだ。

　アビーの母親もそうだった。

　ディプロマティックレセプションルームで昼食をいっしょに取った時にそれを感じた。彼女は文字通り炎の塊だった。その熱にやられてびっしょり汗をかいた記憶がよみがえった。そういう気質――そして彼女の立場――を武器にして彼女が自分の意見を押しつけたことも思い出した。

　ああいうのは、政治的駆け引きと呼ぶのではないのか？

　そうだったのか。いまようやくアビーの苦しみが理解できた。目も眩《くら》むほどの眩しい双子の太陽に照らされて逃げ場のない惑星。娘であるアビーは彼らのシャドーとしてそこに封じ込められているのだ。

　〝目も眩むほど眩しければ、まともな判断ができない〟。

　ヘレン・トレイナーのことも気になっていた。

　ほろ酔い加減のホワイトハウスのキュレーターはカウンターの付近に、いるはずだった。歴史学の専門家においしくて強力なコーヒーを飲ませて、話をしなくては。

　国家機密を心臓のそばに隠し持って一週間以上が過ぎた――そろそろ限界だ！

コーヒーと大統領

●**コーヒーがつくった国**

熱い飲み物についての論争が建国の礎となった、などという国はアメリカ合衆国だけだ。一七七三年十二月のボストン茶会事件で、愛国急進派の「自由の息子たち」は輸入品の紅茶を港の海のなかに投げ捨てた。それに対し、イギリスが厳しい対応を示したのが引き金となって独立戦争が起こり、ついにはアメリカの独立が実現した。

●**ジョン・アダムズ「習慣を変えた大統領」**

ボストン茶会事件の後、コーヒーこそが愛国者の飲み物となった。紅茶は「英国支持者の飲み物」としてそっぽをむかれてしまったのだ。そのことを第二代大統領ジョン・アダムズが痛感させられたのは、メイン州の宿屋でのことだった。「密輸されたまっとうなお茶」を注文したところ、ここではコーヒーしか出していませんと主に告げられたのだ――ぴしゃりと。こうなったら習慣を変えるしかないと、一七七四年に妻アビゲイルに宛てて出した手紙で彼は書いている。「あれ以来、午後には毎日コーヒーを飲んでいます。しかたないと思っています。紅茶を飲むことはもうゆるされないことなのでしょう。こうなれば、あきらめるしかない。一刻も早く、すっぱりと」

●ジョージ・ワシントン

「コーヒーを輸入した大統領」

初代アメリカ合衆国大統領となるジョージ・ワシントンは、コーヒーが愛国者に人気の飲み物となる前からコーヒーを愛飲していた。一七七〇年にはすでに自分のために海外から取り寄せていた。晩年はグルメの域に達していたと思われる。一七九九年、われらが建国の父はイエメンにあった積み出し港「モカ港」から船積みされたコーヒー豆をさがしもとめた。当時、それは世界最高のコーヒー豆と考えられていたのだ。

●トーマス・ジェファーソン

「コーヒー沸かし器も愛した大統領」

トーマス・ジェファーソンのコーヒーへの愛は伝説的といってもいい。なにしろ、コーヒーは「文明社会になくてはならない飲み物」と表現した人物だ。ワシントンと同じようにジェファーソンもコーヒーを海外から取り寄せていた。彼が好んだのは東インド諸島と西インド諸島原産のコーヒー豆だった。ジェファーソンはパリでつくられた銀のコーヒー沸かし器を親しい友人や政界の盟友たちに贈った。その歴史あるコーヒー沸かし器のひとつが、モンティチェロのジェファーソン宅に永久展示されている。パリの職人の手になるすばらしい銀細工のこのコーヒー沸かし器を、トーマス・ジェファーソンは一七八九年に購入している。

●アンドリュー・ジャクソン

「カフェインの虜となった大統領」

「オールド・ヒッコリー」の愛称で知られるアンドリュー・ジャクソンは第七代大統領である。かつて軍隊の指揮官として辣腕をふるい、部下から敬愛されていた。ジャクソンはコーヒーなしにはいられないと認めた初の最高司令官だ。彼が手放せなかったのはコーヒーだけではない。もうひとつ、アメリカを代表するあるものが手放せなかった。彼は医師に対し、「先生の助言であればなんでも実行しますが、コーヒーとタバコをやめることだけは無理です」と述べている。

●エイブラハム・リンカーン
「大統領の最後の一杯」

この国がもっとも悲劇的な時期に連邦の解体を防いだ大統領は、手の込んだ料理や飲み物に関心がなかった。それは辺境で育った生い立ちとおおいに関係がありそうだ。リンカーンはなにごともシンプルを好み、「リンゴと熱いコーヒー」をなにより好んだという。おいしくないコーヒーが出された際に「これがコーヒーなら、お茶を持ってきてもらえませんか。これがお茶なら、コーヒーを持ってきてもらえませんか」といったとされているが、ほんとうにリンカーンの言葉かどうかは疑わしい。コーヒーへのリンカーンの愛を厳粛なまでに象徴しているのが、ホワイトハウスの金彩がほどこされた磁器のカップだ。リンカーンが人生最後のコーヒーを味わったカップである。一八六五年四月十四日の聖金曜日の夜にフォード劇場で観劇するために着替えをし、リンカーンは窓辺にカップを残した。数時間後、第十六代大統領は銃撃され致命傷を負うことになる。残されたカップは、その夜に起きた悲劇を物語る証として、ホワイトハウスの使用人によって守られた。後にリンカーンの長男の手に渡り家宝として保管された。一九五二年、カップはスミソニアンに寄贈された。

●ラザフォード・ヘイズ
「飲めない時間に愛を育んだ大統領」

第十九代アメリカ合衆国大統領がコーヒー

への愛にめざめたのは、アメリカ独立戦争の時だった。オハイオ出身の彼は北軍として戦い、五回負傷している。厳しい戦況下でラザフォード・B・ヘイズ大佐率いる部隊は食料が尽き、汚い水でしのぐしかなかった。そんな部隊のもとに、ようやく供給係軍曹によって熱いコーヒーと温かい食事が運ばれてきた。その日以来、アメリカの第十九代大統領は日々コーヒーが飲めることへの感謝とよろこびを、決して忘れることはなかった。

●セオドア・ルーズベルト
『最後の一滴までおいしい』と太鼓判を押した大統領

アメリカの第二十六代大統領セオドア・ルーズベルトは、第七代大統領アンドリュー・ジャクソンがナッシュビルに残した邸宅ザ・ハーミテージを訪れた折に出されたマックスウェル・ハウス・コーヒーを飲んで、「最後の一滴までおいしい」と称賛したそうだ。この明快なひとことは、いまもこの商品のキャッチフレーズであり続けている。短いあいだとはいえ、缶にルーズベルトの顔が描かれていた時期もある。なにしろテディ・ルーズベルトはたいへんなコーヒー党で、一日に飲む量はおよそ一ガロン。そのカップの大きさは「バスタブ並み」のサイズだったと息子たちはいう。コーヒー一杯につき角砂糖は最大七個。コーヒーへのセオドア・ルーズベルトの愛は息子カーミット、テッド、アーチー、娘のエセルに受け継がれた。彼らはローストしたての豆を味わうヨーロッパのコーヒーハウスの文化をアメリカに持ち込み、ニューヨーク市でコーヒーハウスをチェーン展開した——「スターバックス」という名前が知られるようになる半世紀以上も前に。

●フランクリン・デラノ・ルーズベルト
「ドゥ・イット・ユアセルフ派の大統領」

コーヒーに関するフランクリン・デラノ・ルーズベルトのこだわりは大変なものだった。そこでホワイトハウスの厨房は大統領のために新鮮な豆をローストし、朝食のトレーにはコーヒーメーカーを用意した。これなら、大統領みずから「満足のいくコーヒーになるよう調整できる」というわけだ。第二次世界大戦中にコーヒーが配給制になったとき、少しでもたくさん飲みたいと考えたフランクリン・デラノ・ルーズベルトは挽いた粉を再利用してみた。結果は惨憺たるもの。これに懲りた第三十二代大統領は、それっきりコーヒーと縁を切って飲まなくなった。

●ドワイト・D・アイゼンハワー
「Dデイにもそれ以降も飲み続けた大統領」

一九四四年六月六日、連合国軍がナチス・ドイツ占領下のヨーロッパに侵攻を開始した。その日、最高司令官ドワイト・D・アイゼンハワーは戦場からの報告を待ちながら、果てしなくコーヒーを飲み続けた。指揮官としての重圧に耐えるために。推測される戦死者の割合は七十五パーセント。イギリス首相ウィンストン・チャーチルはこの侵攻は失敗するものと考えていた。アイゼンハワーはストレスに耐えるためにコーヒーを一日十五杯から二十杯飲み、タバコ四箱を吸った。高血圧、不眠症、偏頭痛を抱えていたアイゼンハワーだが、第三十四代大統領に就任後もあいかわらずカフェインとニコチンを摂り続けた。一九五四年、コーヒーの価格が急激にあがったことに危機を感じたアイゼンハワー大統領は、連邦取引委員会に徹底調査を命じた。

●ジョン・F・ケネディ

「ケネディ氏とコーヒーを」

ジョン・F・ケネディがアメリカ上院議員選挙に出馬したとき、選挙活動中に母ローズは「ケネディ家の人々とコーヒーを」という催しを始めた。未来の大統領と交流できるチャンスだった。ハンサムな若手政治家ケネディは女性有権者に的を絞り、マサチューセッツ各地でコーヒーを飲みながら交流する会をひらいた。それを支えたのが、彼の母親や妹たちだ。上院議員となってジョージタウンで暮らすようになると、今度は妻のジャクリーン・ブーヴィエ・ケネディの指揮でコーヒーを飲みながらの交流会が催されるようになる。ベルトウェイ内でジョン・F・ケネディの認知度が高まり、それがやがて第三十五代大統領選挙への出馬へとつながる。ファーストレディとなったミセス・ケネディは、ホワイトハウスでの男女の社交のしかたに革命を起こした。ジャッキーの革命以前は、男性陣は別室に移って食後のコーヒーを楽しみ、女性たちは別の部屋に通された。そのため、その日もっとも重要なディスカッションに女性は加わることができなかった。このようにコーヒーを別々に出す方式に、ミセス・ケネディは永遠の終止符を打ったのである。

●リンドン・ベインズ・ジョンソン

「ボタンを押した大統領」

リンドン・ベインズ・ジョンソンが大統領執務室の自分のデスクに、わざわざ四つのボタンをつけたことはよく知られている。ボタンにはそれぞれ『コーヒー』『紅茶』『コーク』『フレスカ』と記されていた。彼がいちばん多く押したのは炭酸飲料『フレスカ』のボタンだったと歴史家の見解は一致している。しまいには第三十六代大統領のために、執務室にソーダの自動販売機が設置された。

●ジョージ・H・W・ブッシュ
「手順を忘れた大統領」

第四十一代大統領は子ども時代をのぞいて、ほとんど毎日コーヒーを十杯以上飲んでいた。妻バーバラ・ブッシュによれば、最高司令官としての任務を優先するまで彼は毎朝かならず自分でコーヒーをいれた。一九九一年にブッシュ大統領は不整脈と診断され、やむなくカフェインを断った。しかしホワイトハウスの報道官は、ブッシュ大統領は「デカフェでは満足できない」と発表した。通常のコーヒーを飲んでもよいと医師から許可が出たのは、それからまもなくだった。ブッシュ大統領は退任後にかつての習慣を再開した。後にバーバラ・ブッシュはオプラ・ウィンフリーによるインタビューで、元大統領はあまりにも長くコーヒーをいれていなかったので手順をすっかり忘れてしまっていたと明かしている。

101

あいにくヘレンの姿はバーのあたりにも、フラッグホールのどこにも見当たらない。カップルがダンスしているフロア、ビュッフェテーブル、コーヒーカウンター、どこを見ても彼女とバーニー・ムーアの姿はない。しかしついに見つけた。彼女はひとりきりで、よろよろしながらゆっくりと出口へと向かっている。

「ヘレン、忘れたの？　話をしようといっていたでしょう？」

彼女がわたしと向き合った。「帰るのではないわ、クレア。上のホール・オブ・ミュージックに行くだけよ」

「わかったわ、わたしも行く。ふたり分のコーヒーを持ってくるから待っていてね」

〝あなたには二杯必要かもしれないわね……〟。

ティトはちょうどコーヒー沸かし器をいっぱいにしたところだった。わたしのグレートアメリカズというブレンドだ。八オンス（約二百三十cc）入りの使い捨てのカップを二つつかみ、そこでもっといいアイデアを思いついた。

ヘレンはまだ自分の名前入りのマグカップを取っていなかった。いくつかのマグとともに、そのままテーブルに残っている。

ちょうど十六オンス入りのカップだ。わたしはそのカップを使うことにした。コーヒー沸かし器から熱いコーヒーをなみなみと注いだ。これなら酔いもさめるはず。

階段に向かうとちゅう、カテリーナのアシスタント、リディアがいるのに気づいた。わたしを見た彼女は頭を振って髪を払い、格好のいい背中をこちらに見せた。

あいかわらずカテリーナ2号になりきっている。

ヘレンとわたしは階段で三階に移動した。ホール・オブ・ミュージックは博物館の西棟にある。ゲストの姿はない。それもそのはず、このコンサート用のスペースにはなにも展示されていないのだ。

ヘレンには目的があった。それをすませるまでは、わたしと話をする気はないらしい。

彼女は先に立って歩いていく。薄暗い照明で照らされたホールのなかに入り、しだいに興奮していくのがわかる。急ぎ足で通路を進み、ステージにのぼり、照明を点けた。

そこにあったのは、有名な「ゴールドグランド」だった。

みごとなグランドピアノだ。脚の部分はアメリカンイーグルと葉の彫刻が施されている。もちろんすべて金色だ。わたしたちはコーヒーを味わいながらスタインウェイのグランドピアノをぐるりとまわり、じっくりと鑑賞した。細かなところまで、うっとりと見とれてしまう。なにより印象的だったのは、蓋の部分の絵だ。明るい緑色を背景に、ピンク、グレー、モーブ色のドレス姿の十人の女性が描かれている。

「これは一九〇三年にスタインウェイが創設五十周年を記念して製作したピアノよ」ヘレンが解説してくれる。「ふだんはこの博物館のファーストレディーズホールで展示されているけれど、明日の午後、バレンティナ・イセンコがここで演奏するのよ。彼女はこのピアノを使うことを特にリクエストしたの。ウクライナ出身の彼女にとってはとても象徴的ね――音楽と自由」

ヘレンはピアノの前の椅子に腰をおろした。「調律をすませ、準備万端整った状態で、すばらしい音響の空間に、こうしてこのピアノがある。ホワイトハウスのＦＤＲのイーストウイングからここに運ばれて以来、初めてのことなのよ！」

ヘレンが鍵盤に軽く触れ、細くて繊細な指を伸ばして弾き始めた。ドビュッシーの夜想曲の一節のようだ。そのまま弾くのかと思うと、いきなり演奏をやめた。

「うまく弾けない。いまも昔も」決めつけるような言い方だ。

ついさっきまで心をときめかせていた彼女が、すっかりしょげている。酔いはまったくさめていないようだ。装飾品のような椅子に彼女と並んで腰掛けた。

「教えてちょうだい。アビーの父親、アンディまたはアーミル・フェッロについて、なにを突き止めたの？」

彼女は首を横に振り、押し殺した声でぼそぼそとつぶやいた。「アンディ・フェッロはアーミル・トゥリ・アブダル。それ以上はいえない」

「どういう意味!?　アーミル・トゥリ・アブダル？　偽名を使っていたの？」与えられた情

報をすばやく整理して、出てきたこたえはひとつ。「彼はテロリストだったということ？　カサブランカの爆破事件は彼が起こした、そして死亡した。そういうことなの？」

ヘレンは焦点の定まらない目でこちらを見る。「疲れた」

もっとコーヒーを飲むようにうながした。けれど、あまり飲もうとはしない。

「ちゃんと話して。あの電子メールの意味を教えて」

「できないわ。情報源には秘密を守ると誓ったから」揺るぎない口調だった。「話していいのはアビーにだけ、それ以外には明かさないとね。知らないほうがあなたのためよ。わたしになにが起きたのかを見ればわかるでしょう……わたしのオフィスに」

彼女が首を横に振る。「ホワイトハウスで十四年間働いてきた。三代の政権に仕えた。いまわたしは唐突にジョージ・オーウェルの世界に生きている。そして怒りを抱えている」

「誰のしわざなのか目星はついているの？　シークレットサービス？　ホワイトハウスのスタッフの誰か？　それともFBI？」

「見当もつかない」

「ジーヴァン・ヴァルマとあなたが会っていた件についてはどう？　誰かに気づかれたかしら？」

彼女は首を横に振って否定する。「誰にもいっていないわ、アビーにすら。誰にも気づかれていないはず。でも、もしかしたら……」

「なに？　どうしたの？」

「彼と会った翌日、ファーストレディの知人のひとりから、ミスター・ヴァルマはわたしに力を貸していたのかときかれたわ」

「その人物は？」

「法律の専門家。たしか司法省の職員よ。カテリーナとかなんとか――」

「カテリーナ・レーシー？」

「そう、その人。ミスター・ヴァルマの友人らしいわ。だからわたしと会ったことを知っていたのだと思う。でも、あれはわたしのプライベートな件だったから、彼女にはそう話したわ――もちろん、丁重にね」

気に食わない新事実だ。まったくもって、気に食わない。「あなたが彼と会ったことは、ほかに誰か知っているかしら？」

「ミスター・ヴァルマが誰かに話した可能性はある。確証はないけれど。次にいったいなにが待ち構えているのかしら。もしかしたら、警備の人に付き添われて建物の外に追い出されるかもしれない。それでもいいわ。働くのに疲れてしまった――あそこでは」

ヘレンはぼんやりした様子でコンサートホールを見渡す。

「この博物館の音楽プログラムのコーディネーターが退職するそうよ。館長から後任にどうかと打診されているの」

「それは朗報？」

「ポジションとしては、いまよりも低くなる。でもきっと、すごく楽しめる」ヘレンはため息をついた。「夫を亡くして以来、音楽への情熱も失ってしまっていた。でもアビーの才能をなんとか花開かせようとしているうちに……もう一度やってみたいと思うようになった。ここで、このホール・オブ・ミュージックで仕事をするのは、気持ちを切り替えるにはとてもいいでしょうね。たぶん、そういう潮時……でも、こわいわ。ステップアップとはいい難い、むしろ逆だから。あなたはどう思う？」

わたしの視線はピアノの黒鍵と白鍵の上をさまよった。「わたしは夢見る……あらゆる人が自由な世界を……あらゆる人が欲することに一粒の真珠のようによろこびが伴うことを……」

「美しい言葉ね。誰の詩かしら」

わたしはうなずいた。「ラングストン・ヒューズ。共同マネジャーが大好きな、ジャズを愛した詩人……あなたのオフィスでアビーに話したことが、いまのあなたにも当てはまると思う。真のよろこびをもたらしてくれるのは……人の思惑から自分を解放してありのままの自分になること。自分を幸せにするものに正直になること。それ以外に方法はないのではないかしら」

「一粒の真珠のようなよろこび」娘のジョイから贈られた真珠のネックレスにヘレンがふれた。小さな声だった。「ありがとう」少し間を置いてから彼女はいい、わたしの目をのぞきこんだ。「つきとめたことをあなたにいえなくて、ほんとうに申し訳ないわ――」

「それは――しかたないわ。ともかく、あなたのファイルが盗まれる前に、あの電子メールが役に立ったのだと願うわ」

「役に立ったわ。でも、あれですべてがわかったわけではない。元大統領首席補佐官に連絡を取ってみたのよ。彼は自分の知っていることをわたしにこっそり話してくれた。それでようやく最後のいくつかの点がつながったというわけ」

彼女がまっすぐこちらを見た。「昨日アビーを座らせて、彼女の父親についての、真のストーリーをすべて話したわ。これまでの人生で、もっとも過酷な任務だった……」

「そう。そんなに過酷な真実だなんて。ほんとうに殺人に手を染めていたということ？」

彼女の表情がけわしくなる。「それはいえない。いえないわ。アビーの身の安全に関わることだから。どうか、そこは察してちょうだい。お願い」

「わかったわ」納得はいかないけれど、そうこたえた。それから自分の胸元を指さした。

「これはどうすべき？」

「首都警察の刑事に引き渡しましょう」彼女が一瞬、わたしを見つめた。「あくまでもUSBメモリーのこと、よね？」

まじめな顔をして冗談？「そうよ、ヘレン！　もっとコーヒーを飲みなさい！」

彼女はすなおにコーヒーを飲んだ。「冗談はさておき、ジーヴァン・ヴァルマをああいう目に遭わせた犯人は逮捕されなくてはならないわ」

「そうね」そういってから、心の中で付け加えた。〝逮捕されるのがわたしでないことを願うわ〟。

わたしは腕時計を見て、立ち上がった。「パーティーに戻らなくては。あなたは?」

彼女は首を横に振り、スタインウェイにもたれた。

「もう少しここにいるわ、転職のことを考えてみる……コーヒーを飲み終えたらタクシーで家に帰るわ」彼女がわたしの手に触れた。「すべてを話せなくて、ほんとうに申し訳ないと思っているわ」

「いいのよ。ちゃんと無事に家に帰ってね、いい?」

ステージをおりようとするわたしに彼女が呼びかけた。「クレア! おぼえておいてね。首都警察の刑事にあの電子メールの意味を話すことはできないけれど、ミスター・ヴァルマについてなら、知っていることをすべて話せる。彼がおそらくゆすりやたかりを企てて、そのあげく殺されたのだろうと話すわ。心配しないで。そっちのストーリーはすべて筋道を通すと決めたの」

102

「それからどうなったんだ？」

ヨットの船室のなかで、マイク・クィンはフレンチプレスを持ち上げて、わたしのカップに残りのコーヒーを最後の一滴まで注いだ。

「これで話は一巡したわ。ぐるりとまわってもとのところに。オーヴァルオフィスみたいに、そしてワシントンDCのベルトウェイみたいに、いまいましい環状交差点みたいにね。スミソニアンのパーティーの二日後、あなたはコーヒーハウスの前に車を停めて、自分を信頼してくれといってSUVにわたしを押し込んだ」

「ということは、ヘレンとはその夜以来、会っていないのか」

「ええ。ケータリングの業務が終了すると、くたくたで機械的に作業をこなすだけだった。皆で荷造りをして帰宅したの。日曜日の夜、あなたがボルチモアから帰ってきて、USBメモリーについてようやくあなたに話したというわけ」

「そうだったな……」マイクがうなずく。「月曜日にプライス巡査部長に渡すようにと、きみにアドバイスした」

「そうしようと思った。けれどもプライス巡査部長は夜勤だから丸一日しっかり働いた後でもいいと考えたの。夜になったら署に彼を訪ねて、全容を話す心づもりでいたのよ」

「だがその前にわたしがあらわれたということか」

「それでふたたびアビーのことに話はもどるわ。わたしはまだ例のUSBメモリーを持っているのよ。ブラにピンで留めたまま寝室に置いてある。ダニカに会う前にそれは話したわね。でも、こうしてすべてをきいてもあなたの意見は変わらない？　あのUSBメモリーはわたしたちを救ってくれる可能性はないと思う？」

「無理だ。あの情報はパーカー大統領夫妻にとって目新しいものでもなんでもない。アビゲイルを誘拐した――あるいは殺した――人物をつきとめるのに役立つとしたら、FBIはとうにその情報を得ているはずだ。パーカー夫妻が彼らに話すだろう。けっきょく三つの仮説に立ち戻ることになる。つまり、アビーは誘拐された。殺された。自殺を図った――」

「あるいは、駆け落ちした」黙っていられなかった。

「彼女の周囲でこれだけ不穏な動きがあるというのに、それでも駆け落ちだと信じているのか？　スタンリー・マクガイアがルビー色の靴の前でプロポーズした、ふたりが駆け落ちした、コックスロウのジョージタウンの邸宅の地下の古い地下鉄道の駅に隠れている。そう考えているのか？」

「川へと続いている血痕、アビーの髪がついたスカーフ、スタンの杖。それはなんらかの異変が起きたことを物語っているわ。でもあのふたりは最初から地下鉄道を使うつもりだったのだと思う。だとしたら、あそこに彼らがいた形跡があるかもしれない。そのなかから新しい手がかりが見つかるかもしれない……ひょっとしたら、あの地下にふたりがいまも潜んでいる可能性だってある」

「まずは少し休息を取ろう。朝になったらいっしょに行って確かめよう」

「そうね。ほかの誰かを巻き込むのは危険ね。あくまでもわたしたちの責任でやってみるしかない」

「それに……こんなことはいいたくはないが、公園の血痕から判断して、地下二階のドアを開けたらロミオとジュリエットの亡骸があるということも考えておかないと」

「やめて、マイク。お願いだからそんなこと考えないで」

「あらゆる可能性を想定する必要がある。最悪のものまで含めてすべてを」

「わたしは希望を捨ててはいないわ」

「わたしもだ。朝になってダニカが戻ってきたら計画を立てよう」

103

少しだけ眠ったけれど、血と下水に苦しめられる嫌な夢を見た。目を覚ますとマイクがいれた熱いコーヒーが待っていた。そしてこれからの段取りを知らされた。

「これを飲むといい。三十分以内にダニカが来る。そうしたらすぐに動けるようにしておこう」

三十分後、駐車場でダニカと落ち合った。ダニカ刑事は挨拶がわりにこくりとうなずき、わたしたちはなじんだ彼女のＳＵＶに乗り込んだ。マイクは助手席に、わたしは後部シートに。わたしは大きくて柔らかい帽子とサングラスで変装した。

「少し離れた地点ですが、そこで時刻通りに合流します」

水面は穏やかで、ドックは昨夜の強制捜査の慌ただしさが嘘のような静けさだ。それでも早いところヨットクラブを去りたい。

「持ってきた？　きれいな状態か？」マイクがたずねた。

「まっさらです。後部座席の下にあります」ダニカがこたえた。

そこにあったのはノートパソコンだった。それに加えて警棒、飛び出しナイフ、弾薬一箱などがあった。

「昨夜はラッキーでした」混み合うフェデラルヒルを抜けるとダニカが口をひらいた。「地元警察が大騒ぎしてFBIは手入れを早めに切り上げたんです。もっと長居していたら、船を片っ端から捜索していたかもしれません」

「ビレッジブレンドDCは無事かしら？」いつもの仕事がきゅうに恋しくなった。

「FBIはコーヒーハウスの外で張っています。ビットモア＝ブラック夫人のジョージタウンの邸宅の外でも。かなり動きがありますから、おそらく盗聴していますね。電話線に盗聴器がついているはずです。FBI捜査官たちは店内のオフィスを捜索しているでしょう。スマートフォンもコンピューターのファイルもすべて押収されていると覚悟してください――ハードディスクにうっかり変なものを保存していないといいんですが……」

「フードポルノとか？　あれは確かまだ合法だったはず、よね？」

ダニカがバックミラー越しにわたしと目を合わせた。「続きがあります。首都警察とFBIは、いまやっきになってクレア・コージーを捜しています。わたしの署では今朝捜索指令《BOLO》が出ました。おふたりをジョージタウンの邸宅内に送り込むのはかなり高度なテクニックが必要です」

「われわれのプランならうまくいくはずだ」マイクが彼女に請け合う。

四十分走行し、車も家もまばらになってきた。

やがて、シャッターが下りた食堂の駐車場にビレッジブレンドのバンが停まっているのが見えた。ルーサーがいて、後部のドアを開けている。ダニカが車を停めた。ほかには車両は一台もない。

わたしはノートパソコンを脇に抱え、マイクといっしょにバンの後部に飛び込んだ。窓のないスペースにはたくさんの箱が積まれ、その間に身を落ち着けた。ルーサーがドアを閉め、車を出した。

車内はローストしたコーヒーの香りが濃厚だ。それをかいだら、一刻もはやくいつもの仕事に戻りたくなった。開店準備の作業、きれいに磨いた床に朝日が射して艶やかに輝く光景、その日一杯目のエスプレッソを抽出……。あの心やすらぐ時間を、あたりまえのことのように思っていた。それを永遠に失ってしまうの？

この先ずっと刑務所で過ごすことになるのか。娘とも、マイクとも、マダムとも、マテオとも、大好きな人々とも引き離されて。寿命が尽きるその時まで、刑務所のコーヒーを飲むことになるのだろうか？

「逃亡者エクスプレスにようこそ」ルーサーが運転席から叫び、駐車場でUターンして道路に出た。彼はシェフコートに手を伸ばし、わたしに一通の封筒を渡した。

「ティトからです」

イタリア人のバリスタ、ティトの優雅な筆記体を読んでいくと、ビレッジブレンドDCから半径二十ブロック以内でJ・ショコラティエのチョコレートを提供しているのは二つの店に限られると書かれていた。ひとつはわたしたちのコーヒーハウスから六ブロック離れたバイ・ジョージという高級レストラン。もう一つはわたしたちのコーヒーハウスの裏の通りを行った角を曲がったところにあるティリーズというガストロパブだ。

マイクにそのメモを見せると、ただちにバンの後ろを走っているダニカに電話をかけた。そのふたつのレストランにすぐに連絡をとって、ヴァルマがビレッジブレンドに飛び込んで倒れた夜の防犯カメラの記録をチェックさせるように指示した。

「運がよければ、亡くなった人物とあの晩、会食した相手が判明する」

しばらくしてダニカから連絡が入った。マイクは長いこと彼女の話に耳を傾けていた。彼の顎が動き、肩に力が入ってぐっと硬くなるのが見てとれた。

「それは、確かなんだな?」

マイクは相手のこたえが気に入らなかったようだ。うめくような声をもらし、通話を終えた。

「どうしたの、マイク? なにかあったの?」

「まずいことになった。ダニカは最新情報を得るために首都警察の友人に連絡をとった。五分前に返事がきたそうだ。ヴァルマ殺しの容疑だけではなくなった。警察はそれ以外の理由でもきみを追っている。今回は被害者がきみを加害者と名指ししている」

104

「被害者がわたしを加害者と名指ししている？」

マイクがうなずく。

「このわたしがなにをしたというの？　誰が被害者なの？」

「ダニカの情報源によれば、アメリカ歴史博物館の清掃員が、ヘレン・ハーグッド・トレイナーがピアノの椅子の上で倒れているのを発見したそうだ。彼女の手にはマグカップがあった。パーティーのギフトを兼ねたもので彼女の名前が記されていた」

「ヘレンが！　まさか！　彼女は生きているの？」

「どうやら間一髪だったようだ。今朝ヘレンは入院先のベッドで警察の事情聴取に応じることができた」

「なんの事情聴取？」

「クレア、彼女のカップにはコーヒーが一滴残っていた。そこから毒物が検出された」

「毒物？」

マイクの表情が一瞬、翳《かげ》りを帯びた。「ヘレン・トレイナーは当局に対し、そのカップはき﹅み﹅から渡されたもので、コーヒーはすでに入っていたと話した。きみがカップにコーヒーを注ぐのを彼女は見ていた。ほかに誰もカップには触れなかった。さらに、きみがファーストファミリーに関わる機密情報を握る立場にいたとも話している」

身体の内部で徐々にパニックが始まり、それが激しくなって息が苦しい。わたしの苦しみをマイクは感じ取って抱きしめてくれた。最初のショックの波がしだいにおさまっていく。彼の腕に抱きしめられたまま彼の顔を見上げた。少しでも安心したかった。けれども、彼も必死に耐えていた。わたしと同じだった――ひどく打ちのめされていた。

〝嫌よ。こんなことで終わってたまるもんですか。絶対に嫌よ！〟

感傷的な気分をきっぱりと断って、彼をしかと見据えた。「アビーを見つけて、殺人事件の真犯人を挙げる。絶対に！」

マイクがうなずいた。少し冷静になったところで、ふたりで容疑者の候補を挙げていった。話し合うほどリストは長くなっていく。しかも手強い相手ばかりだ。

まっさきに出てきた名前はカテリーナ・レーシーだ。マイクとわたしの意見は一致している。彼女は敵対する相手の弱点を握る調査能力に長けている。表沙汰にできない秘密を消し去ることなどたやすいだろう。はたして証人を消し去るところまでやるだろうか？

つぎにシャープ護衛官。

シャープ護衛官はアビーがオープンマイク・ナイトに登場するのに合わせて何度もコーヒーハウスを訪れていた。ジーヴァン・ヴァルマが店に押し入った晩、シャープが関わっていた可能性がある。〝バトシェバ〞のファイルがなくなる前、彼はヘレンとわたしをひどく疑っていたようだ。そして、カテリーナとはかなり親しげだった。リディア・ヘレーラは、自分のボスは〝銃を持った男〞が大好きだといっていた。

カテリーナの野心的な若きアシスタントとして、リディアもホワイトハウスに出入りできるではないか。しかもボスと同じく、彼女の倫理感も壊れている。

ほかにもいる。

元大統領首席補佐官はどうだろう？　ヘレンはアビーについての情報を彼と共有していた。あのUSBメモリーの内容も。

大統領自身が関与していたという可能性は？　血のつながらない娘の過去が再選への華々しい挑戦に影を落とすと考え、永遠に排除しようとして、後始末屋に依頼したのかもしれない。あるいは、もしかして――まさかとは思うが――アビーの実の母親が、自分の娘とヘレンを亡きものにしようと考えて指示を出したのか？　娘の情緒不安定ぶりが世間に知られてしまい、自分の地位と名声が脅かされたと感じて行動に出たのか。

「ポニーテールマンはどうですかね？　もしかしたら、なにか関係しているかもしれない」

ルーサー・ベルが加わった。

「ポニーテールマン？」

「髪もひげも白くて、いつもアビーの演奏を聴きに来ていた男ですよ」

「バーニー・ムーアのこと？　彼はジャズ評論家よ。どう関係するというの？」

「彼がそういったんですか？」ルーサーが首を横に振る。「あの男はＣＩＡに所属していますよ。ＣＩＡといったって、料理学校のカリナリー・インスティテュート・オブ・アメリカの略じゃない」

またもやわたしをパニックが襲った。「それ、ほんとう？」

「まちがいない」ルーサーがこたえる。「彼とはバージニア州ラングレーの中央情報局《CIA》本部で長く話し込んだことがあるから、おぼえていますよ。わたしが上院の食堂に移る直前にね。カフェテリアで出していた『モロッコ風シチュー』に不満をいってきたんですよ。あっさりしすぎて本場のものとはちがいすぎるといってね」

ルーサーが肩をすくめる。「彼の言い分はよく理解できた。しかしあれはわたしのレシピではなかった。あの時の会話をおぼえているのは、その直後にわたしが異動を命じられたからです。あのいまいましいシチューが決定的だった。彼らの食の基準はあまりにも低く、セキュリティのハードルはあまりにも高すぎた。あそこを出てせいせいした！」

ルーサーの口からモロッコという言葉が出てからというもの、彼の言葉は耳に入らなかった。偶然であるはずがない。

アビーの父親はモロッコで亡くなり、ファーストレディは、アビーが誕生後に短期間そこで暮らしたと語った。そして、あのヘレン・トレイナー。彼女がどうしても明かそうとしなかった事実は、アビーの父親が過激なテロリストであったということなのか。

では、バーニー・ムーアはどうだろう？

彼はアビーが演奏する時はかならずビレッジブレンドDCを訪れていた。アビーは大学のキャンパスでも彼の姿を見かけたといっていた。

そして、気がついたらアビーは失踪していた！

バーニーはスミソニアンでの催しにもいた。ヘレンがアビーと彼女の父親のことを話し出したら、がぜんヘレンに接近した。

バーニーはなんらかの方法でヘレンに毒を盛ったのだろうか？　そうよ、きっとそうにちがいない！

「バーニー・ムーアよ」わたしはきっぱりといい切った。「彼はなんらかの秘密軍事作戦に携わっている。さもなければ二重スパイとしてテロ行為に関わっているか、敵国との結びつきがある。もしくは、ただ桁外れの額の成功報酬を目的としてアビーを売り渡した。彼がアビーをさらい、彼女を利用しようとする集団に渡したのかもしれない」

「彼女を利用する？」

「そうよ、アビーを洗脳することだってできる。莫大な財産の相続人だったパトリシア・ハーストが洗脳されたみたいに。アメリカ合衆国のファーストドーターが革命を礼賛するプロパガンダに加担して滔々《とうとう》とまくしたてる光景はきっと、テロリストにしてみればまさに最高のツールとなるはず」

わたしはマイクと向き合った。「こうなると、リスクをとってあの屋敷にもう一度行くべきかどうか、わからなくなってきた。あそこは行き止まり。それよりバーニー・ムーアの居場所を、彼に関する真実を突き止めましょう。この事態を解決するには、それしかないわ」

「いや、まずあの屋敷に行こう。ＣＩＡの二重スパイ説は理屈として合っていても、きみの直感はそうは告げていない。だから地下鉄道の仮説に従おう。きみの本能がそちらの道を示している。それを信じよう」

105

ルーサーの運転でバンがジョージタウンに入り、屋敷があるブロックに着いた。ダニカは張り込み中のＦＢＩの車両のそばに車を停めて警察バッジを光らせ、彼らの注意をそらした。彼女はＦＢＩ捜査官ふたりに、クレア・コージーの捜索指令《ＢＯＬＯ》を受けたので最新情報が知りたいと接触した。

ＦＢＩ捜査官たちが彼女と話しているすきに、ルーサーのバンはコックスロウの裏の通用口に続く細い道へと曲がり、ビットモア＝ブラック夫人宅のキッチンに続くドアにできるだけ寄せてバックで停めた。マイクとわたしは野球帽をかぶり、箱をたくさん抱えて顔を隠した。

そのまま日当たりのいいキッチンに入っていくとマダムがいた。こちらを威嚇するように手に持ったのし棒をふりあげた。

「武装したファシストがこの家に入ることはゆるさないわ！　令状があってもなくても、ただちに出ていきなさい！」マダムが叫んだ。

わたしは段ボール箱を下げて顔を見せた。

「わたしです」ささやいた。「でも、名前は呼ばないで——」

「クレア!」大きな声だった。マイクがめざとくラジオを見つけてボリュームをあげたので、うまいこと身がすくんだ。

マダムはのし棒を取り落とし、わたしをきつく抱きしめ、スミレ色の目からはあとからあとから涙がこぼれる。「ああ、よかった。もう心配で心配で——」

わたしは人さし指を自分のくちびるに当てた。マダムは声をひそめ、ささやき声で続けた。

「——FBIは二度ここに来たわ。それに昨夜は何者かが押し入ったの。物音がきこえたわ。マリアも音をきいたのよ。ふたりでおりてきた時にはもう賊はいなかった」

「盗聴器を仕掛けたのかもしれない」マイクがいった。

「メイドのマリアはどこにいるのかしら」わたしはマダムの腕から抜けて涙をぬぐいながらたずねた。

「観光に出かけたわ。包囲されたみたいな状態には耐えきれないのよ!」

「きいてください、マダム。地下を調べる必要があるんです。説明はあとで」

「説明などいらないわ。わたしもいっしょについていくから」

ルーサーは上階で見張りを引き受けてくれた。三人で階段をおりて地下二階に着くと、わたしは懐中電灯を見つけた。そして前回鍵を置いた場所を見た。

鍵はそのまま置いてあったので、わたしは膝をついて鍵を鍵穴に挿し込んだ。マダムはわたしの肩越しにのぞき込み、わたしの脇ではマイクが銃をかまえている。両手で鍵を握ってまわした。鍵は楽々と解除された、あまりにも楽々と。前回とはちがって、油でも注《さ》したみたいにかんたんに。

マイクは炭化した木に肩をぴたりとつけて押した。ドアがいきおいよくあいた。そしてなにかに――あるいは〝誰か〟に――ぶつかった！

痛みをこらえてうめくような声。

驚いたマイクはなかに向かって突進した。そのすぐ後からわたしも続いた。急ぐあまり片方のひじを擦ってしまった。

懐中電灯は必要なかった。秘密の部屋は電池式のランタンで照らされていた。ぱんぱんに膨らんだエアマットレスは、この邸宅がウォルトン一家みたいに満員になった時に使ったものだ。カードテーブルと折り畳み椅子、棚には食べ物が並んでいる。屋敷のキッチンからくすねてきたのだろう。

部屋の奥のほうでマイクが男に銃を向けている。男は立ったまま顔を後ろに倒し、両手で鼻血を押さえている。その両手を上げた。降参のしるしだ。真っ白なポニーテールが見えた。

「撃たないで！　父を撃たないで！」

アビゲイル・パーカーが隣の部屋から飛び出してきてバーニー・ムーアの前に立ち、両手をぱっと左右に広げた。

次にスタンがあらわれた。手には錆びたバールを握っている。わたしを見てほっとしたらしく、両肩から力が抜けた。

気詰まりな静寂が続くなか、ドアの開口部からマダムが這って入ってきた。立ち上がり、両手を腰に当て、一堂を見回した。それからスタンリー・マクガイアをじろりと見据えた。

「とうとう見つけた！　説明してもらいましょう、たっぷりとね！」威厳にみちた声だった。

106

「たしかに、場当たり的な計画だったと思います。しかしアビーとわたしは必死でした。いっしょになるには、これしか道がなかった」スタンは素直に話し出した。

三人の逃亡者をふくめて全員が地下鉄道を出て、内装された地下室に移動した。わたしはスタンと並んでソファに腰をおろした。マイクは板張りの床を行ったり来たりして落ち着かない。ラウンジチェアでは、マダムとアビーがバーニーの腫《は》れた鼻をかいがいしく氷で冷やしている。

「アビーの脱出方法は？」マイクがたずねた。

「彼女の友だちがブライダルシャワーをひらいた時に」こたえるのはスタンだ。「ファーストレディは外泊をゆるしたんです。パーティーが終わって皆が寝静まると、アビーはいつもと同じ手順で抜け出したんです。わたしとは今回は公園で落ち合った」

そこでスタンが少しうつむく。「じつはミズ・コージーのバンを無断で借りるつもりでした。すみません。ガードナーのキーホルダーの鍵で合鍵を用意してありました。アビーが隠れるための毛布も、着替えも、カツラも」

「行き先は？」マイクがきいた。

「ラスベガス。そこで結婚するつもりでした」

マイクが首を横に振る。「ワシントンDCを出るのは不可能だったはずだ。ジョージタウンから出ることすら、無理だっただろうな」

「わたしも同じことを彼にいった。しかし度胸だけは認めてやってもいいだろう」バーニーは鼻を覆っている布を押さえている。愉快そうな表情を隠すためらしい。

マイクがうめき声をあげた。「おかげで百万ドル規模の大追跡が始まった」

「ああ、そしてやつらは、いまだに彼の居場所を突き止められない」わが子を自慢するような口ぶりだ。

「すぐにここを出るつもりはなかった」スタンだ。「地下鉄道で様子を見て、ほとぼりが冷めたら出発しようと」

マイクはいまきいたことが信じられないとばかりに、目をごしごしこすった。

「いいか、きみはアメリカ合衆国のファーストドーターがシークレットサービスを撒いて逃げ出す片棒をかついだ。行方不明になって時間がたてばたつほど、ほとぼりは覚めるどころか、熱くなるいっぽうだ」

「彼の策略が秀逸だといったつもりはない」バーニーが発言した。「度胸は認めるが」

「計画が頓挫《とんざ》した理由は？」わたしはたずねた。

「わたしだ」バーニーだ。「ふたりが計画を立てているのを知って、止めようとした。いま思えば、別の方法を取ればよかったのかもしれない。わたしは暗い公園でふたりに駆け寄り、スタンは路上強盗と勘ちがいした。この若者は度胸があるだけじゃなくて、たいした右フックの持ち主だった。そこでわたしは、第一回目の鼻血を出したわけだ」

「ということは、公園で見つかったのはあなたの血だったの？」そういうことだったのか。

「同じ場所でアビーのスカーフと髪が見つかったわ」

バーニーがうなずく。「アビーに、このわたしが実の父親だと証明しなくてはならなかった。鼻血を垂らしたまま、あの小道で」

「証明してくれました」アビーが話に加わった。「わたしが腕に『虹の彼方に』の音符のタトゥーを入れている訳をいい当てたわ。『チョップスティックス』をわたしに教えたことも憶えていました。わたしの子どもの頃の寝室の様子や、どんな家で暮らしていたのかも話してくれた。きいているうちに、まちがいないと思ったんです」

「それで？」マイクがきく。

「われわれはスタンが立てた計画の一部に沿って実行しようと意見が一致した」こたえるのはバーニーだ。「血がついたアビーのスカーフとスタンの杖を土手に残しておくようにアドバイスしたのはわたしだ、犬の追跡を撒くために。われわれは川に入り、雨水用の排水管に入った。スタンがロープを用意していたから、それを使ってアビーを排水管のなかに引き上げた。そのまま排水管をつたってここまできた。すでに三十時間くらいこの地下鉄道の駅に潜んでいる。わたし自身について少しくわしくアビーに話した。あとはずっと、今後の選択肢について三人で話している」

マイクが顔をしかめた。

「選択肢？　このふたりが駆け落ちを成功させるのは不可能だ。仮にベガスまで行かせることができたとしても、結婚許可証を申し立てた瞬間、当局に身柄を拘束されるだろう。スタンは即刻、誘拐の罪で告発される。いずれ無罪放免となるにしても、かなりの覚悟が必要だ」

「なんの見通しもないままでは出られないわ」アビーは感情が高ぶっている。「母はきっと、わたしが『必死に救いを求めている』といい出してまた治療を受けさせる。警護をもっと厳しくしてがんじがらめにするわ。わたしをゾンビのような状態にして、なにがなんでもプレストンと結婚させようとするに決まっている！」

彼女の目に涙があふれた。スタンは部屋を横切って彼女を慰めに行く。

「みんな、冷静になって」わたしは声をかけた。「ここに集まっているのは諜報部員、退役軍人、ニューヨーク市警の刑事、ニューヨークの街で六十年もりっぱに店とビジネスを守り抜いてきた女性よ。打開策が出てこないはずがないわ！」

107

三十分後、ルーサーとマイクは屋敷のなかをくまなく調べた。ブラインドをおろし、カーテンを閉め、盗聴器が仕掛けられている場合にそなえて手当たり次第にラジオとテレビをつけた。アビーとスタンを上階の居心地のいいダブルパーラーに移した。

わたしはキッチンで、ローストしたてのウェイクアップワシントン・ブレンドをいれて大きなポットをいっぱいにした。つけっぱなしのラジオから、クラシックロック・チャンネルの騒々しいサウンドが洪水のようにあふれている。コーヒーを運ぶとき、マダムが耳栓をしているのに気づいた。

マイク、バーニー、わたしはコーヒーを持って格式ある正餐用食堂に移動した。ウォルトンファミリー・サイズのテーブルを囲んで、いよいよ本格的な議論に入った。

わたしはバーニーに提案していた。「ファーストレディとじかに話をして、説得してはどうかしら」

「やるだけ無駄だ」彼の口調に迷いはない。

「なぜそう断言できるの？」

「ベス・ノーランドという人物を、わたしはあなたよりもよく知っている、とだけいっておこう」

「あなたと現ミセス・パーカーはかつて、強い絆で結ばれていたはず。それにふたりの間には子どももいる。それでも可能性はないというの？」

「決して順調な関係だったわけではない。それにいまとなっては大昔のことだ。当時、彼女はわたしの言葉をきこうとしなかった。いまも耳を傾けはしないだろう」

「そんなふうにいわれると、そもそもなぜあなたたちがいっしょになったのか、不思議だわ」

「聞きたいわね」マダムは耳栓をはずしながらいう。

「それなら、いちばん最初のきっかけから……」

バーニーはそれから十分間かけて、静かな口調で経歴を明かした。その一部はヘレン・トレイナーから知らされたものと重なっていた。彼が生まれたのはアメリカ合衆国のまさにこのあたり。州境を越えたバージニア州でアンディ・アーミル・フェッロとして誕生した。父親は大学教授のアメリカ人、母親はアラブ系のフランス人だった。バーニーはここワシントンDCでワールドミュージックを学び、フランス、スペイン、モロッコでもさらに勉強を続けた。旅と冒険をこよなく愛し各国の言葉を操るところは、マテオ・アレグロに似ている。

次に彼は意外なことを明らかにした……。

「おじがCIAに勤務していた。彼を通じてスパイに採用され、海外のテロリストの活動について情報を収集するようになった。わたしが提供した機密情報でパリのコンサートでの爆破が阻止され、命が危険にさらされているとすら気づいていない人々を救えた。それは音楽のすばらしさや興奮に匹敵するほどの経験だった……だからおじと同じようにCIAの諜報部員になろうと決めた。本部でトレーニングを受けるためにワシントンDCに戻り、そのときにアビーの母親に出会った」

彼はそこでコーヒーを味わい、マダムに親指をあげてサインを送った。

「ラングレーで勤務していたベス・ノーランドは熟練のCIAのアナリストだった。わたしよりも五歳年上で、ワシントンでキャリアを積むことに意欲を燃やしていた。最初からおたがいに肉体的に惹かれ合った。そしてアビーができた。もともとベスは子どもを持つことが難しいといわれていたから、妊娠をとてもよろこんだ。結果的に、そのことで彼女の人生は複雑になっていくのだが」

「人の心はそうかんたんに割り切りがつくものではないから」マダムが発言した。

「ただの複雑さとはわけがちがった。わたしは特別な任務のためのトレーニングを受けていた。いまさら抜けるわけにはいかない。ベスには、五年だけ現場で活動させてくれと頼んだ。その後はワシントンDCに戻って結婚するから、と。それは彼女にとって、とうてい受け入れ難いものだった。彼女はCIAを辞めて連邦議会での職に就いた。しかしわたしがワシントンDCを訪れた際には娘と会うことをゆるした。ベスは長期の休みにアビーを連れ、海外にいるわたしのもとを訪れたりもした。カサブランカに移り住もうかと心が揺れた時期もあった」

「でもけっきょく彼女は移ってこなかった。そうでしょう？」わたしはいった。

「ああ。同時多発テロが起きたからだ。あれでなにもかもが変わった。世界情勢も、わたしの将来の見通しも、ベスとの関係も。彼女は、移住は自分自身にも幼いアビーにも危険過ぎると判断した。わたしを説得して帰国させようとしたが、任務の重要性は増すばかりだった。だから拒否した」

バーニーがため息をつき、さらに続けた。「二〇〇二年にはベスはすでにパーカー上院議員と交際するようになっていた。ベルトウェイのなかでわたしのことを知る者は誰ひとりいなかったから、誰もがアビーはパーカー上院議員の非嫡出子だと思うようになった」

「そして二〇〇三年、カサブランカ爆破事件が起きた。モロッコの歴史において最悪のテロ攻撃だ。犯行を企てたと目されるテロリストが二千名逮捕され、有罪判決を受け、想像を絶するほど非道なことがおこなわれている刑務所に送られた」

バーニーの眉に汗が浮かぶ。「わたしもそのひとりだった。完璧なまでに別人に成りすましていたわたしの正体を、モロッコ当局の人間すら見抜くことはできなかった。受刑者たちはさっそく脱獄の計画を練り始めた。彼らは実行できるとわたしは踏んだ。だからそのまま別人に成りすまして、とことん自分の役割を演じた。おぞましいこともやった。いつしか刑務所のなかで一目置かれるようになり、信頼も得た」

マイクが席を立った。戻ってきた時にはショットグラスと高級なスコッチが入ったデキャンタを手にしていた。

マイクがグラスに注ぎ、バーニーはこくりとうなずいて礼を伝えた。

「悪の巣窟のような刑務所から九人がトンネルで脱走したと、モロッコの警察当局者は認めた。われわれの実際の人数は二十人を超えていた。いっしょに脱走した連中は新しいテロリストのネットワークにわたしを加えた。彼らの信頼を勝ち取ったというわけだ。ふたたびCIAとようやく接触に成功したのはパキスタンに着いてからだ」

バーニーがグラスの中身を飲み干す。「その後、わたしが当局にもたらした情報は、黄金の値打ちがあっただろう。悪魔の心臓に食らいついて得た成果だ。あの情報によって北米の複数のホテル、ヨーロッパの大使館とナイトクラブ、中東の女子校の爆破、世界をリードする指導者の暗殺、わが国の軍をターゲットとした攻撃を未然に防ぐことができた。活発なテロリスト組織を特定し、わが国の軍隊の作戦を助けた。ある日、出席していた会合がドローンによる攻撃を受け、重傷を負った。公には、わたしはその攻撃で他の者たちと同様、死亡したことになっている――」

「アーミル・トゥリ・アブダルが死亡した、ということね」

バーニーは、わたしの情報収集力に驚いている。「スタンのいった通りだな。あなたなら、わたしたちがここにいるのを突き止めるだろうといっていた。しかし、わたしの稼業にここまで精通しているとは思わなかった。天職に就きそびれたみたいですな、クレア・コージー」

「ありがとう、でもこの二十四時間というもの、わたしがひたすら求めていたのはコーヒーハウスの静けさと落ち着いた安らぎよ」

マイクがグラスにふたたび注ぐ。今回、バーニーはスコッチをじっくりと味わい、お気に召したようだ。

「ともかく、海軍特殊部隊《ネイビーシールズ》に救い出された。ワシントンDCに滞在して二年になる。健康を取り戻し、その過程で形成外科の手術も受けた。こうしていまはまったく別人として生きている。CIA本部で講義し、ケースオフィサーの訓練をするのが仕事だ。パーカー上院議員がパーカー大統領になったことも知った。わたしのだいじな娘がアメリカ合衆国のファーストドーターになったことも」

バーニーは空のグラスを脇に置いた。「情報部員として培ったスキルで、アビーについて調べずにはいられなかった。判明した事実にがくぜんとした。自殺未遂、精神科病院への強制入院。娘の人生は順調ではなかった。だから目の届く範囲に身を置いて——彼女を見守ろうと決めた」

彼がわたしと目を合わせた。「ビレッジブレンドDCのオープンマイク・ナイトの招待状をアビーに送った。店から直接送られたと彼女が信じるような体裁でね。期待通り彼女はあらわれた。あれでずいぶんらくになった。じっさいにこの目で彼女の姿を確認できるようになったからね」

ようやく、わたしはある質問を彼に投げかけた。この数時間、どうにも気になって仕方なかったのだ。

「アビーが駆け落ちすると、なぜわかったの?」

マイクが推測した。「彼女の携帯電話のクローンをつくった。ちがうか?」

バーニーはしおらしい様子でうなずいた。「後ろめたい思いはある。確かにクローンをつくった。彼女が有名になるずっと前のことだ。シークレットサービスは彼女に形ばかりの自由を与えるために、当時は一定の距離を置いていた。わたしは彼女に接近するために教員の身分証明書を偽造した。ある日アビーが友人たちと図書館に入ったところを狙った。彼女の携帯を一時的に持ち去って、ふたたび戻した」

バーニーの表情は深刻なものになっていく。「アビーの通話をきき、メールを読むうちに、彼女の将来がますます心配になった。スタンとプレストンそれぞれの人となりは、彼女と接する様子から当たりをつけることができた」

「あなたがくだした評価は?」マダムがたずねた。

「プレストンはアビーを子ども扱いし、対等な立場でやりとりしようとしていない。彼女のことを〝すべてを持ち合わせた女性〟と表現するのは決してお世辞ではない。事実をそのまま言っているだけだ。彼がのし上がっていくために必要なコネクションを、アビーはすべて持ち合わせていた。だから彼女との話題は、政治的野心、人脈づくり——彼女に便宜を図ってもらいたいことのオンパレードだ」

バーニーはわたしにちらりと視線を向けた。「音楽へのアビーの情熱はプレストンを不安にさせた。不安のあまり、彼はアビーに吹き込んだ。ビレッジブレンドの人間は彼女のコネクション目当てで利用しているのだと」

「まあ、たちの悪い嘘を！」マダムが叫ぶ。

「ええ、ライバルを陥れることには長けている。しかしアビーはあの若造の嘘にまどわされなかった。あなたたちはなんの下心もなく彼女と接しているのだとわかっていた」

「スタンは？」わたしはたずねた。「彼のことをどう思ったの？」

「スタンリー・マクガイアはアビーの人脈などいっさい話題にしていない。いつもわたしの娘をすばらしいと誉め称え、才能を称え、だいじに思っていると伝えていた。だがアビーがスタンに惹かれた理由は、ジャズについての彼の哲学なのだと、わたしは思う」

バーニーがいいたいことが、わたしにはよくわかった。

「スタンはアビーに、自分を批判するのではなく、自分が奏でるすべての調べを愛そうとしてごらんといった」

「すばらしい言葉ね。音楽についてだけではなく、普遍的な意味を持つわ」マダムがしみじみという。「だからあなたはスタンリーを選んだのね」

「わたしの娘がスタンリーを選んだのです」バーニーが正した。「彼女は自由意志で彼を選んだ。わたしはその選択を守ってやりたいんです」

「このテーブルに着いている全員が同じ気持ちよ」わたしがいった。「問題は、その方法ね。大統領とその妻である強情なファーストレディの思惑通りに事が運ぶのを阻止するにしても、逃亡中のわたしたちは表に出るわけにはいかない」

「マスコミを利用したらどうかしら?」マダムが提案した。

「それはまずい」バーニーがいう。

すぐにわたしもバーニーに同意した。なにしろ表沙汰にできない情報が多すぎる。アビーの親子関係もバーニーの正体も、トップシークレットといっていい——。

待って! トップシークレット。それならあのUSBメモリーも……。

「マイク、ダニカが持ってきたノートパソコンはどこ?」

「キッチンだ。どうかしたか?」

「アビーのお父さんには絶対にこれを見てもらいたいの!」わたしは夢中で自分の胸の谷間を指さした。バーニー・ムーアは椅子から転げ落ちそうになった。

108

二十分後、アビーの父親はまだダニカのノートパソコンの前に座ったままだ。モロッコの爆破事件後に彼自身が行方不明になった件についての電子メールをじっくり読んでいる。もちろんトップシークレットの情報だ。

「このUSBメモリーのプリントアウトをヘレン・トレイナーがファイルにまとめ、それが彼女のオフィスから盗まれた。それでまちがいないね？」

わたしはうなずいた。「彼女はそのファイルに〝バトシェバ〟と名前をつけていたわ。どういう意味かしら」

バーニーが意味ありげに片方の眉をあげてみせた。「ロマンティックな響きだが、嘘偽りのない真実だ。そのストーリーはご存じかな？」

「知っていますよ」こたえたのはルーサー・ベルだ。彼もダイニングルームのテーブルを囲んでいたのだ。「ダビデ王は兵士の妻に恋心を抱き、彼女の夫を前線に送って戦死させた。王は残された妻と心置きなくねんごろになることができた」

「そうだ、かいつまんでいうとそうなる。しかし、重要な点がいくつか省略されてしまっている。たとえば、ダビデ王はウリアの妻とねんごろになっただけではない。ウリアが戦死した後、ダビデはその妻バトシェバと結婚し、王妃とした」

そこまでいってバーニーはようやくパソコンを閉じた。「これこそ、わたしの身の上に起きたことだ。そして何百万人もの有権者にとって、これほどわかりやすいストーリーはない。だからこのストーリーを武器にファーストレディと戦う」

「どの部分が武器になるの?」わたしはたずねた。「たしかに大統領の立場を悪くするスキャンダルスな話だと思うわ。でも、具体的になにがどうスキャンダラスなのか、よくわからない」

「彼らはわたしを切り捨てた」静かな声だったが、バーニーのまなざしのなかで怒りの炎が燃えさかっている。「カサブランカの爆破事件の直後、CIAの同僚らは調査を求めた。彼らはわたしの死を確認したいと望んだ。生きているなら、その証を示してほしいと。しかしパーカー大統領——当時のパーカー上院議員——は国務省の友人を使って裏から手を回し、捜査を打ち切らせた。彼はすでにベス・ノーランドを愛するようになっていたにちがいない。だからわたしの存在を排除したいと望んだ。そこで彼は友人に証言させた。わたしを捜すことはモロッコとの外交関係を甚だしく損なうと。その結果わたしは切り捨てられ、死亡したと発表された」

バーニーは手で自分の喉を切るようなしぐさをする。「この電子メールはその経緯を明確に示している。アメリカ合衆国の大統領となる人物がわたしを抹消した」

「政府がこれを秘密にしておきたかったわけだ。軍人の家族であれば、人ひとりを見殺しにした大統領をどうしても再選させたいとは考えにくいな……」

バーニーはマイクの考察にうなずく。なぜか、いかつい顔に笑みを浮かべた。以前に彼が見せた笑顔とはちがう。あれは父親らしい、魅力的な、こちらまで楽しくなる表情だった。

いまは彼の本性がむきだしになっている。冷酷で慎重なチェスプレイヤーがチェックメイトする戦略を見極めて悦に入っている、そんな表情だ。

「アビーを助ける方法は、ある」バーニーがいう。

わたしは身を乗り出した。「どうやって？」

彼が両手をゴシゴシと擦り合わせた。「戦略を成功させるには、世間にアビーの失踪が知られるのを待つ。発表されてしまえばホワイトハウス主導で情報操作できなくなる。マスコミの追及に応じて真実を提供するしかなくなるからな。アビーはどこに行ったのか？　なぜ彼女は逃亡したのか？　彼女の同行者は？」

バーニーはUSBメモリーをノートパソコンから外して掲げた。

「この歴史のささやかな一片を使ってファーストレディにイエスといわせる。わたしの要求に応じなければ、彼女にとってひじょうに不都合な状況をつくりだす。わたしから彼女への要求はひとつだけ。アビーに選択の自由を与えろ、母親が本人に代わって選択するな。この要求に応じなければ、わたしは情報を公開し、彼女の夫を破滅させる」

わたしはマイクと顔を見合わせた。「うまくいくと思う?」

「ああ、いく。すばらしい戦略だ」マイクがいった。

「ありがとう。アビーの失踪が世間に知れた段階で、わたしはファーストレディに自分で電話をかける」バーニーがいった。

マイクが低くうなるような声でこたえる。「わたし自身、離婚経験者だから、その電話をかけたいという気持ちはよくわかる。だが、忘れないでもらいたい。ホワイトハウスはFBI、シークレットサービス、CIAをコントロールしている。彼らが本腰を入れれば、計画は水の泡とならないか?」

「ひとつ、道があるわ」わたしがいった。「シャロン・ケイジ護衛官はアビーが置かれた状況を理解し、スタンを慕うアビーに同情する心境になっているわ」

「しかし彼女をここに連れてきたら、もれなくFBIのSWATチームがついてくるのでは?」

今度はわたしがチェスマスターの笑顔を浮かべる番だ。「暗号よ。シャロン・ケイジだけが解読できる暗号でメールを送るの。わたしと彼女だけに通じるフレーズがある。彼女には必ず通じる。まちがいなく解き明かすわ」

バーニーは疑わしげな表情だ。「彼女はほんとうにFBIに通報しないだろうか?」

「決まり悪くてできないでしょうね。シャロン護衛官はアビーの護衛隊のトップを務めていたの。アビーが行方不明になって数時間後、彼女は任務を解かれてしまった。わたしはその現場に居合わせたわ」

マダムが眉をひそめた。「まあひどい。あまりにも不当だわ」

「でもわたしたちにとっては好都合です。ケイジ護衛官はＦＢＩからも大統領執務室からも切り離されているから、暗号を解読してもすぐには報告せず、自分の目で確認しようとするはず。彼女が到着したら、バーニーから説明してもらう。わたしたちにしたのと同じように、なにもかも。その後シャロン・ケイジ護衛官がアビーとスタンを屋敷の外に連れ出す。マスコミに気づかれないようにね。これなら誰にとってもハッピーエンドよ」

「それはすてきね。その女性は英雄になるわ」マダムが言う。

わたしはにっこりした。ルビー色の靴の前でシャロンと話した時のことを思い出した。

「わたしを信じてアビーとスタンを無事に虹の彼方に連れていけるのは、カンザス出身の護衛官以外にいない」

109

若い恋人同士が窮地を脱する方法がやっと見つかり、ダイニングルームでお祝いすることにした。ルーサーが手早く軽食をつくり、アビーとスタンもテーブルをいっしょに囲んだ。

マイクとわたしの浮かない表情に気づいたのはバーニーだった。

「なにか気がかりなことでも？　わたしで役に立つことはあるだろうか」

マイクがこたえてくれた。わたしがジーヴァン・ヴァルマ殺しとヘレン・トレイナーに毒を盛った主要容疑者として追われている身であることを。

「ゆるせない！」バーニーは即座に反応した。「あの美しい女性にいったい誰がそんなことを？　アビーからヘレンについてはなにもかもきいている。彼女がどれだけアビーを支え、力を貸してくれたかを。じっさい、ひじょうに魅力的な女性だった……また会えるのを楽しみにしていたんだが」

わたしは立ちあがり、落ち着きなく歩きまわりながら話した。「どんなふうに毒を盛られたのかさっぱりわからないのよ……わたしはこの手で大きなコーヒー沸かし器から彼女のカップに注いだわ。そのコーヒー沸かし器から皆が飲んでいた。わたしも飲んだ。ヘレンのカップは空で、そこにわたしがコーヒーを注いだ――」

「そのカップにはヘレンの名前がついていた」バーニーだ。「犯人は残基を使ったにちがいない。これだと乾燥している時は目には見えない。点眼器を使ってカップの底に毒物を入れておいたんだな。そこに熱いコーヒーが注がれると、残基は溶けてコーヒーを汚染した」

「そんなことが可能なの？」マダムは目を丸くしている。

「スパイのノウハウとしてはごくシンプルなものです」バーニーがこたえる。「わたしの時もよく効いた」

一堂が彼を凝視した。

彼が肩をすくめた。「サディスティックなモロッコ人の看守に毒を盛った時、刑務所じゅうにまき散らされている殺鼠剤から抽出したストリキニーネを使って彼のティーカップに仕込んだ。死にはしなかったが、その残基のせいで入院した。復帰後は、二度と彼はわれわれ受刑者を拷問することはなかった」

彼をまじまじと見つめてしまう。ほんの二日前には上品なジャズ評論家と信じてうたがわず、わたしの元夫の手本になると思っていたのに。とんだ勘ちがいだったのかも。

「とにかく、ヘレンは一命を取りとめたわ」

「スミソニアンのパーティーの時のことを思い出すと、彼女はあれだけシャンパンを飲んだせいで命拾いをしたようだな」バーニーがいった。

「それはなにかの冗談？」

「いや。いわゆるラスプーチン効果だ」

マダムがきょとんとしている。「ロシアの怪僧といわれている人物？」

「伝えられているところでは、ラスプーチンが皇帝の国政に影響を及ぼすことに脅威を感じたロシア貴族が彼を晩餐に招いた。そこで彼は葡萄酒をふるまわれ、毒物を加えたペストリーを食べた。しかし葡萄酒ですっかり酔っ払っていたので、毒物で命を落とさずにすんだ」

「それはなぜ？」

「過剰にアルコールを摂取すると一時的に吸収不良を引き起こす可能性がある。胃のなかで特定の食物を消化できなくなる。だからその毒が全身にまわって命を奪う事態を防ぐことができた」

「それは興味深い」マイクがいった。「しかし、ヘレンの分のマグカップはパーティーのあいだじゅう、丸見えの状態で置かれていたはずだ。クレアだけではなく誰にでもカップに近づける機会があった。被告側の弁護士はそこを強く主張できる」

「そうね。でもわたしは犯人を挙げたいの。黒幕の見当はついているわ――カテリーナ・レーシーよ。巧妙で狡猾な戦略だと思う。ヘレンは毒を盛られ、わたしがそれを仕掛けたように思わせる。自分と敵対しているふたりをカップひとつで一度に片付ける。まさに一石二鳥」

バーニーが身を乗り出した。「そのカテリーナという人物について知っていることをすべてきかせてほしい。なぜ彼女がヘレンに危害を加えたと考えられるのかも……」

マイクも説明に加わり、カテリーナ・レーシーの多くの顔があきらかになった——司法省のタスクフォースの部長代行には政治的な理由から指名されたこと、折々にファーストレディのアドバイザーを務めていることも。

「長年、彼女は〝毒樹の果実〟を用いてキャリアを重ね出世してきた」マイクが続けた。「ボルチモアでの彼女の過去について、わたしはひそかに調べてきた——ボルチモアの刑事の協力を仰ぎながら。ここワシントンＤＣでも、わたしが関わってきたおとり捜査には、おそらく彼女が違法に収集した証拠が使われている」

「それを証明する証拠はないということか」バーニーがいう。

「あくまでも仮説の域を出ない。あとは、司法省で彼女が起訴した容疑者の携帯電話に関する紛失、盗難、返還の報告書が警察にある。それくらいだ」

「ヘレンはそのどのあたりに関わっているのだろうか？」

わたしが話に割り込んだ。「ヘレンは国務省職員の殺害をめぐる一連の出来事の重要な証人だったの。殺されたのはジーヴァン・ヴァルマという人物。彼はそのＵＳＢメモリーを利用して大金をせしめようと複数の相手に当たっていた可能性があるわ。ミスター・ヴァルマとカテリーナがなんらかの関わりがあったこともわかっている。彼が企てていた脅迫の計画に彼女が協力していたのか、それとも彼を阻止しようとしていたのかはわからないけれど、ともかく、彼女はホワイトハウスに出入りしていた。ヘレンが保管していた電子メールのプリントアウトはホワイトハウス内で盗まれた。ヘレンはわたしに、ミスター・ヴァルマと会ったことについてカテリーナから質問されたとまで話しているわ。彼女が関与していないなら、どうやって知ったのかしら？　いうまでもなく、あの晩、ヘレンが毒を盛られたパーティーにも出席していたわ」

「誰がヘレンのコーヒーに毒を入れたのかしら？　カテリーナ本人、それとも共犯者？」マダムがたずねた。

わたしはバーニーと向き合った。「シークレットサービスは残基を使って毒を盛る方法について知識がありますね？」

彼がうなずく。「彼らはそれを予期して監視する義務を負っている」

「仮にカテリーナが実行犯ではないとしたら、誰かにやらせていた。シャープ護衛官と彼女が土曜日の晩に親密そうにしているのを見たわ。それともアシスタントのリディアにやらせたのかしら」わたしは指を鳴らした。「そういえば、自分のボスは〝銃を持った男〟が大好きなのだとリディアは冗談めかしていっていた。シャープ護衛官はそれに該当するわ」

「その女性は法律すれすれのことをしているのか、それともあきらかに法を逸脱しているのだろうか。カテリーナ・レーシーはかなりあくどいのか？」

「相当なものだ」マイクがこたえる。

「しかも、あの手この手で」わたしがいい添えた。「自分の蜘蛛の巣に引き入れた男たちをうまく使うのよ。彼女はマイクのことも引き入れようとしていたわ」

マイクが肩をすくめる。「たまたま、わたしはメスの蜘蛛にアレルギーがある」

「カテリーナはほかにも誘惑しているでしょうね。共犯者の正体も突き止める必要があるわ」

バーニーがマイクのほうを向いた。「彼女を告発するための物証はあるだろうか？」

「これが」マイクはヴァルマの携帯電話を見せて、それを手に入れた経緯を説明した。「関連性はさほどないが、論証するために使える煉瓦のひとつだ」

「ダニカのことも忘れないで。彼女は防犯カメラの記録を調べているわ。もしもカテリーナが映っていたら、彼女を仕留めるための案があるわ。カテリーナという蜘蛛《くも》の巣を直撃して仕留める作戦が」

「きみの案はこのところ一段と冴えているからな」マイクがいう。

「半分はスタンのアイデアを参考にしたのよ。圧力をかけてくる相手に力ではなく戦略で立ち向かうことについてふたりで話し合ったの。だから今回もその線でいったらどうかしら？」

わたしは作戦を披露し、マイク、ダニカ、自分自身の役割も説明した。すべて話し終えると、バーニーは賛成のしるしとしてうなずいた。

「スパイ顔負けの作戦だ。ラングレーのＣＩＡ本部でぜひレクチャーしてもらいたいものだな。連絡を待ってますよ」

「ありがとう、でもいまのところ、わたしが会いたいＣＩＡの職員はシェフコートを着ている人々だけ」

マイクが手を叩いた。

「さて、これでプランはできた。あとは逮捕令状と花束さえそろえば準備万端だ」

110

マイク・クィンはエレベーターのドアが閉まるまで待った。ほかには誰もいない。カーペット敷きの静かな廊下を進み、ドアを数えながら6Dの前に立った。

〝五分。それだけあればじゅうぶんだ。五分間、彼女を油断させればいい。怒りは抑えてうわっつらだけ愛想よくしろ〟。

ノックをして待った。ふたたびノックする。ようやくドアが開いた。

カテリーナ・レーシーはあきらかに驚いている。そして怪訝そうな表情を浮かべた。髪は寝癖がついて乱れ、すらりとした身体にはシルクのローブを巻き付けている。化粧をしていない顔は幽霊のように血の気がない。

「マイク？　なぜあなたがここにいるの？」

マイクは恋人に冷たくされたようなすねた表情を浮かべてみせる。

「会えてうれしくない？」

「そんなわけないじゃない。でもてっきりニューヨークにいるものとばかり。お子さんたちといっしょに」

「切り上げて帰ってきた。自分に必要なのは……〝おとな〟といっしょに過ごすことだと気づいてね」

「それにしても……こんなにいきなり」

相手は慎重になっていると感じ、マイクは〝強引になるな〟と自分にいい聞かせた。

「もうこんなに遅い時間か。最新の状況がどうしても気になって。直接それをききたかった。あなたから」

「電話してくれればよかったのに」優しい言葉でたしなめる彼女の視線が花に留まった。

「そうしたら、準備をしておいたのに……」

「電話はできなかった。息子が『ドラゴン・ウィスパラー』をプレーしていてスマートフォンを壊された。新しいのに替えなくては」

カテリーナは戸口から動こうとしない。マイクの本音をさぐろうと、訝《いぶか》しげに目を細める。

〝なかにわたしを招き入れていいものかどうか、迷っている。迷うな……入れなければ、こっちは絶体絶命だ〟。

彼は一歩後ろに下がった。「これではまるで押し入ろうとしているみたいだ。われながらなにを考えていたんだ。こんなに遅くに来るなんて。帰ります」

彼の人生においてこれほど長い五秒間はなかった。と、カテリーナが手を伸ばし、彼の指に指をからめた。

「いいえ。大丈夫よ。どうぞ入って」彼の手を取ってなかに招き入れた。

カテリーナ・レーシーの自宅はメリーランドの郊外にある高級アパートメントだ。ホワイトハウスまでほんの三十分の距離。贅沢なつくりで、一段下がったリビングルーム、壁一面の窓、そしてバルコニーからの見晴らしはすばらしい。しかしプライベートな空間にしては、そっけなくて無味乾燥とした印象だ。まるでホテルのロビーのようなよそよそしさがある。

「警備の職員がいたでしょう。よく入れたわね」カテリーナがいう。

「夜警の職員にはほんとうのことを打ち明けたんですよ」滑らかな口調でこたえる。「一刻も早く会いたかった。が、驚かせたくもあった。あんがい、このブーケが効いたのかもしれないな。ロマンティックな気持ちを理解してくれたんでしょう。ＦＢＩ捜査官の身分証をちらつかせたのも、ちょっとは効いたかな」

カテリーナは人さし指で彼の頰をすうっと下に撫でた。マイクは悪寒を必死で耐える。彼女は花束を受け取り、花瓶を取りにいった。その花瓶に水を入れるために彼女がカウンターに向かう。マイクは奥歯をぐっと嚙み締めて腕時計を見た。

〝踏みとどまるんだ。あと一分……〟。

カテリーナはこちらに背を向けたまま話す。「最新の状況といっても、たいして変わりはないのよ、マイケル。依然としてあなたのお友だちのクレア・コージーを捜しているわ。首都警察、シークレットサービス、ＦＢＩを総動員でね。おそらく、大統領の娘を誘拐したギャングといっしょに逃亡しているんだわ」

マイクは顔をしかめた。「彼女について知らせてもらって、ほんとうに助かりました。おかげさまでワシントンでの暮らしが一変しますよ」そこで彼がぐっと声を落とした。「今夜こうして来たのは、自分のほんとうの気持ちを伝えたくて……」

カテリーナがふたたび彼と向き合った。手には飲み物を持っている。「わたしの記憶が確かなら、あなたはスコッチ派ね」

彼女がグラスを渡す。必要以上にゆっくりとした動作で。さらにシルクのローブの前を開けた。そこにあらわれたバラ色の肉体は……正直なところ一見の価値があった。

「わたしたちに乾杯」彼女がいい、ふたりそろってグラスを空にした。

「クレアが行方をくらましたのも、やはりあなたは正しかったということか」マイクは手にしたタンブラーをじっと見つめたままいう。「前回、彼女に黙って休みをとった時、彼女はわたしのアパートを張り込んでストーカーと化した。今夜、自宅に鞄を置きにいったが彼女がいる形跡はなかった」

「あんな女のことは忘れてしまいなさい」カテリーナがマイクににじり寄る。「いまごろ百マイルも離れた場所にいるわよ。あなたとわたしは……ここにこうしてふたりきりでいる――」

ドアを激しく叩く音に、ふたりはぎょっとした。

マイクはしまったという表情をする。「この建物の警備員だ、きっと。わたしがまちがいなくここのゲストで、あなたが了承していると確認の電話をあなたから警備員にさせると約束したんだった。うっかりしていた」

「追い返してくるわ……」カテリーナがマイクの胸をぐっと指で押した。「あなたは、ここにいて」

マイクはグラスを持ったまま息を殺し、花火の開始を待った。長くはかからなかった。

111

カテリーナは自宅の戸口にわたしが立っているのを見て、よほど驚いたらしい。わたしは両手を腰に当て、いまにも彼女に飛びかからんばかりの形相だ。彼女は二歩、後ずさりをした。

今夜のわたしが演じているのは、〝嫉妬にかられて怒りを爆発させる恋人〟。だからギラギラした目つきで女性法律家をひたすら睨みつけた――居間でマイクが空のグラスを手に立っている姿を見つけるまで。

〝わたしの恋人とわずか五分いっしょにいただけでカテリーナは酒をふるまい、ローブの前をこんなにはだけてわいせつな姿を見せていたの？〟

怒ったふり？　冗談じゃないわ！　演技なんていらない！

「この魔女め！」甲高い声で叫び、彼女に突進していった。

カテリーナはわたしから逃れて後ずさりのまま走っている（なんと器用なのだろう。こんなの初めて見た）。

「落ち着いて。話せばわかるから」カテリーナは棒読みのような話し方だ。

「クレア！　なにをしているんだ。こんなところで？」

マイクは仰天している男を演じている。つぎに、わたしから逃れるためにカテリーナの住まいの奥へと駆け込んだ——計画通りに。

カテリーナはマイクが奥に入っていったのには気づいていない。玄関のドアをわたしが開けっ放しにしていることにも気づかない。彼女の注意はたった一つのことに向けられている。いま目の前にいる、嫉妬に狂ったイタリア系の女しか目に入っていない！

祖先から受け継いだ遺産に敬意を表して、わたしはイタリア語の悪口雑言を並べ立てた。愛する祖母ナナが耳をふさぐような言葉ばかりで、その大半は元夫から学び取ったものだ。若いバリスタのティトが使うボキャブラリーからも、気の利いた言葉をいくつか織り交ぜた。

母語を使い果たし、英語に切り替えた。

「あなたとマイクがおかしなことになっているのは、わかっていた。西海岸にやたらと出張に行ったり、夜遅くまで仕事をしたり。あれは全部、色ぼけの上司と彼が寝るためだった！でももうそんなことはゆるさない！　わたしはこうして戻ってきたんだからね！　今夜限りですべておしまいよ！」

カテリーナが電話を手に取り短縮ダイヤルでどこかにかけ始めたのは想定外だった。

「警察を呼ぶの？」わたしは不敵な笑みを浮かべた。「彼らが到着するまで、そのギスギスの身体が無事だといいけどね！」

〝もしかしたら彼らはすぐにやってきて、計画がぶち壊しになってしまうかも……〟。

カテリーナはソファの向こう側へと移動する。「こっちに来ないで」わたしを手で追っ払うしぐさをし、もう一方の手に持った携帯電話を耳に当てる。

「助けが必要なの。コード・レッド！　すぐに来て！」彼女が叫ぶ。

〝相手は夜勤の警備員ね。彼はすでにこちら側にまるめこんだから、邪魔しにはこない〞。

わたしはソファの向こうへと突進する。カテリーナはあわててカウンターの奥へと逃げる。よく磨かれたカウンタートップを挟んで、彼女とわたしの視線がぶつかった。

「当局はあなたを追っているわ、クレア。それがなにを意味するのか、わかる？」

「〝これ〞がなにを意味するのかは、よくわかる」

マイクだった。居間に入ってきた彼の片手にはけたたましく鳴っている携帯電話が握られている。マイクが非情な笑みを顔に貼り付けている。

「寝室でこれを見つけた」またもや電話の音が鳴る。「このボリウッド音楽の着メロが聞こえるか、カテリーナ？　よく聞いておけ、きみが聴く最後の歌《スワン・ソング》だ」

カテリーナは怪訝そうな顔になる。「なんのことか、さっぱり――」

「それなら、わたしがいおう。これはジーヴァン・ヴァルマという国務省職員の電話のクローンだ。きみが殺害した男だ。その男の電話のクローンをつくり、彼を監視していたんだな」

「なんのことかしら。なにか証拠でもあるの？」カテリーナがにやにやした。

「ある」

「ではいわせていただくわ、わたしに脅しは通用しないわよ。だって、〝これ〟があるもの」バーカウンターの向こうで彼女が銃を取り出した。その銃口を迷いなくマイクの胸に向けた。

その光景に、わたしは思わず息を呑んだ。静かにしろと彼女の言葉が飛んできた。

「少しでも動いたら容赦しないわよ。彼の心臓を射ち貫いたあとで、あなたの頭に銃弾を撃ち込んでやる」

ふたたびマイクに向かっていう。「こうなる前にわたしに銃を向けるべきなのに、やはり思った通り、あなたは弱い。わたしはちがうわよ。さあ、銃をソファに放って」

マイクが腕を組んだ。

いっぽうカテリーナはますます激しくいい募る。「この女は指名手配犯よ。それをあなたは助けた。だからあなたも犯罪者。いますぐあなたたちふたりを殺したってわたしには司法省での地位があるんだから、いちいち説明する必要すらない」

「そうかもしれない」新しい声が加わった。「ただし、わたしがあ、い、い、あなたを撃たなければね、ミズ・レーシー」

ダニカ・ハッチが開けっ放しの玄関の戸口からつかつかと入ってきた。手には銃を握り、怪物にまっすぐ銃口を向けている。

この隙にマイクが拳銃を抜いた。形勢は二対一となった。

カテリーナはうんざりした様子でため息をつき、銃をカウンターに置いた。わたしがそれをつかみ、後ろに退いた。信じ難いことにカテリーナはまだにやにやと笑っている。

「座れ」マイクが大きな声で命じた。「座ってこれを見るんだ」

カテリーナはマイクと視線を合わせ、はだけたローブをすらりとした身体にしっかりと巻き付けてベルトを結び、ソファに沈み込むように座った。

「あなたは電子機器が好きだと聞いているわ。これを見て」

ダニカ刑事はスマートフォンを出して白黒の画像を次々に映し出す。あるところでぴたりとダニカが画像を静止させた。

「あなたよ、ミズ・レーシー。ジーヴァン・ヴァルマがはいった数分後に、ティリーズというガストロパブにあなたが入っていくところ。この数時間後、ミスター・ヴァルマは昏睡状態に陥り、その翌日、息を引き取った。殺したのはあなたね」

カテリーナは余裕たっぷりでニヤニヤとした笑いを浮かべている。まるで勝者のような態度だ。

平然としている。なぜ？

「ミスター・ヴァルマはあなたが欲しがっているものを持っていた」ダニカが続ける。「あなたが仕えている大統領の失脚につながるおそれのある情報をね。だからあなたは彼に、情報とひきかえにお金を支払うといって信用させた。しかしあなたは支払わなかった。支払う代わりに彼を殺害した」

「わたしは誰のことも殺してなどいない」カテリーナはしれっとした口調でこたえた。「あの夜、ヴァルマに会ったことは認めるわ。ビレッジブレンドで会うことを彼は望んだ。でも、あそこではわたしの素性が知られてしまう。それで彼は場所を変更したのよ。すぐ近くのテイリーズに」

マイクがカテリーナの前に立って見おろす。「会った目的は？」

「金を支払うために行ったのよ。数年前、当時のパーカー上院議員が大統領選に打って出ようと計画していた時に、彼の陣営に依頼されて、大統領選で不利になりそうなスキャンダルの種やいろいろな証拠を収集したわ。マスコミや彼の失脚を願う政敵がよろこんで飛びつきそうなパーカー氏の過去の汚点をもれなく調べろと言われた。どんな手段で情報を仕入れるのかは問題にされず、彼らは結果だけを欲しがった。すべての汚点をきれいに洗浄することを求めた。パーカー大統領の失脚につながりかねない電子メールを見つけたので、わたしはヴァルマに金を支払って政府のサーバーから消去するように依頼した。でもあいつはコピーを保存していた。今年パーカーが再選を狙うタイミングで、そのコピーを使ってわたしをゆすった」

彼女が肩をすくめた。「だから支払ったわ。要求されたお金をあの晩、彼に渡した。二十万ドルを現金でね。けれども結局、ヴァルマは現物を渡さなかった。彼から渡されたＵＳＢメモリーにはブツをある場所で渡すと約束する文書が入っていただけ。そして当のヴァルマは死んでしまった」

カテリーナが強いまなざしでマイクを見返す。「わたしは彼を殺していない。わたしが殺したという証拠など、あなたは持っていない」

彼女はなおもせせら笑うような表情だ。

「大統領が守ってくれると信じているのね」

わたしの言葉に、カテリーナは平然とした様子で肩をすくめた。やはりそうなのだ。しかしダニカの次の言葉には、さすがのカテリーナも動揺した。

「わたしたちはあなたをミスター・ヴァルマ殺害の容疑で逮捕しに来たわけではありません」

カテリーナはぽかんとしている。「なんですって？」

「正義感あふれる内部告発者の協力を得て」ダニカは首を傾げるようにしてマイクを示す。

「あなたが司法をないがしろにする行為をおこなっていた証拠をつかんでいます。司法省において現在の地位にある期間にも、ボルチモアで地方検事補を務めていた期間にも、違法な捜索と差し押さえをおこない、立場を利用して大統領の政敵を選択的に起訴していた事実を証明できます」

「ボルチモアですって？」

マイクが一歩前に出た。「ミスター・ヴァルマの携帯電話のクローンを寝室で見つけたといったはずだ。同様のクローンが数十台あった。寝室には、ほかにもたくさんの機器が隠されていた。大統領の政敵――一部はメリーランドに居住している――におとり捜査を仕掛ける際にわたしがあなたから渡された機密情報はこうした機器を通じて不法に入手したものであると、これから証明できるだろう」

そこでついにカテリーナの理性が吹き飛んだように見えた。

「あなた、頭がどうかしたんじゃないの？」彼女が叫ぶ。「そんなことをしたら、わたしたちが起訴したケースはどうなってしまうか、わかっているの？」

「違法に収集した証拠にもとづく起訴だ。そこには政治的な思惑が絡んでいる」

カテリーナは口をあけたまま、なにもいえずマイクを凝視している。せっかくワシントンＤＣで出世が約束されているのに、正義感でたき火を燃やし、出世の階段を燃やしてしまおうとする人物が目の前にいる。それが信じられないのだ。

しかしマイクにためらいはない。ガソリンをかけてごうごうと燃やそうとしている。

ダニカが晴れ晴れとした笑顔を浮かべた。「この手であなたに手錠をかけたいのは山々ですが、残念ながらできません、あなたは連邦法違反の容疑で逮捕され、メリーランドの米連邦検事ならびにわたしが勤務するボルチモアの地方検事のもとに連行されます。ですからＦＢＩの担当です」彼女はそこでまた首を傾げてマイクを示す。「連邦捜査局が管轄し、令状を請求します。ですが身柄登録はボルチモアでおこないます。あなたのお友だちがほとんどいないところでね。ゆっくり滞在してもらうつもりです」

カテリーナはすさまじい形相でダニカをにらんでいる。ダニカはよろこびを爆発させたいのを必死にこらえている。そして弾むような足取りで、囚人に着せるコートをさがしに玄関先のクローゼットに向かった。

「絶対にこんなことでつぶれたりしない。いまに見てなさい」カテリーナはマイクに引っ張って立たされながらも、あきらめていない。

「希望があるとすれば、大統領恩赦だろう。ひとつだけ確かなのは、法を振りかざす立場には、二度とつけない。これで安心だ」

「あなたはとんだ愚か者よ、マイク」ダニカが放ったトレンチコートをつかみながら、カテリーナは押し殺した声を出す。「せっかく、あなたとわたしの未来が約束されていたのに。今後は司法省のなかであなたを信頼する人は誰もいなくなる。ワシントンDCでのキャリアはおしまいよ」

「それで結構だ」マイクがカテリーナに手錠をかけた。「あなたのもとで仕事をしてよくわかった。わたしの願いは一刻も早くニューヨークの治安を守る任務に復帰することだ」

それからマイクは上司に権利を告知した。そのなかに〝（ありがたいことに）黙っている権利〟も含まれていた。

112

「これが最良の方法だ、クレア。ハイウェイで四十分、それでボルチモアに着く。カテリーナが勾留されたら、きみとわたしとダニカは戻り、われわれの手元にある証拠を首都警察に提出する。それに加えて、アビーとスタンが証人となれば、きみにかけられた嫌疑は取り消されるはずだ」

「いっしょの車で行ければいいのに」

もう真夜中だ。メリーランドの郊外のこのあたりはとても寒い。

「わたしが用心棒として同乗するほうがいい」マイクがこたえた。「ダニカに運転と監視の両方は無理だろう。それに事務手続きは郡境をまたいで電子文書でおこなうから、騎馬警官や地元警察官に車の停止を命じられるような場合は、わたしが令状と身分証を見せる必要が出てくるだろう」

マイクは立体駐車場に停めた小型の銀色のＳＵＶをちらっと見た。後部シートにカテリーナが乗っている。手錠をかけられ、まっすぐに切りそろえた髪にふちどられた顔は冷たい表情だ。

「率直にいって、きみがカテリーナと四十分同じ車内にいたいとは思えないが」

「わかった。もういわないわ」

「駐車場を出たら右折だ。街中を一マイルくらい走ったら、州間ハイウェイの標識が見える。信号で曲がったらランプまではほんの数マイルだ。ハイウェイに乗った後はボルチモアを示す標識にしたがっていけばいい」

不安をぬぐいきれないまま、ビレッジブレンドのバンに乗り込んだ。心のなかになにかが引っかかっているのに、その正体がつかめなくてもどかしい。

〝なにを見逃しているの？〟

エンジンをかけるとラジオが入り、アナウンサーの興奮した声に一瞬、気を取られた。

「……そして失踪宣言されたわずか数時間後、シークレットサービスのひとりが、ファーストドーター、アビゲイル・パーカーを発見しました。アメリカン大学の寮の自室のすぐそばで無事に……」

〝わたしのメッセージが通じたのね。よくやってくれたわ、ケイジ護衛官。あなたはヒーローよ。そう、もとからあなたはヒーローだった……〟。

浮き浮きした気分は、ダニカが思いがけなく速く行ってしまったのに気づいて不安へと変わった。駐車場から出て彼女の車の後を追った。

道路は街の外へと続いている。交通量は少ない、黒っぽいセダンに気づいたのはそのせいだ。ダニカの銀のＳＵＶの脇を通り過ぎ、ゆっくりＵターンして追いかけている。

先にはハイウェイがあるので、怪しいと頭から決めつけるわけにはいかないけれど、とにかく携帯電話をつかんだ。最初の呼び出し音でマイクが出た。

「あなたたちの車の後ろに一台いるわ。見える？」

「ああ……それで？」

「カテリーナの住まいで、あなたとダニカが銃で威嚇する前、彼女は誰かに電話して助けを求めていた。フロントの警備員にかけたものとばかり思っていたけれど……もしそうでなかったら？」

「カテリーナには共犯者がいる。それはまちがいない。携帯電話を盗んでクローンをつくるには犯罪行為を担当する人間がいたはずだ。だがカテリーナの身柄は拘束している。いま彼女を助けられるのは有能な弁護士だけだ」

「でもね、すでに半マイルもあなたの車の後ろを走行しているのよ」

「おちつけ。きみが神経過敏になるのもよくわかる。だがハッチ刑事もわたしも銃を携帯している。だからもう心配しないで運転に集中するんだ。外はどんどん暗くなってきているからな」

マイクが通話を終え、わたしは運転に専念したが、それでも心配が頭から離れない。

交差点で信号が黄色から赤に変わり、わたしは停止してトラックが交差点を通過するのを待った。信号が青に変わると、ダニカとマイクが乗った車はすでに右折していた。

その先になにが待っているのかはわかる。ががらに空いている曲がりくねった三マイルの道だ。その道は州間ハイウェイのランプへと続く。仮にあのセダンが彼らになにかを仕掛けるとしたら、まさにこのタイミングを狙うはず。だからわたしは角を曲がる前に、自分の直感を確かめることにした。

バンのヘッドライトを消し、スピードを落とした。

両側は木々と低木のしげみ、街灯は遥か先だ。道路の前方はほとんど影に覆われている。黒っぽいセダンはもう遠くだ。バンのヘッドライトを消しているので、セダンのドライバーにこちらが見える可能性はほぼない。

突然、セダンの運転席の窓から腕が出てきて、ルーフに大きな泡のようなものをつけた。磁石でついているらしい。つぎの瞬間、サイレンがとどろき、スピーカーから声が響いた

――

「郡保安官事務所だ。停止しなさい」

わたしはほっとして、シートに背を預けた。

こういうことが起きる可能性があるとマイクはいっていた。被疑者を乗せて郡境を越えていくので、地元警察に停止を命じられれば応じなければならない。保安官はおそらくメールで通知を見ていたのだろう。ダニカは電子メールで発令された逮捕令状を用意しているので、それを提示すれば問題ない。

マイクたちの銀のＳＵＶが停車すると、黒いセダンはその数ヤード後方の路肩にゆっくりと停まった。

わたしはバンのエンジンを切り、やはり停車した。保安官の車とは二十ヤード以上離れた地点に。道路はほかに通行する車両はなく静かだ。木々と茂みは黒々して、虫の鳴く音だけがきこえる。けれどもわたしはほっとする心地とはほど遠い。

正義が勝つには、あの車のバックシートにはカテリーナだけではなく、もうひとり乗っているべきだ。マイクは自分の上司に共犯者がいることを確信していた。わたしもだ。

〝それは誰？〟

わたしは目を閉じて、自分の店の控え室の壁画を描いているつもりになった。絵は完成に近づいているが、パズルの最後の一ピースが欠けているようなもどかしさを感じる。

〝思い出すのよ、クレア、細かい部分がだいじ……〟。

ここに至るまでのすべての出来事を、懸命に思い起こした。それぞれの状況、人々、悲しいできごと、勝利、フラストレーション、おそれ。

このストーリーのなかの誰かが、欠けているピースの形にぴたりと重なるはず……。

そして、遂にひらめいた――。

ヘレンが毒を飲まされた晩、スミソニアンのアメリカ歴史博物館にいた人物。

ミスター・ヴァルマが殺された晩にビレッジブレンドの近くにいた人物。「リンゴ狩り」と携帯電話のクローンづくりの技術に長けている裏社会の人間と容易に交渉できる人物。

わたしを年上の魅力的《MILK》な女性に見立てて、ヴァルマと関係があったかのように誘導できる人物。そのいっぽうで、わたしに罪を着せてすぐに捕まるように、あらかじめ首都警察の警察官の半数にわたしの顔をしっかり憶えさせた人物！

案の定、覆面パトカーであるセダンから降りてきた人物は、わたしが予想したまさにその人物だった——トム・ランドリー巡査。

彼が年上の女性を好んだのは、なんの不思議もないこと。カテリーナ・レーシーは、彼にかんたんな〝頼みごと〟をしてその見返りに気前よく金を支払い、男女の関係にもなっていた。

今夜のランドリーは制服姿ではなかった。運転しているのは回転灯のついたパトカーではなく、私服を身につけている。黒っぽいパンツに黒いTシャツは犯罪者にふさわしい格好だ。ベルトの背中側に押し込んでいる銃は、警察の公認の武器ではないはず。熱々のドーナッツに大枚を賭けてもいい。

わたしはダッシュボードをあけてマイクの四十五口径のピストルを手に取った。

撃ち方はマイクに教わっている。けれどもわたしは射撃手ではない。こんな状況ではダニカかマイクを撃ってしまうかもしれない。それでもとにかく銃を握ったまま、コーヒーハウスのバンから降りた。

ランドリーがダニカの車に近づきながら、ベルトの銃に手を伸ばす。彼が乗ってきたセダンの上には投光器があり、彼はそれを前方に向け、逆光のなかで車に近づいているので、マイクとダニカにはまぶしくてよく見えないはず。彼が足を止め、運転席の窓から至近距離で銃を上げた。そうか——。

彼はマイクとダニカを殺すつもりだ。平然と彼らの頭に銃弾を撃ち込もうとしている。

〝そうはさせない！〟

わたしは宙に向かって発砲した。

周囲の木々に破裂音が反響して核爆発かと思うほどの音になった。頭上に向けて撃ったので、自分の頭蓋骨のなかでも音が反響した。

ランドリーがこちらを向いた。

わたしは彼がいる方向へと駆け出し、ふたたび頭上に向けて発砲した（二回目なら、音に対する免疫ができているだろうと思った。参考までにいっておくと、慣れるということはない！）耳のなかではジャムセッションの後のスタンのシンバルのようにすさまじい金属音が鳴っている。力いっぱい叫んでいる自分の声すら、くぐもってきこえる――。

「あなたの正体はわかっているわよ、トム・ランドリー！　あなたが犯した罪の証人はこのわたしよ！　あなたは人殺し！」

耳のなかがぼわんとしてよくきこえないけれど、ランドリーの耳はだいじょうぶらしい。わたしの声はちゃんと届いている。それがわかったのは、いま彼の銃口がわたしに向けられているから。

撃たれるのを待つみたいに、わたしの全身が凍りついた。

銃弾が発射された。身体がくるりと回転して地面に激突したのは、ランドリー自身だった。ダニカが車から飛び降りて、倒れたランドリーの脇に立って見おろしている。うごくなと彼に向かって叫んでいる。ランドリーは落とした銃に必死に右手を伸ばす。その腕をダニカが踏みつけた。そして手に持った銃の銃身をランドリーの頭に押し付けた。ようやく彼は両手をあげて降伏の意志を示した。

出血しているランドリーにダニカが手錠をかけた。そこで気づいた。発砲したのは彼女ではない。マイケル・ライアン・フランシス・クインだった。ボンネットを挟んで、彼は警察官用の銃を握ったまま立っている。

安定した手つきで狙ったものを確実にしとめたのだ。

わたしはビレッジブレンドDCにもどり、いつもの暮らしを再開し、その一瞬一瞬をこころゆくまで味わった。二度と戻れないのではと絶望的な思いにかられたのは二週間くらい前だった。うれしくて、天にも昇るような思いだ。窓から射し込む四月の日差しはきらきらして、魔法の光のよう。なにを食べてもおいしくてたまらない。デザートの甘さに酔いしれ、ひとくちのコーヒーに信じられないほど癒やされる。

味蕾《みらい》がとても冴えているので、新しいブレンドをつくってみた。名づけて〝ビッグボールドベルトウェイ・ブレンド〟。ニューヨーク市警の刑事に試飲してもらうのを心待ちにしていた。

その彼が運転するSUVが店の前で急停止するのを見た瞬間、パニックに襲われた——一連の出来事がトラウマになって反応してしまった。けれど正面のドアからさっそうと入ってきたマイク・クィンを見たら、たちまち不安は引いていった。彼はわたしへのとっておきの笑顔を浮かべていた。

とはいえ、彼のお目当てはわたしだけではない。特別においしいものをごちそうすると約束していたのだ。いそいでカウンターのなかに入り、ディスプレイケースのなかに彼のために確保しておいた最後の一切れを皿に盛り、フレンチプレスでわたしのビッグボールドベルトウェイ・ブレンド、略してクワドループルBをポット一杯つくった。

五分後、マイクは椅子に座って長い脚を伸ばし、わたしと向かい合っていた。ルーサーのブラックマジックケーキをひとくち頬張り、ビッグボールドベルトウェイ・ブレンドを飲み、穏やかに微笑むというより陶酔感に浸り切っている表情だ。

「きみは決しておおげさに表現したわけじゃなかったんだな、クレア」頬張る合間に彼がいう。「ルーサーのすばらしいチョコレートケーキときみのすごいコーヒーは、まさに互角だな」

「アビーがここで演奏した時の料理をあなたに食べてもらえなかったのはとても残念だったけれど、これでデザートだけは味わってもらえたわ」

マイクはまだ恍惚《こうこつ》状態で、わたしの言葉をきいていない。「熟慮の結果、今日の勝利はケーキだな。この甘美な満足感は甘美なニュースにぴったりだ」

わたしはテーブルへと身を乗り出した。「甘美なニュース？　きかせて……」

「今朝トム・ランドリーが起訴された。ジーヴァン・ヴァルマの殺害、ヘレン・トレイナーの殺人未遂も含めてすべての容疑で」

「それは甘美なニュースね」

「すべてはきみのお手柄だ。きみが機転を利かせてくれなければ、いまごろダニカとわたしはあの地下鉄道よりずっと深いところに埋まっていた」

あの瞬間のおそろしい光景がよみがえって身震いした。ランドリーの銃口がマイクとダニカの頭に向けられた光景は、まだ夢に出てきてわたしを苦しめる。

「終わってみれば、ランドリーを追いつめたのはヘレンのカップの最後の一滴だった……」

わたしを容疑者にしたのと同じその一滴は、皮肉にもわたしの無実を証明したのだ。

鑑識チームはヘレンに使われた毒物と同じものをランドリーのアパートで発見した。現金二十万ドルも、皮下注射用の針も、ジーヴァン・ヴァルマの殺害に使われたのと同じグレインアルコールも。警察の取り調べの席で若いトム・ランドリーは〝虹の彼方の小さな青い鳥みたいに歌った〟そうだ。自分の刑期が短くなることを期待して、共犯者のカテリーナ・レーシーのことも洗いざらい話したという。

「ランドリーはリー郡の連邦刑務所に長期にわたって収監されることになる」マイクは砂糖をまぶしたおいしいチョコレートケーキにフォークを突き刺した。

「悲劇ね」わたしはこたえた。「たぶんランドリーはヴァルマを殺そうとは思っていなかったはず」

「いい指摘だ。もともとの計画では、ヴァルマとカテリーナが別れた後でランドリーがヴァルマの後ろから近づいてアルコールを注射し、ふらついたところで二十万ドルを取り返すことになっていた。ランドリーはカテリーナが渡した現金を取り戻した。が、ヴァルマは一枚上手だった。彼は保身のために、カテリーナには電子メールを保存していないUSBメモリーを渡した。彼女がそれをひらいたら、後日、ある場所で機密情報を渡すと約束する文面があらわれた」

マイクが首を横に振る。「電子メールが手に入らなかったとカテリーナが気づいた時には、すでにヴァルマはきみのコーヒーハウスに押し入っていた。そこで倒れ、病院に運ばれ、目を覚ますことはなかった」

「なぜランドリーはヴァルマが倒れた現場に来たのかしら？」

「彼はヴァルマを襲った後、警察無線できみの九一一の通報をきいた。彼の目的は捜査を攪乱させ、プライス巡査部長がどう考えるのかをさぐることだった。そのために、〝ホットミルク〟に魅了された無知な若い警察官のふりをした」

「思い出させないで。ほんとうに気まずかったわ。警察官たちにじろじろ見られて、いったいどんな想像をされたことかと思うといたたまれないわ」

「そうだろうな。しかしランドリーがきみに接近したのは、そういうよこしまな目的だけではなかった。彼はカテリーナに報告し、ふたりの間できみをヴァルマ殺しの犯人にでっちあげる相談がおこなわれた。それからアビーが行方不明になった。カテリーナにとっては絶好のタイミングだった。彼女はきみとファーストドーターとの友情を知っていた。そして彼女はファーストレディとは知り合いだ。司法省では高い地位にある。きみを陰謀に巻き込む条件は完璧に整っていた」

「アビーとスタンが愛し合っていることも、ふたりが駆け落ちした可能性も、カテリーナは考えなかったのね。不思議だわ。きっと彼女の辞書には〝愛〟という言葉はないのね。そんな気がする」

「ああ。彼女の好きな言葉は〝セックス〟と〝権力〟だった……」

マイクのいう通りだ。カテリーナとランドリーがつきあうようになったきっかけはダニカがわたしたちに話してくれた。トムが彼女のBMWを交通違反で停止させた日、ジャズのスタンダード曲『あなたに魔法をかける』みたいに、彼女は若いトムに魔法をかけたのだ。

ダニカによると、首都警察の内務調査班はランドリーの経歴をファイルにまとめたそうだ。彼はもともとスパイになりたいと思っていたらしいが、軍隊に短期間入隊したのちに受けたCIAの心理検査には通らなかった。

「彼は地元でキャリアを築いていくことにしたんです。首都警察の心理検査には通ったんです。決して厳しいテストではありませんでしたから。仕事そのものは期待したほど心躍るものではなかったようですが、制服は彼に権力を身にまとう快感を、銃は危険と背中合わせというスリルを与えました」ダニカはくわしく話してくれた。

若くて熱心で銃を携帯しているランドリーは、たまたまカテリーナを交通違反で停めた。彼女は彼をベッドへと誘い込んだ。ピロートークで彼がCIAについての夢を語るのをきいて、カテリーナはランドリーに〝祖国に奉仕するもうひとつの方法〟を提供することにした。こうして彼女は便利な雄のミツバチ《ドローン》を手に入れたのだ。

マイクが乾杯をするようなしぐさでカップを持ち上げた。「おおがかりな犯罪と思われた今回の事件も、もとをただせば大統領の過去を洗浄することで出世をもくろんだ小者がやらかした犯行にすぎない。そういうことか」

カテリーナの運命はすでに決まっていた。司法省は世間一般へのイメージが低下することを懸念し、弁護士たちは彼女に有罪を認めるよう説得した。中程度の警戒の施設で二十年の刑期を過ごすことになる。事件の全容は報道され、大統領恩赦の可能性は限りなく低い。

大統領の側近のある人物は、大統領選に出馬する際に「プロのハウスクリーニング屋」(つまりスキャンダルを調査して処理するプロ)としてカテリーナを雇った事実を認めた。そのうえで、カテリーナの政治的野心も、彼女が携帯電話のクローンをつくっていたこともなにひとつ知らなかったと誓った。クローン製作と〝パラレルコンストラクション〟という手法をカテリーナに教えたのは、麻薬取締局にかつて勤務していた恋人だった。捜査に使った手法を彼女に伝授していたのだ。

「カテリーナはカクテルパーティーで軽く飲んでいるうちに、酒に呑まれて化け物になってしまったようなものだ」マイクがいう。「法執行機関の古典的なテクニックを悪用し、ついには法の執行とは対極にあるところに行きついた。彼女にとって正義という言葉は、立身出生のツールみたいなものだった」

「第二、第三のカテリーナがあらわれることを、どうすれば防げるの?」

「防ぎようはない」

たしかにマイクは正しい。たとえば、ピンク色がよく似合うリディア。彼女のモラルのコンパスは壊れていた――もうひとりのカテリーナが着々とできあがっているのだ。

「この国に希望が残されているとしたら、あなたとダニカのように勇気を持って内部告発する人々の存在ね」

「それだけではない」マイクがにこっとした。

「まだある？　尽きないほどのコーヒー？」

「いや……クレア・コージーみたいな市民だ。真実を追求する良心を持つ人だ」

残念ながらワシントンＤＣには、このさきも決して公にされない真実があり続けるだろう。偉大にして強大な魔法使いオズがいるエメラルドシティと同じように。

「バトシェバ事件」が明るみに出ることは、おそらくない。政府の電子メールのアーカイブに埋もれたまま、三十年の保存期間が過ぎていくだろう。

わたしが心臓のそばに置いて身体を張って守ったＵＳＢメモリーは、ＣＩＡの幹部職バーニー・ムーアの手元にこのさきも置かれる。彼はアビーの母親に、今後は娘から距離を置いてコントロールしないように約束させた。それが守られる限り、ＵＳＢメモリーを手放さないと誓った。

ある日夕食をとりながら、マダムが今回の騒動をみごとにまとめてくれた。

「これはけっきょく、家族のお話だったのね。ただ、その家族がたまたまファーストファミリーだったということ！」

「郵便が届いています」ティトが郵便物の束を持ってきてわたしの前に置いた。彼がにこにこしている理由がすぐにわかった。郵便物の束のいちばん上にはエレガントな封筒があり、そこには差出人として「ホワイトハウス」と金色の浮き彫りの文字。

封筒をあけて読んでみた。

「招待状だわ！」今度はわたしがぱっと笑顔になり、浮き彫り加工を施されたカードをティトに見せた。「これはさっそく額に入れてビレッジブレンドの壁に掛けましょうね」

ホワイトハウス

ワシントンDC

大統領とミセス・エリザベス・パーカー

および

米陸軍大尉ハリス・マクガイア医学博士

米陸軍大尉グレース・マクガイア医学博士

より

娘

アビゲイル・プルーデンス・パーカー

と

息子

米陸軍軍曹スタンリー・マルコム・マクガイア

両名の結婚式にご臨席いただきたく

ご招待申し上げます。

ホワイトハウス、ローズガーデンにて

土曜日午後四時より

引き続きイーストルームにて

披露宴を執り行います。

マイクもにっこりしている。「では、同伴者が必要かな？」わたしがこたえる前に、彼がつけ加えた――。

「きくまでもないか」

エピローグ

その日、ワシントンDCの空は雲ひとつなく、穏やかな天候にめぐまれた。水滴らしきものといえば、陸軍軍曹の正装姿に濃いブルーのアイパッチをした若者が花嫁を待つ光景に、招待客たちが感動してこぼした涙の粒だけだった。花婿の傍らに立つのは新郎介添人ガードナー・エバンス。彼はこぼれるような笑みを浮かべている。

招待客四百人とスタッフ二百人が、六月のウエストウイングの庭にあつまっていた。自分がそこにいるなんて、とうてい信じられない。

アビーはもう黒ずくめの格好ではない。コールドプレイの『きみを癒してあげる』を自ら編曲したオルガンの演奏にあわせて花婿のもとへと歩いていく。ふたりが夫婦となったことを牧師が宣言すると、オルガンにジャズ・マスターワークス・オーケストラが加わり、ふたりの二重奏が永遠に続くよろこびを奏でた。

幸福なカップルの姿をバーニー・ムーアはさりげなく見守っている……。

アビーの実の父親がセレモニーに出席することをファーストレディは強く反対した。するとアビーは戦略的な才能を発揮し、彼女に招待されたヘレン・ハーグッド・トレイナー——

ホワイトハウスの元キュレーター——は、「同伴者」としてバーニーを連れてきた。

「お母様、無礼な態度をとることはゆるされないわ……」してやられたと気づいたファーストレディに、アビーはやさしい声でささやいた。

そう、アビゲイル・プルーデンスはようやく家族同士の政治的駆け引きに勝つ方法を身につけたようだ——皮肉なことに四年も学んだ政治学からではなく、ジャズのレッスンを通じて。

ガードナーの言葉を彼女は憶えていたのだ。

「スウィングには、おそれ、抑制、事前に書かれた台本、自分を縛って限界を設けている状態から解き放たれることが必要だ。けれども、リズムがひじょうに複雑な時には、バランスと均衡もだいじだ……なんとかうまく切り抜けて先に進んでいくエレガントな方法を編み出すんだ……」

そういう意味では、大統領は政治のベテランでありスウィングのベテランでもある。国じゅうの視線があつまるなか、文句なしにすばらしい父親ぶりを見せて若い花嫁をエスコートして庭の小道を歩んだ。イーストルームの磨き抜かれたフロアでは、父と娘のワルツを披露した。

バーニーのためにも、アビーは特別な企画を用意していた。

バンドに『サムワン・トゥー・ウォッチ・オーヴァー・ミー』をリクエストし、アビーは音楽評論家の肩を軽く叩いてダンスに誘った。その曲の意味を、そしてふたりの特別なダンスの意味を理解していた人は、おおぜいの招待客のなかには、おそらくほとんどいなかっただろう。

歴史あるフロアで、スタンリー・マクガイア夫妻は結婚して初めてのダンスをした。曲はアビーが彼のために特別にバンドにリクエストした『わが愛はここに』。

スタンとアビーは音楽への愛と音楽によって癒やされた体験を生かして、社会的な活動をしていこうと計画していた。ふたりは負傷した退役軍人を支援するプログラムとして音楽療法を企画している。退役軍人用の病院をまわる彼らのミュージックツアーは、ニューオリンズへの二週間のハネムーンの直後からスタートする予定だ。

アビーの強い意向で、シャロン・ケイジ護衛官はシークレットサービスの責任者として彼らの旅に同行する。

幸福なカップルへのお祝いの気持ちを込めて、この日のふたりのために、わたしはビレッジブレンドの特別のコーヒーを贈った。名づけて「虹の彼方に」。

このブレンドにはシングルオリジンの豆二種類を使った。大地を思わせる野性味たっぷりのスマトラと、極上の味わいのスラウェシ。たとえていうとスマトラはスタンのドラムのようなような、基盤となるビートの役割だ。このしっかりとした土台の上に、稀少なコーヒーの香り豊かで多彩な調べが舞う。

焙煎室にこもってローストに没頭するなかで、わたしはスラウェシの秘密を学んだ。スラウェシに熱を加えると、ほかのコーヒー豆のような均一な色にはならない。まだらの状態を目にすれば、どうしても判断を誤ってしまいがちだ。この特別な、美しいコーヒーの取り扱いがむずかしいのはそこだ。この豆が秘めている可能性がよくわかっていないと、ローストしすぎてダメにしてしまう。しかしローストのプロセスを知り抜いている達人は、見た目だけで判断したりしない。

それはまるで、普遍的な教訓のようだ。〝見た目だけで判断すれば、欺かれることがある。なによりも、カップの中味に集中せよ〟。

同じことはカテリーナ・レーシーのような人にもいえるだろう。知的で有能な女性は仕事と人生に邪悪なものをひとさじ、またひとさじと加えて混ぜて、やがてすべてが、最後の一滴まで毒になってしまった。

大統領とファーストレディがカテリーナの犯罪行為を知っていたという証拠は見つかっていない。しかし事件が公表されたいま、国民はこの人物を信頼できるかどうか、判断を迫られている。

ベンジャミン・リッテンハウス・パーカーはこの秋に再選されるだろうか？

それはアメリカの人々の意志にかかっている。

わたしとしては、遠い将来の選挙が楽しみだ。スタンリー・マルコム・マクガイア大統領。いい響きだ。『きみを癒してあげる』というタイトルの曲が大好きなファースト・カップルなら、きっとこの国をよくしてくれるにちがいない。

ワシントンDCでのマイク・クィンのキャリアについて、カテリーナはみごとにいい当てていた。彼女の犯罪の詳細があきらかになると、司法長官はカメラの前でマイクと握手をして見せた。しかし彼の笑顔はしらじらしく、カメラの撮影が終わると、その笑顔は消えた。

政治の街で内部告発者となれば、ワシントンDCでのキャリアは終わったも同然。しかしマイクはそんなこと、まったく気にしなかった。それからの数カ月、彼はロバート・F・ケネディ司法省ビルで残務整理にあたった。わたしはビレッジブレンドDCの新しい飲食担当ディレクターを正式に雇った――わたしの娘のジョイを。彼女は新しい挑戦に心を躍らせている。うれしいことに、ジョイが長く交際している恋人、ニューヨーク市警のフランコ巡査部長は彼女に会うためにワシントンDCに通う気満々だ。娘がパリに戻る計画を白紙に戻したことが、わたしにはなによりうれしい。ジョイはアメリカに帰ってくる。ここで暮らすのだ。

いっぽう、わたしの元夫は一刻も早く出発したくてそわそわしていた。世界各地を旅して新しいコーヒーをさがす冒険にふたたび乗り出すのだ。わたしはグリニッチビレッジのランドマーク、最愛のビレッジブレンドに帰る日が待ち遠しかった。コーヒーハウスの上での暮らしが懐かしかった。二フロアにまたがる心地いいスペースでたくさんの物に囲まれ、おちつきたかった。

ワシントンDCでは高い評価も受けた。晴れがましい経験もした。ドキドキしながらホワイトハウスを訪れたり、歴史あるぜいたくな邸宅で暮らしたりもした。そのすべてと別れを告げてここを去るのは、たぶん、あまりむずかしいことではないだろう。

それは、アビーとスタンの結婚式で、マイクとわたしが共有したあの一瞬があるから。披露宴のおひらきが近づくと、結婚したばかりの新郎新婦はゲストのために二重奏を奏でた。曲は『虹の彼方に』。アビーとスタンがようやくたどりついた場所だ。

新郎新婦のすばらしい演奏が叙情的なラストを迎えると、マイクがわたしを両腕で包むようにしてたずねた。

「ケイジ護衛官にどんな暗号のメールを送ったのか、教えてくれないか」

「短くて、深い言葉よ。スミソニアンのアメリカ歴史博物館でアメリカン・ストーリーズの部屋に展示されているドロシーのルビー色の靴の前に立てば、自然に浮かんでくる言葉」

マイクに通じたようだ。彼はわたしをぐっと引き寄せ、耳元でささやいた。それは謎を解く鍵。わたしたちの未来を約束する言葉だった。

「わが家にまさる場所はない」

わが家がどんなに退屈で味気なくても、
よその国がどんなに美しくても、
生きているからには、
やっぱりここで暮らしたい。
わが家にまさる場所はない。

『オズの魔法使い』
L・フランク・ボーム

クレアのお気に入りの
あっさりしてクリーミーな
ニューヨーカー・チーズケーキ

《ニューヨーカー》誌で紹介されたこのレシピは、ニューヨーク市立大学大学院センターのカフェテリアで出されていたチーズケーキのつくり方。クリーミーで、しかもあっさりしたチーズケーキは学生に大人気となり、連日売り切れが続いて街の評判となった。レシピを創作したカフェテリアのシェフ、エミリオ・ブラセスコとビレッジブレンド DC のシェフ、ルーサー・ベルには共通点がたくさんある。ふたりともお客さまをよろこばせることに情熱を注ぎ、新鮮な材料を使い、決して妥協せず高いレベルを保つ。ビレッジブレンド DC の厨房におそろしく大量のクリームチーズがあるとわかり、わたしたちは本のレシピにしたがって「大学のチーズケーキ」をつくってみることにした。いわゆるニューヨークチーズケーキとはちがい、このレシピはクラスト生地を使わない。焼き時間が短く、すぐに冷やせる。それでいて仕上がりはクリーミーですばらしく滑らか。クレアは少々アレンジを加え、よりかんたんに、より見映えがよくなるレシピとなった。どうぞ、心ゆくまで味わってみて！

←【材料】につづく

【材料】ノンスティックの23センチのケーキ型

クリームチーズ……450グラム
（室温で軟らかくしておく）
グラニュー糖…… ¾カップ
無塩バター……大さじ4（室温で軟らかくしておく）
コーンスターチ……大さじ3 ½
（または大さじ3と小さじ1 ½）
レモン果汁……小さじ1 ½
ピュアバニラエクストラクト……小さじ1 ½
卵……大3個（室温にしておく）
ヘビークリーム……1カップ

【つくり方】

1 オーブンを180度で予熱しておく。じっさいにチーズケーキを焼く際は温度を下げる。ノンスティックの23センチのケーキ型の内側に、底から縁までまんべんなくバターまたはクリスコ社のショートニングを塗る(クレアはクッキングスプレーの使用はお勧めしない)。

2 生地づくりにかける時間は、およそ15分。「禅」を実践する気持ちで取り組もう。時間をかければ、そのぶん報われる。室温で軟らかくしたクリームチーズを混ぜる時にはシェフ・エミリオのアドバイスどおり、「ゆっくりと、じっくりと、徹底的に」。そこにグラニュー糖、バター、コーンスターチ、レモン果汁、バニラの順に入れて混ぜる。しっかりとよく混ぜたら、室温にもどしておいた卵を1個加えて混ぜる。さらに1個加えて混ぜ、残りの1個を加えて混ぜる。こうして1個ずつ加えて混ぜる作業はとてもたいせつだ。生地が空気を含み、分離を防げる。最後にヘビークリームを加えて数分間混ぜる(ミキサーのパワーに応じて1〜5分)。生地はぽってりとした感じになる。これがこのレシピの特徴! さらっと液体に近い状態をめざすレシピもあるけれど、このレシピがめざすのは、ケーキの生地のように濃厚でスプーンまたはへらの背を容易におおうくらいの濃度。

← このレシピのつづき

3 まんべんなく油を塗って用意しておいたケーキ型または焼き皿に生地を流し込む。それをひとまわり大きいバットや焼き型に置いて外側に水を張り、オーブンのなかで湯煎にかける。オーブン内の湿度を高く保つと滑らかな食感のチーズケーキになる。湯煎しないと、表面が乾いて割れ目が入る。

4 オーブンの温度を175度に下げ、オーブンに応じて25～35分間焼く。生地が膨らみ、端がふわっとかたまり、中心部は軽く揺れる程度の焼き加減をめざす。決して焼きすぎないように！　中心部までかたまったら、焼き過ぎです！　中心部が軽く揺れるくらいの焼き加減でオーブンから取り出し、型ごとラックにのせて1時間室温で冷ます。冷めるとともにチーズケーキはかたまる。ゆっくりと時間をかけて冷ますうちに、全体に少ししぼんで小さくなり、自然と型から離れる。

5 1時間室温で冷ましてチーズケーキがかたまったら、焼き型に平皿またはトレーをかぶせて型ごと慎重にひっくりかえす。平皿またはトレーにのせたチーズケーキをそのまま（ラップや蓋をしない状態で）冷蔵庫に入れる。2時間経ったらプラスチックの容器に移し替える、またはラップでおおう（チーズケーキに楊枝を立ててラップがケーキの表面につかないようにする）。冷蔵庫でさらに1時間冷やしたら、スライスして召し上がれ。ほっぺが落ちるほどおいしいですよ。残ったチーズケーキはプラスチック容器に入れて乾燥しないように蓋をして密閉し、保存を。

[一工夫であっさりが濃厚に]

あっさりしてクリーミーなこのチーズケーキは、かんたんな一工夫で、濃厚な味わいになる。お天気や湿度の関係で、このチーズケーキがややべちゃっと感じられる場合には、ラップや蓋をしないまま冷蔵庫で冷やす時間を数時間増やす。そのまま一晩冷やしてもよい。冷蔵庫内で湿気が飛んでチーズケーキは濃厚になる。ただし、それ以上長く冷蔵庫に置くと乾燥しすぎてしまう。

ルーサーの
バターミルク・
フライドチキンウイング

ルーサーの料理の魔法を使えば、意外なほどかんたんにできるバターミルク・フライドチキンウイング。ルーサーはもっぱらチキンウイング（鶏の手羽肉）を使う。チキンウイング以外の部位は厚みがあり、揚げた際に全体に火が通る前に外側だけ焦げてしまう。そこへいくと、チキンウイングはちょうどいい具合に火が通る。バターミルクに浸すのが、このレシピの重要なポイント。マリネ液と同じくバターミルクに含まれる酸が肉を軟らかく、甘くしてくれる。その後、粉をつけて油で揚げる。

【材料】4人ぶん

チキンウイング（鮮度のいいもの）……約1300グラム
バターミルク（牛乳からクリームを分離させ、
そこからバターをつくった後に残った液）
……1リットル（レギュラーまたはライト）
中力粉……3カップ
コーシャソルト……大さじ1
コショウ（細かく挽いたもの）……大さじ1
パプリカ……大さじ2
チキン用シーズニング……大さじ2
カイエンヌペッパー……小さじ1（お好みで）
キャノーラ油……揚げ油として

* このレシピはチキンウイング約1300グラム（約12本）を使う。それぞれを2つにカットすると24本、4人家族ならひとり6本ずつの計算。

← 【つくり方】につづく

【つくり方】

1 チキンウイングを3つにカットする。先端部分はすべて取り除く（その部分はニンジン、セロリ、タマネギ、スパイス各種とともにボイルするとチキンブロスに）。それ以外の部分をプラスチックまたはガラス容器に入れる。そこにバターミルクを注ぎ、冷蔵庫に入れて最大3時間マリネする(それ以上長くはマリネしない)。

2 紙またはビニールの袋に中力粉、塩、コショウ、パプリカ、チキン用シーズニング、カイエンヌペッパーを入れてよく混ぜる。

3 バターミルクに浸していたチキンウイングを取り出して余分な水気を取り除く。水洗いはせず、振って取り除く。2の袋に一度に2本または3本ずつ入れ、振って全体によくまぶす。

4 フライパンまたは鍋にキャノーラ油を注ぐ。量は、チキンウイングを入れた時に油から出ないくらい（少なくとも5センチ)。揚げる際はチキンウイングから余分な粉を払って1本ずつフライパンまたは油に入れる(注意:適温の目安はバターミルクと粉を少量ずつ混ぜて油に落としてジュッと音がするくらい)。フライパンまたは鍋に一度にたくさんチキンウイングを入れすぎないように。入れすぎると温度が急激に下がり、油っぽい仕上がりになってしまう。

5 揚げ時間は8～10分、時折返しながら、全体がきつね色になり中までよく火が通るように（揚げ油の温度に注意しよう。うまく揚げるには、油の温度を高く保つのがコツ）。バットに金属製のラックを置き、揚がったものからのせて余分な油分を落とす。ラックを105度のオーブンに入れ、すべてのチキンウイングを揚げるまで冷めないようにする。

クレア・コージー秘伝のコーヒーグレーズド・チキンドラムスティック

プレミアムコーヒーの奥深いフレーバーのように、このグレーズはさまざまなフレーバーのハーモニーを楽しむことができる。大地を思わせるコーヒーの風味、炭火のいぶくささ、糖蜜とブラウンシュガーの甘さが美しく溶け合い、レモンはすっきりとした酸味を、コーンスターチは魔法のようにとろみをつけてくれる。このレシピはオーブンとグリル、どちらでも調理できる。クレア・コージーはスミソニアンの国立アメリカ歴史博物館でアメリカ合衆国大統領から「秘密」を明かすよう迫られた。グレーズのおいしさの秘密ならよろこんで明かせるけれど、心臓近くに隠し持ったもうひとつの秘密は……決して明かせない。

【材料】10ピースぶん

鶏肉（鶏のもも肉やドラムスティックあるいは
　胸肉や手羽肉）……10ピース（皮はどちらでも）
　コーヒーまたはエスプレッソ……1/2カップ
糖蜜……1 ½カップ（精製過程で硫黄を使っていない製品、
　ブラックストラップ糖蜜ではない製品を）
ブラウンシュガー…… ½カップ
　（カップにぎゅっと詰めた状態で計る）
レモン果汁……小さじ5（搾り立て）
コーンスターチ……大さじ3と小さじ1
　（とろみをつけるため）

←【グレーズのつくり方】につづく

【グレーズのつくり方】

1 中くらいの大きさのノンスティックのソースパンにコーヒー、糖蜜、ブラウンシュガー、レモン果汁を入れる。鍋を中火にかけて中味を混ぜながら1分間加熱し、砂糖を溶かす。コーンスターチを大さじ1杯加え、完全に溶けてから次の1杯を加えていく。

2 火を少し大きくし、鍋のなかを混ぜながら4～5分間ぐつぐつと煮立たせる。とろみがついてスプーンの背を完全におおうくらいになれば（ハチミツくらいの濃度）できあがり。

[こんな時は？]

グレーズのとろみが足りなければ、火を強めて中味を混ぜながらしっかりと煮立たせる。これでとろみの魔法がきいてくる。もしもそれでもとろみが足りない場合は、コーンスターチを少しだけ（一度に小さじ1杯ずつ）加えるとよい。逆に、とろみがつきすぎたという場合は、鍋にコーヒーを少し加える。鍋を火にかけたままコーヒーを少量ずつ加えて混ぜ、適度なとろみになるように調節しよう。

【オーブンで調理する場合】

1 鶏肉と天板を用意する

鶏肉をさっと洗って水気を拭き取る。浅い天板あるいはオーブン用焼き皿にアルミホイルを敷く（こうすると片付けが楽）。アルミホイルにノンスティッククッキングスプレーを吹きかけ、鶏肉を置く（皮つきの場合は皮を上にする）。

2 焼く。グレーズをかける

オーブンを約180度で予熱しておく。鶏肉を置いた天板をオーブンの中段に入れる。15分経ったら天板を取り出して、用意しておいたコーヒーグレーズを鶏肉1つひとつにたっぷり塗り、天板をオーブンに戻す。15分後（焼き始めからおよそ30分経ったら）、鶏肉を裏返して（皮つきの場合は、皮を下に）グレーズをたっぷり塗る。さらに15分焼いて鶏肉をもう一度裏返す。皮つきの場合は、ふたたび皮が上になる。グレーズをたっぷりと塗る。天板をオーブンに戻してさらに20〜25分焼く。合計で60分あまりの焼き時間となる。

[焼き時間について]

鶏の胸肉を使う場合は、もも肉よりもサイズが大きく厚みがあるので、焼き時間を10〜15分長くする。いっぽう手羽のように1ピースのサイズが小さい場合は、焼き時間は10〜15分短くする。

← 【グリルで調理する場合】につづく

【グリルで調理する場合】

1 鶏肉に植物油をまぶして、余分な油を払う。1つひとつが油で薄くコーティングされた状態にする。全体にまんべんなく塩をふる。炭火グリルを使う場合は、一部分は炭を少なくして火力を弱くしておく。

2 火力の強い部分に鶏肉を置く（皮つきの場合は皮を下に）。グリルの火力に応じて5～10分焼く（焦がさないように）。肉の片側にほどよい焼き目がついたら、火力の弱い部分に移す（ガスのグリルを使っている場合は、弱い中火に温度を下げる）。蓋をして20～30分焼く。

3 鶏肉を裏返してコーヒーグレーズを塗る。蓋をしてさらに20～30分焼く。ふたたび鶏肉を裏返してグレーズを塗り、蓋をして20～30分焼く。

[うまく仕上げるために]
火の通りを完全にするかんたんな方法を紹介しよう。グレーズを塗って焼いた鶏をグリルから取り出し、電子レンジの強で1～3分加熱する。その後、鶏をグリルの「火力の強い部分」に戻して3分焼く。これで鶏肉の温度は約75度になり、表面はカリッとした食感となる。

クレア・コージー秘伝のコーヒーグレーズド・チキンドラムスティック

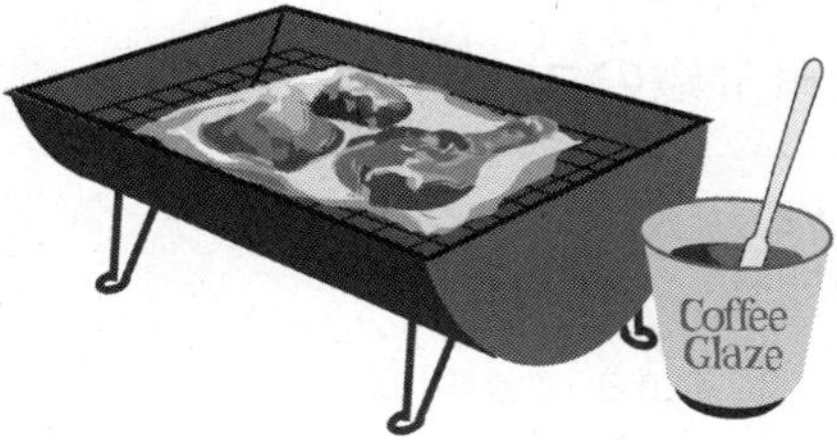

コージーブックス

コクと深《ふか》みの名推理《めいすいり》⑮
大統領令嬢《だいとうりょうれいじょう》のコーヒーブレイク

著者　クレオ・コイル
訳者　小川敏子《おがわとしこ》

2017年　10月20日　初版第1刷発行

発行人　成瀬雅人
発行所　株式会社　原書房
〒160-0022 東京都新宿区新宿1-25-13
電話・代表　03-3354-0685
振替・00150-6-151594
http://www.harashobo.co.jp
ブックデザイン　atmosphere ltd.
印刷所　中央精版印刷株式会社

落丁・乱丁本はお取り替えいたします。

定価は、カバーに表示してあります。

© Toshiko Ogawa 2017　ISBN978-4-562-06072-6　Printed in Japan